O Tamanho do Céu

Thrity Umrigar

O Tamanho do Céu

ROMANCE

Tradução
Paulo Andrade Lemos

Título original: THE WEIGHT OF HEAVEN

EDITORA NOVA FRONTEIRA S.A.
Rua Bambina, 25 – Botafogo – 22251-050
Rio de Janeiro – RJ – Brasil
Tel.: (21) 2131-1111 – Fax: (21) 2286-6755
http://www.novafronteira.com.br
e-mail: sac@novafronteira.com.br

Texto revisto pelo novo Acordo Ortográfico

CIP-Brasil. Catalogação-na-fonte
Sindicato Nacional dos Editores de Livros, RJ.

U43t Umrigar, Thrity N.
O tamanho do céu / Thrity Umrigar ; tradução Paulo Andrade Lemos. – Rio de Janeiro : Nova Fronteira, 2009.

Tradução de: The Weight of Heaven

ISBN 978.85.209.2225-5

1. Pessoas casadas - Ficção. 2. Luto - Ficção. 3. Adoção - Ficção. 4. Homicídio - Ficção. 5. Americanos - Índia. 6. Romance indiano (Inglês). I. Lemos, Paulo Andrade. II. Título.

CDD 828.99353
CDU 821.111(540)-3

Para Anne Reid e Cyndi Howard,
paz e amor.

Deverá nosso sangue falhar? Ou deverá se tornar
O sangue do paraíso? E deverá a terra
Parecer todo o paraíso que iremos conhecer?
— "A Lullabye", James Agee

Dorme, criança, para o bem de seus pais.
Pois logo terás de acordar.
— "Sunday Morning", Wallace Stevens

PRÓLOGO

POUCOS DIAS APÓS A MORTE DE BENNY, Ellie e Frank Benton passaram a ser pessoas separadas. Mas eles não sabiam disso na época. Naquela hora, tudo o que podiam fazer era se concentrar em chegar até o fim de cada dia desconcertante, lutando para evitar as lembranças desagradáveis que irrompiam à superfície como peixes para fora d'água. No dia do enterro, Frank ficou determinado a ir até Ellie e dizer algo de corajoso e consolador para ela, algo que iria assegurá-la de que ele entendia, de que não a culpava pelo que havia acontecido. Mas foi impedido por um pensamento nítido e claro: não sabia como. Sem Benny, ele havia se esquecido de como encontrar o caminho de volta para casa, de como tornar seu casamento íntegro novamente. Benny havia morrido há menos de uma semana e seu casamento já parecia um livro que ele tinha lido no colégio onde Ellie era uma das personagens, cujo nome ele havia esquecido. Algo de inexplicável aconteceu nos dias que se seguiram à morte de Benny. Era como se uma linda tigela azul, não, era como se o mundo tivesse caído e se partido em duas metades. Por mais que tentasse, Frank não conseguia deixar de se sentir com relação a Ellie como imaginava que Adão se sentiu com relação a Eva depois da Queda — hostil, compadecido, triste, condenado, ressentido e, acima de tudo, solitário. Acima de tudo, incapaz de reaver aquilo que se perdeu, que se quebrou.

Não era como se Benny sempre tivesse feito parte do casamento deles. Ele e Ellie estavam casados havia onze anos e Ben tinha sete anos quando morreu. E isso sem contar o ano de namoro, quando ele e Ellie eram inseparáveis. Tem uma história aí, como Ellie poderia ter dito a um de seus clientes. Muitos momentos felizes, antes mesmo de planejarem Benny de alguma forma, quanto mais concebê-lo. Mas aconteceu uma coisa estranha depois que Benny nasceu. Era como se não mais fossem indivíduos. Três pessoas se fundiram em uma e se tornaram uma unidade, uma família. A unidade viajava junta ou ficava em casa junta, respirando o mesmo ar doméstico. Mesmo quando não estavam perto um do outro, quando Frank estava na Tailândia, por exemplo, para supervisionar um novo projeto, ou quando Ellie dava consultoria aos seus clientes, ou ainda quando Benny estava na escola, eles estavam ligados um ao outro, os pensamentos de um direcionados aos outros dois. "Espero que Ellie se lembre de mandar um fax do dever de casa de matemática do Benny para o hotel", era o que Frank pensava enquanto participava de uma reunião em Bancoc. "Droga! Será que eu me lembrei de comprar manteiga de amendoim ontem?", Ellie ficaria imaginando enquanto ouvia uma cliente contar a ela como sua irmã a tinha constrangido na frente da família inteira no jantar de Ação de Graças. O pequeno Benny memorizava uma piada que alguém havia contado na escola e a repetia assim que chegava em casa, rindo tanto que sempre estragava o desfecho.

E agora eram eles dois. Benny tinha ido embora. O que tinha ficado para trás eram imitações: objetos e lembranças que eram uma imitação de sua confortável felicidade anterior. Benny tinha ido embora, um avião perdido nas nuvens, deixando atrás de si um imenso rastro de fumaça: a pequena luva de beisebol, os livros do Harry Potter, os vídeos do Mr. Bean, a camiseta do Bart Simpson, a vara de pescar, a fantasia do último Halloween. Uma minúscula caixa de pau-rosa com alguns fios do cabelo dele. Uma caneca onde se lia: "Mãe número um." Sua foto tirada na escola. Fotografias deles três na Disneylândia. O Bangalô das Artes e Ofícios em Ann Arbor simplesmente irradiava a sensação de falsificação.

Ainda assim, Frank não deu pulos de alegria quando seu patrão, Pete Timberlake, perguntou se estaria interessado em ser o diretor da fábrica que a empresa tinha adquirido havia dois anos em Girbaug, na Índia. Quatro meses após a morte de Benny, ele ainda estava se concentrando no trabalho hercúleo de colocar um pé na frente do outro. De inventar motivos para se levantar da cama de manhã. Ele murmurou alguma coisa para o Pete sobre quanto apreciava o voto de confiança, mas disse que aquele não era um bom momento em sua vida para uma mudança. Mas Ellie ficou sabendo da oferta pela mulher de um outro executivo. E viu naquilo algo que Frank não havia enxergado: uma oportunidade de salvar seu casamento. De começar de novo num lugar novo. De guardar a luva de beisebol e os tênis Nike número 34, de não ser agredida diariamente pelo som dos passos e também pelo som mudo de uma voz aguda que não mais esganiçava exuberante na hora do café da manhã. E assim Ellie infringia a regra principal que sempre havia pregado a seus clientes: a de não tomar nenhuma decisão importante durante um ano após qualquer acontecimento que alterasse suas vidas. "Aceite o convite do Pete", ela insistiu com seu marido. E Frank, cansado demais para argumentar, para pensar, deixou-se ser guiado pela débil centelha de esperança percebida nos olhos de sua mulher. "Índia", pensou ele. É claro que ele sabia sobre a nova Índia, a desregulada e globalizada Índia da qual todo mundo estava falando maravilhas. O mercado de ações em expansão. As transações de um bilhão de dólares. Os serviços de atendimento telefônico aos clientes, os *campi* bem cuidados do IT. Mas ele se deixou levar pelo sonho da velha Índia, que ele acreditava ser o verdadeiro país. "Índia", pensou ele. "Elefantes. Vacas nas ruas. Encantadores de serpentes."

Acima de tudo, ele se confortava com a ideia de estar num outro país com uma nova lua, uma nova paisagem, um novo céu. De morar numa casa cujas paredes não carregassem marcas da altura de uma criança feitas a lápis. Uma casa cujos corredores não ecoassem com os sons dos ataques de riso de um menino. Num país onde não haveria a possibilidade de esbarrar com algum dos professores de seu filho. Um país cujos parques, rios, lagos, estádios, locadoras de vídeo e cinemas não escarnecessem dele constantemente, não o fizessem lembrar de suas próprias mãos alquebradas e vazias. E aí então ele foi até o escritório do Pete Timberlake na segunda-feira de manhã e aceitou a oferta.

E, assim, banidos de sua vida edênica de outrora em Ann Arbor, Michigan, Frank e Ellie Benton viajaram para o Oriente até chegarem ao Aeroporto Internacional de Shivaji numa fresca manhã de janeiro de 2006.

LIVRO UM

Primavera de 2007

Girbaug, Índia

CAPÍTULO 1

ELES HAVIAM TERMINADO DE JANTAR há meia hora e agora estavam sentados na varanda esperando a chuva cair. O ar da noite estava pesado com a umidade, mas reservava a sua carga, deixava-a em espera, como uma viúva, piscando para conter as lágrimas. Enquanto eles esperavam, a tempestade os distraiu com seus brilhos e clarões — o ribombar do trovão, as linhas prateadas dos raios na pele negra do céu. A cada clarão de um relâmpago, eles viam a paisagem diante deles: as longas sombras no gramado da frente lançadas pelos coqueiros, a areia depositada além do gramado, e ainda mais adiante o mar furioso e inquieto debatendo-se de encontro à costa.

Ele sempre havia gostado de tempestades com trovões, mesmo quando era menino em Grand Rapids. Enquanto seu irmão mais velho, Scott, se encolhia e se sobressaltava, puxando a roupa de cama por cima das orelhas, Frank ficava diante da janela do quarto que dividiam, sentindo-se corajoso e poderoso enfrentando a tempestade. Ele deliberadamente dava as costas para Scott, envergonhado e desconcertado de ver seu irmão mais velho, geralmente tão tranquilo como as águas do lago Michigan no verão, transformar-se naquela criatura medrosa e irreconhecível. Se tivessem sorte, a mãe deles viria até o quarto para embalar e acalmar seu filho mais velho, e aí então Frank estava livre para escapar para a varanda do segundo andar, adjacente ao quarto de hóspedes. Ficar naquela varanda era tão bom que só perdia para ficar lá fora. Dali, ele se sentia mais próximo do tumultuado céu de Michigan, violenta e perigosamente livre. Os trovões faziam com que se sentisse só, mas era uma solidão poderosa, algo que o unia à solidão do mundo à sua volta. Se ele ficasse na ponta dos pés e se pendurasse um pouco no gradil da varanda, a chuva atingiria seu rosto voltado para o alto, com suas pequenas espetadelas que machucavam um pouquinho, mas que eram divertidas. O vento rugia e Frank rugia de volta. Suas mãos formigavam a cada relâmpago que caía, como se isso nada mais fosse do que a projeção de uma energia elétrica e pontiaguda que corria por seu corpo magro e pálido.

Anos mais tarde, uma das maiores decepções de sua vida seria o fato de seu filho não ter herdado o seu amor pelos temporais com trovões. Quando o pequeno Benny se esgueirava para dentro da cama com eles, quando choramingava e tapava os ouvidos com os indicadores, Frank experimentava sentimentos conflitantes: seu lado protetor e paternal rezava para que o temporal passasse, querendo abrigar o corpo trêmulo do filho, aninhando-o no seu próprio corpo, ao mesmo tempo que um leve desapontamento se formava como um caroço no fundo de sua garganta.

Ao contrário dos de Michigan, os temporais no oeste da Índia não acabavam rapidamente. Eles já estavam em Girbaug há pouco menos de um ano e meio e sabiam que podia chover sem parar durante dias na época das monções. Agora, embora fosse ainda maio, a previsão do tempo anunciou chuva para aquela noite. Frank sentiu-se agraciado por ficar em casa para vê-la. Estava sentado, impaciente, esperando que o céu pesado e carregado cumprisse a promessa. O vento chicoteava ao redor deles com tanta força que nem precisavam impulsionar o balanço onde estavam sentados. Atrás deles, a casa estava às escuras: Ellie havia apagado as luzes depois que pegaram as xícaras de café após o jantar e saíram para a varanda. Em intervalos de poucos minutos, os relâmpagos iluminavam integralmente o horizonte diante deles como o *flash* de uma câmera. Frank sabia que quando a chuva viesse céu abaixo ela viria rápida e brutalmente, e seu corpo chegava a doer na expectativa. Até o presente momento tudo havia ficado nas preliminares: os sussurros dos altos coqueiros quando se inclinavam um por cima do outro, a doçura enjoativa dos arbustos de jasmim, o gemido doloroso do trovão. Agora, ele esperava pela satisfação gratificante que a chuva traria.

Virou-se para Ellie e aguardou que o próximo relâmpago iluminasse seu rosto. Eles haviam trocado algumas palavras sem importância desde que foram para a varanda, mas na maior parte do tempo tinham ficado sentados num silêncio confortável pelo qual Frank se sentia agradecido. Era um contraste com a maioria de suas interações nos últimos dias, que estavam entremeadas de amargura e ressentimentos velados. Ele sabia que estava perdendo Ellie, que ela estava escorrendo de suas mãos como a areia que ficava logo além do quintal da frente, mas parecia incapaz de evitar a lenta erosão. O que ela queria — perdão — ele não podia conceder. O que ele queria — seu filho de volta — ela não podia dar.

O relâmpago reluziu e ele viu por um instante o corpo branco e esguio dela antes que a escuridão a levasse novamente. Ela estava ereta e imóvel, com as costas rentes ao apoio do balanço. Mas o que fez o coração de Frank disparar foi o olhar que havia no rosto dela. Ela estava sentada de olhos fechados, com uma expressão beatífica no rosto, olhando pelo mundo inteiro uma das estátuas de Buda que haviam visto recentemente numa viagem às cavernas de Ajanta. Ela não parecia sentir nem a agitação, nem o turbilhão excitante que percorria o corpo de Frank. Ellie parecia distante, tão distante quanto a lua que ele não conseguia ver. Escorregando de suas mãos, sem ter a menor ideia dos pensamentos que passavam por sua cabeça: Ellie e ele correndo pelas ruas de Ann Arbor à noite durante um temporal, rindo loucamente e cantando a plenos pulmões antes de chegar à casa que ela estava alugando, desvencilhando-se de suas roupas molhadas na porta e caindo nus no sofá herdado do universitário que havia morado lá; ele voltando para casa do trabalho e encontrando Ellie deitada de bruços sobre o chão, tentando puxar seu filho de quatro anos que estava debaixo da cama, escondendo-se durante uma tempestade.

Uma malícia implacável tomou conta de Frank, algo que era comum naqueles dias. Havia algo na calma de Ellie que o irritava.

— Você se lembra de como ele sempre... — disse ele, deliberadamente.

— É claro que eu me lembro.

Ellie agora estava totalmente desperta, tendo percebido algo na voz de Frank que talvez nem ele mesmo tivesse consciência. A satisfação que Frank sentiu por ter destruído a calma de Ellie estava temperada por algo que se aproximava do remorso. A serenidade dela, que ele antes tanto valorizava, era agora uma ferida que tinha de cutucar.

— Eu acho que ele teria ficado ótimo em mais um ano — continuou ele, incapaz de se conter. — Eu tinha pensado em acampar com ele, sabe, só nós dois, achando que isso iria ajudar no...

— Ele já estava conseguindo superar aquilo — interrompeu ela, e o estômago de Frank se contorceu.

Será que ele estava imaginando o triunfo na voz de Ellie, a consciência de que ela tinha desferido o golpe fatal e que agora ele não tinha outra escolha senão morder a isca que ela tinha preparado?

Odiando a si próprio, ele perguntou:

— Superando o medo que ele tinha dos trovões? Por que é que você não me disse?

— Era para ser uma surpresa. Eu... eu o treinei. Alteração de comportamento... a mesma coisa que faço com meus clientes.

Ele sentiu uma onda fervente de ciúme ao pensar em Ellie e Benny sozinhos em casa enquanto ele ia para a Tailândia, local da outra fábrica da HerbalSolutions. De quantas reuniões ele havia participado, quantas expedições a aldeias no interior do país, quantas horas viajando em aviões, quantas noites passadas em quartos estranhos de hotéis, pensando o tempo todo que estava fazendo isso por eles? Ele só pensava em Ellie e em Benny. Lembrou-se de seu desespero quando o sinal do celular estava fraco e ele não conseguia telefonar a tempo de dar boa-noite ao Benny, e de como havia tentado enviar e-mails para Ellie assim que instalado num quarto de hotel em qualquer cidade onde estivesse. Lembrou-se de como havia lutado para permanecer conectado com eles mesmo em mar aberto ou em diferentes fusos horários. Tudo isso para agora descobrir que os dois tinham seus próprios segredos, seus próprios rituais dos quais ele estava excluído. Tentou lembrar se sempre havia sabido disso e se já o havia incomodado antes. Mas não conseguiu. Grande parte das lembranças de sua vida quando Benny era vivo tinha desaparecido. Ou melhor, as lembranças estavam lá, mas o sentimento havia ido embora. Ele sabia que tinha sido feliz com Ellie, que haviam tido um bom casamento e se lembrou de um milhão de atos de amor e sacrifício da parte dela. Mas os sentimentos associados a tudo isso — a meiguice, a delicadeza, a complexidade — ele não conseguia mais evocar.

— Há quanto tempo ele não tinha mais medo? E por mais quantos anos você planejava esperar antes de me contar?

Houve uma pequena pausa, mas quando falou, Ellie não tinha expressão na voz.

— Apenas aconteceu, Frank. Houve algumas tempestades quando você estava fora... na... na última vez. Conversando com ele, eu consegui fazer com que superasse o medo.

Apesar da escuridão, Frank fechou os olhos. "Deveria ter sido eu", pensou. Deveria ter sido eu a apaziguar os medos do meu filho. O ressentimento encheu-lhe a boca.

— Vai ver que foi por isso que ele ficou doente — disse ele, cuspindo as palavras como se fossem os caroços de uma fruta amarga. — Sabe, talvez o estresse de ter de suprimir o medo dele diante de você tenha sido o que...

— Esta é a coisa mais idiota que já ouvi você dizer. Mesmo para o seu padrão, é uma baixaria das piores.

Ellie se afastou de Frank. Os ombros dos dois não estavam mais se tocando. Houve um estrondo do trovão, como se os céus estivessem enfatizando suas palavras, e ela esperou que amainasse.

— Sabe, eu queria ter apenas uma droga de uma noite de paz. Mas se você não consegue nem ficar sentado aqui comigo e agir decentemente, Frank, eu vou lá para dentro, está bem? Porque eu não vou ficar aqui esperando você me aparecer com mais uma teoria sobre como eu matei nosso filho. Se você acha que eu não estou sofrendo como...

— Ellie... — disse Frank, estendendo sua mão para cobrir a dela. — Desculpe. Às vezes eu... Desculpe. É que ficar assistindo a tempestades com trovões é realmente difícil, sabe? É como se estivesse tudo embolado...

Ele interrompeu sua fala, desejando dizer mais, revelar à mulher seu coração estilhaçado, mas ele se sentia incapaz disso.

Na escuridão, mesmo sem vê-la, sentiu que Ellie estava piscando os olhos para evitar as lágrimas.

— Tudo bem — disse ela. — Deixa pra lá.

Mas sua voz tremeu e Frank quase sufocou de remorso. "Você é um merda de um filho da puta", recriminou-se ele. "Você acha que ela já não sofreu o suficiente?" Não era a primeira vez que ficava imaginando se deveria conversar com alguém sobre isso, talvez com o Scott, para confessar a maneira desprezível com que estava tratando Ellie. Ele não iria procurar compreensão ou solidariedade. O que queria era alguém que lhe sacudisse para a vida e lhe incutisse um pouco de bom senso, perguntando-lhe se queria perder a esposa também pelo fato de não conseguir aceitar a morte do filho. Frank sabia que Scott adorava Ellie e que a defenderia contra seu próprio irmão. Talvez no dia seguinte telefonasse do escritório para Scott em Nova York. Talvez Scott pudesse dizer algo de profundo, algo de verdadeiro que o ajudasse a fazer seu caminho de volta para Ellie.

Ele pôs seu braço em volta do ombro dela e a puxou, aninhando-a. Durante alguns segundos ela permaneceu rígida encostada nele, mas depois seu corpo relaxou e ela apoiou a cabeça no ombro de Frank. Ficaram assim por alguns momentos e aí então começou a chover.

— Você lembra como a gente corria de volta da faculdade debaixo da chuva? — disse Frank.

— Lembro — respondeu Ellie, afastando-se um pouco dele. Frank sentiu os olhos dela em seu rosto. — Quer dar uma volta na praia?

— Agora?

— A melhor hora é o agora.

— Não posso. Vamos ficar encharcados.

— Bom, a ideia é essa.

— É estranho. Normalmente eu iria, sabe? Mas o Ramesh está vindo para cá daqui a pouco. Ele tem prova de matemática amanhã e eu quero repassar uns problemas com ele.

Frank sentiu que Ellie se moveu ligeiramente.

— Entendo. Tudo bem.

— O quê?

— Nada.

— Ah, fala logo. É claro que você está insatisfeita com alguma coisa.

Ela se virou para encará-lo.

— Você sabe exatamente o que é que está me fazendo infeliz, Frank. Estou infeliz porque a gente não pode sair para passear porque tem um menino que está sempre aparecendo por aqui precisando de alguma coisa do meu marido. E eu...

Ele esteve prestes a se levantar do balanço.

— Nossa! Eu não acredito nisso. Você está com ciúme de um menino de nove anos. Só porque eu não dou pulos de alegria quando você...

— Não tem nada a ver com ciúme, Frank. É só que você não sabe o que é apropriado e o que é...

— Apropriado? Que negócio é esse que você está dizendo? Eu vejo um tremendo potencial no Ramesh e é por isso que dou aulas particulares a ele algumas noites por semana. Você é que age como se fosse alguma santa, falando sobre a nossa responsabilidade com relação aos menos afortunados, mas quando eu tento ajudar o filho dos nossos caseiros, você...

— Essa é que é a questão, Frank. Quem é que você está tentando ajudar? Quem está ajudando quem?

O telefone tocou dentro da casa, mas os dois o ignoraram. Frank sentou-se em cima de sua mão direita para que ela não se fechasse involuntariamente em torno do longo e gracioso pescoço de Ellie e o apertasse.

— O que você quer dizer com isso?

— Você sabe exatamente o que eu estou querendo dizer. Você sabe o que está causando a Edna e Prakash por tomar conta da vida do filho deles?

— Edna e Prakash? Eu não acredito nisso. Você acha que algum deles tem alguma ideia de alguma coisa? Caramba, se eu pudesse trabalhar com aquele menino durante dois anos, um dia ele poderia estudar no MIT. Por que é que Prakash não bebe menos, já que ele se importa tanto com o filho? E por que é que Edna não o apoia? Só estou tentando melhorar a vida do garoto.

— Não só.

O telefone estava tocando novamente, mas desta vez eles mal o ouviram. Olhavam fixamente um para o outro, respirando pesadamente como boxeadores num ringue.

— O quê?

— Frank, o Ramesh não é o Ben...

— Cala a boca — interrompeu Frank. — Não diga nada. Se você tem algum juízo, não diga nada.

Ellie olhou fixamente para ele durante um bom tempo. Depois, como se tivesse perdido alguma batalha, deixou os ombros caírem.

— Tudo bem — disse ela, dando de ombros.

Mas já era tarde. "Ela me pôs a nu", pensou Frank. Com quatro palavras indiscretas ela tinha rasgado as roupas dele, removido as últimas camadas de músculo e pele que ainda resistiam, e chegado ao coração, que estava morto até um menino indiano de cabelo escuro e olhos vivos restaurar algumas batidas. Um menino do qual ele se sentia próximo precisamente por ser o oposto de seu filho morto. A pele escura em contraste com o Benny de pele clara; ruidoso e vivaz, enquanto Ben era sereno e pensativo. Ramesh era a luz do sol em contraste com o luar de seu filho. Benny era bom em artes, história e inglês, e péssimo em matemática e ciências. Ramesh declarou que história era chato, que a maioria dos livros eram grandes demais para ler, mas que levava jeito para ciências e para matemática. Na primeira vez que Frank ajudou Ramesh com seu dever de casa de matemática, ficou impressionado com a inteligência do menino. Dentro de poucos meses, insistiu para que o menino fosse transferido para a escola missionária e se comprometeu a pagar as mensalidades. Edna ficou agradecida na ocasião.

— Frank, desculpe — disse Ellie, com uma voz suave, amortecida pelo forte barulho da chuva. — Eu não quero magoar você. Pelo amor de Deus, a gente tem que parar de ficar magoando um ao outro desse jeito. Por favor, meu bem. Eu não sei como fazer isso sozinha.

Ele lutou contra o impulso de responder à súplica na voz dela. Desta vez, Ellie tinha se aproximado demais, tinha feito um corte muito profundo com suas palavras. Houve um tempo em que pensava em Ellie como seu outro eu, alguém que conhecia seus desejos e pensamentos mais profundos. Mas tudo o que Ellie tinha dado a ele — amor, companheirismo, um lar e, acima de tudo, Benny, meu Deus, acima de tudo ela lhe dera Benny — ela também havia levado tudo embora com sua falta de cuidado, com seus atos impensados. Ele não conseguia esquecer isso. E agora ela estava fazendo tudo de novo com Ramesh, com a única coisa em sua vida que lhe dava algum alívio, alguma sensação de normalidade, neste país caótico que Ellie aprendera a amar e que o confundia e repelia.

Bom, ele sabia como transformar seu coração numa pedra. Durante a maior parte dos anos com Ellie, não havia precisado desse truque. Ela o tinha suavizado, fazendo-o acreditar que não havia nada de errado no fato de se apoiar em outra pessoa, em confiar, sem permanecer num estado constante de guerra e de cautela. Nos anos em que eles eram uma família, todos os sentimentos antigos — ficar de guarda, acreditando que tudo de valioso tinha de ser conquistado, que nada era dado, que nada era concedido com benevolência — haviam desaparecido. Mas agora sabia que apenas tinham ido para debaixo da superfície. Que podia acessá-los de modo tão fácil quanto um arquivo num computador velho.

Seu pai os tinha abandonado quando Frank tinha doze anos. Mas Gerald tinha vivido com eles tempo suficiente para ensinar ao filho mais novo algumas lições de grande valia. Como fazer com que seus olhos ficassem inexpressivos de modo que nenhuma mágoa aparecesse. Como mergulhar dentro de si mesmo e não retornar à superfície até que a violência intempestiva de Gerald houvesse amainado. Como fazer seu coração virar pedra de modo que as palavras duras e horríveis de Gerald resvalassem de leve na sua superfície.

Frank lançou mão desse conhecimento agora. Ignorou a mão virada para cima de sua mulher, assim como a tristeza em seus olhos ou a comovente curva de sua boca; ignorando também seu pedido de reconciliação, uma forma de voltarem ao jeito de antes. Decidido, ele se levantou do balanço.

— Vou entrar — disse.

— Você não precisa, se não quiser.

— É que Ramesh já deve estar chegando.

Ele apanhou as xícaras de café, sentindo os olhos da mulher voltados para ele, sentindo sem precisar olhar a tristeza, a mágoa e a confusão que traziam. Saber que era responsável pela perda progressiva do brilho no olhar de sua esposa corroía Frank por dentro, mas a sua dor era paradoxal. Só parecia diminuir quando ele a infligia em Ellie, somente quando causava mais dor. Os momentos que passava censurando-se pelo que estava fazendo com Ellie eram momentos em que não se lembrava de que teria de enfrentar o resto de sua vida sem Benny.

O telefone tocou novamente no instante em que entrou na sala. Frank olhou para o relógio: oito horas. Pode ser Nandita, amiga de Ellie. Ou até Scott. Ele se lembrou da decisão que tomara mais cedo de telefonar para Scott no dia seguinte. "Tomara que seja o Scott", pensou. Ele poderia atender à ligação no quarto de hóspedes. Talvez o irmão dissesse alguma coisa que lhe permitisse aproximar-se de Ellie novamente ainda hoje, para salvar a noite.

— Alô? — disse, e soube imediatamente pelos ruídos da ligação que não se tratava de um telefonema internacional.

— Senhor? — disse a voz do outro lado da linha. — Aqui é Gulab Singh. Desculpe-me por incomodá-lo em casa, senhor, mas está havendo um problema na fábrica.

O estômago de Frank se contraiu involuntariamente.

— Que tipo de problema?

Ele esperava que não fosse nada de tão grave que o forçasse a ir à fábrica aquela noite, mesmo sabendo que Gulab, chefe da segurança da fábrica, não telefonaria para a sua casa por causa de um assunto trivial.

Houve uma pausa, longa o suficiente para fazer Frank achar que a ligação havia sido cortada. Então Gulab disse:

— É sobre aquele sujeito do sindicato, Anand. O senhor se lembra dele? Enfim, o problema é que Anand está morto, senhor. Infelizmente.

CAPÍTULO 2

OS PROBLEMAS ESTÃO A CAMINHO.

Frank já havia saído há pelo menos dez minutos, mas Ellie ainda estava sentada com as pernas cruzadas no balanço. Um medo difuso subia por suas pernas, mas ela se esforçava ao máximo para não atiçar a chama, forçando sua mente a ignorar o que o corpo tentava lhe dizer. O problema estava a caminho.

Um estrondo particularmente rude de um trovão despedaçou o casulo de cabeça vazia que ela havia construído para si mesma, trazendo-a num sobressalto de volta ao mundo. "A estrada que conduz à fábrica deve estar escura e lamacenta a esta hora", pensou. Mesmo Satish sendo um motorista habilidoso, ela estava preocupada. Pensou em telefonar para Frank e pedir que a avisasse quando chegasse à fábrica, mas a lembrança da briga feia que tiveram a impediu. Além disso, algo de muito sério deveria ter acontecido para que viessem perturbar Frank àquela hora. Ele não precisava de uma esposa ansiosa para aumentar seus problemas.

Ela não tivera tempo de lhe perguntar a razão de sua volta apressada para o trabalho tão tarde da noite. Depois que ele entrou na casa para atender ao telefone, ela o ouviu discar um segundo número — telefonando para que Satish viesse buscá-lo, Ellie agora supunha — e depois o ouviu andando pelo quarto antes de voltar e pôr a cabeça na porta para anunciar que estaria fora durante algumas horas. Ela apenas assentiu mecanicamente. Alguns minutos depois, ouviu a porta da cozinha bater e, em seguida, o som de um carro cantando pneus próximo à casa.

A essa altura, ela inclinou a cabeça para ouvir melhor os resmungos apavorados de seu corpo. "Que tipo de problema?", imaginou. Seria isto uma premonição ou o simples gosto amargo que ficou da discussão com Frank? O que é que a estava assustando tanto? Medo de que Satish fizesse uma manobra brusca no escuro e o carro derrapasse fora de controle? Medo de que ela e Frank estivessem pisando em terreno perigoso, afastando-se como continentes, de modo que esta grande experiência, esta esperança de que a Índia os curasse, de nada valesse? Ellie escutou profundamente o seu corpo, do modo como aconselhava seus pacientes a fazerem. "O corpo é sábio", dizia-lhes com frequência. Ele sempre sabe mais e antes que o nosso cérebro. Mas você tem que aprender a escutá-lo, aprender sua linguagem, assim como se aprende a entender os balbucios de um bebê.

Mas a chuva e os trovões a estavam distraindo, fazendo-a esquecer. O cheiro da terra, o frescor do ar carregado de umidade, os clarões dos relâmpagos eram muito potentes, puxando-a em muitas direções diferentes, como Benny fazia quando iam à Feira de Exposições do Estado de Michigan.

Ainda assim, aquelas cinco palavras eram constantes como alguém batendo na porta na escuridão. *Os problemas estão a caminho.*

"Espero que Frank já tenha resolvido a disputa trabalhista", pensou, e então voltava para a origem de seu medo. Quase que imediatamente, seu corpo relaxou como se, já tendo retransmitido sua mensagem ao cérebro, pudesse tirar a noite de folga. Mas que diabos podia haver de tão errado para terem de telefonar para ele à noite em casa? Ela percebeu que havia dito aquelas palavras em voz alta, mas a chuva caía tão pesadamente que apagava a distinção entre pensamentos e palavras. Além disso, estava aborrecida agora pelo modo ab-rupto como Frank havia saído, sem informá-la dos acontecimentos, deixando-a ali, a se balançar inquieta, com sua serenidade anterior agora substituída pela agitação e pelo medo.

— Vá se ferrar, Frank — disse em voz alta, assegurando-se de que a chuva não afogasse suas palavras.

O medo fez com que ela permanecesse imóvel. Uma raiva fervente dirigida a Frank o substituiu e fez com que ficasse inquieta. Apertou o botão do grande e barato relógio masculino Timex que comprara no Bazar Agni no mês anterior e o seu mostrador se acendeu com uma luz verde, marcando 20h20. Ela pensou com rapidez. Se havia alguma coisa acontecendo na fábrica, com certeza Shashi saberia. Proprietário de um grande hotel quatro estrelas na cidade de Kanbar, que ficava próxima, Shashi empregava parentes de muitos homens que trabalhavam para a HerbalSolutions. E sua esposa, Nandita, melhor amiga de Ellie, também acompanhava de perto a situação na HerbalSolutions. Shashi devia estar dormindo, mas Nandita ainda deveria estar acordada. Pela primeira vez, Ellie se sentia grata pelo fato de que todas as técnicas de relaxamento que havia ensinado a Nandita para ajudá-la com sua insônia não haviam funcionado.

Ela mal tinha calçado seus chinelos e se dirigia para o telefone na sala de estar quando ouviu a batida tímida na porta. Parou. Quem seria? Depois ela se lembrou. É claro. Era Ramesh, que tinha vindo fazer seu dever de casa com Frank. Na agitação incomum do telefonema e com a partida ab-rupta de Frank, ela se esquecera completamente de Ramesh.

Antes que pudesse chegar à cozinha, a porta se abriu e Ramesh entrou. Ellie sentiu uma mistura de confusão e irritação. Há alguns meses havia ensinado ao menino que era falta de educação entrar na casa de alguém sem bater na porta. E agora ele dava uma batidinha qualquer na porta e entrava. Ela se perguntou se não seria hora de ensinar ao menino uma segunda lição, mas Ramesh a viu na sala de estar e, deixando cair seus livros na mesa da cozinha pintada de azul, correu em sua direção.

— Oi, Ellie — disse sorrindo. E antes que ela pudesse responder: — Cadê o Frank? Eu tenho *duas* provas amanhã e um monte de dever de casa.

"Nenhum garoto americano que se prezasse ficaria tão contente ao pensar em dever de casa", pensou Ellie. Mas ela sabia que o entusiasmo não era tanto pelo dever de casa, mas pela alegria de passar outra noite com seu amado Frank. Ela sorriu com pena de si mesma ao perceber o fato. Observar Frank e Ramesh juntos fazia com que se sentisse excluída, como a quinta roda de um carro, como... — qual era a expressão em híndi que Nandita usava? — algo como o efeito do osso no *kebab* de carne. Tão diferente da sensação de proximidade e de sintonia que experimentava ao observar Frank e Benny fazendo suas brincadeiras costumeiras ou quando os três passeavam juntos pelo bairro e Benny só tinha olhos para seu pai, brincando de pega-pega com ele, correndo pela Fair Hill acima ou jogando aquele jogo bobo no qual eles contavam os números das placas dos carros que passavam para ver se somavam 21. Os dois tentavam persuadir Ellie a participar, e ela, desejando fazer apenas um passeio noturno relaxado e prazeroso, recusava. Pai e filho zombavam dela por não participar da caminhada, da escalada e da contagem, todas essas atividades devidamente cronometradas. Mas, de algum modo, mesmo essa provocação dos dois, essa zombaria, a incluía, fazia com que se sentisse parte de um triângulo, valorizada, um coadjuvante de suas brincadeiras e palhaçadas.

— Cadê o Frank? — disse Ramesh novamente, e ela se forçou a prestar atenção no menino.

— Ele saiu, meu amor. Acho que só volta bem tarde.

Ramesh parecia indignado.

— Aonde ele foi?

Tão direto, tão objetivo. Era uma característica que ela havia notado em muitos dos indianos com os quais tivera contato. "Será que existia uma Miss Boas Maneiras indiana", ficava pensando, "alguém que lhes pudesse ensinar as virtudes do subterfúgio, da sutileza, de dizer a verdade com delicadeza?" Mas, na maior parte do tempo, Ellie se sentia feliz de estar entre pessoas que não faziam joguinhos, pessoas para quem a própria palavra "jogo" significava uma vigorosa partida de hóquei ou de críquete. Um povo prático e franco. Ela sabia que o Frank ficava abismado com a maneira direta como seus empregados falavam e via isso como grosseria, como rudeza. No início, ela também ficava incomodada com isso, com a falta de artifício, com a ausência do polimento das boas maneiras que cobria todas as interações nos Estados Unidos como um filme plástico. Com exceção dos funcionários que trabalhavam nas lojas chiques de Bombaim, ninguém na Índia dizia coisas vazias como "Tenha um bom dia". Uma vez, logo depois de eles terem se mudado para Girbaug, Ellie dissera a Edna que tivesse um bom dia e Edna respondera: "Só se Deus quiser, madame, se Deus quiser." Ellie tinha ouvido o que Edna não havia dito: que ter um bom dia não dependia da vontade dos meros mortais, mas sim da benevolência de um Deus bondoso. Ela nunca mais usou a expressão. Trabalhando como voluntária na NIRAL, a clínica que Nandita havia inaugurado para os moradores da vila, aconselhando as mulheres sobre saúde mental e questões de violência doméstica, Ellie passou a apreciar o modo direto e franco como falavam. Os maridos eram baratas e ratos e *kuttas*, cachorros. As mulheres usavam palavras como *Satã* e *mal* de modo informal e sem ironia. A facilidade com que falavam sobre o diabo e sobre o mal fazia Ellie lembrar-se dos cristãos fundamentalistas dos Estados Unidos, cujo vocabulário era tão diferente daquele dos amigos liberais e leigos de Ellie e Frank em Ann Arbor. Quando as mulheres da aldeia descobriam que um marido tinha perdido no jogo as economias da família, elas o procuravam e, com suas sandálias de borracha, batiam nele. No ano anterior, quando um político corrupto que não tinha cumprido nenhuma promessa tivera a audácia de visitar a aldeia antes da próxima eleição, as mulheres fizeram uma guirlanda com suas sandálias sujas e emporcalhadas e a colocaram em volta do pescoço dele. O homem tentou bater em retirada o mais rápido possível para seu carro com ar-condicionado, mas a multidão de mulheres o seguiu vaiando, gritando, debochando e falando mal dele.

— Ellie — dizia Ramesh —, já perguntei várias vezes. Cadê o Frank?

— Desculpe, meu amor. Ele voltou para o trabalho. Acho que não chega a tempo de ajudar você hoje à noite.

Enquanto dizia estas palavras, Ellie ficou surpresa pelo fato de Frank não ter cruzado o pátio e batido na porta de Edna para dizer ao menino que não viesse hoje à noite. Algo de muito sério deve tê-lo feito sair correndo daquele jeito.

— Você pode me ajudar? — disse Ramesh, e percebendo o olhar de recusa no rosto de Ellie, acrescentou: — Por favor, Ellie, eu tenho duas provas difíceis amanhã. E em geografia eu sou um paspalho.

Ela sorriu com a escolha das palavras dele. Esse menino era encantador. Ela conseguia ver por que ele havia roubado o coração de Frank. Ainda assim, Frank tinha de ser cuidadoso. E ela também. Ela não queria se tornar uma vítima dos inegáveis encantos de Ramesh. Por outro lado, não podia recusar ao menino uma ajuda que aumentaria suas chances de se sair bem nas provas.

— Bem, por sorte eu sou muito boa em geografia. Então vamos fazer uma sessão rápida de revisão, o.k.? Por onde você tem que começar?

Ramesh sentou-se no seu lugar habitual à mesa da cozinha e abriu um livro horrendamente grosso. Ele virava as páginas amareladas depressa e sem cuidado enquanto Ellie murmurava:

— Cuidado, cuidado. Você deve tratar os livros com respeito.

Mas enquanto dizia isso, ela notou quanto o livro estava usado, viu os trechos sublinhados pelos vários estudantes que o haviam usado antes de Ramesh. Ela se lembrou de como eram limpas e novinhas as páginas dos livros que Benny consultava. Desde pequeno, Benny sempre tivera muito cuidado com seus livros, virando as páginas cuidadosa e delicadamente, como ela lhe havia ensinado. Mas, meu Deus, como era mais fácil fazer isso quando os livros eram merecedores daquele cuidado.

Ramesh havia aberto o livro numa página que falava sobre várias cadeias de montanhas. Ellie olhava hesitante para o capítulo.

— Então, o que você quer que eu faça?

Ele olhou para ela com impaciência por não conhecer a rotina, como se ela fosse o aluno, e um desses bem atrasados, aliás.

— Vou dar uma lida rápida no capítulo. E depois você me faz algumas perguntas.

— Certo.

Ela leu por cima do ombro dele e, apesar de tudo, ficou maravilhada de ver como o menino lia rapidamente. Frank estava certo. Ramesh era brilhante como o sol indiano.

— Você está pronto? — disse ela depois que ambos terminaram. — Será que eu devo pescar algumas questões para você?

— Pescar? Que nem um peixe?

— Muito engraçado, Ramesh. Agora escuta, está na hora do estudo, tá? — disse ela, percebendo o brilho em seus olhos. — E chega de trocador em riste, despejou em Asha um dilúvio de palavras zangadas, duras e cortantes, que imprimiu uma careta no rosto normalmente calmo de Asha. Ela tentou interrompê-lo várias vezes, mas ele a cortou, gesticulando violentamente. Asha então desistiu e ficou em silêncio. O homem continuou a falar, deixando escapar às vezes alguma palavra que Ellie compreendia. Ela pensou tê-lo ouvido dizer "empresa" e "polícia". Depois do que pareceu ser um período de tempo interminável, ele finalmente se calou, embora seus olhos ainda estivessem irados. Ninguém disse nada durante um segundo e depois ele disse "*bolo*" para Asha, e ao fazê-lo apontou seu queixo na direção de Ellie.

Ela sabia que "*bolo*" significava "falar", então entendeu que ele queria que ela traduzisse para ele.

Mas ela não lhe daria esta satisfação. Pondo-se de pé num salto, agarrou a mão de Asha.

— Anda, Asha — disse ela. — Vamos.

— Vai, vai — disse o homem, compreendendo o que ela havia dito em inglês. E depois, deliberadamente, olhando-a direto nos olhos: — *America, go home!*

Uma pequena multidão havia se juntado fora do casebre de Radha, mas ninguém disse nada quando Asha e Ellie saíram. Até mesmo as crianças e as galinhas pareciam abatidas. As duas mulheres afastaram-se rápida e silenciosamente do aglomerado de casas. Atrás delas, ainda podiam ouvir o homem gritando da soleira de sua porta. Ellie sentiu uma pontada de medo por ter deixado Radha sozinha com seu marido em fúria, mas consolou-se acreditando que a multidão iria intervir. Veio à sua mente que esta poderia ser uma estratégia a ser ensinada às muitas vítimas de abuso doméstico da vila: elas poderiam vir ajudar umas às outras. "Será que poderiam? Será que viriam?", ficou ela imaginando.

Nesse instante, elas já estavam a uma distância segura das casas. Ellie virou-se então para Asha.

— Asha, preciso que você me conte tudo o que o marido disse. Por favor, não se sinta constrangida. Você não vai ferir meus sentimentos, juro.

Asha não parecia tão convencida.

— Ele é um homem louco, senhora — começou ela, mas vendo o olhar de Ellie, deteve-se. E então continuou. — Ele disse que a empresa o arruinou duas vezes. Primeiro ela lhe tirou seu negócio das folhas e também matou seu melhor amigo. Disse que Anand, o rapaz que foi morto pela polícia, era o seu melhor amigo desde o dia em que nasceu. Por isso, odeia a empresa — concluiu Asha, que parecia chocada e amedrontada, como se ela tivesse expressado isso tudo.

— Continue — disse Ellie. — Conte-me tudo.

— Não há mais nada a dizer, senhora. Ele diz que não quer que a gente entre na sua casa de novo. Disse que os povos ingleses trazem má sorte onde quer que vão, seja no Iraque, seja em Girbaug.

— Ah, por favor — disse Ellie. — Aí já é exagero.

— Como, senhora? — inquiriu Asha, não entendendo bem o que Ellie disse.

— Não tem importância — disse Ellie, balançando a cabeça. — Me diz, será que... será que os outros habitantes da aldeia sentem o mesmo em relação a mim? — E então ela ficou surpresa ao notar o tremor em sua voz.

— Todas as mulheres gostam da senhora — disse Asha ansiosamente. — Elas dizem que a senhora as ajuda. Mas desde que Anand morreu, existe muita raiva. As pessoas dizem que as nossas vidas não têm importância para os grandes *sahibs*. E nós usamos os girbais desde sempre, senhora. Fazemos chá e uma pasta com as folhas. Alguns dos mais idosos as mastigam. São nossas árvores, senhora. Como uma empresa pode vir e comprar as nossas árvores?

Ellie ficou em silêncio, insegura sobre como responder àquela pergunta, incapaz de dizer a Asha que ela havia feito a mesma pergunta a Frank.

— Aquele homem é um imbecil completo — disse ela, tocando o ombro de Ellie. — A senhora fique conosco.

Ellie notou na voz da moça o desejo de apaziguar, a hospitalidade e generosidade naturais que pareciam fluir tão magnanimamente dos indianos que havia conhecido.

— Não vou a lugar nenhum — disse ela num tom leve, sorrindo. — Não se preocupe.

Nandita estava andando rapidamente na direção delas enquanto se aproximavam do complexo da clínica.

— O que aconteceu? Por que vocês não me disseram que iam à casa de Radha? — disse ela, parecendo zangada.

— Nossa, as notícias voam por essas bandas — disse Ellie. E, virando-se para Asha: — Obrigada por toda a sua ajuda hoje, meu amor. Você trabalhou bastante. Vejo você na quarta-feira?

— Combinado, senhora — disse Asha. — Boa noite. — E então ela deu uma olhada para Nandita, fez um aceno com a cabeça e se afastou depressa.

— O que aconteceu? — disse Nandita novamente, após esperar que Asha se distanciasse o bastante.

— Vou contar pra você num minuto. Mas será que posso tomar uma xícara de chá primeiro?

Nandita deve ter notado algo em sua voz, porque a isso ela respondeu com um solícito "É claro, vamos lá".

No pequeno escritório de Nandita, Ellie soprou o conteúdo fervente da xícara que lhe foi entregue ao entrar. Deu alguns goles, tentando controlar suas emoções antes que ela contasse a Nandita sobre seu encontro com o marido de Radha. Quando terminou de falar, Nandita olhou para ela por um bom tempo e depois exalou ruidosamente:

— Sinto muito, Ellie. Não sei o que a gente poderia ter feito para evitar isso.

— Não seja ridícula — protestou Ellie. — Você não tem nada a ver com isso, Nan — continuou, fechando os olhos por um segundo, tentando agrupar seus pensamentos. — Eu nem sei a quem culpar por esta confusão. Conheço Pete Timberlake, o cara que fundou a HerbalSolutions. Eu o conheço há muitos anos. Ele e Frank foram colegas de faculdade. Pete é um cara muito legal. Ficaria chocado se soubesse quanta dor trouxe para as vidas de gente como Radha e seu marido. Se eu conheço o Pete, tudo o que ele sabe é que comprou um punhado de árvores que ninguém queria e que pareciam ter propriedades mágicas que auxiliavam os diabéticos americanos. Mas agora, tendo conhecido Radha e os outros, me irrito com o fato de que pessoas como eles sempre parecem pagar o preço da ignorância alheia.

— Mas isso não é um caso isolado, El — disse Nandita delicadamente. Sua voz estava tensa, como que dividida entre tentar não ferir os sentimentos de sua amiga e preservar a honestidade. — O Ocidente tem um histórico terrível de...

— Eu sei. Meu Deus, Nandita, você acha que eu não sei disso? Mesmo aquele homem pobre e ignorante, o marido dela, até ele fez uma referência sobre o nosso envolvimento no Iraque. E não há nada que eu possa dizer a ele. Com a exceção de que não acho que seja uma porca imperialista. E também acho que meu marido não é. E que fico chocada com o que meu país está fazendo no Iraque como... como qualquer um de vocês.

Ellie estava perto de chorar agora, com seu corpo tremendo ao relembrar o desprezo no rosto daquele homem quando entrou em casa e a encontrou sentada no chão perto de sua esposa, com suas palavras raivosas e acusadoras, o olhar conflitante e constrangido no rosto de Asha quando ela a forçou a traduzir sentimentos com os quais, agora ocorria a Ellie, provavelmente concordava.

— Ei, ei — disse Nandita, dando a volta em sua mesa e abaixando-se para abraçar Ellie —, agora chega. Você não pode trabalhar na NIRAL se for assim tão sensível. Ninguém está acusando você desta situação, El. Esse... esse assunto é maior do que uma pessoa só.

Mas a difícil combinação de culpa e defesa seguiu com Ellie para casa naquela noite. No carro, as duas mulheres fizeram o trajeto em total silêncio, cada uma perdida em seus pensamentos. Ellie saiu do carro de Nandita e entrou em casa com uma dor de cabeça terrível para esperar por Frank.

CAPÍTULO 8

EXATAMENTE ÀS SEIS HORAS DA MANHÃ seguinte, ouviu-se uma batida tímida na porta. Frank levantou-se rapidamente e abriu a porta antes que Ramesh pudesse bater uma segunda vez.

— Shhh — sussurrou ele, colocando o dedo indicador nos lábios. — Ellie está dormindo. Temos que fazer silêncio.

Ele conduziu o menino pela sala de estar em direção à varanda da frente. Abrindo a porta de madeira, os dois desceram pela varanda até o gramado. Era uma manhã agradável, com um sol fraco e uma brisa fresca soprando do mar. Os coqueiros altos e imponentes farfalhavam com a brisa, mas Frank e Ramesh não ouviram. O orvalho na grama fazia cócegas em seus tornozelos enquanto iam rapidamente para a parte esquerda do quintal da frente, descendo depois os sete degraus de pedra que davam para a areia. Ramesh se curvou e pegou um seixo para atirar num corvo que bicava algo dentro de um saco pardo na praia.

— Ei — disse Frank, estendendo o braço como que para impedi-lo —, jogue fora esta pedra.

— Detesto corvos — respondeu Ramesh.

Havia uma grande diferença entre Ramesh e Benny, que estava sempre querendo cuidar de esquilos e pássaros doentes e trazer para casa qualquer filhotinho de cachorro ou gato que visse. A atitude de Ramesh com relação ao mundo natural era bem mais utilitária.

— De qualquer maneira — continuou Frank —, você está aqui para treinar a fim de poder fazer parte do time de futebol da escola, certo? Ou você quer ser um campeão de matar corvos em vez disso?

Deu certo. Ramesh atirou a pedra fora. Frank permitiu a si mesmo um tapinha imaginário nas costas. Ele acabara conhecendo a psicologia deste menino muito bem, e sabia como Ramesh era competitivo e vaidoso com relação a ir bem na escola, assim como nas atividades físicas.

— O que a gente faz? — perguntou Ramesh.

— Primeiro você faz algumas flexões — disse Frank. — Vá até a parte lisa da areia, vai ser mais fácil. Certo. Está bem assim.

Ele observou o pequeno muque de Ramesh, enquanto ele estendia os braços e os flexionava. "Esse garoto é forte", pensou ele, e sentiu uma espécie de orgulho paternal, como se o garoto tivesse herdado a *sua* estrutura muscular, os *seus* genes.

— Ótimo — disse ele. — Então, pronto para dar uma corrida? Vamos lá.

Ele passou a notar Ramesh de verdade pela primeira vez há mais de um ano, depois de estar em Girbaug há uns quatro meses. Era um domingo e Ellie tinha saído com Nandita. Frank estava em seu quarto tirando uma soneca à tarde quando foi perturbado pelo barulho constante de uma bola na entrada da garagem, bem próxima à sua janela. De vez em quando, uma voz fina gritava: "Cesta!" Ele se virou para lá e para cá durante alguns minutos, cerrando os dentes de frustração, até finalmente tirar o cobertor e pular fora da cama. Atravessando a sala de estar e a cozinha, abriu a porta que dava para o pátio que separava a casa deles da do caseiro. Empurrando o portãozinho de madeira, saiu para a estradinha descalço, vestindo apenas uma camiseta branca e uma bermuda. Ramesh estava correndo ao longo da entrada da garagem, quicando uma bola de basquete, levantando vez ou outra os braços e pulando para atirar a bola dentro de uma cesta imaginária.

— Ei! — gritou Frank.

E como o menino não o escutou, ele falou ainda mais alto:

— Ei, você!

Lembrando-se do nome do garoto, disse:

— Ramesh, pare!

Ao ouvir seu nome, o menino se deteve no lugar em que estava segurando a bola com a palma da mão, os olhos arregalados e espantados. Frank notou que o tinha assustado e essa percepção afastou sua raiva. Caminhando até o menino, disse numa voz mais suave:

— Estava tentando dormir. Você me acordou.

Ele imitou o quicar da bola. O menino continuou imóvel.

— Ah, deixa pra lá — disse Frank quase para si mesmo. — Você não fala nada de inglês, não é?

Nas poucas vezes em que havia visto Ramesh, o garoto estava com Prakash. Ramesh falava com o pai em híndi enquanto o ajudava pelo quintal.

Ele estava prestes a se virar para voltar, quando o menino falou:

— Eu falo bem-bem inglês, professor disse. Melhor da sala.

— Ah, você fala, é? Então você vai à escola? — disse Frank, sorrindo.

— É claro que vou — disse Ramesh, com um ar ofendido.

Algo na exasperação do menino fez Frank rir. Fez lembrar a ele o olhar com que Benny ficava quando ele ou Ellie implicavam com o filho.

— Então, você é um bom aluno? — disse Frank.

— O melhoríssimo da minha turma.

— Você é o melhor da sua turma. Não o melhoríssimo.

O garoto jogou a bola no chão e flexionou os músculos, parecendo um pequeno halterofilista.

— Mas eu sou melhor do que melhor — exclamou ele. — O melhoríssimo.

O garoto era engraçado. Frank agora dava uma gargalhada.

— Ah, é? E quais são suas matérias preferidas?

O menino nem teve de pensar.

— Matemática — declarou ele.

— Essa era a minha matéria preferida na escola também — disse Frank. — E o que mais? E leitura e redação?

Ramesh fechou a cara.

— Detesto geografia. E ler e escrever é chato.

Seu rosto se iluminou.

— Adoro história. E esportes.

— Que esportes? Críquete?

— Críquete, sim. Mas também basquete. Você conhece Michael Jordan?

— É claro que conheço Michael Jordan — disse Frank se curvando de modo a ficar quase no nível do olhar do menino. — Mas posso te contar um segredo? Sou melhor do que Michael Jordan.

Ramesh arregalou os olhos.

— Melhor do que Michael Jordan? — disse ele de supetão, com a voz rouca de admiração. O menino olhou fixamente para Frank, examinando-o. — Não — disse ele por fim. — Impossível.

Frank fingiu ter ficado ofendido.

— Impossível? — disse Frank, levantando-se e recuperando sua altura normal. — Assim você está me chamando para a briga, cara.

— Desafio — disse Ramesh.

— Desafio? — inquiriu Frank caminhando lentamente em direção à bola, apanhando-a rapidamente e pulando em direção a uma cesta imaginária. — Aí está. Você viu isso? Que beleza de enterrada? E essa? E essa?

Ramesh estava rindo de alegria quando tentou tirar a bola das mãos de Frank, que fingiu defender a bola, mas cedeu-a ao menino após alguns segundos.

— Opa! — disse ele. — Você é realmente muito bom.

Ramesh então pareceu se achar o máximo.

— Melhor de dez, melhor de dez — gritou ele, apontando para uma árvore de porte médio que ficava ao lado da entrada de carros. — Atingir o topo daquela árvore. O primeiro a completar dez vezes ganha.

Então era isso que o menino vinha fazendo enquanto ele tentava tirar uma soneca. Lembrando-se das quadras de basquete bem-iluminadas nas quais tinha jogado quando era adolescente em Grand Rapids e da cesta que tinha instalado no alto da garagem em Ann Arbor, Frank ficou comovido com a clara esperteza de Ramesh. Ele se deu conta de que não fazia a menor ideia de quanto os pais de Ramesh ganhavam. Eles simplesmente tinham vindo junto com a casa fornecida pela empresa e eram pagos pela HerbalSolutions. Frank resolveu complementar a renda deles com uma ou outra gorjeta de vez em quando. E a primeira coisa que faria no dia seguinte de manhã seria mandar Satish comprar uma cesta de basquete para o menino.

Ramesh estava puxando a camiseta de Frank, tentando chamar a sua atenção.

— Está com medo? — disse ele.

— Medo? — exclamou Frank fingindo indignação, batendo na bola e retirando-a das mãos de Ramesh. — Eu, não! — E então ele levantou-se com os pés descalços e arremessou a bola tão alto que ela tocou o topo da árvore. Agarrou a bola e fez o mesmo uma segunda vez. Mas antes que pudesse pôr as mãos na bola novamente, sentiu uma cotovelada nas costelas. — Ai! — gritou ele. — Ora, seu safadinho! — disse, fingindo estar massageando seu flanco machucado enquanto Ramesh ria de prazer e fazia quatro jogadas consecutivas.

Agora, vendo quanto Ramesh era competitivo, sabia que se tivessem de parar de correr, teria de ser ele o desistente. O menino estava se saindo bem mantendo o passo com ele enquanto corriam pela beira da praia, mas sua respiração estava cada vez mais ofegante e o suor pingava de seu rosto. Além disso, Ramesh estava correndo com os pés descalços, tendo tirado as sandálias de plástico no último dos degraus de pedra.

— Onde está o tênis que comprei pra você no mês passado? — disse Frank, quase sem fôlego.

— O pai disse que é bom demais pra usar na praia.

Frank sentiu uma onda de irritação que lhe era familiar sempre que pensava em Prakash. O típico conselho idiota.

— Quero que você use o tênis pra correr, tá? Vai ajudar você a correr mais depressa.

Ramesh lançou-lhe um olhar arrogante.

— Eu já correr muito rápido — disse ele.

Frank deu-lhe um tapinha de leve nas costas.

— Muito esperto. — E então ele parou. — Vamos voltar. Tenho que ir para o trabalho e você tem que ir para a escola. Não quero que chegue atrasado.

Ramesh deu de ombros.

— Eu posso correr ainda mais.

— Tá legal, eu sei — disse, olhando para onde o sol estava, e limpou o suor da testa. — Mas tenha pena de um velhote, tá bem?

Ramesh deu aquele olhar solícito e sério que Frank aprendera a amar. Benny costumava fazer aquele olhar meigo e absurdamente adulto também, quando achava que alguém necessitava de seus cuidados ou de sua proteção.

— Está bem, a gente para — disse Ramesh tomando a mão de Frank, como se ajudasse um senhor idoso a atravessar a rua.

Eles estavam longe da casa, e por isso não tinha de se preocupar se Ellie ou Prakash ficariam enciumados pelo fato de estar andando pela praia de mãos dadas com Ramesh. A pegada de Ramesh era mais apertada, diferente da de Benny, mas isso o fez sentir saudades de seu filho com uma agudeza que lhe tirou a respiração. Ainda assim, era bom segurar a mão de uma criança novamente. Alguma coisa amoleceu e relaxou dentro de Frank, e ele percebeu como tinha andado tenso desde a morte de Anand. Sentia-se agradecido por, ao ver Ramesh no pátio na noite passada, sugerir a corrida na manhã seguinte.

Enquanto caminhavam de volta para casa, Frank estava determinado a voltar à rotina de ajudar Ramesh com seus deveres de casa. Aquela criança não deveria sofrer por causa do caos dos adultos a sua volta.

Algumas horas depois, Frank pegou o telefone de seu escritório para falar com Peter Timberlake. Ele não queria passar mais outro dia sem conseguir a permissão de Pete para ceder a algumas das reivindicações dos operários. Esperava que Peter não fizesse jogo duro, mas de algum modo achava que isso não aconteceria. Pete tinha ficado estupefato quando Frank telefonou para relatar a morte de Anand e o furor que se seguiu. "Meu Deus", bufou ele, "mas como é que isso foi acontecer?"

Frank estava discando o código dos Estados Unidos quando percebeu que seus dedos discavam o número de Scott em vez disso. Scott era corretor em Wall Street e Frank confiava em sua sabedoria empresarial ainda mais do que na de Pete. Além do mais, precisava da ajuda de seu irmão mais velho para ensaiar o que dizer exatamente a Peter quando fosse falar com ele.

— Alô? — disse Scott.

— Oi, gambá — respondeu Frank. — Como você vai?

— Bem, e como vai tudo aí, lula? Alguma novidade?

Eles se tratavam um ao outro por esses apelidos há tanto tempo que nenhum dos dois se lembrava nem quando nem como tinham arranjado aquilo. Frank sentiu seus músculos do pescoço relaxarem ao ouvir a voz de barítono de seu irmão.

— Não posso falar por muito tempo — disse ele. — Tenho que telefonar para o Peter antes que ele saia. O que você anda fazendo? Como vai a mamãe?

— Ela está bem. Disse que tentou falar com você esta semana, mas que ninguém atendia. Bom, de qualquer maneira, saí com ela para jantar ontem à noite. Ah, e finalmente conheci o misterioso Barney.

Depois de não ter namorado ninguém durante todo esse tempo em que o pai deles os deixara, Lauretta agora estava saindo com um homem que mora no mesmo edifício dela. Tanto Scott como Frank ainda estavam surpresos com esta recente reviravolta.

— Como ele é? Ele a trata bem?

— Ele é louco por ela. E ela... ela parece estar mais feliz do que nunca.

— Que coisa! Espera só até eu contar para a Ellie — disse Frank, rindo.

— Como vai a El?

— Ela está bem. Ótima.

Houve uma pausa minúscula.

— Vocês estão bem aí?

— Estamos, é claro — disse Frank com força. — É que... as coisas estão difíceis aqui agora, Scott. Na verdade, se você tiver um minuto, queria saber a sua opinião sobre um assunto.

— Diga.

— Bem, nós tivemos um problema aqui com um rapaz.... Ele era um pouco criador de caso, tipo líder do sindicato... Então, mandamos prendê-lo. Acho que um de nossos homens disse à polícia para, você sabe, dar uma dura nele e eles exageraram ou algo assim. O cara morreu em custódia policial e...

— Puta merda!

— É. Exatamente. E nem preciso dizer que os ânimos de todos estão exaltados e... Eu não sei... a situação toda é bastante complicada.

— Com certeza — disse Scott, e Frank conseguia sentir o que o irmão estava pensando e podia imaginá-lo com os olhos fechados e o cenho franzido. — Vocês deram algum dinheiro para a família?

— Demos. Enviamos à mãe do rapaz um cheque de dez mil rupias e ela recusou. Disse que era um insulto à memória de seu filho.

— Dez mil... isso é equivalente a quê? Duzentos dólares, por aí? Bem, não posso culpá-la por isso. Me sentiria insultado também — disse Scott limpando a garganta. — Rapaz, o fato é que os lucros de sua firma estão lá em cima. Acompanho o mercado de ações todos os dias. Acho que vocês poderiam ser mais generosos, não? Quais são exatamente as reivindicações deles?

— Ah, as de sempre. Aumento de salário e mais pausas durante o dia. Essas coisas.

— Não vejo qual o problema. Conceda algumas das coisas que eles estão pedindo, lula, porque, assim, esta situação parece insustentável.

Frank ficou surpreso ao descobrir que estava com lágrimas nos olhos. Agarrou o telefone, sem ousar falar. Scott parecia tão razoável, calmo e responsável como sempre. Frank se lembrou do dia após o enterro de Benny, quando Scott convidou-o para almoçar. Porém, em vez disso, Scott o levou de carro até um parque estadual, onde os dois caminharam durante duas horas em silêncio quase total. No trajeto de volta, Scott virou-se para encarar Frank, com os olhos fixos no rosto de seu irmão mais novo.

— Você vai sobreviver a isso — disse ele. — Sei que acha que não, mas vai.

— Ainda está na linha? — dizia agora Scott.

— Estou — sussurrou ele, não ousando dizer mais nada.

— Escuta. Telefona para o Peter e diga a ele, não peça, diga a ele que você dará aos funcionários parte do que eles querem. É você que está no comando aí, é no seu colo que a bomba vai explodir, não no do Peter. Então, tome a sua decisão, tá bem?

— Sinto saudades de casa — deixou escapar Frank. — Sinto falta, sabe, da vida nos Estados Unidos.

— Então volte. Quanto tempo mais vocês dois ficarão por aí, por falar nisso?

— Não sei. Até que as coisas se estabilizem, suponho. A Ellie ama isso aqui. Ela construiu uma vida para ela aqui, Scotty. Já eu — e os olhos de Frank voltaram a lacrimejar — não sei se jamais me sentirei em casa em algum lugar de novo, Scott. — Agora ele estava soluçando em silêncio, mas com força. — Meu Deus, Scott. Não sei o que é que está acontecendo comigo. Realmente esperei que um lugar novo fosse ajudar a me curar. Justo quando penso que estou ficando melhor, que estou superando, eu... eu sinto saudades dele, Scott. Sinto como se eles tivessem me enterrado junto dele. Tenho me esforçado muito, mas não acho que as coisas estejam ficando mais fáceis.

— Frankie — disse Scott com a voz embargada. — Frankie, não faça isso.

— É que fico sempre me *lembrando* das coisas. Dos pelos do bracinho dele quando eu o acariciava. Ou daquele calombo no lado de sua cabeça, lembra? Ele tinha isso desde que nasceu. E aquele riso esganiçado que ele tinha? Você se lembra daquela brincadeira boba que você fazia quando ele era pequeno, Scotty?

— Para. Não faça isso com você mesmo, rapaz.

Mas ele não conseguia parar. Falava muito raramente sobre Benny. E Scott era uma das pessoas a quem ele confiava as lembranças de Benny, um dos poucos que sabiam quanto eram sagradas aquelas lembranças, e de como um passo em falso poderia estragar aquilo.

— Não posso falar com Ellie sobre isso — disse ele. — Não sei por quê. Só Deus sabe quanto ela tenta. Mas não sei, Scott. Acho que ainda a culpo por sua negligência. Se ao menos ela tivesse...

— Frankie, isso é bobagem. Ela não fez nada de errado. O médico da emergência disse que ela não tinha como saber. Eu o ouvi dizendo isto. Em todo caso, no que isso ajuda seu casamento, cara, ficar culpando a Ellie?

— Bom, ela me culpa também. Outro dia mesmo, Scott, ela me acusou de usar Ramesh, o filho dos empregados que moram com a gente, para tentar superar a ausência do Benny — disse Frank, e enquanto o fazia sentiu de novo a ofensa ao lembrar-se das palavras de Ellie.

— Frank, ela é sua mulher. Ela adora você. Ela é tudo o que você tem. E vice-versa.

Alguém bateu na sua porta, e antes que pudesse responder, Rekha, sua secretária, entrou.

— Agora, não — rugiu ele, envergonhado de ser visto naquele estado. — Quantas vezes eu tenho que dizer a vocês? Não é para entrar no meu escritório a não ser que eu peça.

Ele ouviu Scott engolir em seco do outro lado da linha, ao mesmo tempo que percebia o olhar assustado no rosto de Rekha antes que ela saísse da sala.

— Calma, calma — murmurava Scott.

Frank lutou para controlar suas emoções.

— Desculpe — disse ele finalmente. — Me descontrolei um instante.

— Frank, ouça. Olha só o que você vai fazer. Primeiro você vai cortar todo esse problema trabalhista pela raiz. Dê um jeito nas coisas... e rápido. É a primeira coisa a fazer. Depois você vai sair da cidade por alguns dias. Pegue a Ellie e vá para algum lugar. Você vai ter um ataque de nervos se continuar assim, rapaz.

Ele se sentiu com as ideias mais claras e mais resoluto depois que largou o telefone. Imediatamente ligou para o número de Pete, com receio de dissipar aquela determinação caso esperasse. Para seu alívio, Pete estava propenso a um acordo. A notícia da morte de Anand o havia perturbado mais do que Frank havia imaginado.

Frank levantou-se de sua cadeira depois de ter desligado e abriu a porta. Rekha estava a sua mesa.

— Desculpe por ter gritado com você — disse ele. — É... era um telefonema de negócios importante, sabe? De todo modo, eu não deveria ter gritado com você.

Rekha pareceu tão aliviada e solícita que o fez sentir vontade de chorar. "Você é um babaca", disse a si mesmo. "Você realmente a assustou."

— Desculpe — repetiu ele antes de se dirigir para fora do prédio.

Os operários estavam em sua meia hora de almoço quando Frank chegou à fábrica. Sentiu o cheiro acre e pungente das folhas maceradas de girbal quando entrou. Inspirou profundamente e caminhou até a máquina onde Deshpande, o capataz, estava encostado. O homem, que comia um almoço simples de *roti* com *daal*, pão com lentilhas, pôs-se imediatamente de pé quando viu Frank se aproximar.

— Boa tarde, *sahib* — disse ele com seu forte sotaque.

— Boa tarde — respondeu Frank.

De soslaio, ele podia ver os outros operários olhando para ele.

— Escuta, Desh. Tenho boas notícias. Decidi aumentar o salário de todos em duas rupias por dia, a partir da semana que vem. Estamos também adicionando um intervalo extra de quinze minutos todos os dias. Tá? — disse Frank, esperando uma expressão contente cruzar o rosto dele, mas Desh estava sem expressão. "Que safado mais cara de pau", pensou Frank.

— Deveríamos também oferecer um bom dinheiro para a mãe de Anand, *sahib*. Isso vai ajudar muito a aliviar as tensões — disse Desh finalmente, num tom de voz mais baixo.

Para sua surpresa, Frank percebeu que o capataz estava falando com ele de igual para igual, como se fossem sócios planejando uma estratégia comercial. "Este cara realmente se preocupa com este lugar", pensou ele, e achou a ideia confortadora e estranhamente comovente. Uma sensação de alegria o atravessou.

— Vou dizer uma coisa a você — disse ele. — Você recomenda o que achar que é uma quantia justa. Deixo isso com você — disse Frank, sentindo-se recompensado pelo sorriso tímido de Deshpande.

Desh aguardou até que Frank saísse da fábrica para dar a notícia aos outros. Quando estava de saída, Frank ouviu os homens gritarem de alegria e assobiarem. Sorriu para si mesmo. Enquanto voltava para o escritório, não pôde deixar de pensar que havia conseguido melhorar as coisas.

NAQUELA NOITE, a torta de frango estava saborosa.

— Como ele faz isso? — elogiou Frank. — O cara parece um caipira, mas cozinha como um grande *chef*.

Ellie deu uma risada.

— Ele tem uma cara de jeca mesmo...

— É. Deveria ensinar Ramesh a cozinhar. Vai ser importante se o menino for estudar algum dia nos Estados Unidos.

— Você realmente acha que o Ramesh é tão bom assim? — perguntou Ellie. — Que ele poderia se manter nos Estados Unidos?

Ele esperou para ver se detectava alguma hostilidade ou sarcasmo na voz dela, mas não captou nada.

— Acho que o menino é brilhante, Ellie — disse ele, com uma voz sincera e tranquila. — Com os pais certos, o céu é o limite...

— Mas é justamente isso, meu bem — falou Ellie. — Os pais dele são uma mãe inteligente mas passiva e um pai que parece mais interessado em bebida do que em qualquer outra coisa. São essas as cartas com que ele vai ter que jogar.

"Não se eu tiver um papel mais forte na vida dele", queria dizer Frank. "E eu o faria, se não tivesse de ficar olhando sempre por cima dos ombros e avaliar a sua reação o tempo todo." Mas engoliu as palavras quando estavam se formando em seus lábios. Quando o fez, o pensamento que se seguiu foi: "Como Ellie podia ser tão liberal a respeito de questões globais — os direitos da mulher, a obrigação dos países ricos de ajudar os países mais pobres, e mesmo o que deveria ser feito na HerbalSolutions — e tão intolerante e limitada quando o assunto era resolver um problema que realmente poderiam resolver: ajudar um menino pobre a desenvolver todo o seu potencial?"

Frank sentiu um pequeno beliscão em seu ombro.

— Ei, você — disse Ellie. — Ainda estou aqui. Para onde você foi?

Ele se sentiu imediatamente culpado por seus pensamentos egoístas. Desde aquela noite deliciosa na casa de Nandita, as coisas corriam bem entre os dois, e ele não queria reverter a situação. Na noite anterior tinha feito amor com ela pela primeira vez em semanas, e não tinha sido a transa cautelosa com a qual eles tinham se acostumado desde a morte de Benny. Ele caiu no sono, satisfeito por não terem perdido o tesão um pelo outro e por ainda serem capazes de trepar como quando tinham 25 anos.

— Estou aqui, meu amor — disse sorrindo. — Estava pensando... E se a gente fosse a algum lugar no domingo? Poderia ser bom para nós sairmos um pouco por algumas horas.

— Ótima ideia. Senti falta de você esta semana. Você tem trabalhado até tão tarde que tenho me preocupado — disse, apertando a mão dele. — Vou dizer uma coisa a você. Que tal a gente preparar um belo piquenique e ir para alguma praia? Você acha legal?

Ele começou a sorrir em aprovação e de repente parou, atingido por um pensamento.

— Que foi? — disse Ellie.

— Nada. É que prometi a Ramesh que passaria o dia inteiro com ele na praia. Então, se a gente for, nós não podemos dizer a ele que estamos indo, tá?

O rosto de Ellie estava sem expressão.

— Entendo — disse ela, e de novo aquele silêncio incômodo e furioso cresceu entre eles.

— Tudo bem — disse ele prontamente. — Não deveria nem ter tocado no assunto de qualquer maneira. É que aquele menino é tão sensível! Não quero magoá-lo. Mas contanto que a gente não diga nada para ele...

— Bem, a gente poderia levá-lo também — disse Ellie. — Isso resolveria a situação, não é? Você gosta da ideia?

Será que ele gostava da ideia? Apesar de todos os esforços para manter seu rosto impassível, Frank podia senti-lo se aquecer de alegria. Ao ver o olhar no rosto de Ellie, soube que ela havia notado também e ficou envergonhado. Mas o fato era inescapável. A ideia de Ramesh juntar-se a eles tornou o piquenique imediatamente mais agradável. Com apenas ele e Ellie na praia seria bom, mas com a possibilidade sempre presente de desconforto e até de hostilidade. Mas Ramesh alegraria as coisas. Não haveria espaço para silêncios, para conversas difíceis ou para assuntos que pudessem desencadear lembranças tristes.

Ellie estava olhando fixamente para seu prato de jantar, apanhando com o garfo o último pedaço de torta de frango. Frank sentiu que ela estava desviando o olhar por delicadeza, constrangida por ele e por sua indisfarçável necessidade deste menino. Ele também sabia que ela o estava testando com a pergunta "Você gosta da ideia?".

Salvar seu casamento era mais importante do que uma promessa vaga feita a Ramesh, decidiu ele. Lembrou-se do que Scott disse sobre Ellie ser a coisa mais significativa em sua vida.

— Escuta — disse ele. — Vamos esquecer que mencionei o Ramesh. Vamos apenas eu e você e vamos nos divertir, está bem?

Por um segundo Ellie pareceu tentada. Depois, quando se levantou e apanhou os pratos vazios que estavam em cima da mesa, disse:

— Tudo bem, meu amor. Convide-o. Sei que vai se sentir melhor se ele estiver lá. Assim, você não vai ter que descumprir a promessa que fez a ele — acrescentou ela imediatamente. Ela beijou a nuca de Frank enquanto levava os pratos para a pia.

Ele sentou-se sozinho à mesa, sentindo que havia fracassado no teste dela, apesar de ter dado a resposta correta. Mas mesmo ao se recriminar, uma sensação fina e aguda o fisgava. Ele a entendeu como sendo a expectativa do pensamento de passar o dia inteiro na praia com Ramesh.

CAPÍTULO 9

EDNA PARECIA ENTUSIASMADA com a perspectiva do passeio de seu filho com Ellie e Frank, mas com Prakash era outra história. Ele tinha vindo à casa às nove para arrumar a cesta do piquenique, e logo depois Ramesh entrou correndo na cozinha.

— *Dada* — disse o menino —, mamãe quer saber se...

— *Chup re* — reclamou Prakash, dando-lhe um tapa na nuca. — Você está derretendo a cabeça de seu pai com seu *dada* isso, *dada* aquilo.

Da sala de estar, viram o gesto de Prakash. Ellie sentiu que Frank estava tenso.

— Se ele tocar naquele garoto mais uma vez, juro que acabo com ele — disse Frank.

— Frank, ignore — sussurrou Ellie. — Ele está apenas... só Deus sabe o quê. Ele está apenas agindo em nosso benefício. De qualquer modo, já vamos estar fora daqui em pouco tempo. — Enquanto dizia isso, pensava que sabia qual era o problema de Prakash: ele estava com ciúme. Com ciúme e envergonhado, porque com seu salário nunca poderia arrumar um piquenique decente, nunca poderia agradar a seu filho com um dia na praia do jeito que eles poderiam. Ela ficou novamente abismada com o fato de seu marido, geralmente perceptivo, ficar obtuso quando o assunto envolvia Ramesh. O garoto era realmente seu ponto fraco.

Eles escutaram Prakash levantar a voz novamente.

— Você volta para casa *jaldi-jaldi*, entendeu? Tem muito-muito dever de casa pra fazer. Nada de perder um dia na praia que nem um *mawali*.

— Mas *dada*... — disse Ramesh com uma voz angustiada.

Antes que Ellie pudesse impedi-lo, Frank foi para a cozinha. Ela o seguiu, ficando parada na soleira da porta entre a sala de estar e a cozinha.

— Você sabia que a gente ia ficar fora o dia inteiro — dizia Frank. — Pra que toda essa confusão agora? O garoto está em dia com os deveres de casa. Então, qual é o problema?

Prakash manteve a cabeça baixada, concentrado nos sanduíches de frango que preparava. Passou-se um longo momento.

— Prakash — disse Frank, enquanto Ramesh olhava com os olhos cheios de lágrimas de um homem para o outro —, está havendo algum problema?

O cozinheiro finalmente levantou a cabeça. Seus olhos brilhavam de... raiva? Ressentimento?

— Nenhum problema, senhor — disse ele. E depois, com um sorriso repentino sem o menor sinal de alegria: — Tenham um bom dia.

Frank olhou fixamente para Prakash mais uma vez, por um tempo longo demais, pensou Ellie. Não há necessidade de humilhar o pai na frente do filho, ela pensou consigo mesma, desejando que Frank fosse embora, pronta para intervir caso ele não o fizesse. Justo quando estava pronta para interferir, Frank soltou um curto suspiro e virou-se de modo a não ver o olhar rápido e furtivo que Prakash lhe lançou. Ellie, que viu o olhar, desta vez não teve nenhum problema em ler a expressão no rosto do pai. Era puro ódio. Ela sentiu seu estômago se embrulhar.

Como se soubesse que tinha sido apanhado, Prakash sabiamente aliviou sua expressão na máscara de indiferença agradável que ele geralmente usava perto deles.

— Senhora quer picles com a comida, madame? — perguntou ele. — Quer ponha picles?

— Não, obrigada — disse ela. Ela não podia imaginar-se comendo o condimentado molho *relish* de picles junto com as outras comidas que eles estavam levando.

— Ponha um pouco pra mim, *dada* — disse Ramesh, enquanto Ellie ia a seu quarto para pegar o protetor solar.

— Cale a boca — ouviu Prakash reclamar. — Menino malcriado. Criando problema para pai com os *feringas*. — *Feringas*. Estrangeiros. Então é isso o que eles pensam de nós. Embora soubesse que estava sendo ridícula, não pôde evitar a decepção.

A conversa com Prakash os tinha desanimado um pouco enquanto entravam no carro, mas não por muito tempo.

— Bom dia, Satish — disse Ellie ao motorista, e se sentiu grata ao receber um sorriso caloroso e genuíno.

— Como vai a senhora hoje, madame? — perguntou Satish. E então seus olhos bateram em Ramesh. — Ele vem?

— Vou — disse Ramesh virando-se para Frank. — Quero sentar atrás, entre você e Ellie.

— Opa, então que bom que estamos indo com o Camry — disse Frank rindo. Ele olhou para Ellie por cima da cabeça de Ramesh. — Tudo bem com você? — perguntou ele, e ela assentiu.

Ramesh pulou para o assento de trás.

— Até logo, *ma*, até logo, *dada* — disse ele a seus pais, que estavam de pé no portão da entrada da garagem.

— Meu Deus — sussurrou Frank para Ellie antes de se dirigir para o outro lado do carro. — Pelo escândalo dava até para pensar que a gente ia ficar fora por uma semana em vez de um único dia.

Dando marcha a ré, Satish entrou no espírito da coisa.

— Você está sentado atrás — disse ele de um modo triste para Ramesh. — Estou completamente sozinho aqui na frente. Não tenho companhia, *yaar*.

— Quer que eu vá para a frente? — respondeu o menino prontamente. — Posso pular o assento.

Satish olhou para Frank e Ellie no seu espelho retrovisor e riu.

— Não, *ustad*, tudo bem. Eu estou apenas fazendo *firki*.

— O que isso quer dizer? A última coisa que você falou? — perguntou Ellie.

— Fazer *firki* com alguém? É como fazer uma brincadeira, sabe? — disse Satish sorrindo.

— *Arre*, eu vou dobrar a sua *firki* — disse Ramesh. Seu sotaque era mais forte e seu comportamento mais solto na presença de Satish. Ela se perguntou se Frank também havia notado. — Meus três melhores amigos e eu ficamos implicando um com o outro o dia inteiro na escola — anunciou ele.

— Você tem três melhores amigos? — disse Ellie. — Como isso é possível?

— Por que não é possível, Ellie? — perguntou Ramesh, parecendo confuso.

— Bem, você pode ter muitos *bons* amigos. Mas somente pode haver um melhor amigo, certo?

O menino ficou pensando por um momento. E então disse:

— Mas se eu tiver apenas um melhor amigo, então o que acontece com meus outros melhores amigos? — Ele parecia tão satisfeito consigo mesmo que os outros riram.

— *Wah, wah, ustad*. Você é imbatível em discussões.

— Também sou imbatível em matemática. E no basquete. E em história. — E então virou-se para Frank: — Conte para ele.

— Ele está certo — disse Frank. — Ramesh é imbatível na comilança, em contar vantagens e em tirar meleca.

— Ei — gritou Ramesh, batendo no braço de Frank com seu punho. — Pare com isso.

— Quantos talentos, Ramu — disse Satish. — Estou impressionado.

Ellie podia dizer que o menino estava flutuando naquele ponto entre rir e ficar chateado. Sabia que se não interviesse, os dois homens continuariam implicando com o menino até que eles tivessem uma bomba de mau humor dentro do carro.

— Então, para que praia estamos indo? — disse ela, mudando de assunto. — Para onde devemos ir, Satish?

— A senhora quer ir para a praia dos Estrangeiros, madame? — perguntou ele. Praia dos Estrangeiros era o nome local dado à praia em frente ao hotel Shalimar e aos outros novos hotéis. Ellie pensou por um momento. Se houvesse um outro casal americano na praia, eles se sentiriam obrigados a vir conversar. Frank detestaria ter de dividir seu tempo com Ramesh com mais alguém. Além disso, esperava que, se Ramesh dormisse um pouco durante a tarde, ela e Frank poderiam dar um passeio.

— Não, nada de praia dos Estrangeiros — disse ela. — Algo mais... calmo, talvez? Apenas com o pessoal daqui.

— Não há indianos na praia durante o dia, madame — respondeu Satish prontamente. — Eles vão durante o pôr do sol.

Ellie se lembrou. Os indianos detestavam tomar sol e vinham para a praia usando suas roupas comuns, embora ela tivesse visto turistas indianos ricos hospedados nos hotéis usando camisetas e bermudas na praia. Mas, mesmo assim, Nandita tinha dito que isso era novidade.

Satish conduziu-os a uma bonita praia escondida, com diversos coqueiros atrás deles e enormes pedras contornadas pelo mar para que ele encontrasse a areia.

— Aqui é lindo! — exclamou Ellie.

— Obrigado, madame — respondeu Satish. — O rapaz ajudou-os a carregar as cadeiras de praia e a grande barraca com as cores do arco-íris que os protegeria do sol inclemente. Ele e Frank enfiaram a haste de metal na areia. Depois, ele se levantou, olhou para Frank e disse: — A que horas devo vir buscá-los, senhor?

Para Ellie, esta era sempre a parte incômoda, depois que Satish os deixava em algum lugar e desaparecia até que fosse chamado novamente. Por um momento, pensou em convidar este rapaz simpático a passar o dia com eles, mas sabia que Frank não a perdoaria se ela convidasse Satish para se intrometer no dia deles. Não, era melhor passar pelo constrangimento momentâneo que, pelo que ela sabia, apenas ela sentia. Satish estava provavelmente feliz de abrir mão da companhia deles e ter o dia para si mesmo, embora ela não tivesse a menor ideia de para onde iria.

— Você tem algum lugar pra ir? — perguntou ela, sem ter a intenção.

— Tudo certo, madame — disse ele. — A aldeia está próxima. Tenho alguns amigos lá que posso visitar. — Esta era a resposta-padrão de Satish. Ele pelo visto tinha amigos em qualquer lugar que fossem, inclusive em Bombaim. Ellie suspeitava que estava apenas sendo educado, a fim de evitar que eles se sentissem desconfortáveis por sua causa, algo semelhante à atitude dos que não têm, que sempre parecem proteger a sensibilidade dos que têm.

— Estou com fome — anunciou Ramesh assim que Satish saiu.

— Menino, sua mãe me disse que você já tomou o café da manhã — disse Frank. — Deve ter uma lombriga aí.

— Eu tenho uma árvore de unhas crescendo na minha barriga — disse o menino com seriedade.

— Uma árvore de unhas? — perguntaram Frank e Ellie simultaneamente. — É isso mesmo? Será que devo puxá-la para fora? — disse Frank sorrindo.

— Eu roo as unhas. A mãe diz que faz uma árvore crescer no estômago. Talvez seja por isso que esteja comendo o tempo todo — disse ele, estendendo suas unhas roídas para que eles as inspecionassem.

— Isso é apenas uma expressão — começou a dizer Ellie, e depois pensou melhor. Pelo que sabia, Edna provavelmente pensava que seu filho tivesse uma árvore de verdade na barriga. Este era um país onde as fronteiras entre as metáforas e a realidade, entre os fatos e a ficção, eram praticamente inexistentes porque coisas estranhas e improváveis aconteciam o tempo todo. Ela se lembrou da primeira vez que tinha visitado Bombaim. Lá tinha visto uma vaca, um elefante, uma cobra e um macaco nas ruas logo no primeiro dia. E todos esses animais coexistiam pacificamente com os animais mecânicos, os Jaguares, os Dodge Rams e os Ford Mustangs estacionados na rua. Edna sempre lhe contava histórias estranhas, de quando sua tia havia visto um crocodilo e uma vaca caírem do céu enquanto chovia. E de quando era pequena e estava viajando à noite com seu pai num carro de boi e apareceu uma naja no meio da estrada. Eles pararam, e diante de seus olhos a naja se transformou numa linda mulher que desapareceu na mata próxima. Se algum de seus pacientes tivesse dito isso a ela, Ellie teria suspeitado de problemas mentais. Mas aqui na Índia ela estava aprendendo a encarar as coisas como eram, e estava começando a perceber que a realidade era mais multidimensional do que jamais havia suspeitado em Cleveland ou Michigan.

Ela pegou um sanduíche e entregou-o a Ramesh.

— Será que isso vai matar sua fome até a maré mudar?

— A maré mudar? — perguntou Ramesh, inclinando a cabeça.

— É uma expressão — disse ela novamente. — Quer dizer apenas...

— O tempo e a maré não esperam por ninguém — disse Ramesh lentamente. Ellie achou que naquele momento ele parecia uma coruja sábia. O menino virou-se para Frank e falou: — Você já ouviu este ditado?

— Acho que sim — disse Frank, seu rosto inexpressivo. — Algumas vezes. — Depois de alguns minutos, ficou de pé e levantou a camiseta, bloqueando o sol por um momento. — Falando de marés, que tal uma nadada rápida? — disse, provocando Ramesh. — O último a chegar na água é bosta de elefante.

Ramesh enfiou o restante do sanduíche na boca, gritando de alegria ao se pôr de pé, atirando areia na toalha.

— *Ae*, você está roubando — gritou ele atrás de Frank, que estava correndo para a beira da praia. Desabotoando sua camisa de algodão azul, começou a seguir Frank, olhando para trás para Ellie. — Ele está roubando, Ellie. — O menino chegou na água alguns segundos depois de Frank. Ellie tirou a areia da toalha e depois se sentou com as mãos cruzadas nos joelhos, olhando para os dois brincando, atirando água e dando caldos um no outro. Mesmo àquela distância, ela conseguia ouvir os gritinhos de alegria de Ramesh e o riso mais grave de Frank. "Ele está feliz", pensou ela com alegria, e percebeu que tinha lágrimas nos olhos. Fazia tanto tempo que não via Frank assim jovial, despreocupado e genuinamente contente. A ostra cautelosa e mal-humorada na qual havia se tornado na noite em que Benny morreu parecia ter sido atirada fora, como se as águas do mar da Arábia o batizassem numa nova fé. Não importa que esta fé não fosse firme, que estivesse construída sobre um alicerce tão instável quanto esta areia que se movia debaixo dela. Não importa se essa religião que estava encontrando estivesse sendo guiada por um menino de nove anos que pertencia a duas outras pessoas que, apesar de o tratarem de modo seco e grosseiro, o amavam muito. Não importa que o menino de nove anos pertencesse a um pai que já estava se sentindo desconfortável com o que sentia ser uma usurpação de seus poderes e de sua autoridade, que sentia em Frank um concorrente ao amor incondicional que ele esperava de seu filho.

E, de repente, Ellie sentiu alguma coisa escurecer o sol, como se uma sombra tivesse se encostado nele, e ela ficou sensivelmente ciente da presença de Benny. Seu estômago se embrulhou e, sem poder evitar, olhou para a sua direita, sabendo que Benny estava sentado bem ali. Mas quando olhou, não havia ninguém na toalha verde e vermelha, apenas as sandálias que Ramesh havia tirado antes de ir para a água. Ainda assim, não conseguiu se desvencilhar do sentimento de que Benny estava bem perto dela.

— Ben? — sussurrou ela, olhando agora fixamente para a frente, sem saber se Frank podia ver seus lábios se movendo àquela distância, mas sem querer correr o risco. — Você está aí, Benny?

Não houve resposta, apenas o leve murmúrio do universo, que sempre parecia mais audível em dias claros e sem nuvens na praia. O ar da tarde brilhava como vidro lapidado. Mas mesmo que Ellie se sentisse uma boba, não podia evitar o sentimento de que, como ela, Benny estava observando as brincadeiras do homem e do garoto na água. Seu coração doía pelo filho morto. Será que acreditava que seu pai o estava substituindo por outro menino? Será que se sentia esquecido, ignorado, negligenciado? Será que se sentia... *morto*? Ou será que sabia quão aguda e dolorosamente vivo estava em suas mentes e suas vidas? Será que Benny sabia que pensavam nele uma centena de vezes por dia, que cada um tinha um retrato dele na beira da cama e que a primeira coisa que faziam ao acordar era beijar seu retrato? Que havia certas comidas que não podiam comer até hoje por serem suas comidas preferidas, que nenhum deles tinha comido melão ou arroz frito chinês desde a sua morte, que desligavam o rádio quando este tocava “Yellow Submarine” ou “Octopus’s Garden”, que nunca entravam numa loja da Nike porque esta era a sua marca favorita de tênis?

Ellie sentiu um nó na garganta quando outro pensamento a acossou: Será que Benny, ai, meu Deus, a considerava responsável por sua morte? Será que ele pensava como Frank, que de vez em quando deixava escapar que acreditava que ela fora uma mãe negligente? Que ainda estaria vivo se ela tivesse corrido para o pronto-socorro ao primeiro sinal de febre? Será que culpava Frank por estar longe na Tailândia, convencido de que seu pai, pragmático e com olhos de lince, teria notado os sinais de perigo mais rápido do que sua mãe, mais relaxada e despreocupada? Ah, mas e as inúmeras vezes em que cuidou do menino com febre, garganta inflamada e gripe enquanto Frank estava fora? Como ela poderia saber que desta vez era diferente? Seguiu as instruções do médico, colocando panos úmidos na cabeça do menino, deu a ele o Tylenol infantil, trouxe uma bala para sua garganta inflamada, checou sua temperatura a cada duas horas. E mais: colocou música tranquilizante no aparelho de som de seu quarto, abriu as janelas para deixar entrar ar fresco e sentou-se segurando a mão do menino e dizendo quanto o amava. Será que ele se lembrava de tudo isso? Será que não se lembrava? Que ela apenas saiu de perto dele depois que sua temperatura tinha voltado ao normal e ele tinha adormecido, com seu peito adorado subindo e descendo suavemente quando respirava? Que sua pele estava lisa e sem manchas, sem nenhuma daquelas erupções arroxeadas que apareceriam apenas algumas horas depois? Que seus olhos estavam fechados e que ele estava sorrindo em seu sono como muitas vezes fazia quando tinha um sonho engraçado? Que ficava com os dedos cruzados em cima do peito quando dormia, de modo que ela notava suas unhas perfeitas e, como sempre, seu coração se enchia de amor ao olhar para aquelas mãos pequenas e macias?

Ela se lembrava de tudo. O grito único e estrangulado de Benny que a havia tirado de um sono profundo de modo que ela estava no quarto dele antes que sequer pudesse se lembrar de acordar. O abajur da mesinha de cabeceira agora aceso e a primeira visão da horrível erupção. O olhar suado e desorientado no rosto de Benny. O telefonema aterrorizado para o dr. Roberts. Os cinco minutos mais longos do mundo esperando que ele telefonasse de volta. Ela já tinha usado aqueles cinco minutos para tirar a camisola e vestir uma roupa, sabendo que o dr. Roberts diria para levá-lo ao pronto-socorro. O tremor em suas mãos quando chamou a ambulância. A calma e tranquila eficiência dos paramédicos. Viajar no banco da frente da ambulância, pois apesar de seus pedidos eles não a deixaram ir na parte de trás, onde já tinham posto o soro em Benny. Ver o edifício do Mott Children Hospital aparecendo como uma espaçonave à medida que eles se aproximavam. O médico de plantão fazendo perguntas a ela, gritando ordens para uma enfermeira, pedindo que chamasse o dr. Masood, o especialista em doenças infecciosas. O dr. Masood chegou pouco depois. Após Ellie responder a todas as suas perguntas, ele tocou de leve em seu ombro, dizendo: "Nós vamos fazer o melhor pelo seu filho, sra. Benton. Estamos fazendo alguns exames agora. Mas tenho 99% de certeza de que é meningite. Não havia nada que a senhora pudesse ter feito para evitar que acontecesse. Por isso quero que a senhora entenda que não fez nada de errado."

Ellie desejava poder dizer estas palavras para Benny agora, defender-se da acusação enquanto estava na praia numa tarde de um brilho ofuscante. Mas o estranho era que ela só podia sentir a presença de Ben se olhasse direto para a água. Se olhasse para a direção onde tinha certeza de que ele estava sentado, não sentia nada e via apenas a toalha e o sol brilhando nos grãos de areia que Ramesh havia espalhado quando descalçou as sandálias. Além disso, não havia tempo para explicar nada, porque Frank e Ramesh estavam saindo da água e caminhando na direção dela, parecendo dois cães felizes ao fazerem isso. A cada passo que davam, a sensação de que Benny estava perto dela a abandonava. Agora que estavam muito próximos, e mesmo a água escurecendo o cabelo louro de Frank, notou quanto ele brilhava ao sol, percebendo o rosto longo e anguloso, o sorriso grande e amplo que era também o sorriso de seu filho. O sorriso tirou-lhe o fôlego porque pela primeira vez viu o que os outros sempre haviam comentado: a grande semelhança de Benny com o pai.

Mas não havia tempo agora para ponderar sobre isto porque o corpo molhado e moreno de Ramesh tremia incontrolavelmente, apesar do sol. Ela atirou-lhe uma toalha, mas Frank a pegou e com ela esfregou vigorosamente o corpo esguio do menino para enxugá-lo antes de envolvê-lo com ela. Quando se sentaram, Frank manteve seu braço em torno do menino que ainda tremia, de vez em quando esfregando suas costas para trazer mais calor para o corpo dele. Este gesto fez Ellie se lembrar de Frank dando banho em Benny quando este ainda era uma criança pequena. Ben detestava tomar banho e costumava gritar como louco quando Frank o carregava para a banheira. Mas, uma vez estando dentro d'água, acalmava-se e dava gargalhadas enquanto espalhava água por todo lado. Pai e filho pareciam inevitavelmente ter tomado banho, enquanto um Frank encharcado enxugava seu filho e depois o carregava enrolado na toalha para o quarto para vestir o pijama.

Ellie estava maravilhada com o fato de Frank desempenhar a mesma tarefa que fazia com Benny em Ramesh sem esforço. Durante os últimos dois anos, acreditara que Frank era quem estava atolado no lamaceiro da dor, e que era ela quem estava conseguindo superar a morte do filho. Agora, não tinha certeza. Enquanto estava na praia falando com seu filho morto, Frank tinha encontrado um novo filho para amar.

Algo deste choque deve ter aparecido em seu rosto, porque ela viu Frank se retesar ao dizer: "Ele está com frio." Ela sentiu a defesa em sua voz, como se seu marido estivesse se justificando perante uma acusação tácita.

— Eu sei — disse ela com suavidade. Sorrindo para Ramesh, que estava sentado com uma expressão radiante no rosto, alheio à súbita tensão, ela acrescentou: — E dizem que a melhor comida para depois de um mergulho no mar é... batata frita.

— Siiiiim — disse o menino, e todos riram. Frank tinha o hábito de fechar o punho e vibrar cada vez que marcava um ponto no basquete, e Ramesh tinha pegado este gesto dele.

— Ei, estou com fome também. Será que eu posso comer alguma coisa? — disse Frank.

— A quem queremos enganar? A gente bem que podia começar a comer agora mesmo — disse Ellie sorrindo. Ela foi tirando da cesta de piquenique cada um dos lanches que Prakash havia posto ali. — Nossa! Prakash deve ter pensado que a gente estava levando metade de Girbaug para o piquenique conosco.

Ramesh de repente deu um tapa no joelho e riu até não poder mais.

— Metade de Girbaug — disse ele. — Você é engraçada, Ellie.

Frank e Ellie olharam um para o outro como se não compreendessem.

— Não é *tão* engraçado assim, Ramesh — disse Frank finalmente. — Agora pare de rir ou vai se engasgar com o sanduíche.

Mas isso apenas fez com que Ramesh risse ainda mais.

— Ignore-o — murmurou Ellie para Frank. — É o melhor a fazer quando eles ficam assim.

A mão de Ellie tocou em algo mole no fundo da cesta. Retirando o pequeno embrulho de papel-alumínio, ela viu o molho *relish* de picles que Ramesh havia pedido a seu pai.

— Meu *dada* não se esqueceu — gritou Ramesh com alegria.

O menino abriu seu sanduíche e espalhou o molho por cima da salada de frango. Depois deu uma grande mordida.

— Que horror! — disseram Frank e Ellie simultaneamente.

— Hein? — falou Ramesh.

— Ramesh, isso é nojento. Como você pode estragar o gosto do frango com isso?

— O picles faz o sanduíche ficar bom. Senão, fica sem graça demais — disse Ramesh, estalando os lábios.

— Acho que não é diferente da mostarda num cachorro-quente — disse Frank a Ellie, deixando escapar um súbito gemido. — Meu Deus! O que eu não daria por um belo e suculento cachorro-quente agora?

— Você come cachorro? — perguntou Ramesh, sentindo-se tão enojado que Ellie caiu na gargalhada.

— Não é um cachorro. É só um nome. Na verdade é... — E então a mente de Ellie ficou vazia. O que exatamente era um cachorro-quente? Carne de vaca ou de porco? — É apenas carne — acrescentou ela sem convicção.

— E, garoto, deixe eu dizer a você. Num dia quente de verão como esse, nada vai melhor — disse Frank, ainda se sentindo nostálgico.

— Vamos preparar isso para o Natal deste ano — disse ele, mastigando e falando com a boca aberta. — Vou falar com meu *dada* para fazer.

— Não, não e não. A gente não faz isso para o Natal. É comida para o verão. — Frank fechou os olhos. — Isso é o que se come no Dia 4 de Julho. Uma boa cerveja gelada, um hambúrguer grande e suculento e um cachorro-quente.

— Pare — disse Ellie sorrindo. — Você está me fazendo sentir saudades dos Estados Unidos.

— O Dia 4 de Julho é o dia da independência americana — declarou Ramesh. — Aprendi isso na escola.

— Muito bem — disse Frank.

— Qual é o dia da independência da Índia? — perguntou Ramesh. — Vocês sabem?

Ellie e Frank olharam um para o outro, surpreendidos. Será que eles sabiam? Eles se lembravam de terem estado em Bombaim no ano anterior porque era feriado e a fábrica estava fechada.

— Eu sei que é em agosto — gaguejou Ellie, um pouco encabulada. — É 17 de agosto?

— É 15 de agosto — gritou Ramesh, olhando sério para eles. — Sei o dia da independência americana mas vocês não sabem o da Índia — disse ele.

— Tá bom, caubói. Você venceu — disse Frank. — Agora chega.

As orelhas de Ramesh se ouriçaram.

— Caubói? Que nem um caubói? Ele fingiu cavalgar. — Você quer me ver galopando, galopando? — E, antes que eles pudessem responder, um novo pensamento passou por sua cabeça. — *Ae*, vamos fazer cachorro-quente para o dia da independência de vocês. Tenho certeza de que *dada* sabe fazer.

Frank visivelmente deu de ombros, e Ellie sabia que o pensamento de Prakash fazendo cachorros-quentes era um sacrilégio para ele. Mas para Ramesh ele apenas disse:

— Acho que não, cara, pois estaremos em Bombaim nesse dia.

Ellie olhou para ele inquisitivamente e depois se lembrou. O consulado americano estava dando uma festa em Bombaim para os americanos que moravam lá e em outras cidades próximas. Sabendo da relutância de Ellie em comparecer a reuniões desse tipo, Frank, para convencê-la, propôs uma viagem de barco às cavernas de Elephanta, caso ela concordasse em ir. Ellie tinha dito que sim, principalmente por saber que ele queria que ela fosse.

— Bombaim? — gritou Ramesh. — Vocês estão indo a Bombaim? Posso ir com vocês?

Ellie observou o rosto de Frank se contorcer de vários modos durante estas últimas palavras. Primeiro, ele pareceu surpreendido, como se o pensamento não lhe tivesse ocorrido. Depois, a perspectiva da companhia de Ramesh iluminou seu rosto. Imediatamente, porém, a luz se apagou, entorpecida pela lembrança de que Ellie não gostaria muito dessa intrusão. Este pensamento foi seguido por um ressentimento agudo e sofrido ao ter de sacrificar o prazer dele por um sentimento de dever com relação à esposa. Por fim, atirou um cobertor de inexpressividade por cima de tudo aquilo e virou-se para encarar Ramesh.

— Gostaria que você pudesse ir, rapazinho — falou ele. — Mas não desta vez.

Mas Ellie tinha visto o desapontamento no rosto de Frank. E por baixo da rápida negação do pedido de Ramesh, ouviu o ressentimento angustiado ao recusar não apenas o desejo do menino, mas também o desejo de seu coração. Ela não podia suportar ser a razão daquela recusa. Ela o amava demais para isso. Ela devia isso a Frank, o direito a uma felicidade ocasional que apenas um menino indiano inteligente que pertencia a outras pessoas podia trazer. Também sentia uma imensa tristeza ao ver Ramesh repentinamente triste, ao ver sua cabeça curvada, desapontado. Lembrou-se de todos os lugares que Benny tinha visto com a idade de sete anos — Disneylândia, Nova York, Florença, a ilha de Captiva, Boulder, Cape Cod — e comparou isso com o fato de que Ramesh nunca saíra de sua cidade natal, nunca visitara as metrópoles gigantes que ficavam a poucas horas de distância. E quem sabia o que Bombaim podia fazer pelo garoto, que sonhos adormecidos ela poderia despertar, que horizontes poderia expandir? Ellie se lembrou de quanto ter ido a Barcelona aos onze anos a tinha afetado. "Vocês podem ir todos para casa", disse ela aos seus pais quando era hora de voltar, "eu vou ficar por aqui". Todos eles riram, e é claro que ela tinha retornado a Shaker Heights, mas alguma parte dela — a parte ambiciosa, cosmopolita e mundana — tinha sido marcada para sempre por aquela viagem. E ela, filha de um professor de história, tinha crescido numa casa com mapas, atlas e livros, familiar às glórias e ao tamanho do mundo. Como poderia privar Ramesh de sua única chance de sair do confinamento de sua vida? O que ela e Frank poderiam prover a Ramesh sem o menor sacrifício, com um mero estalar de dedos, só poderia ser feito por Prakash e Edna com uma vida de dificuldades, economias e problemas. Uma viagem a Bombaim era o mínimo que poderiam fazer.

— Por que ele não pode ir conosco? — perguntou ela.

Os olhos de Frank se levantaram e havia neles uma luz que Ellie não via há dois anos.

— Eu pensei.... eu achei... que não haveria nenhuma razão verdadeira para que ele não pudesse...

— Você acha que o pessoal do consulado se oporia? — falou ela, gostando e prolongando seu poder de fazer Frank feliz.

— Claro que não. O convite dizia que as crianças são bem-vindas. De qualquer maneira, é apenas um piquenique, algo bem informal.

O olho esquerdo de Frank piscou e Ellie observou fascinada. Seu olho geralmente piscava em momentos de estresse. "Como ele quer que isso aconteça!", pensou ela maravilhada. "E como ele tenta esconder essa necessidade de mim!" Pela primeira vez, Ellie se sentia grata pela presença de Ramesh em suas vidas. Talvez este menino fosse a corda que salvaria seu marido afogado na dor. Talvez pudesse ser o fio que a conectasse novamente a Frank.

Seus pensamentos foram interrompidos pelas manifestações de alegria que emanavam do garoto sentado ao lado dela.

— Graaaaaande Ellie — gritou Ramesh. — Obrigado, obrigado. Sempre quis conhecer Mumbai. Quero conhecer Shahrukh Khan.

— Quem é Shahrukh Khan? — perguntou Ellie depois ouvindo Ramesh suspirar.

— Você não sabe quem é Shahrukh Khan? Ele é o melhoríssimo ator — disse Ramesh, levantando-se de um salto da toalha e, com sua pose mais máscula, começando a recitar diálogos do último filme de Khan. Eles escutaram o menino durante alguns minutos e depois Frank virou-se para Ellie:

— Obrigado — disse ele simplesmente.

— Não é nada de mais. Além disso, vai ser divertido ter o menino conosco — disse Ellie, apertando a mão dele.

— Será que ele vai gostar da cidade? Ou vai ficar com medo dela? — disse Frank sorrindo. — Você se lembra de quando a gente levou Ben a Nova York?

Ela sorriu de volta.

— Claro. Lembra da visita à igreja de Saint Patrick?

Eles tinham passeado pela magnífica catedral num sábado à tarde. Apesar de terem recebido uma educação católica, nem Frank nem Ellie eram particularmente devotos, e, enquanto caminhavam pelos corredores e olhavam os vitrais, o teto alto e o altar ornamentado, mal notaram os pequenos grupos de pessoas que se sentavam nos bancos com as cabeças baixadas e os olhos fechados. Ellie acendeu uma vela por sua mãe e depois virou-se para seu filho de cinco anos e perguntou se estava pronto para ir embora.

— Mas a gente ainda não rezou — respondeu Benny.

E, antes que pudessem reagir, o menino correu para a frente da igreja e sentou-se num banco perto de um homem descabelado, de olhar vidrado, que vestia um casaco surrado. Durante uns dez minutos, com os olhos firmemente fechados, Benny ficou sentado perto do homem, que fedia a álcool e a urina. De vez em quando, seus lábios se moviam.

Finalmente, o menino abriu os olhos e disse um "até logo" bem alto ao seu companheiro esfarrapado e juntou-se aos pais.

— Pronto, agora já acabei de falar com Deus — disse ele.

Durante o restante do dia, Ellie olhou para seu filho com um sentimento que se aproximava da admiração, percebendo que o garoto resmungão que queria arroz frito para o jantar daquela noite e também que seu pai o carregasse de volta para o hotel era ainda um ser misterioso e espiritual cuja individualidade já começava a se afirmar.

Ela se lembrou daquele estranho incidente muitas vezes, especialmente depois da morte de Benny.

— Você se lembra? — agora perguntava a Frank.

Ele assentiu.

— É claro. — E então fez uma pausa, olhando para o mar que se espraiava diante deles como uma grande mesa de banquete. — Ele era um belo rapazinho, nosso Benny.

Os dois desviaram o olhar carregado de lágrimas, com receio de falar até que a emoção passasse e eles pudessem controlar suas vozes novamente. Ellie cobriu as mãos de Frank com as dela.

— Aposto que o Ramesh vai adorar Bombaim — disse ela por fim. — Como poderia não gostar? É uma cidade rápida, movimentada e cheia de vida, exatamente como ele.

Frank suspirou.

— Ainda falta um mês. Gostaria que fosse logo. Bem que preciso de um fim de semana prolongado.

CAPÍTULO 10

Ellie aguentou o melhor que pode, sem abrir a boca. Edna estava de pé diante dela se lamentando, batendo na testa e maldizendo sua falta de sorte por ter se casado com um traste de marido. Apesar da angústia de Edna ser genuína o bastante, Ellie não podia descartar a sensação de que algo naquele drama todo era em benefício dela, de que Edna estava tentando disfarçar seu constrangimento com relação à obstinação de seu marido com suas lamúrias e reclamações.

Prakash estava sendo um imbecil, não havia dúvida sobre isso. Faltavam três dias para a viagem a Bombaim e Prakash tinha repentinamente mudado de ideia sobre o fato de Ramesh acompanhá-los. Edna tinha vindo há mais ou menos meia hora dar a notícia a Ellie.

— O que eu posso fazer, madame? O sujeito está ficando cada vez mais-mais teimoso com a idade. Só Deus sabe o que entrou na cabeça dele ontem à noite, mas ele está dizendo que não vai deixar Ramesh viajar.

— Você falou com Ramesh?

Edna lamuriou-se num tom ainda mais alto.

— Não, madame, se aquela mula quer magoar o coração do filho, deixe que ele mesmo faça isso. Há semanas que o menino anda radiante por causa dessa viagem.

— Entendo.

Ellie não sabia o que seria mais difícil: o desapontamento ou a raiva de Frank quando ela lhe contasse a novidade. Ela de repente se encheu dessa situação, esta dança esquisita na qual estava metida entre os egos e a insegurança de dois homens em disputa. E Edna a estava irritando profundamente. Quanto drama, tão cedo de manhã! Edna agora relembrava a mãe, desejando ter escutado suas repreensões com relação a ter se casado com um não cristão.

— Esses hindus, madame — soluçou ela —, eles não são como nós. Mais cedo ou mais tarde mostram a sua verdadeira natureza. Minha mãe estava certa. Esse homem é um caso perdido.

Mesmo sem querer, Ellie não conseguiu deixar de rir.

— Edna, por favor — disse. — Este é um simples caso de um pai que não quer que seu filho vá conosco porque... bem, sabe-se lá por qual razão? Não vamos fazer disso uma cruzada.

Edna parecia ofendida e continuou a resmungar nervosamente com relação às atitudes de Prakash. Mas pelo menos as lamúrias tinham parado. Aproveitando aquele silêncio, Ellie decidiu agir.

— Prakash está em casa? — perguntou ela a Edna.

— É claro, madame — disse ela.

— Quero falar com ele. Podemos ir à sua casa?

Ela percebeu o olhar surpreso de Edna. Nunca tinha cruzado o pátio para entrar na casa de Edna. Saber que ela não tinha a menor ideia de como era a casa de sua empregada, apesar do fato de compartilharem o mesmo endereço, fez Ellie corar.

— Vamos — disse ela resmungando.

O casebre de um cômodo tinha dois catres em cada extremidade. Um terceiro colchão estava no chão ao lado de um dos catres. Um tabique conduzia à pequena cozinha e Ellie suspeitou que o banheiro ficava por trás da porta amarela na extremidade do cômodo. Duas cadeiras decrépitas estavam encostadas numa parede e uma pequena televisão estava em cima de uma delas. Mesmo sabendo que o casebre de Edna era melhor do que o de muitos habitantes da aldeia, Ellie ficou chocada de testemunhar quão modesta era a vida de seus caseiros. Não era de espantar que o pobre Ramesh sempre estivesse procurando uma oportunidade de passar algum tempo na casa dos patrões. Ficou imaginando o que o menino pensava da casa deles. Ela também sentiu uma fisgada de apreensão com relação a levar o menino ao Taj, onde ficariam durante a estada em Bombaim. O hotel de cinco estrelas era algo que estaria além do que a imaginação do menino podia conceber. Ela até chegou a imaginar se a insistência de que o menino fosse com eles tinha sido um equívoco, mas então viu Prakash sentado de cócoras na cozinha e seu humor se alterou.

Prakash permaneceu na mesma posição, mas Ellie percebeu o olhar de ódio mortal que lançou à sua esposa com esta intrusão. Ela sabia que Edna ia pagar por esta intromissão, mas naquele momento não podia pensar nisso. Queria apenas que o assunto ficasse resolvido antes que Frank soubesse de tudo.

— Prakash — disse ela acidamente. — Edna me disse que você é contra o Ramesh ir conosco. Fiquei tão chocada que achei que fosse um equívoco. Então queria ouvir isso de sua própria boca.

Prakash olhava fixamente para o chão.

— Não há equívoco algum — resmungou ele. Depois, olhando para ela, repetiu ainda mais alto: — Não há equívoco algum.

Edna sentiu o desafio em sua voz.

— Entendo — disse ela, tentando ganhar tempo. — E posso saber por quê?

Prakash agora debochava abertamente.

— Olha só no que o mundo se transformou — disse ele, como se pensasse alto. — Um pai justificar suas ações até quando elas se referem ao próprio filho.

Atrás dela, Ellie ouviu Edna arfar.

— Prakash — interrompeu Ellie —, você já sabia disso há semanas. Nós já organizamos tudo, já fizemos reservas no hotel.

Ela fez um cálculo rápido e decidiu blefar.

— Quem vai pagar pelos quartos do hotel? — perguntou ela fingindo indignação. — Isso vai nos custar centenas de rupias.

Mesmo assim, o homem não se moveu.

— Isso não é minha *mamala* — resmungou ele.

Seus modos insolentes a estavam deixando nervosa.

— Nos últimos tempos, todas as vezes que levamos Ramesh a algum lugar, você cria um problema. Você quer que a gente lave as mãos para ele? Ficaremos felizes em fazer isso.

Ela podia dizer pelo rosto de Prakash que ele não estava entendendo o que queria dizer. Mas Edna entendeu e ela emitiu um som parecido com um resmungo.

— Olha só para ele sentado aí com essa cara amarrada — disse Edna. — Sem ligar para o futuro de nosso próprio filho.

Ela o cutucou com o pé descalço.

— Vou embora — exclamou ela. — Vou pegar Ramesh e no meio da noite fugiremos de você.

Prakash lançou-lhe um sorriso malicioso.

— E para onde você vai? — disse ele em híndi.

— Para qualquer lugar. Para Goa. Vou implorar à minha mãe para nos acolher de volta. Ou então vou afogar Ramesh junto comigo num poço. Contanto que fiquemos longe de você — disse Edna explodindo.

Prakash levantou a mão e fez um movimento para sair do chão. Vendo isto, a frustração de Ellie aumentou e transformou-se em raiva.

— Se a gente perder o dinheiro do hotel, vou cobrar de você — exclamou ela. — Vou descontar do seu salário até você pagar tudo. Você entendeu? É isso que você quer?

O cozinheiro se sentou de novo com um baque surdo, como se tivesse sido jogado no chão pela força da raiva que vinha de ambas as mulheres.

— A senhora não pode tirar salário — resmungou ele. — Esse dinheiro nosso.

Ellie podia sentir que o espírito maligno o tinha abandonado e sentiu-se levemente vitoriosa.

— Mas vou fazer isso, Prakash — disse ela. — Se você não ceder.

Edna veio e se colocou de pé entre ela e Prakash.

— *Chalo*, não faça madame perder mais tempo — disse ela. — Qual é sua decisão?

Prakash olhava fixamente para a parede.

— O que vocês quiserem — disse ele finalmente.

Mas Ellie ainda não tinha acabado.

— Não estou brincando, Prakash. Agora chega dessa besteira, *achcha*? Você entendeu?

— Entendi.

— Ótimo.

Ellie saiu da casa, com Edna andando um passo atrás dela. As duas mulheres cruzaram o pátio e entraram na cozinha de Ellie.

— Madame — disse Edna animadamente. — A senhora o colocou no lugar. O que a senhora disse sobre cortar pagamento foi muito bom.

Apesar da exuberância de Edna, Ellie achou ter detectado algo, um pequeno sinal de ansiedade, como se quisesse ter certeza de que Ellie tinha feito uma falsa ameaça.

— Eu estava apenas brincando a respeito disso — disse ela. — Sabe? Um blefe.

Edna assentiu vigorosamente.

— Eu sei, eu sei. Que bom que a senhora fez isso, madame! Aquele monte de esterco ficou com medo de não ter dinheiro para beber. Ele se preocupa mais com sua bebida do que com a comida de sua família.

Edna continuou falando, expressando a alegria em como Ellie tinha posto Prakash a nocaute, em como o tinha esvaziado de ar como um pneu furado, mas Ellie não sentiu nem um pouco da alegria que Edna sentiu. Relembrando o que falou, a maneira imperial como tinha se dirigido ao cozinheiro, o modo como tinha usado o chicote da riqueza e do poder para colocar Prakash em posição submissa, a deixou enojada. Quão facilmente tinha se colocado no papel da patroa, da *memsahib* branca! Lembrou-se de todas as vezes em que havia repreendido Frank por fazer o mesmo com seus subordinados, como ela desviava o olhar de constrangimento quando ele usava seu poder contra seus operários. E acabara de fazer exatamente a mesma coisa. Tentou imaginar uma situação em que alguém, um vizinho em Ann Arbor, um professor ou um parente, pudesse ter forçado Frank e ela a reverter uma decisão que tivessem tomado com relação ao Benny. Ela não podia imaginar uma situação plausível. Certamente Prakash tinha o mesmo direito de decidir o que era melhor para sua família, a paternidade certamente o tinha dado ao menos esta autoridade, a de decidir se seu filho deveria sair em viagem para fora da cidade com pessoas que ele mal conhecia ou gostava. Por que tinha tão facilmente desrespeitado este direito? O que tornou aquilo tão fácil? Mas enquanto fazia esta última pergunta, ela sabia a resposta: eram suas riquezas e seus privilégios.

Mas certamente havia também a questão de ter sido correta. Era de esperar que Prakash cumprisse sua promessa, e também era razoável fazer aquele homem saber que ele não podia explorar a afeição deles pelo seu filho, que eles não serviriam de joguetes de seus caprichos. Era o que eles certamente teriam dito a qualquer pessoa, um vizinho em Ann Arbor, digamos, que os tivesse tratado com tão pouca consideração. Ellie tentou se consolar com esta linha de pensamento. Mas foi transtornada pela lembrança do tom de sua voz, pela dureza de seus modos, por suas palavras ameaçadoras. Ela percebeu que tinha soado mais como Frank do que como ela mesma.

Frank. Ele era a razão por trás de toda a confrontação com Prakash, de todo modo. Em primeiro lugar, foi o medo que tinha do desapontamento de Frank com relação a Ramesh não estar com eles no feriado que a tinha feito falar com Prakash. Por um segundo, ficou ressentida com seu marido por torná-la uma pessoa que ela não queria ser. Depois, seu senso de justiça corrigiu aquele impulso. Ele não tinha pedido que Ramesh os acompanhasse até Bombaim. Na verdade, tinha tentado com firmeza esconder este desejo dela. Ele também não tinha insistido para que ela invadisse a casa de Prakash e tivesse seu pequeno ataque de nervos. Não, a maneira de Frank lidar com Prakash teria sido muito mais direta, menos carregada de psicologismos. Ele teria agarrado o pescoço magro daquele homem com suas mãos limpas e brancas e o teria esganado. Ellie sorriu e, vendo a expressão curiosa de Edna, parou.

— Estou cansada, Edna — disse Ellie, balançando a cabeça. — Você pode vir fazer a faxina daqui a uma hora? Quero descansar um pouco.

Edna foi imediatamente solícita.

— Claro, madame, claro. Desculpe.

Ela correu para a porta e depois parou.

— Madame, por favor perdoe meu marido — disse ela, sorrindo suavemente. — Ele não é mau, não. Apenas... ama o filho dele e está com medo.

Com medo de quê? Ellie esteve a ponto de perguntar, mas não o fez. Ela sabia. Tinha ouvido o que Edna tinha sido muito educada para expressar: "Meu marido está com medo de que seu marido esteja tomando posse do nosso filho, uma questão em que ele não tem que se meter." Ele está com medo de que seu único filho seja seduzido pela riqueza deles, pelo seu mundo de privilégios contra o qual não temos defesas. Ele está com medo do fato de que seu único filho seja apresentado a uma vida de luxo e riqueza e de que ele nunca mais se sinta à vontade no nosso mundo. E o que vai acontecer com Ramesh, então? Vai se sentir como um fantasma, um exilado, sem ficar à vontade em lugar algum. E este é um assunto sobre o qual meu marido órfão e analfabeto sabe bastante. Ele preferiria morrer a expor seu filho a este destino.

As duas mulheres trocaram um olhar. Ellie foi a primeira a desviar os olhos. Sentiu que Edna a tinha repreendido o mais gentilmente possível acusando-a de ter roubado algo. Ela estava confusa. Há meia hora, Edna estava resmungando na cozinha, xingando Prakash e sua maneira curta e grossa de ver as coisas. Ela havia ajudado Ellie com o ataque de palavras que derrubaram Prakash de sua posição segura e inflexível. E agora, sem dizer uma palavra, estava fazendo Ellie ver o coração atormentado de Prakash. Subitamente, no entanto, Ellie compreendeu. Edna era como ela, uma mulher em conflito, presa entre os desejos de seu próprio coração e um desejo irreprimível e maternal de acarinhar seu marido e protegê-lo de seus próprios demônios. Ela percebeu o rosto preocupado e abatido daquela mulher, as rugas em sua testa, o cabelo se tornando prematuramente grisalho. Tentou imaginar como Edna devia ser nos tempos de jovem noiva e viu uma moça calorosa, determinada e de coração aberto que acreditava no poder redentor do amor. E imaginou Edna ao longo dos anos, as grandes esperanças pela reconciliação da família depois do nascimento de seu filho e a perda daquela esperança, quando foi ficando claro que Goa era um paraíso perdido para sempre. E Prakash também, tendo sido expulso do seio da comunidade que tinha criado um menino órfão, desde que voltou para casa com sua noiva de Goa. Ellie sentiu a solidão deles, o isolamento, o fato de serem obrigados a contar um com o outro para sustentar e apoiar um casamento que inevitavelmente desmoronaria devido ao peso de tal insularidade. E o fato de despejarem em Ramesh todos os seus sonhos arruinados, já que o menino era a única razão pela qual a união dos dois ainda fazia sentido. Ellie imaginou o orgulho e as esperanças deles quando ela e Frank inicialmente mostraram interesse em seu menino brilhante. E imaginou aquele orgulho transformando-se em preocupação, depois em ressentimento e depois em hostilidade quando Frank passou dos limites, monitorando o dever de casa de Ramesh, levando o menino ao restaurante no Shalimar, onde uma refeição custava mais do que eles ganhavam num mês. E agora, o insulto final: levar seu filho de nove anos a uma cidade que era um sonho, um lugar tão remoto e impossível quanto Paris ou a Inglaterra, um lugar onde eles imaginavam artistas de cinema andando pelas ruas, começando a cantar sempre que a inspiração os atingia.

— Edna — dizia ela delicadamente. — Sei que Prakash ama muito o filho dele. É claro que eu... que nós sabemos disso. E tem uma coisa que você deve saber. Nunca faremos nada para magoar seu filho. Nós sabemos o que ele significa para vocês.

Edna soltou um pequeno grito e atravessou a cozinha, pegou na mão de Ellie e segurou-a contra seus olhos cheios d'água e depois a beijou. Edna exclamou:

— Que Deus seja muito bom para vocês!

Ellie sentiu um ligeiro choque com esta quebra de protocolo. Em todos esses meses, Edna tinha sido muito cuidadosa em manter a distância que todos os serviçais indianos mantinham de suas patroas. Ela também ficava comovida com a sinceridade do gesto de Edna. Hesitante, tocou no ombro de Edna e depois afagou seu braço.

— Tudo bem — murmurou ela. — Não se preocupe tanto. Vai dar tudo certo.

Mas isso foi um erro. Edna agora estava soluçando quase incontrolavelmente. O coração de Ellie se partiu ao ouvir uma mágoa tão profunda.

— Tão sozinha! — dizia Edna. — Ninguém para conversar. Sinto saudade da minha família. Sua gentileza. Me sinto tão feliz que a senhora esteja aqui. A senhora é a única pessoa com quem eu posso conversar. Meu marido tem suas próprias preocupações. No mercado, todos dizem como a senhora é boa, madame. Deus vai recompensar a senhora.

Ellie suspirou. Havia tanto a fazer! Aconselhar Edna não estava na agenda do dia. Nem mesmo confrontar e humilhar o pobre Prakash. Ela olhou para a pobre mulher a sua frente.

— Edna — disse ela com firmeza. Vá se sentar na sala de estar. Vou fazer um chá para nós.

Edna parou de chorar, chocada com esta estranha inversão de papéis. Enxugando os olhos nas costas das mãos, disse:

— Não, madame. A senhora senta. Eu faço o chá.

— Tudo bem — disse Ellie, indo para a sala de estar e sentando-se no sofá, segurando a cabeça nas mãos. Ficou naquela posição até ouvir o ruído da bandeja que a informou de que Edna estava entrando na sala.

CAPÍTULO 11

BOMBAIM.

Que palavra enganadora, de som suave como pão de ló na boca. Até o novo nome da cidade, Mumbai, carrega essa suavidade redonda, de modo a deixar o visitante despreparado para a realidade dessa cidade gigante e enlouquecedora que é uma agressão, um soco na cara. Tudo nesta cidade ataca você de imediato, assim que se abandona a tranquilidade verde das montanhas que a circundam e nela se adentra: as fileiras de favelas que parecem construídas por e para pássaros gigantes e excêntricos em vez de seres humanos; os prédios antigos em ruínas que há décadas não veem uma demão de tinta e muitos dos quais são mantidos de pé por andaimes; os prédios novos e altos que se erguem de ruas miseráveis e apontam como dedos finos em direção a um céu sujo e poluído; o tango insano de riquixás motorizados, carros, bicicletas, lambretas e carros de boi competindo por seu centímetro de espaço e criando um escarcéu barulhento de buzinas, berros e vitupérios estrondosos; os pedintes — sem braços, pernas, dedos, olhos, e ainda os leprosos, meu Deus, até sem nariz — cortando por entre os veículos, os pernetas sentados em skates artesanais, dificultando para os motoristas os localizarem; e, acima de tudo, as pessoas, a constante e sempre presente massa de pessoas, milhares delas em cada rua, esparramando-se das calçadas invadidas pelas favelas para as ruas, ziguezagueando pelo trânsito, contornando o capô de um carro para evitar serem atropeladas por ele, e sempre movendo-se e movendo-se, uma procissão em movimento. Entra-se na cidade pelos subúrbios, que nada têm da tranquilidade verde dos subúrbios norte-americanos, e passa-se por rua após rua com pequenos restaurantes e lojas vendendo de tudo, de calças jeans a joias de ouro, passando pela onipresente mistura de folha de bétel conhecida como *pan*, que todo homem indiano de uma certa origem social parece mastigar. De vez em quando aparece uma loja com um nome reconhecível — Sony, Wrangler, Nokia —, e é impossível não reparar nos cartazes com os dizeres "Coca" ou "Pepsi", parte da Guerra das colas empreendidas no país inteiro. Mas, na maior parte, nada fica registrado porque sua atenção é atraída para múltiplas direções: de repente aparece um táxi chegando à sua direita que está prestes a bater no seu Camry e você tenta se controlar e nada falar, mas no último instante berra a Satish para que preste atenção e sente um leve constrangimento quando o táxi não te atinge por centímetros — como sempre parece acontecer — e Satish lhe abre um sorriso visto pelo espelho retrovisor. A essa altura você para num sinal e seu carro é cercado por inúmeras moças de aparência cansada com crianças apoiadas nos quadris, batendo nas janelas com as mãos abertas e pedindo dinheiro, e você se sente desconfortável e envergonhado sem saber para onde olhar, sabendo que olhar diretamente nos olhos da pessoa é perigoso, mas não fazê-lo lhe parece também bastante impraticável e, ainda por cima, Satish está lhe advertindo que não ceda, que não lhes jogue algumas moedas porque há sempre mais pedintes do que moedas. Então, você se senta em seu carro com ar-condicionado, ignorando o som das mãos batendo na janela, sentindo-se um chimpanzé no zoológico, lembrando-se daquela outra vez há uns dois meses em que outras mãos, essas mais furiosas, haviam batido em seu carro, sentindo aquela combinação perigosa de piedade e exasperação que a Índia parece sempre despertar em você. E então, no último minuto, você pressente que sua esposa não aguenta mais isso e ela procura em sua bolsa algumas moedas de uma rupia e, vendo isso, a multidão do lado de fora de seu carro se agita, você sente isso mesmo estando seguro no interior do carro, e subitamente ela parece dobrar em quantidade, como formigas num piquenique. E Ellie abaixa o vidro logo na hora em que Satish começa a se movimentar, e agora as mãos estendidas estão dentro do carro, agarrando o dinheiro que Ellie está atirando para fora, e alguns deles estão correndo atrás do carro em movimento, ziguezagueando pelo trânsito congestionado, obcecados por uma única moeda, sem se preocupar em perder algum membro ou a vida. "Feche a janela, madame", berrou Satish, ao mesmo tempo que ele próprio manejava a janela pelo controle automático. E nem um segundo sequer cedo demais, porque a janela baixada deixou entrar não apenas os rostos escuros e desesperados das mulheres e das crianças, mas também o fedor da cidade, uma combinação peculiar de urina, gás de escapamento, suor e fumaça negra que fazia arderem os olhos, enchia o nariz e fechava a garganta. Esse cheiro de borracha queimada está por toda parte, embora se dissipe um pouco à medida que você faz seu trajeto dos círculos interiores como Parel, Lalbaug e Bhendi Bazaar, e se dirige aos exteriores — Crawford Market, Flora Fountain, Colaba.

Foi enquanto o carro estava parado em outro sinal em Parel que Ramesh irrompeu em lágrimas.

— Quero ir pra casa — disse ele soluçando. — Odeio Bombaim. Tem pobres demais.

Ellie pôs seu braço em torno do menino.

— Eu sei, querido — disse ela. — Mas vai dar tudo certo. Vamos chegar logo, logo ao hotel. Tem piscina lá. A gente vai se divertir, tá?

Ramesh olhou para ela com olhos marejados, como se não pudesse imaginar se divertir nessa cidade.

— Mas Ellie, aquele menino não tem as mãos — disse ele, como se isso explicasse tudo.

O clamor dos pedintes que os cercavam cresceu enquanto eles testemunhavam a cena de dentro do carro. Mesmo com as janelas fechadas, Frank pressentia o furor do lado de fora. Eles caçavam avidamente alguma vantagem, procurando alguma fresta através da qual algumas moedas passariam e chegariam até eles. Sentiu uma admiração relutante. "O espírito empreendedor em ação", pensou ele.

Mas a verdade era que ele estava feliz com a visão de sua esposa abraçada a Ramesh. Até onde sabia, essa era a primeira vez que Ellie fazia isso. Frank flagrou-se abrindo sua carteira e retirando uma nota de dez rupias.

— Olha só — disse ele a Ramesh —, você pode dar isto à mãe daquele menino. Que tal?

Quando os pedintes viram o homem branco mexer na carteira, as batidas na janela tornaram-se mais frenéticas. Satish levantou a voz:

— Não abra a janela, senhor. Por favor esperar até o carro andar. Aí o senhor pode jogar o dinheiro para fora. Senão, sem paz enquanto estivermos no sinal. — Logo depois ele abaixou sua janela um pouquinho e berrou ameaçadoramente para a aglomeração: — *Chalo. Jao.* — Ao fazê-lo, os mais próximos a ele se afastaram alguns centímetros, com sua voz criando uma reverberação na multidão, e então, um segundo depois, a reverberação se desfez e eles se fecharam em torno do carro novamente.

Ramesh estava sentado, segurando firmemente a nota na mão.

— Como vou ter certeza de que só ela pega o dinheiro? — perguntou ele. — E se outra pessoa pegar?

— Você quer que eu faça isso? — perguntou Frank, desejando que a droga do sinal já tivesse mudado de cor.

— Não. Eu quero entregar pra ela — respondeu Ramesh, balançando a cabeça vigorosamente.

Eles abriram uma fresta da janela quando estavam finalmente em movimento, e Frank içou Ramesh para seu colo de modo que ele pudesse dar o dinheiro à mulher de olhos tristes. Inúmeras mãos tentaram forçar a entrada por aquela abertura, mas ainda que estivesse assustado, Ramesh segurou a nota até que pudesse enfiá-la na mão da mãe. E então já tinham ido embora, deixando para trás um enxame de pedintes se acotovelando na disputa pelo próximo carro.

Dentro do carro, com Ramesh ainda no colo, Frank tocou a testa suada do menino e pôs sua mão direita no coração de Ramesh. Como havia pensado, o coração do menino estava acelerado, batendo a toda. Frank deixou sua mão ali até sentir que o coração do menino havia desacelerado seu falatório frenético. Tratava-se de um truque que havia descoberto com Benny: o simples repousar de sua mão no pequeno peito do filho podia acalmar seu coração. De soslaio, percebeu Ellie olhando fixo para ele e, desviando o olhar, sabia que ela também tinha se lembrado dos tempos em que ele tentara isso com Benny, suspeitando de que ela se ressentisse dessa fácil (na cabeça dela) substituição de um menino por outro. Mas, naquele momento, não se importava. Mal chegaram ao hotel, e já vivenciava uma sensação de liberação por estar em Bombaim com Ramesh e Ellie. Ele esperava que Ramesh também pudesse perceber isso: embora a cidade lhes parecesse uma armadilha e arrastasse seus cidadãos para um redemoinho mortal, seu próprio tamanho e seu ritmo impetuoso conferiam a qualquer um uma espécie de anonimato e liberdade. Ocorreu a ele o desejo de que Ramesh voltasse para Girbaug como um menino urbanizado, consciente das limitações de sua cidade natal, irritando-se diante de sua pequenez, sentindo seu aperto, como um par de sapatos que ficaram pequenos demais. Algum dia, o menino veria também Nova York, Londres, e se perderia na liberdade paradoxal que as cidades grandes conferiam a seus residentes.

Mas isso já era divagação. A primeira tarefa era consolar Ramesh, prepará-lo para as maravilhas dos antigos prédios coloniais do sul de Bombaim, prepará-lo para a opulência do quarto de hotel que ocupariam em menos de uma hora. E também trazer Ellie para dentro do grupo mais uma vez, deixá-la fazer parte dessa aventura, para que por alguns dias preciosos pudessem fingir ser uma família. Ele deu uma leve cutucada em Ramesh.

— Você está ficando pesado — resmungou ele. — Puro músculo.

Como previu, o menino abriu um largo sorriso.

— É — disse ele. — É por isso que eu só ganho de você no basquete. — E então ele saiu do colo de Frank e voltou a seu assento e acrescentou: — Ganhei dele seis jogos seguidos, Ellie!

— Que bom! — disse ela sorrindo, mas sua voz parecia distraída e distante.

— Está pensando em quê, amor? — perguntou Frank.

— Nada não. Só sobre isso tudo — disse, fazendo um amplo movimento com as mãos para indicar a grande quantidade de seres humanos

espalhados ao seu redor e depois inclinou-se para a frente e perguntou:
— Você tem família em Bombaim, não é, Satish?

— Correto, madame. A família da minha irmã mora em Mumbai. Perto de onde estamos agora, na verdade — disse, e então abaixou a voz. — Ela casou com um muçulmano, madame.

— Os muçulmanos comem vacas — declarou Ramesh.

Eles o ignoraram.

— Seus pais aceitam bem isso? — perguntou Frank esticando o braço de modo a aninhar Ramesh ao mesmo tempo que puxava Ellie para perto de si. Ela repousou a cabeça na mão de Frank e ele sorriu diante da familiaridade do gesto. Ele se lembrou do encontro de casais que ele e Ellie tiveram numa noite de inverno em Shaker Heights, com Anne, a irmã de Ellie, e seu marido, Bob. Eles tinham ido a Nighttown para ouvir jazz e, no caminho de volta, Frank e Ellie sentaram-se no banco de trás e ela apoiou a cabeça na mão dele.

Satish virou-se e olhou rapidamente para Frank.

— Melhor agora, senhor. No início, muita brigalhada. Minha mãe diz que nunca vai ver Usha de novo. Mas depois primeiro bebê nascido, minha mãe me pede para levá-la a Mumbai para ver bebê.

Frank suspirou. Enquanto estava na faculdade, ele e Pete haviam certa vez alugado um filme de Bollywood, curiosos sobre o que afinal era tudo aquilo. Eles tinham rido à beça dos diálogos melosos, dos gestos exagerados, do vilão caricato, da reconciliação melodramática entre mãe e filho e, é claro, dos intermináveis números musicais. Mas depois de morar na Índia, nada disso parecia tão exagerado ou irreal quanto antes. Cada família, cada lar na Índia parecia ter sua própria saga de melodrama e corações partidos. Pela segunda vez, abriu sua carteira. Desta vez, retirou duas notas de cem rupias.

— Compre uns chocolates para os filhos de sua irmã de nossa parte — disse ele, inclinando-se para a frente para entregar o dinheiro a Satish.

— Não há necessidade disso, senhor — protestou Satish, mas Frank percebeu que seu motorista estava sorrindo quando o olhou pelo espelho retrovisor.

— Quero uns chocolates também — disse Ramesh.

— Como você vai ser um jogador de basquete mundialmente famoso se ficar gordo? — disse Frank, dando um leve tapinha em sua mão.

— Não sou gordo — disse o menino indignado, e todos riram.

— Não, você é *doobla-sukla, yaar* — disse Satish.

— O que isso quer dizer? — perguntou Ellie.

— Assim, assim — explicou Ramesh, erguendo seu dedo mindinho. — Magrinho-magrinho.

— Entendi, maguinho-maguinho — disse Frank sorrindo e, como de costume, não perdendo a chance de provocar Ramesh por sua incapacidade de fazer o som do *gr*.

— Não, não é maguinho. É *magrinho* — disse Ramesh, então vendo o sorriso no rosto de Frank e dando-lhe um soco no ombro. — Para de ficar me gozando. — E virando-se para Ellie, disse: — Faz ele parar.

— Para — decretou Ellie impassivelmente, e eles sorriram entre si por cima da cabeça de Ramesh.

O carro passou então pela entrada arqueada da garagem do Taj Hotel. Saindo do carro, Ramesh quase quebrou o pescoço para poder ver inteiramente a alta torre do Intercontinental, anexa ao prédio original em forma de redoma.

— Frank — sussurrou o menino —, nós vamos morar num palácio?

— É, acho que sim, garoto — disse Frank, rindo. Ele então tentou pegar uma mala do bagageiro aberto, mas Satish veio às pressas parecendo ofendido.

— Deixe isso aí, senhor — disse ele, acenando com a cabeça para onde estava um carregador magricela com um uniforme vermelho-escuro. — Ele vai levar.

O motorista ficou por ali até garantir que o carregador tivesse pegado toda a bagagem e fizesse os acordos finais com Frank sobre onde e quando apanhá-los para o piquenique do dia seguinte. Entregando as chaves do Camry ao manobrista, Satish foi embora correndo para pegar o ônibus que o levaria à casa de sua irmã.

Adentrando o *lobby* suntuoso do Taj, Frank pousou sua mão no ombro de Ramesh como para protegê-lo. O menino estava intimidado, ainda que seus olhos estivessem arregalados de admiração enquanto olhava para os lustres enormes, os grupos de homens de negócios e turistas de pele branca, as belíssimas recepcionistas com vozes suaves e o aroma inconfundível de luxo e opulência que o local exalava. Ele esperou num dos sofás de couro com Ellie, enquanto Frank fazia o *check-in*. Ficou calado enquanto subiam no elevador dourado que os levava ao quarto. Dentro do quarto espaçoso, circulou silenciosamente pelo aposento atapetado com sua cama grande e confortável, sua *chaise longue* de mogno vermelha e dourada próxima à grande janela que contemplava o mar da Arábia, seu banheiro de lajotas de mármore com a banheira e a penteadeira num canto. O menino sentou-se, então, pesadamente numa cadeira parecida com essas de antiquário e, pela segunda vez naquele dia, irrompeu em lágrimas.

— Que houve? — perguntou Frank. — Ramesh, você está passando mal?

— Passando mal não — respondeu o menino choroso, balançando a cabeça.

Ele tentou dizer mais, mas não conseguiu. Frank foi em sua direção, mas Ellie o deteve.

— Deixa o menino chorar — sussurrou ela. — Ele só está impressionado. Precisa botar isso para fora.

Enquanto Frank olhava para ela incerto, Ramesh remexeu os bolsos de sua calça. O menino procurou e finalmente encontrou uma nota suja, que estendeu para Frank. Eles perceberam que o menino mantinha os olhos no chão.

— Isso é pra quê, Ramesh? — perguntou Frank, alisando a amarfanhada nota de vinte rupias.

O menino continuou fitando o chão.

— A mãe me deu — disse ele. — Dinheiro para eu gastar. — Ele finalmente levantou os olhos, olhou em volta e começou a soluçar novamente. — Mas esse quarto deve custar tanto-tanto dinheiro, Frank. Fica pra você.

Ellie antecipou-se a Frank.

— Ah, querido — disse ela. — Não tem problema. Nós podemos pagar por isso. — E então beijou Ramesh na cabeça. — É muito gentil de sua parte oferecer. Mas guarde esse dinheiro, tá?

O menino balançou a cabeça vigorosamente.

— Não, quero dar. Fica pra vocês.

— Façamos assim, rapaz — disse Frank. — Que tal você poupar este dinheiro para nós? Quem sabe você possa comprar sorvete para todos nós depois?

Ramesh pensou por um instante.

— Tá bom — disse ele.

Os três sentaram-se na cama em silêncio por um momento, e Frank lançou um olhar para Ellie. "Você está vendo o caráter desse menino?", dizia o olhar. "Você vê como o Ramesh é sensível?" Mas Ellie devolveu a ele um olhar inexpressivo, e ele se incomodou com o fato de não fazer ideia do que ela estava pensando.

— Onde eu vou dormir? — perguntou Ramesh. — No chão?

— Não, amigão — disse Frank rindo. — Vamos pedir que tragam uma caminha pra você. Tudo bem?

— Tudo bem.

Frank ergueu-se da cama e se espreguiçou.

— E então? O que vocês dois querem fazer no que sobrou desta tarde?

Ele sabia qual era o plano para o fim de semana: ir ao piquenique na casa do cônsul no dia seguinte à tarde e depois, no domingo, visitar as cavernas Elephanta que Ellie tanto queria ver. Mas a programação para o restante desta tarde estava em aberto.

— Vou dormir um pouco — disse Ellie prontamente. — Estou cansada.

Frank estava prestes a protestar, mas pensou duas vezes. Seria bom passar algumas horas sozinho com o menino.

— Que tal se eu levar o menino para passear por algumas horas? — perguntou ele. — Mostrar a ele o Portal da Índia, talvez nadar um pouco na piscina? Esse tempo sozinha está bom para você?

Algo escureceu nos olhos de Ellie, mas quando ela falou, sua voz não a denunciava:

— Não é que eu queira ficar sozinha, querido. Eu só quero dormir um pouco, só isso.

— Eu entendo — disse ele imediatamente, com medo de que ela mudasse de ideia e decidisse acompanhá-los. Ele olhou para Ellie, imaginando se ela havia captado o tom de excitação em sua voz e se estaria imaginando que o ar entre eles subitamente parecia carregado e tenso. Houve um tempo em que o rosto de Ellie era como uma tela de cinema apresentando cada emoção que sentia e cada pensamento que lhe ocorria. Quando ela havia aprendido a fechar seu rosto como uma porta? Ou ele simplesmente não conseguia mais lê-la? Frank lembrou-se do que havia sussurrado a ela no dia do casamento dos dois: "Você é parte de mim, você vive na minha pele." Ele havia repetido estas palavras para ela um milhão de vezes desde então. E, no entanto, lá estava ele hoje tentando se esquivar dela, tentando descolar algumas horas de diversão sem culpa com Ramesh.

Ele então virou a cara, com receio de deixar isso se traduzir em seu rosto.

— Até mais tarde — disse ele, e então, por cima do ombro: — Vamos lá, Ramesh. Ponha a sunga que Ellie comprou pra você por baixo da bermuda.

Que delícia era ver o lindo arco de pedra do Portal da Índia e compartilhar sua história com Ramesh, que prazer era contar para ele sobre um monumento semelhante como o Arco do Triunfo em Paris, descrever para ele as padarias e os bistrôs parisienses! Que maravilhoso era passear pelo calçadão à beira-mar, esquivando-se dos pedintes e dos vendedores de amendoins e de balões que os seguiam! Frank olhou com afeição para a cabeça lustrosa do menino brilhante que andava a seu lado.

— Tudo certo, amigo? — perguntou ele. — Você não está com medo, está?

Ramesh balançou a cabeça.

— Não — disse ele. — Eu gosto dessa Bombaim. Até os pedintes aqui são legais. Menos doentes.

Frank riu da acuidade da afirmação de Ramesh.

— Você está certo, querido. Esta área é mais rica. Então creio que até os pedintes daqui sejam mais ricos.

— Você me chamou de querido — disse Ramesh rindo.

— E daí?

— E daí — e então o menino abaixou a voz para evitar que os pivetes mais insistentes que ainda os seguiam o ouvissem — que só namorados-namoradas podem chamar de querido.

Ele então olhou para Frank de um jeito igualmente corajoso e tímido.

— Ramesh, seu menino levado. Quem ensinou a você sobre namoradas e namorados? — disse Frank, fingindo estar indignado.

— Uma menina da minha escola — disse Ramesh. — Ela diz que vai casar comigo.

— E você gosta dela?

— Ela é legal — disse ele, dando de ombros.

Frank sorriu levemente.

— Ela é legal? Legal!?! Isso não é suficiente para casar com alguém. — E então ele ficou sério subitamente. — Além disso, rapazinho, você precisa se concentrar nos estudos, certo? Sem tempo para namoradas, ouviu?

Ramesh assentiu vigorosamente.

— Eu sei, eu sei. — E então ele voltou os olhos para Frank novamente, como se tentasse precisar algo nele, e continuou: — Ela deu beijo uma vez. No meu nariz.

— Ela beijou você no *nariz*?

— Não ria — disse Ramesh, parecendo irritado. Ele parou de andar e, colocando a mão num dos quadris, olhou exasperado para Frank. — É isso que mãe-pai faz — explicou ele. — Mas antes de um bebê nascer.

Frank percebeu a frustração e, além disso, incerteza na voz de Ramesh. Ele parou de andar também.

— Venha cá — disse ele, atraindo o menino na direção da mureta de cimento. — Vamos sentar um pouco.

Frank manteve seu braço em torno dele enquanto considerava suas escolhas. Qual era o momento certo para ensinar-lhe os fatos da vida? Será que isso fazia parte de suas atribuições? Os pais indianos tinham essas conversas com seus filhos? Prakash e Edna obviamente não tiveram, e isso o irritou. Certamente o menino tinha idade suficiente para saber o funcionamento de seu corpo. Ramesh sempre lhe pareceu menos maduro do que os meninos americanos de sua idade, mas ainda assim era ridículo pensar que uma mulher ficasse grávida com um beijo no nariz. Ele então desejou que Ellie estivesse lá. Ela saberia como lidar com a situação.

— Quem disse a você que uma mulher pode ter um filho por causa de um beijo? — perguntou ele cautelosamente.

— Parvati — replicou ele. — Minha amiga da escola.

Frank viu sua deixa.

— E essa menina Parvati vai ter um bebê? Porque ela beijou você?

Ramesh o olhou como se ele fosse um imbecil.

— Não, Frank — disse ele pacientemente. — *Ela* beijou *eu*. Para ter o bebê, o namorado tem que beijar a namorada.

Frank engoliu em seco e virou os olhos para o mar.

— Entendi — disse ele.

Ocorreu-lhe que ele nunca teria de ter uma conversa tão difícil com Benny. Ele e Ellie sempre foram francos com o filho, e Ellie lhe havia dito mais de uma vez e da maneira mais clara possível que um pai deveria colocar seu pênis dentro de uma mãe para um bebê nascer. Ellie fora enfática sobre poupar seu filho de qualquer confusão e dúvida sobre sexo. Até mesmo alguns amigos dos dois ficavam um pouco chocados com esta abordagem pragmática. Frank lembrou-se da vez em que a mãe de Ellie, Delores, visitava-os em Ann Arbor e insistira em dar banho em seu neto de três anos. Ele e Ellie ouviram seu filho anunciar: "Vovó, isso não é meu pipi. É o meu pênis." Ambos concordaram que, como dizia o comercial, a expressão no rosto de Delores não tinha preço.

Mesmo assim, com Ramesh, ele hesitava. Como seria mais fácil se Ramesh fosse seu filho e se ele soubesse que o menino cresceria no ambiente progressista e intelectual de Ann Arbor! Mas o fato era que Ramesh era filho de outras pessoas. Era filho de um pai que parecia satisfeito em deixar que o menino se criasse sozinho. E, além disso, Frank sabia como os indianos eram problemáticos em relação ao sexo, estando consciente da peculiar combinação de recato feminino e opressão masculina que era a marca registrada dos filmes de Bollywood e, pelo que lhe constava, da própria cultura indiana. Não era tarefa sua ensinar Ramesh sobre sexo, e seu coração se partiu ao compreender isso.

Ramesh se contorcia na mureta, ansioso para continuar o passeio, e Frank aceitou a indireta.

— Escuta — disse ele enquanto andavam, nada de se distrair com as meninas, tá bom? Você precisa se concentrar nos estudos, lembra?

— Lembro — disse Ramesh.

Frank hesitou por um instante e então libertou as palavras que se formaram em seus lábios:

— Além do mais, se você for estudar nos Estados Unidos, tem que ter notas altas.

— Já sou o melhor da minha turma, Frank — disse Ramesh, sua voz parecendo ressentida.

— Eu sei, rapaz. Mas é muito, muito difícil passar para boas faculdades. — E então ele apontou para um grupo de universitários ricos e ocidentalizados que estavam encostados numa Honda. — Está vendo aquelas pessoas? É contra pessoas assim que você vai competir até para fazer faculdade em Bombaim.

Ramesh fitou o grupo de rapazes vestidos com jeans azuis e camisas de algodão fino. Seus olhos se arregalaram e seu queixo tremeu, e, vendo isso, Frank censurou-se por sua estupidez.

— Felizmente — continuou ele espirituosamente —, você não precisa se preocupar com isso hoje. — E então ele parou e inclinou a cabeça para o lado enquanto olhava para Ramesh. — Quer passear mais um pouco ou vamos dar um mergulho na piscina?

Ramesh tirou os olhos do grupo de rapazes risonhos.

— Vamos nadar na piscina! — disse ele, e Frank lembrou-se do que o garoto havia lhe contado durante a viagem para Bombaim: que nunca havia nadado numa piscina antes.

— Ótimo — disse ele. — Depois vamos acordar a Ellie e sair para algum lugar. Temos que celebrar sua primeira viagem a Bombaim.

Ramesh segurou a mão de Frank enquanto atravessavam a rua.

CAPÍTULO 12

O PIQUENIQUE DE 4 DE JULHO foi realizado no terreno de uma grande casa de pedra em Malabar Hill. Frank e Ellie entreolharam-se enquanto Satish passava por um portão de ferro trabalhado. Frank assobiou.

— Caramba! Eu bem que gostaria de morar num lugarzinho como este. — Ele voltou-se para Ramesh. — Este bairro é onde fica a casa do governador. Você consegue imaginar como deve ser a casa *dele*?

Ramesh parecia pequeno e assustado dentro do carro. Ele puxou o colarinho da camisa verde-clara que Ellie havia lhe comprado para a ocasião. Assim como Frank, estava usando calça de algodão de cor creme.

Satish parou o carro e abaixou o vidro de sua janela enquanto um rapaz americano carregando uma prancheta apressou-se na direção deles. Estava acompanhado de um homem de aparência intimidadora usando terno e óculos escuros fechados nas laterais. O rapaz apoiou-se no carro.

— Oi — disse ele. — Bem-vindos. Seus nomes, por favor?

Frank abaixou sua janela e lhe passou o convite. O rapaz marcou seus nomes na lista. — Bem-vindos, senhor e senhora Benton — disse ele sorrindo vivamente. Depois, o sorriso abandonou seu rosto ao espiar dentro do carro e encontrar Ramesh. — E quem é este?

— Ele está conosco — disse Frank. — Espero que isto não seja um problema.

O rapaz franziu o cenho.

— Eu não entendo — disse ele passando os olhos pela lista. — Ele não está aqui. E o seu RSVP diz dois convidados.

Frank sentiu o calor subir ao rosto.

— Ele é meu filho — disse ele. — Ele... nós só decidimos trazê-lo na última hora. E o convite disse que as crianças são bem-vindas. — Ele então sentiu Ellie pôr uma das mãos em sua coxa como que para acalmá-lo. — Você gostaria que eu resolvesse isso com Tom Andrews? — Tom era o cônsul-geral nos Estados Unidos em Bombaim, e o anfitrião desta festa.

— Isto não será necessário, senhor — disse o rapaz suavemente. — É um prazer acomodar seu... filho. Tenha um ótimo dia.

Frank se deu conta de que seus dentes estavam cerrados enquanto Satish conduzia o Camry levemente pela estrada longa e curva. A seu lado, ele ouviu Ellie xingar:

— Malditos burocratas. Passamos nossas vidas inteiras evitando pessoas assim. E agora temos que passar o dia inteiro com elas.

As palavras de Ellie quebraram a tensão, e ele riu alto. Ao mesmo tempo, estava grato pelo fato de ela estar agora dirigindo sua raiva ao homem com a prancheta e não a ele, de ela não estar ofendida por ter se referido a Ramesh como filho deles.

— É melhor você se comportar, querida — disse Frank, sorrindo.

— *Arre baap* — sussurrou Ramesh enquanto eles se aproximavam da casa, e viu sua opulência. Ele levantou os olhos para eles. — O marajá de Mumbai mora aqui?

Mas não houve tempo de responder porque alguém lhes fazia sinal com uma bandeira para que parassem. Saíram do carro, e Satish entregou as chaves.

— Virei buscá-los mais tarde, senhor — disse ele. — Divirtam-se.

Eles se detiveram na entrada de carros, divididos entre a vontade de se juntar ao grupo que já havia se reunido no gramado e a exigência do protocolo de que procurassem Tom para fazerem seus cumprimentos. Subiram os cinco degraus de mármore que levavam a uma sala enorme com um piso também de mármore e um pé-direito alto. Tom Andrews estava lá, cercado por um grupo de outros convidados. Frank apertou a mão de muitos homens de negócios americanos enquanto eles três se aproximavam lentamente do cônsul-geral. Não esperava que Tom se lembrasse de seu nome e, assim, surpreendeu-se ao ouvi-lo dizer:

— Ei, Frank. Bom vê-lo de novo. Como tem andado? E essa deve ser sua adorável esposa, Ellie, não é?

Uma jogada de políticos essa de memorizar nomes, mas Frank se impressionou de qualquer maneira.

— Ellie, este é Thomas Andrews — disse ele.

O cônsul-geral sorriu.

— Me chame de Tom. E feliz 4 de Julho — disse ele, dando um rápido beijo no rosto de Ellie e olhando a seu redor. — Minha esposa está por aqui. Você vai gostar de conhecê-la.

Outra pessoa espremeu-se para atrair sua atenção, e Tom começou a apertar outra leva de mãos. Mas ele virou-se para trás mais uma vez e disse por cima do ombro:

— Vão lá pra fora. É lá que está a festa de verdade. — E então ele piscou. — Hambúrgueres e cachorros-quentes deliciosos trazidos de avião dos Estados Unidos especialmente para a ocasião.

Frank tinha desejado uma oportunidade de apresentar Ramesh a Tom, sabendo que poderiam precisar da ajuda deste se Ramesh algum dia fosse visitar os Estados Unidos com ele. Mas esta não era a hora certa. Pegou na mão de Ramesh e disse:

— Vamos, vamos lá pra fora. Está com fome?

O menino balançou a cabeça. Frank se abaixou.

— Você está assustado?

Ramesh assentiu.

— Um pouco. Eu não conheço ninguém aqui.

— Você conhece a gente — disseram Frank e Ellie juntos. Ellie agarrou a outra mão de Ramesh. — Vamos lá, querido — disse ela. — Não há o que temer.

Eles se detiveram nos degraus de mármore, passeando os olhos pela cena que se desenrolava logo à frente no gramado. Bem à direita havia cinco churrasqueiras em que os cozinheiros grelhavam uma porção de carnes, com seus rostos escondidos atrás das nuvens de fumaça que delas subiam. Ao lado deles estava o bar, e mesmo de longe eles podiam ver o sol reluzindo nas fileiras de garrafas de bebidas destiladas. Logo à frente deles havia duas tendas brancas montadas para acomodar os comensais, e à esquerda estava a área das crianças, com uma barraca de limonada à moda antiga e uma tenda menor com fileiras de mesas e uma mulher que parecia estar pintando o rosto das crianças. Frank percebeu que muitas das crianças estavam circulando com o rosto pintado de vermelho, branco e azul. Ele também percebeu que os poucos convidados indianos estavam vestidos muito mais formalmente do que os americanos, as mulheres com seus sáris parecendo membros da realeza no meio da plebe. Abaixo do morro em que a casa se erguia estava a vista de tirar o fôlego do mar da Arábia banhando tanto as praias arenosas de Chowpatty como a região de Nariman Point, com seus arranha-céus comerciais.

— Você quer ir brincar com as outras crianças? — perguntou ele a Ramesh.

Ramesh então apertou a mão de Frank com mais força.

— Não.

— E se eu fosse com você?

O aperto então relaxou.

— Aí, sim.

Os três andaram em direção à tenda das crianças, onde uma dúzia de cabeças louras e ruivas inclinava-se sobre livros de colorir. Do lado de fora da tenda, um grupo de crianças brincava de jogar balões d'água, acertando umas às outras com força e irrompendo em risos cada vez que um balão estourava. Ramesh pareceu atraído pelo jogo, mas Frank o puxou em direção à fila em que as crianças aguardavam para ter o rosto pintado. Enquanto esperavam, um garçom aproximou-se com uma bandeja, e tanto Frank quanto Ellie pegaram uma taça de vinho branco. Ellie pediu uma coca para Ramesh, e o menino a bebeu num só gole assim que ela chegou.

Finalmente, era a vez de Ramesh. A mulher de cabelos grisalhos lhe sorriu.

— Ah, olá, queridinho — disse ela com forte sotaque britânico. — O que você gostaria que eu pintasse? Posso fazer a bandeira ou a águia americana.

Ramesh olhou para Frank e sorriu envergonhado. Frank pôde ler em seu rosto: o menino não havia entendido uma palavra do que a mulher havia dito.

— Acho que ele gostaria da bandeira — disse Frank a ela.

Ramesh ficou parado enquanto a mulher misturava com destreza sua paleta, começando a aplicar a tinta azul. Mas quando o pincel tocou em seu rosto, ele emitiu um grunhido.

— *Ae*, por que a senhora está me pintando de azul? A bandeira é verde, *na*? Laranja, branco e verde.

Fez-se um breve silêncio e então uma risada alta e espirituosa veio da direita. Era Tom Andrews com seu braço em torno da esposa, Elisa, uma mulher magra e bonita, bem mais jovem do que ele.

— Aí está um menino espirituoso — disse ele sorrindo. — Então você quer as cores da bandeira indiana, né? Mabel, podemos atender a esse pedido? Não? — Ele então fez uma expressão compadecida. — Desculpe, amigo. Será que você poderia ficar com o vermelho, o branco e o azul mesmo? É 4 de Julho, afinal.

Frank pôs a mão no ombro de Ramesh.

— Está ótimo — disse ele. — Faça a bandeira americana. Ele vai gostar.

— Mas Frank... — começou Ramesh, apenas para ser silenciado pelo olhar que Frank lhe lançou. — Tá bom — grunhiu ele.

Enquanto Ramesh estava sendo pintado, Frank virou-se para Tom.

— Queria pedir sua opinião sobre algo, Tom — disse ele calmamente. — Se pudesse me dizer quando terá um momento disponível, ficaria agradecido.

— O melhor momento é o presente — disse Tom graciosamente. — Com licença, senhoras. — Ele então pôs seu braço em torno de Frank e o acompanhou para longe da fila. Algo em sua linguagem corporal, no modo como ele se aproximava para ouvir o que Frank dizia, comunicava aos outros convidados que os dois não deviam ser interrompidos, um fato pelo qual Frank ficou grato.

— É sobre aquele incidente envolvendo o líder sindical, não é? — disse Tom, e Frank demorou um instante para perceber que Tom havia interpretado mal a situação.

— Não, na verdade, não. Quer dizer, essa situação parece ter se acalmado, graças a Deus. Não, é uma questão mais pessoal. — Ele parou e depois começou novamente. — Ela envolve Ramesh, o menino que você acabou de conhecer. Ele... ele é alguém que nós conhecemos de Girbaug. Um menino muito inteligente. Mas seus pais são muito pobres. Mas o menino é incrível, Tom. Excelente em matemática. Acho que com a educação adequada, o céu seria o limite pra ele. — Ele então percebeu que Tom o olhava de modo estranho, fixando aqueles olhos azuis profundos nele. "Acalme-se", ele disse para si mesmo. "Não estrague tudo. E, pelo amor de Deus, não se exceda." — De qualquer forma — continuou ele, tentando acertar o tom do benfeitor interessado apenas de leve —, eu quero levar esse menino conosco da próxima vez que formos para os Estados Unidos. Só para passear, para ver como ele se adapta, esse tipo de coisa. E estava contando em arranjar um visto pra ele sem maiores problemas.

— É por isso que você o trouxe aqui? — disse Tom. — Para ver como ele se adapta? — Havia algo em sua voz, um tremor que Frank não conseguia definir. Poderia ser de raiva?

— Bem, não — gaguejou ele. — Íamos trazê-lo para Bombaim de qualquer modo, e...

— Os pais dele sabem que você está pensando em levá-lo para os Estados Unidos? — E agora era clara a irritação em sua voz.

Frank mostrou-se ofendido.

— Mas é claro, Tom. Não estaria tendo essa conversa com você se não...

Tom ergueu a mão, pedindo uma trégua.

— Tá bom, tá bom. Desculpe. Só estava querendo saber melhor. Você não faz ideia de quantas situações constrangedoras já nos colocaram aqui. — E então ele abaixou a voz. — Dois anos atrás, foi com um casal. Vieram para a Índia visitar um guru em algum *ashram* por umas duas semanas. Um desses disque-guru que pipocam nos Estados Unidos. — Ele então revirou os olhos. — De qualquer modo, eles se apaixonaram por uma criança pedinte que morava na rua em frente ao *ashram*. Então um dia resolveram dar no pé com ela e vieram nos pedir o visto.

Você imagina uma coisa dessas? Essa criança tem pais e irmãos, mas eles se sentiram responsáveis pelo garoto. — Ele esfregou os olhos com as mãos. — Foi um pesadelo levar a criança de volta para a casa dela.

— Bom, posso garantir a você que Ellie e eu não vamos sequestrar o Ramesh — disse Frank secamente.

Tom deu um tapinha em suas costas.

— Ótimo. Faremos tudo o que pudermos pra ajudar. Apenas me faça um favor. Se estiver pensando em ir pra casa no Natal, me avise bem antes. Nessa época isso aqui fica uma zona. — Frank queria voltar para Ellie e Ramesh, mas Tom pelo visto não tinha terminado. — Escuta. Eu tenho que dizer a você. O que aconteceu com aquele líder sindical não foi bom. Essa maldita guerra no Iraque está acabando com os Estados Unidos no mundo inteiro. Estou nesse ramo há vinte e quatro anos, e nossa imagem nunca esteve tão prejudicada como agora. Não podemos mais fazer barulho onde quer que estejamos. Então, quaisquer concessões que você tiver de fazer...

— Nós as fizemos, Tom. Cedemos às exigências deles. Está tudo bem agora.

Ainda assim, Tom deteve-se por mais um momento. Frank percebeu que seus olhos azuis estavam subitamente vermelhos. Ele se perguntou se Tom andara bebendo desde cedo naquela tarde.

— Eu sou um indicado republicano — disse Tom. — Ele é meu presidente. Mas não há dúvida... essa situação no Iraque é uma bagunça total. Um desastre absoluto de relações públicas por atacado.

— Bem, é mais do que um desastre de relações públicas. É um desastre moral, também. — Era Ellie, acompanhada da esposa de Tom. As duas mulheres haviam chegado por trás dele, penetrando o círculo invisível que Tom havia delimitado.

Frank sentiu um embrulho no estômago. Será que Ellie nunca sabia quando manter sua maldita boca fechada? Ele tentou pensar em algo para desanuviar o clima e tirar a aspereza das palavras de sua esposa, mas antes que pudesse Tom fez uma reverência.

— *Touché* — disse ele.

Mas Ellie não tinha terminado.

— Pessoas como você conseguem falar com o presidente alguma vez? Contar a ele o que veem no mundo real?

Tom sorriu, mas não respondeu à pergunta. "O mestre diplomata de sempre em ação", Frank pensou.

— Onde está Ramesh? — perguntou Frank a Ellie, na esperança de mudar de assunto. Ela apontou com a cabeça na direção de um aglomerado de crianças envolvidas na briga de balões d'água. — Vamos buscá-lo — disse ele, levando sua esposa firmemente pela mão. Ele sorriu para Tom e Elisa. — Obrigado pelo seu tempo, Tom.

— É para isso que estamos aqui — disse Tom. — Venham nos ver da próxima vez que estiverem em Mumbai.

Eles saíram andando, Frank ainda segurando a mão de Ellie.

— Você pode soltar minha mão agora — disse ela secamente. — Não vou dar mais lições de moral ao coitado do Tom.

— Espero mesmo que não. Constrangendo-o desse modo. Às vezes me preocupo com seu bom senso, El.

Ela balançou a mão para soltá-la.

— Talvez você devesse se preocupar menos com meu bom senso e mais com o bom senso do seu presidente. Ou com o seu bom senso, por falar nisso, querendo se juntar a esses babacas. E por me colocar em situações em que não posso falar o que penso.

Ele tomou o cuidado de manter seu tom de voz baixo.

— Você está sendo ridícula. Tom tem sido muito bom com a HerbalSolutions, nos ajudando a negociar com o governo indiano e um milhão de outras coisas. E ele não tem nada a ver com o Iraque. — E então ele sentiu o próprio humor se exaltar. — Você precisa mesmo parar com essas lições de moral, Ellie. Está virando um hábito irritante.

Ela pareceu magoada por um momento e em seguida mostrou-se descontente. — Tá, me desculpe. Vou me comportar. — Mas ele não se acalmou. — Anda, não vamos brigar. Eu... eu me sinto desconfortável perto de tantos brancos saudáveis e carnudos que nem esses.

— Lá vem você de novo — começou ele, mas percebeu que ela estava rindo e, contra sua vontade, viu-se rindo também. — Que droga, Ellie — disse ele, tomando sua mão novamente, e dessa vez seu aperto era leve e amigável. — Você vai ter que passar por um inquérito quando voltarmos aos Estados Unidos, juro a você.

Ela se virou para encará-lo bem.

— Neste momento, não consigo nem vislumbrar a ideia de voltar pra casa. Sinto que aqui é o nosso lugar, aqui na Índia. Você não?

Será que ele sentia? A verdade era que ele não pertencia a lugar nenhum. Se pertencesse a algo era a pessoas, e não a países. Sentia seus laços com a família e o passado quando telefonava para falar com a mãe uma vez por semana. Na noite após o jantar na casa da Nandita, tinha voltado a se sentir confortável ao lado de Ellie, com a convicção absoluta de que seu lugar era nos braços dela, que poderia construir um lar para si naqueles profundos olhos escuros. E, na praia com Ramesh na semana anterior, quando brincavam na água, sentiu que pertencia ao vasto céu aberto e às águas revoltas do mar da Arábia, contanto que tivesse esse garotinho a seu lado.

Ele esticou-se e beijou Ellie na face.

— No momento, meu lugar é em frente à barraquinha de hambúrguer — disse ele. — Vamos lá. Vamos buscar o Ramesh e depois vamos comer.

Eles encontraram Ramesh envolvido numa agressiva briga de balões d'água. Sua roupa estava encharcada e seu cabelo colado na testa, com a tinta escorrendo por seu rosto. Ele havia tirado os sapatos e estava correndo pelo gramado descalço, gritando e dançando como maluco, esquivando-se dos balões e jogando-os de volta com vontade. Algumas famílias americanas estavam paradas perto assistindo boquiabertas ao menino moreno magrinho que girava e girava.

— Ei! — chamou Frank. — Ramesh, pare um pouquinho.

Ramesh jogou o balão que segurava nas costas de um menino alto de cabelos castanhos.

— Ai — gritou o menino quando o balão estourou, e Ramesh apontou para ele, rindo escandalosamente. No entanto, parou na metade da risada quando uma menina veio correndo até ele e jogou-lhe um balão que por pouco não o acertou.

— Pare de bater no meu irmão — berrou ela, com o rosto vermelho.

O balão arremessado desajeitadamente caiu sem estourar no peito de Ramesh, mas o menino congelou, espantado com a expressão ferina no rosto da menina. Aproveitando o momento, Frank entrou na roda, puxando Ramesh para fora do círculo de crianças que riam e gritavam.

— Olhe só pra você — disse, censurando o menino de brincadeira. — Você está todo encharcado.

Ramesh ainda estava com os olhos voltados para a menina, que havia retomado a brincadeira.

— Ela está com raiva de mim — disse ele.

— Esqueça ela — disse Frank. — Ela é só uma menina mimada. — E, dizendo isso, viu Ellie lançar-lhe um olhar de advertência e acatou sua mensagem silenciosa de não agravar a situação. — Enfim, você está com fome, sua poça ambulante? Como vamos secar você?

— Vamos jogá-lo na secadora — provocou Ellie. — Ele vai ficar seco rapidinho.

— Nããããããããão — berrou Ramesh. — Se eu for para a secadora, vou ficar como as roupas, vou fazer isso e isso. — E então, soltando-se da mão de Frank, fez algumas estrelas no gramado. Gotas d'água caíram dele na grama.

Frank voltou-se para Ellie.

— Você começou isso — disse ele, enquanto ela corria para pegar Ramesh e agarrar sua mão.

— Vamos parar com isso agora — disse ela. — Comporte-se. — Ela voltou-se para a área de alimentação e disse: — Vamos comer, *achcha*? Estou esfomeada.

— Eu quero frango *tandoori* — disse Ramesh. — Eles haviam lhe apresentado ao prato de frango grelhado no restaurante do Shalimar, e agora essa era sua comida preferida.

— Você comeu isso no Khyber ontem à noite — disse Frank, reprovando-o. — De qualquer forma, este é um piquenique americano. Quero que você experimente um pouco da comida americana. — Ele então se deteve, como que assaltado pela lembrança de que Ramesh era hindu e não comia carne bovina. Que diabos ele comeria ali? Mas ao caminharem rumo às grelhas, percebeu que os cozinheiros grelhavam frango.

Estavam quase acabando de comer — frango, hambúrgueres, cachorros-quentes, salada de batata, feijão cozido, milho na espiga — quando viram um rebuliço e pressentiram que o embaixador americano na Índia havia chegado.

— Acho melhor eu entrar na fila para dar um oi — resmungou Frank.

— Fique aqui e termine de comer — disse Ellie. — Por que você se importa com esse embaixador idiota?

— É bom para os negócios, Ellie. Um pouco de contato ao vivo.

Ela revirou os olhos.

— Que seja. Mas a fila vai ser tão grande que você pode continuar comendo mesmo assim.

Ele viu o empurra-empurra que se dava em torno do homem alto de cabelos grisalhos, e decidiu que Ellie estava certa. Deu uma grande mordida em seu cachorro-quente e fechou os olhos com deleite.

— O que você está pensando? — disse ela.

Mesmo de olhos fechados, Frank podia ouvir o sorriso na voz dela.

— Detroit Tigers — disse ele prontamente. — Os melhores lugares do estádio. Scott me comprando um daqueles cachorros-quentes de estádio grandões, com mostarda, ketchup, a coisa toda. Os Tigers acabando com os Yankees naquele dia. — Ele suspirou. — Eu tinha quinze anos.

— Meu querido Frank — disse Ellie. — Você parece estar com saudade dos Estados Unidos.

E de repente estava mesmo. Queria sentir a brisa fresca de verão no lago Michigan; queria andar com Ellie em sua rua de Ann Arbor absorvendo as cores maravilhosas de outubro; queria celebrar, como sempre, o Natal em Nova York com Scott e sua mãe e o Ano-Novo com a família de Ellie em Cleveland. De repente, queria jogos de beisebol, bons cinemas e shoppings impecavelmente limpos. Ele queria cinema de arte, bom teatro, saraus de poesia na Universidade de Michigan. Estava vagamente consciente do fato de essa nostalgia ser por uma vida que não vivia de fato há muito tempo. Mas não se importava. Estava feliz sentindo falta do Michigan de sua adolescência, de seus dias de faculdade, do início de sua vida com Ellie quando havia se formado com um MBA e ido trabalhar para uma pequena empresa enquanto ela fazia seu Ph.D. Haviam planejado esperar até que ela obtivesse seu diploma antes de ficar grávida, mas a vida teve planos diferentes para eles, e Benny havia nascido duas semanas depois de Ellie obter seu doutorado.

— Lembra do Alex? — disse Frank agora.

— Ah, se lembro! — respondeu ela, desmanchando-se em risos.

— Oi, o quê? — perguntou Ramesh, olhando de um para o outro. — O que é Lex?

— Lex, não. Alex. É o nome de uma pessoa. Ele cuidava do nosso filho quando estávamos trabalhando. Era um músico maluquinho, sabia fazer um monte de truques. Costumava tocar música usando a vassoura e a pá lá de casa.

Ramesh empolgou-se.

— Como ele fazer isso, Frank?

— Não sei. É difícil explicar. Ele também sabia fazer uns barulhos parecidos com uma banda inteira tocando.

Ellie sorriu para ele.

— Lembra do rosto da minha mãe quando nós a apresentamos ao Alex? Você sabe como ele se vestia, com aquele jeans rosa e roxo. E aquele cabelo. Nossa, aquele cabelo! Acho que ela esteve a um passo de nos denunciar ao Serviço de Proteção à Criança.

— É, sempre achei que Delores teve algo a ver com Alex decidir procurar seu destino no Alasca.

Ramesh puxou Frank pela manga.

— Para de falar de coisas antigas — disse ele. — Estou me sentindo sozinho. — Seu tom era contrariado, mas Frank o levou a sério.

— Desculpe, companheiro — disse Frank. — Estamos perdendo nossas boas maneiras como anfitriões.

— Meu *dada* e minha *ma* fazer isso também — disse Ramesh. — Falar de coisas de antes de eu ter nascido. É chato.

Por um momento, Frank imaginou Edna e Prakash discutindo sua juventude, os primeiros tempos de seu namoro, antes de a vida ter endurecido seu amor. Lembrou-se de Ellie lhe contando que Edna havia fugido para se casar com Prakash e que sua família a havia deserdado por isso. Ele sentiu um súbito lampejo de compaixão pelo casal, mas lutou contra a tentação de amainar sua hostilidade em relação a Prakash.

— Tá. Sobre o que você quer falar, então?

O garoto nem precisou pensar.

— Sobre mim — disse ele.

Ellie irrompeu em risos.

— Posso diagnosticar um narcisista latente florescendo — disse ela. E antes que Ramesh pudesse esboçar alguma reação: — Agora, acalme-se, Ramesh. Lembre-se, estamos numa festa.

O garoto estava prestes a responder quando um rapaz de semblante preocupado correu até a lona onde estavam comendo.

— Com licença — anunciou ele. E percebendo que ninguém havia lhe prestado atenção, levantou a voz. — Com licença — disse ele novamente. — O honorável Bill Richards está aqui. Ele gostaria de falar a vocês, começando daqui a dois minutos. Os senhores poderiam gentilmente me seguir até a casa principal?

Frank olhou pesaroso para a comida em seu prato.

— Péssima hora — cochichou ele para Ellie, mas já estava pondo-se de pé, implorando com os olhos à esposa para que se levantasse também.

Ellie olhou os pratos abandonados enquanto todos ao seu redor se erguiam e seguiam o jovem assistente. "Os dólares de nosso imposto em ação", murmurou ela, mas acompanhou Frank e Ramesh enquanto atravessavam o gramado dianteiro e subiam os degraus de mármore novamente.

O embaixador já havia começado a falar quando eles fizeram o trajeto saguão adentro e postaram-se no umbral da porta. Uma brisa leve soprou das portas dianteiras abertas e brincou com a barra da saia de algodão de Ellie. Pensando no hambúrguer ficando frio no prato, Frank rezou para que o discurso fosse curto. A julgar pelos arroubos periódicos de risos do agrupamento em torno do embaixador, o discurso era engraçado. Houve um momento de hesitação depois de Richards terminar seu discurso, um ruído surdo vindo da aglomeração à medida que as pessoas retomavam suas conversas e arrastavam os pés, incertos quanto ao protocolo. Frank estava prestes a voltar-se para Ellie para perguntar se deviam retornar à tenda quando ouviram uma voz nítida como vidro cantando palavras tão familiares quanto o nome de um ente amado. "*Oh, say can you see?*", cantava a voz, e eles viraram a cabeça para ver um jovem esguio, de não mais que dezoito anos, vestido formalmente com uma camisa de linho branco e calça escura, caminhando rumo ao local onde estava o embaixador, separando a multidão com a clareza de sua voz, com a sinceridade em seu rosto. Rapidamente, a multidão entrou na cantoria, cantando as palavras num tom grave, cuidadosas para não apagar a doce chama daquela única voz. Frank percebeu sua coluna se alinhar, sentiu arrepios nos braços. Sua mão direita automaticamente encontrou o caminho de seu coração. Sentiu Ramesh dando-lhe puxões, mas ignorou o menino, envolvido pela delicadeza do momento. E em seu trecho predileto — aquele em que o hino dava uma deliciosa reviravolta e tornava-se um poema e uma oração, aquele momento nostálgico e melancólico que enunciava a pergunta apropriada para aqueles tempos: "*Oh, say does that star-spangled banner yet wave?*" — ele voltou-se para Ellie, esposa e compatriota, com o coração ardendo de amor pelo seu país e por todas as pessoas ali reunidas. E ficou chocado com seus modos. Percebeu imediatamente que Ellie estava com os braços estendidos ao longo do corpo. E que havia uma expressão curiosa, acadêmica em seu rosto, como se estivesse estudando um fenômeno natural. "Droga", pensou Frank. "Ela parece uma droga de antropóloga ou algo que o valha." Mais do que qualquer coisa que tivesse dito mais cedo naquele dia, esta passividade, esta ironia silenciosa o ofendeu. Ele sabia que ela considerava manifestações de patriotismo como simples e fáceis, quase farsescas. Mas não havia nada de barato ou fácil nas emoções poderosas que o haviam tomado assim que reconheceu o hino nacional de seu país. Ele sentiu-se defensivo e a odiou por ter de defender seu orgulho do próprio país.

— Você pode pelo menos fingir? — silvou-lhe ele.

— Fingir o quê? Que não estamos cometendo terrorismo no mundo? Que somos mesmo a terra da liberdade? Você lê os jornais?

Ela conseguiu. Conseguiu chocá-lo, repelindo-o de um jeito que nunca conseguira fazer quando se engajava em debates animados com o irmão dele, quando desaprovava abertamente a própria ideia de administração de negócios enquanto jantava com o reitor da escola de administração da Universidade de Michigan, quando o havia condenado pelo que a HerbalSolutions estava fazendo com a economia de Girbaug. O casamento dos dois havia sido uma grande conversa intelectual. Ao longo dos anos havia discutido com ela, algumas vezes ficara escandalizado com a mulher, frequentemente divertira-se com ela, chamando-a de comunista quando ia longe demais. Na maior parte do tempo, concordara com ela, e mesmo quando não, orgulhara-se de sua esposa independente e rebelde. Mas nunca sentira a raiva escaldante que sentia agora. Todos esses anos, as críticas e reclamações de Ellie sobre os Estados Unidos pareceram-lhe toleráveis porque pareciam os lamentos angustiados de uma mãe cujo filho brilhante não fazia jus a seu potencial. Mas agora isso era algo diferente, algo novo. Ele não reconheceu essa Ellie fria e irônica. E ele sabia que era a sua localização, o solo sob o qual pisavam, que fazia toda a diferença. A Índia fizera mais que radicalizar sua esposa. Ela a havia amargurado e mudado sua perspectiva. Ela agora via os Estados Unidos do jeito que o resto do mundo via. Não era mais o olhar crítico, mas maternal, a uma criança problemática. Agora, era o olhar acusador e duro de um estranho.

— O quê? — disse ela. — Você não tem nada a dizer?

Ele virou-se, apreensivo quanto ao ressentimento que sentia. Ele só a havia odiado assim uma outra vez, no dia em que Benny morreu. Agora, todos os velhos sentimentos daquele dia voltaram correndo.

— Vamos deixar isso pra lá — disse ele bruscamente. — Não adianta conversar com você nesse estado de espírito.

Eles caminharam de volta à área do piquenique. Frank pegou um novo prato de comida, mas o milho agora tinha um gosto insípido e a carne estava borrachuda e passada do ponto. Percebendo subitamente o consumo exagerado ao redor deles — os montes de carne grelhada, o fluxo contínuo de álcool, as pilhas de pratos e copos de plástico descartáveis —, odiou Ellie por forçá-lo a tal consciência. Fingiu ouvir o falatório nervoso de Ramesh, começou um falatório com Bob, o homem de negócios de rosto avermelhado sentado a seu lado, mas seu coração não estava naquilo. Num momento de guarda baixa, seus olhos se demoraram em Georgie, a esposa magra e loura oxigenada de Bob, que tinha o tipo de cabelo e silhueta que havia desejado aos quinze anos. À medida que se tornou um homem sério, havia se sentido repelido por mulheres como Georgie, sentira uma espécie de solidão desesperada quando confrontado com seu falatório vazio e oco, mas hoje pensou: “Minha nossa, pelo menos Bob nunca tinha de preocupar-se com sua esposa insultar o cônsul-geral.” Ellie o havia satisfeito de todas as maneiras — sexual, intelectual e emocionalmente —, mas por um momento pensou sobre como seria ter Georgie como esposa, como seria fazer parte de um casamento em que ele poderia virar para o lado depois de uma boa trepada e cair no sono em vez de viver com uma mulher que fala de terrorismo e genocídio numa droga de piquenique de 4 de Julho. Ele levantou os olhos e viu que Ellie o olhava. Quando seus olhos se encontraram, ela arqueou uma sobrancelha e lançou-lhe um sorriso lento. Ele corou, sabendo que ela havia lido seus pensamentos. Sentiu-se nu e desconcertado. Queria remover aquele sorriso de seu rosto, removê-lo com uma bofetada.

Levantou-se ab-ruptamente, cortando Bob no meio de seu discurso.

— Desculpe, mas temos que ir embora — disse ele.

Bob fitou-o.

— Você está de brincadeira. Cara, a festa está só começando!

— Eu sei — disse Frank, pondo Ramesh de pé. — Acontece que temos outro compromisso. — Ele olhou para Ellie, implorando-lhe para que entrasse no jogo. Ela pôs-se de pé lentamente, mantendo seus olhos presos nos de Frank.

— Foi bom conversar com vocês todos — disse ela. — Feliz 4 de Julho.

— Espero que ano que vem estejamos celebrando nos Estados Unidos — disse Georgie. — Mal posso esperar pra sair desse país abandonado — e, percebendo Ramesh, emendou — esse país adorável.

Vinte minutos mais tarde, haviam se despedido de todos, apertado as mãos de Tom e Elisa, bem como a do embaixador, e estavam dentro do Camry com Satish ao volante.

— Você comeu alguma coisa, Satish? — perguntou Ellie assim que chegaram do lado de fora dos portões.

Satish pareceu envergonhado.

— Na verdade, comi sim, madame. Todos os motoristas estavam lá fora no estacionamento, mas alguém veio e nos deu um monte de comida. O frango estava delicioso.

— Fico muito contente que alguém tenha pensado em servir a vocês um almoço — respondeu Ellie. Frank percebeu que ela não havia lhe dirigido uma palavra desde que haviam se despedido de Bob e Nan.

— Os americanos são bons assim, madame. — Satish pareceu-lhe estranhamente comunicativo, e Frank se perguntou se o jantar havia vindo com um copo de vinho junto. — Sempre pensando em nós. Se esta festa tivesse sido no consulado indiano, a comida seria só para os convidados.

Frank sorriu de modo sombrio. Finalmente alguém que apreciava os americanos. Ele disse a si mesmo para dar a Satish uma nota de cem rupias por sua ajuda inesperada em sua discussão silenciosa com Ellie.

CAPÍTULO 13

Ellie encostou a cabeça na porta do carro e olhou fixamente a chuva do lado de fora. Para além da janela respingada de chuva, as árvores eram um borrão verde. Ela já havia dito a Satish que diminuísse a velocidade algumas vezes, censurara-o por dirigir tão rápido naquelas condições climáticas, mas tinha sido em vão. Então desistiu, assim como mais cedo havia desistido de puxar conversa fiada com Frank. De todo modo, Frank e Ramesh estavam em um sono profundo, Frank com a boca aberta, Ramesh roncando suavemente com um fio de baba escorrendo pelo queixo.

A decepção deixava um gosto. Ela nunca soubera disso antes. Tinha o gosto leve e seco de cinzas. Ela havia saído de Girbaug para Bombaim há três dias com esperança e voltava com arrependimento, como se um buquê de flores frescas tivesse murchado em suas mãos. Um simples gesto, um olhar de que nem se dera conta, seguido de alguns comentários intempestivos, haviam desencadeado uma fúria gélida em Frank. Ela não podia evitar a ideia de que era apenas o eco de uma fúria mais antiga e reprimida. O tempo também não ajudara. A excursão pela qual tanto esperara, a visita às cavernas de Elephanta bem ao lado de Bombaim, havia sido cancelada no dia anterior devido à chuva. Nenhum piloto de barco tinha sido intrépido o suficiente para carregar uma leva de turistas do Portal da Índia à ilha próxima que abrigava as cavernas que continham esculturas antigas. Em vez disso, haviam passado a maior parte do domingo fazendo hora no Taj, com Ellie lendo um livro no quarto enquanto Frank e Ramesh visitavam as muitas lojas do hotel para depois almoçar no Golden Dragon. Apesar do descontentamento de Frank com ela no piquenique de sábado, Ellie surpreendera-se ao perceber que sua raiva estendera-se ao dia seguinte. Ela tentara se concentrar no romance que lia, mas seu coração disparava cada vez que ouvia um barulho no corredor, esperando que fosse Frank vindo buscá-la. Estava na expectativa de que a qualquer momento ele entraria no quarto para lhe dizer quanto sentia falta de sua companhia, pedir-lhe que fechasse o livro e viesse juntar-se a ele e a Ramesh em seja lá o que estivessem fazendo. Em torno das quatro da tarde ela sentiu-se tentada a ir tomar outro banho, mas permaneceu ali, com medo de desencontrar-se dele, caso Frank desse uma olhada dentro do quarto. Finalmente, às cinco, ela ligou para o celular dele.

— Oi. Sou eu. O que vocês dois estão fazendo?

— Nada de mais — respondeu ele. — Só estamos sentados no saguão conversando com outro hóspede.

— Bonita? — perguntou ela, em parte brincando, mas o silêncio demorado e doloroso lhe disse que suas palavras haviam atingido o alvo. Ela respirou fundo, com a dor de estar inesperadamente certa sendo mais forte do que imaginara.

— Com licença — ouviu Frank dizer, imaginando que ele afastara-se da mulher, e em seguida: — O que você quer, El?

— Nada. Só queria saber o que vocês estão fazendo. E se nós temos planos para o jantar. A não ser que você... você tenha outros planos — balbuciou ela, subitamente insegura.

Ela ouviu a exasperação em sua voz.

— Estou viajando num feriado com minha mulher e um menino de nove anos. Que outros planos poderia ter?

Apesar de seu sarcasmo e de ele soar frio, ela sentiu uma torrente de alegria. Era claro que Frank não estava com tanta raiva dela a ponto de planejar ficar longe dela pelo resto da noite. Ela percebeu que era isso que estivera temendo o dia inteiro.

— Que bom — disse ela. — Então, fico feliz de ir para onde você quiser ir.

Ele deve ter percebido a submissão em sua voz porque suavizou a sua própria quando falou:

— Não. Hoje era para ser o seu dia até essa chuva chata estragar tudo. Pode decidir onde quer jantar.

— Não me importo onde seja. — E então sentiu seus olhos lacrimejarem, querendo descongelar de vez o gelo entre eles. — Só quero estar com você.

— Deixe-me encontrar Ramesh — disse ele prontamente. — Estaremos aí em cinco minutos.

Ela desligou, aliviada por ainda haver o suficiente da velha chama — ou, pelo menos, suficiente boa vontade — entre eles para que Frank pudesse detectar e responder à sua necessidade emocionada por ele. E sem mais, a porta se abriu alguns minutos depois e Ramesh entrou saltitando, seguido por Frank. O garoto estava carregando três novas camisas para ele mesmo e uma echarpe de seda para sua mãe que Frank o deixara acreditar ter comprado com suas vinte rupias. Ellie sentiu seu estômago embrulhar ao imaginar a reação de Prakash diante destes presentes extravagantes — ela duvidava que o cozinheiro tivesse podido alguma vez comprar três camisas de uma só vez. E se eles compraram um presente para Edna, por que não comprar uma lembrancinha para Prakash? Ela se perguntou se Frank estava sequer consciente da desfeita. Prakash certamente ficaria, enxergaria neste gesto uma infinidade de coisas ruins. Numa outra ocasião ela apontaria isso ao marido, repreendendo-o de leve. Mas hoje, não. Em vez disso, decidiu-se por dar algum dinheiro a Prakash, dizendo-lhe que não souberam o que comprar para ele. O dinheiro evaporaria na bebida que ele certamente compraria, mas isso não podia ser evitado.

Frank foi educado e atencioso com ela durante o jantar, e Ellie sentiu-se devastada. Sua gentileza doía mais do que sua raiva, ele a estava tratando como uma estranha com quem se sentia compelido a compartilhar o pão. Ela ficou grata pela presença vivaz de Ramesh e por seu falatório ininterrupto. Algumas vezes quis repreendê-lo por falar de boca cheia, mas deteve-se em cada uma delas, subitamente nervosa, incerta sobre seu papel nessa relação. Observando Frank interagir com o menino durante o jantar, percebeu uma mudança, algo que acontecia diante de seus olhos. Caso se tratasse de outra mulher competindo pelo afeto de Frank, saberia o que fazer, como competir. Mas era um menino de nove anos que roubara o coração de seu marido. E acontecera bem debaixo de seu nariz, estava acontecendo agora naquele momento, e ela não tinha como prevenir a lenta erosão de sua importância nessa estranha e nova dinâmica que havia brotado entre os três. Com Benny, o efeito tinha sido o oposto — ele havia completado, atado e soldado ela e Frank. Ela havia se sentido importante, viva, consciente de que fora seu corpo maternal e feminino que havia ligado seu marido a seu filho. Mas, sentada durante este jantar, Ellie estava desoladamente ciente de quão pesado e *inútil* seu corpo lhe parecia, de como não podia forjar uma ligação entre ela e Ramesh porque não era sua mãe. Aliás, não era mãe de ninguém e provavelmente nunca seria de novo. Sua única gravidez depois de Benny havia resultado num aborto espontâneo, e, apesar de nenhum médico descartar a possibilidade, ela nunca engravidara de novo.

Depois da morte de Benny, Frank havia insistido para que ela voltasse a tomar sua pílula anticoncepcional. Ela não brigou com ele por isso, pois a verdade era que ela estava assustada. E cansada. O processo de pegar um bebê com uma carinha chorosa e fazer dele um menino inteligente e vivaz de sete anos havia sido maravilhoso, mas também difícil. Tudo nesses sete anos havia girado em torno de Benny — amamentar, problemas de crescimento dos dentes, ensiná-lo a usar o vaso, sarampo, festinhas de aniversário, chamar seus amigos para passar a noite, dever de casa, acampamentos. Assistir a *Shrek 2* em vez de *Antes do pôr do sol*, vídeos dos *Três patetas* em vez de filmes de arte no Festival de Cinema de Ann Arbor. Sete anos sem fazer plano ou tomar decisão alguma sem colocar as necessidades de Benny em primeiro lugar e, no fim das contas, nada disso bastou. Ser uma mãe boa e diligente não bastava como talismã contra a crueldade de um universo complicado.

Ela se distraíra por uma fração de segundo, e nesse ínfimo instante ele havia ido embora. A terra o havia engolido, dele feito pó, e então Ellie deitara-se na cama à noite, lutando contra os pensamentos de vermes comendo o delicado e precioso corpo de Benny, até que sentiu que os vermes estavam dentro de seu cérebro, alimentando-se dela. Meses depois de terem enterrado seu filho, ela sofria com essa imagem dos vermes, acordando no meio da noite com sua cabeça coçando, temendo o lento processo de novamente pegar no sono. Todos os dias ela acordava com olheiras escuras em torno dos olhos e arrastava-se por mais um dia ouvindo histórias tristes de seus clientes. Uma vez, e apenas uma vez, ela havia desabafado com uma cliente, uma professora de escola primária aposentada que perdera o filho há 25 anos, e, mesmo a mulher insistindo que não se importara, Ellie ficou estarrecida. Ela fez questão de não cobrar a visita da cliente, e quando Lois Shaffer, a psicóloga dona do consultório onde Ellie trabalhava, perguntou por que não a estavam cobrando pela sessão, ela contou. Lois olhou-a por um bom tempo e depois disse calmamente: "Eu bem que achei que você tinha voltado a trabalhar cedo demais, minha querida. Mas mesmo agora, se você quiser tirar algum tempo, não tem problema. Vamos achar um jeito de cobrir a sua ausência."

Lembrando-se das palavras de Lois, Ellie remexeu-se em sua cadeira. Ela não aceitara a oferta dela naquela ocasião, mas, dois meses depois, quando a proposta de Pete Timberlake para Frank chegou a seus ouvidos, ela havia insistido para que Frank não a descartasse sem antes pensar bem. E quanto mais falava com Frank sobre a proposta, mais ficava convencida de que era o certo a fazer, que começar uma vida nova na Índia, um país onde não conheciam ninguém e onde ninguém os conhecia como pai e mãe de Benny, era o que eles precisavam fazer. E, para sua grande surpresa, todos, nos dois lados da família — com exceção de sua mãe — haviam concordado com ela. A resistência que ela esperara de seu pai e da mãe de Frank não se provou. Talvez as olheiras e o fato de ela lutar contra imagens do crânio de Benny à noite fossem mais óbvios do que esperava. Apenas Delores havia relutado. Durante uma de suas conversas tarde da noite ao telefone disse a Ellie:

— Mudar-se para a Índia não vai mudar o que aconteceu, querida. É como diz aquele ditado: não há lugar como a nossa casa.

— Não sei o que você quer dizer com isso, mãe — dissera Ellie friamente. Ela já estava decidida e era muito tarde. Não queria lidar com as declarações enigmáticas de sua mãe naquela noite.

— Minha querida, estou apenas dizendo que o que quer que você e Frank precisem fazer, devem fazê-lo aqui. Com a família e os amigos para apoiá-los. Meu amor, quem vai cuidar de você na Índia?

Agora Ellie mordia os lábios ao lembrar de sua resposta descartando a preocupação de sua mãe há um ano e meio. "Mãe, eu não preciso que ninguém cuide de mim", respondera ela. Fora uma resposta automática, um retorno aos seus anos de adolescente rebelde e independente, irritando-se sob o olhar atento de uma mãe superprotetora. Agora andando num carro a toda pelo interior indiano, Ellie arrependeu-se de suas palavras arrogantes. Hoje, ela se sentiu muito afastada daquela mulher traumatizada mas esperançosa que havia acreditado que a Índia — *Índia*, terra dos iogues e da ioga, do Ganges e da cidade sagrada de Benares — seria a resposta à crise espiritual e emocional que a morte de Benny havia infligido a ela e Frank. Agora, ela era simplesmente uma mulher precisando de consolo — e ela não podia voltar-se para o seu marido, que no momento estava dormindo no banco de trás de boca aberta, com seu ombro aninhando a cabeça de um menino ao qual se referira recentemente como sendo seu filho. Todos tinham alguém para chamar de seu, era o que parecia a Ellie — alguém que amassem ou com quem estivessem casados, tivesse adotado, dado à luz ou simplesmente pegado emprestado. Todos, exceto ela. Ela subitamente ansiava por ouvir a voz da mãe, precisava dos conselhos sábios que Delores dava sem parecer ter a intenção de fazê-lo. Ela poderia não ser mais uma mãe, mas seria sempre a filha de alguém, e nesse momento Ellie se sentia profundamente grata por isso. Ela ligaria para sua mãe naquela noite assim que chegasse em casa.

Satish dobrou uma esquina e, por um segundo, o sol saiu de trás das nuvens pesadas, banhando os campos com uma luz branca de aparência artificial. Ellie mal notou. Em vez disso, observou as árvores tiritantes, com suas folhas castigadas pela violência implacável da chuva, e uma ou outra vaca, emaciada e encharcada, procurando abrigo embaixo de uma daquelas árvores. Embora estivesse quente e seguro dentro do carro, Ellie só se acalmou na presença daquelas criaturas vivas do lado de fora, surradas pela chuva, desprotegidas e inseguras num mundo perigoso.

Com o coração cheio de dúvidas, Ellie fitou a estrada esticada diante de si. Ela imaginou que ela se assemelhava a seu futuro: escuro, interminável, ladeado por agourentas e ameaçadoras nuvens carregadas de chuva.

LIVRO DOIS

Verão e outono de 1993

Ann Arbor, Michigan

CAPÍTULO 14

Ele quis comprá-la.

Mais tarde, envergonhado de sua reação inicial, tentaria lembrar-se do ocorrido de modo diferente, dizendo a si mesmo que sua primeira reação ao ver Ellie não havia sido tão crassa ou politicamente incorreta. Mais tarde, retificaria isso para acreditar que, ao pôr seus olhos em Ellie, ele havia sentido um forte impulso de possuí-la ou mesmo que soubera naquele instante que queria se casar com ela. Mas o fato era, antes que sua mente pudesse censurar seus pensamentos, que ele quisera comprar aquela linda mulher de blusa preta sem manga e calça larga que estava inclinada sobre o violoncelo, com o cabelo preto liso caindo sobre o que ele pensou ser o rosto mais delicadamente esculpido que já contemplara. Quis comprá-la, do modo que alguém gostaria de comprar um delicado vaso de porcelana de ossos de um antiquário ou um quadro pelo qual tivesse se apaixonado em uma galeria de arte.

Ele desviou os olhos, envergonhado dos próprios pensamentos, mas no instante seguinte voltou-se de novo, hipnotizado desta vez pelo relógio masculino que ela usava e pelas improváveis e ricas veias azuis que corriam ao longo de seus pulsos finos e bronzeados, encantado pelo jeito como ela acolhia o violoncelo desajeitadamente grande, com seus longos dedos ensinando o instrumento a seguir sua vontade. Teve um súbito lampejo de como essa mulher seria na cama, como ela seguraria seu amante leve, mas firme, nos braços, como aqueles dedos extrairiam dele um tipo diferente de melodia. Imaginou-se beijando a parte de dentro de seus punhos, beijando a estreita faixa branca que seu relógio deixara em sua pele bronzeada. Imaginou seu corpo como um violoncelo, um instrumento rico e dourado, com seu pescoço longo e delicado, seu torso suave e delicado, imaginou-se colhendo seus seios pequenos e firmes com seus lábios, segurando seus quadris estreitos contra os seus. Ele disse a si mesmo que memorizasse o rosto e o corpo dessa mulher para o caso de ele nunca a ver de novo, para que da próxima vez que se sentisse tentado a dormir com as meninas belas e insignificantes que pareciam rodeá-lo na Universidade de Michigan, ele se lembrasse de como era a sua mulher ideal.

Consciente de que a estava fitando, Frank forçou-se a olhar em outra direção e ao seu redor. Era uma bela tarde de junho. Ellie estava tocando num quarteto de cordas contratado por Wilfred Turner, cujos pais lhe estavam dando uma festa de formatura atrasada na grande propriedade da família. Wilfred estava um ano à frente de Frank no programa de MBA da Universidade de Michigan.

O quarteto estava tocando o Concerto de Brandenburgo nº 2, mas Frank mal ouvia a música enquanto procurava por Wilfred entre os convidados espalhados pelo quintal enorme.

— Bela festa, cara — disse ele. — Como vão as coisas?

Wilfred fechou a cara.

— Vou ficar melhor depois que esse pessoal todo for embora e pudermos ir ao McLarry's entornar umas cervejas. A maioria dessa gente é amiga da minha mãe.

Frank assentiu apaticamente, fingindo olhar ao redor.

— Boa música — disse ele, mantendo a voz tranquila. — Onde você os encontrou?

— Esquece, rapaz — disse ele, rindo. — Você é o sexto cara a perguntar. Pelo que sei, ela tem namorado.

— De quem você está falando?

— Ah, deixa disso, Frank. Você não me engana. Ou você está subitamente interessado em música clássica ou desenvolveu uma predileção por homens de meia-idade — disse Wilfred, apontando seu queixo na direção dos outros três músicos.

— Vá à merda, Wilfred — disse Frank, e afastou-se.

Ele ouviu Wilfred rir atrás dele.

— O nome deles é Moonbeams, se interessar.

Ele passou a hora seguinte rondando o gramado, batendo papo com outros estudantes, evitando Wilfred e sua mãe, retirando eventualmente um canapé da bandeja de um garçom que passava e bebendo um gole de vinho branco. Por fim, os músicos fizeram uma pausa, e Frank voou ligeiro para onde a violoncelista estava, parando apenas para pegar uma outra taça de vinho.

— Oi — disse ele. — Meu nome é Frank. E você deve estar exausta. Aceita uma bebida?

Ela aceitou a taça apresentada lançando-lhe uma olhada rápida.

— Obrigada — disse ela, e começou a se afastar.

— Espere — disse Frank, e ao vê-la parar e olhá-lo com uma expressão inquiridora, viu-se dizendo: — Um amigo meu está procurando alguns músicos para uma... uma grande festa de aniversário que ele está organizando. Você tem um cartão ou algo assim?

Ela gesticulou com a cabeça.

— Você devia falar com o Ted. Ele é quem faz os agendamentos.

De rabo de olho, Frank viu outros homens circulando ao redor, esperando uma oportunidade para falar com a garota.

— Bom, mas acontece que a casa do meu amigo é pequena. Ele só quer contratar um músico. — Mesmo aos seus próprios ouvidos essas palavras soavam ridículas. — Você sabe de alguém que possa tocar solo? Sabe, violão clássico ou algo assim?

— Bom, eu toco cravo.

— Cravo? Nossa, seria perfeito. Ele, o meu amigo, mora num apartamento pequeno. Então eu ligo para você. Você tem cartão?

Ela pareceu estar se divertindo.

— Desculpe, não tenho cartão. Só faço isso quando tenho tempo livre, para ganhar um dinheiro extra. A pós não é barata, você sabe.

Os olhos de Frank se iluminaram.

— Você é da Universidade de Michigan? Faculdade de Música?

— Não. Vou começar o doutorado em psicologia no segundo semestre.

— Ah, nossa. Que legal. — Frank viu Wilfred acenar para Ellie ao se aproximar dela. — Então deixa eu anotar seu telefone — disse, sacando uma caneta. Wilfred os estava quase alcançando. Ele anotou na palma da mão o número que ela recitava.

Wilfred aproximou-se deles e beijou Ellie uma vez em cada bochecha, à moda europeia. Frank sentiu uma onda de ciúmes percorrê-lo. "Um imbecil de um filho da mãe pretensioso", pensou ele. — Como vai indo, querida? — disse Wilfred. — Meu amigo aqui está perturbando você?

Frank falou antes dela.

— Vou deixar vocês conversarem — disse. E, sorrindo para Ellie, disse: — Prazer em conhecê-la.

Ele acenou para Wilfred, levantando a mão como que para coçar a orelha de modo que o outro visse o telefone anotado na palma de sua mão.

— Bela festa, Wilfred — disse ele. — Acho que vou conversar com sua... mãe.

Ele teve de controlar a velocidade de seu passo ao se afastar. Apenas quando foi ao bar buscar outro drinque ele percebeu que não sabia o nome da mulher para a qual havia entregado seu coração.

Isso tornou constrangedor ligar para ela no dia seguinte. Ele poderia ter perguntado o nome a Wilfred, é claro, mas não queria dar-lhe o prazer de gabar-se, de provocá-lo ou, pior, de passar um sermão nele. Não queria nem falar com Wilfred. Na verdade, não queria falar com ninguém exceto com a garota, a garota, a garota que havia serpenteado para dentro de seus sonhos na noite anterior, a responsável pelo ribombar do seu coração e por seu pijama melado quando acordou. A garota que o havia reduzido aos seus tempos de adolescente inexperiente, sem controle sobre o próprio corpo. Como um adolescente apaixonado, havia copiado seu número numa folha de papel quando chegou em casa e depois refez as linhas dos números na palma da mão novamente, não querendo que se apagassem.

Ele saiu da cama às nove do dia seguinte, escovou os dentes para livrar-se da rouquidão matinal e discou o número dela. Ela atendeu no quarto toque.

— Alô? — disse ela, e aquela única palavra fez o corpo de Frank arder de desejo.

— Oi — disse ele. — Quem fala é o Frank. Nos conhecemos na festa do Wilfred ontem, lembra? Conversei com você sobre tocar na festa de um amigo.

Houve uma breve pausa e ela disse:

— Ah, sim, eu me lembro.

"Ela não podia soar um pouquinho *alegre* ou algo assim?", pensou Frank. "Mas, pelo menos ela se lembra."

— Ótimo — disse ele. — Bom, estou ligando para dar uma resposta. Ele quer contratar você mesmo.

— Qual é a data da apresentação?

Data? Merda.

— Ele não sabe ainda. Assim, é por volta de julho, mas ele não sabe quando.

— Bom, ele tem que me avisar assim que souber. Fico muito ocupada em julho. Todo mundo quer se casar nesse mês.

Ele havia detectado algo em sua voz? Alguma aspereza, algum sarcasmo? Ela era contra o casamento? Contra o amor, o romance, os homens em geral?

— Alô? — disse a voz do outro lado da linha. — Você está aí?

— Estou — disse Frank. E, pensando rápido, continuou: — Sabe, antes de eu apresentar você a meu amigo, nós devíamos pensar numa lista de datas em que você está disponível e passar os arranjos musicais. Você pode tomar um café ou algo assim comigo esta semana?

— Você quer dar uma passada nas músicas que eu vou tocar? — Desta vez não havia como confundir o espanto em sua voz. Mas antes que Frank pudesse reagir, ela disse: — Tá. Vou levar minha agenda, e podemos marcar algumas datas. Também posso mostrar a você uma lista de músicas selecionadas. Seu amigo não deveria vir conosco?

Droga. Essa história de mentir era ardilosa. Já estava começando a se sentir como um velho safado.

— Não se preocupe com isso. Eu... nós dois meio que estamos sendo os anfitriões da festa.

— Mas pensei que... — começou ela, antes de mudar de ideia. — Deixa pra lá.

— Escuta — disse ele. — Tenho uma ideia. Ia comer no Ali Baba's à uma da tarde hoje. É na rua State, sabe onde é? Gostaria de discutir isso no almoço?

Uma brevíssima hesitação e então:

— Claro.

Claro? Era fácil assim? Frank expirou e percebeu que havia prendido a respiração durante todo o tempo em que estivera ao telefone.

— Ótimo — disse ele, esperando que ela não tivesse percebido o ligeiro tremor em sua voz. — Vejo você à uma.

No instante em que desligou, ele deu-se conta de que ainda não tinha perguntado o nome dela.

Ao meio-dia, Frank pegou-se trocando de camisa uma segunda vez e deteve-se. "Chega de pavonear-se", disse ele a seu reflexo no espelho. "Ou ela vai gostar de você ou não vai. Você não está fazendo um teste para ser ator." O modo como estava se comportando lhe trouxe lembranças de quando se demorava na entrada da casa em Grand Rapids, vestindo o terno com o qual ia para a igreja todos os domingos, esperando que seu pai retornasse. Nos cinco meses seguintes à partida de seu pai, fez vigília todos os domingos depois da igreja, querendo vestir a melhor roupa que tinha no momento em que seu pai voltasse. E então um dia se *viu*, um menino de doze anos vestindo o terno do irmão, embalando-se na grande cadeira de balanço branca, com o coração aos pulos cada vez que um carro vinha vindo pela rua silenciosa. Viu a inutilidade da esperança que ardia no peito do menino. Entrou, então, em casa e tirou aquele terno o mais rápido que pôde.

Ele havia conseguido uma mesa na parte externa do Ali Baba's e folheava um livro da biblioteca quando ergueu os olhos e a viu em pé diante de sua mesa. Sabia que ela havia visto a expressão de prazer estarrecido que percorreu seu rosto quando a notou. Ela usava um vestido branco simples com lapelas largas e grandes botões pretos na frente, os óculos escuros repousados em cima da cabeça. Rodeados por homens e mulheres de camiseta e bermuda, ela se destacava como uma flor no deserto. A boca de Frank secou no momento em que se levantava para cumprimentá-la.

— Oi — disse ela.

— Opa — disse sorrindo. Sabia que seu sorriso era profundo demais para a ocasião, mas não se importava muito. Estava feliz por estar sentado em frente a essa mulher adorável e não se importava com o fato de alguém mais saber disso.

— Peguei uma mesa aqui do lado de fora. Espero que não se importe.

— Está ótimo — disse, olhando em volta e esticando um dos braços. — Está um dia maravilhoso.

— Está, sim — disse ele. — Um dia maravilhoso. — E ela deve ter sentido algo em sua voz porque olhou para ele antes de baixar os olhos.

Ela pediu um chá gelado e um sanduíche de *falafel*. Frank pediu frango no pão sírio e *homus* para dividirem.

— Olha, tenho uma confissão a fazer — disse ele quando o garçom foi embora. — Não sei seu nome.

— Ah, desculpa. É Ellie.

Ellie. Ele experimentou o nome dela em sua cabeça e decidiu que era como um encorpado vinho tinto revolvendo em sua boca.

— Prazer em conhecê-la, Ellie — disse ele.

— Digo o mesmo. Então, vamos olhar nossas agendas?

Ele destacou um pedaço de pão e mergulhou-o no *homus*.

— Vamos esperar até depois do almoço — disse ele. — A mesa é pequena.

— Desculpa. Bem pensado.

— Mas se você estiver atrasada...

— Não, tudo bem. Não tenho nada planejado para hoje, graças a Deus.

— Então, por que psicologia? — perguntou ele, enquanto pensava: "Se você não dormir comigo vou explodir."

— É o que sempre quis fazer. Ajudar as pessoas a melhorar suas vidas. Sei que é um dos motivos pelos quais também sempre fui atraída pela música.

— É. Ao ouvir você ontem fiquei surpreso que não esteja estudando música. Foi fantástico.

— Obrigada. Quando era mais nova pensava que seria musicista profissional. Estudei música enquanto estava na faculdade.

— Onde você estudou?

— Oberlin.

— Você é de lá?

— Não, morava em Shaker Heights, perto de Cleveland. Mas meu pai lecionava em Oberlin, então...

— Já ouvi falar em Shaker Heights. Seus pais ainda moram lá? — perguntou Frank, sabendo ser indelicado fazer tantas perguntas, mas não conseguindo se conter. Estava encantado com a descontração com que Ellie falava. Ela não tinha nada da inibição reservada própria de mulheres bonitas.

— Sua infância parece ter sido feliz — disse ele, e odiou o resquício de fascínio e inveja que ouviu na própria voz.

Ela pareceu envergonhada.

— É tão óbvio assim? Acho que vou ter que manter isso um segredo dos meus clientes. Mas é verdade... eu tive uma infância feliz. Vai entender.

Ela sorriu, e ele sentiu-se corar. Tudo nessa mulher o desconcertava. Ele não sabia em que se concentrar, em sua pele impecável e bronzeada, no esplendor de seu rosto, no modo despreocupado como afastava dos olhos seus cabelos sedosos, no modo como gesticulava, nas palavras ricas e prateadas que caíam dela como uma cachoeira. Frank sabia que era bonito. Desconhecidos no shopping diziam à sua mãe como ele era bonitinho; tinha recebido de Jenny Waight, sua vizinha, seu primeiro beijo aos doze anos; havia recebido uma declaração de amor de seu colega de quarto quando estava na faculdade. Mas subitamente sentiu-se tão nervoso e inseguro quanto se sentira na noite em que Jenny Waight o beijara atrás da garagem.

— Você ouviu uma palavra do que disse? — dizia Ellie.

— Opa, desculpa. Acho que me distraí um pouco.

Ela amarrou a cara.

— Minha companhia é tão entediante?

Ele percebeu que ela estava flertando com ele, e isso o fez rir.

— Claro que não.

— Estava perguntando onde você foi criado.

— Em Grand Rapids. Fica a uns 150 quilômetros daqui. Isso e mais um universo de distância.

— Como assim?

Ele olhou para ela, incerto sobre como explicar.

— Eu nasci em Grand Rapids — disse. — Mas nunca senti que pertencia àquele lugar. Era... era um lugar meio desolador. Já no meu primeiro dia aqui em Ann Arbor, me senti em casa.

Ela assentiu.

— E os seus pais?

— Minha mãe também não gostava muito da cidade. Mas ela ainda mora lá. Meu pai... — e então ele se interrompeu por um breve segundo, certificando-se de que sua voz transparecesse suave e descomprometida ao falar. — Meu pai... ele foi embora quando eu tinha doze anos. Então não faço ideia do que ele achava.

Os olhos escuros dela agora transpareciam uma inteligência afiada e inquiridora.

— Sinto muito — disse ela com simplicidade.

Ele olhou para o lado, com medo de ver piedade em seus olhos. Pensou no dia em que voltara da escola e encontrara sua mãe soluçando no quarto. Ele havia culpado a si mesmo imediatamente, lembrado de que se recusara a cumprir a ordem de seu pai de tirar a mesa na semana anterior, estivera convencido de que havia transmitido sem querer a seu pai o desprezo e a animosidade crescentes que ele começava a sentir. Por semanas sentara-se na varanda da casa pedindo a Deus que lhe trouxesse o pai de volta. Na escola, socou Tommy Hefner no nariz por lhe perguntar se estava bem, agora que seu pai tinha ido embora.

— Foi há muito tempo — disse ele. Seu tom foi comedido, agradável, como se estivesse contando a ela sobre um piquenique recente.

— Entendo — disse ela. Abriu a boca como que para dizer mais, e ele enrijeceu-se levemente: — E então? Que tal voltarmos ao assunto em questão?

Ele a fitou com um rosto inexpressivo.

— E qual assunto seria? — deixou escapar.

Ela riu.

— A festa. Na casa do seu amigo. Achei que estivesse sendo entrevistada para a vaga... Você bem que podia me dar algumas datas e olhar minha seleção de músicas.

Será que ela sabia que ele havia inventado a coisa toda? Não dava para dizer. Nesse momento, odiava a si mesmo por ter inventado essa história delirante. Talvez fosse melhor para ele contar a verdade: que ele *morreria* se ela não dormisse com ele. Mas justo quando ele tentava decidir se aquele era o momento para apoiar-se no encosto de sua cadeira e dizer que tinha uma confissão a fazer, ela tirou sua agenda da bolsa e algo naquele gesto lhe dizia que ela não fazia ideia de que não havia amigo ou festa de aniversário.

Algo se instalou nele, uma profunda ternura por essa menina crédula e confiante inclinada sobre sua grande agenda. Agora ela olhava para dentro da bolsa e dela tirou um caderno no qual, ele percebeu, constavam algumas músicas selecionadas. Ele puxou sua cadeira para perto dela, dizendo: "Vamos dar uma olhada", e sua voz estava tão rouca de desejo sexual que ele se surpreendeu por ela não perceber. Sentiu-se um tarado, excitando-se à menor aproximação de uma garota bonita.

Ela lhe falou um pouco de cada música, mas ele não ouvia, estava num estado semidelirante, feliz por sentir o cheiro de seu xampu, inalar a doçura sutil de seu perfume, olhar seu rosto de relance quando possível. — Sabe de uma coisa? — disse finalmente, sabendo que ela estava esperando que ele respondesse às suas muitas sugestões. — Você decide a música. Confio cegamente no seu... bom gosto. — E desta vez ele deixou os olhos se demorarem levemente em seu rosto, em seu pescoço, no doce ponto em que o branco de seu vestido encontrava-se com sua pele. Ela corou e desviou o olhar, mas quando falou sua voz era leve e enérgica.

— Tudo bem. Mas vamos pensar numa data.

— Vamos fazer assim: por que você não me dá três datas e eu... consulto meu amigo?

— Ótimo.

Ele sentiu um súbito pânico diante da ideia de se despedir agora que o almoço terminara. Deixar Ellie seria a pior das ressacas. — Ei — ouviu a si mesmo dizer —, estava pensando em andar até o museu de arte. Tem uma exposição do Chagall lá, você soube? Quer vir comigo?

— Já vi — disse ela, e o sol desapareceu como se alguém o tivesse arrancado do céu. — Mas eu adoro Chagall. Posso ver novamente com você — e então o sol voltou a seu lugar apropriado.

— Legal. Vamos lá — disse ele colocando uma nota de vinte dólares na mesa. Quando ela remexeu em sua bolsa, ele tocou-a levemente na mão e disse: — De jeito nenhum, eu convidei. É por minha conta. — Enquanto isso sua mente dizia: "Lembre-se deste momento. É a primeira vez que você a toca."

Eles passaram três horas felizes no museu. Quando foram embora, Ellie queria uma coca, e então foram a um café próximo onde logo Frank estava falando de um maravilhoso restaurante chinês que havia sido aberto recentemente na Main Street. Ellie disse que adorava comida chinesa e ele a convidou para jantar. Eram nove da noite quando se separaram, depois de Ellie recusar os diversos pedidos de Frank para acompanhá-la até sua casa. Ele andou pelas ruas até seu apartamento assobiando para si mesmo. Um primeiro encontro que durara oito horas, uma jornada diária de trabalho, enfim. Enquanto outros imbecis na cidade batiam cartão, satisfaziam patrões, dedicavam um dia todo ao trabalho, ele havia passado oito horas na companhia de uma mulher que ficava mais adorável a cada instante. Oito horas. "Nada mal para um primeiro encontro, Frankie", disse ele a si mesmo, "nada mal mesmo".

Ele ligou para ela no dia seguinte, mas Ellie estava de saída e não podia conversar. Mas ela ligou de volta naquela noite e eles conversaram por três horas. Logo antes de desligar, perguntou-lhe como quem não quer nada se ela estava livre para um almoço no sábado. Ela não estava, tocaria num casamento, mas tinha que ir à livraria Borders no domingo para pegar um livro que encomendara. Será que ele gostaria de acompanhá-la? Ele adoraria, mas que tal um almoço rápido antes? Talvez no Ali Baba's de novo, se não fosse cedo demais.

Ele apareceu no restaurante com a intenção de confessar sua mentira a ela. Havia treinado para manter um tom leve, fazer uma cara de arrependimento e admitir que ficara um pouco deslumbrado com tudo. Ela já estava no restaurante quando ele chegou.

— Oi — disse ele vivamente, e ela virou-se para ele, mas seus olhos estavam frios. Ele sentou-se diante dela com uma súbita sensação de temor o envolvendo. — Tudo bem? — perguntou ele hesitante, mas ela o interrompeu.

— Eu quero perguntar a você uma coisa. E quero que você me diga a verdade. Essa história de amigo não existe, né? Nem esta festa de aniversário para eu tocar, né?

Ele balançou a cabeça, tentando encontrar a expressão arrependida que havia ensaiado. Mas subitamente viu aquilo tudo pelos olhos dela, não se tratava de uma artimanha brincalhona de um homem apaixonado, mas sim de um estratagema de um homem cruel o suficiente para mentir de modo a obter o que queria.

— Sinto muito — disse ele. — Ia contar pra você hoje.

Ela balançou a cabeça com raiva, e ele compreendeu que o que antes vira como frieza era na realidade ira.

— Uma coisa que você deve saber sobre mim, Frank. Eu odeio que mintam pra mim. Mesmo uma mentirinha de nada. — Balançou a cabeça novamente. — Meu Deus, me sinto uma idiota completa. Não acredito que caí numa jogada tão óbvia. Compreendi tudo hoje de manhã. Enfim. Parece que fui mesmo enganada. — Ela então empurrou a cadeira para trás e levantou-se.

— Aonde... aonde você vai?

Seu tom de voz era propositadamente baixo. — Para longe de você! — Ela afastou-se e olhou para trás. — Por favor, não me ligue nunca mais.

Ele ficou sentado à mesa, paralisado, assistindo-a ir embora até perdê-la de vista. Não sentiu tristeza, mas sim raiva. Raiva de si mesmo por ter estragado tudo, por ter dito uma mentira para conseguir algo que acreditava não ter chances reais de conseguir de outro jeito. No fim das contas, acabou perdendo-a. E tinha raiva dela por não entender isso, por tratá-lo como se fosse uma droga de um tarado ou coisa parecida, em vez de um homem de 23 anos seriamente apaixonado por uma mulher. "Dane-se ela", disse a si mesmo. Ela não vale tudo isso. Provavelmente ronca quando dorme. Ele voltou a fechar seu coração, tornou-se de novo o menino de 12 anos que, depois de parar de esperar pelo pai, não permitiu a si mesmo sentir sua falta de novo. Sua raiva o protegeu, permitindo-lhe deixar o restaurante sem se dissolver em lágrimas.

As lágrimas vieram assim que girou a chave e adentrou seu apartamento, que subitamente parecia tão vazio e isolado quanto uma cova. Ele desmoronou em seu futom, com a mente folheando as muitas imagens que coletara nos últimos dias — Ellie com a cabeça encurvada sobre seu caderno, Ellie inclinada sobre o violoncelo como uma amante, Ellie esquadrinhando seu rosto com seus olhos oniscientes, inquiridores —, e então ele era novamente o garoto chorando suas perdas, sua dor pelo abandono do pai acorrendo-lhe veloz e malignamente como um louco com uma faca e fundindo-se com a dor de sua perda mais recente. Sua mente tentava lhe dizer que este comportamento era insano, que ele mal conhecia essa mulher, que ele chorava por um fantasma, mas de nada adiantou. Ligou o som para que os vizinhos não pudessem ouvi-lo, e então soluçou, vagamente ciente de que os sons que fazia não eram tanto os sons de um homem crescido, mas de alguém muito mais novo. Pensou em ligar para Scott, mas isso exigiria palavras, e ele sentia-se além das palavras no momento.

Não comeu por um dia inteiro depois da conversa com Ellie. Não fez a barba por quatro dias. Mal saiu do apartamento. Ignorou os dois recados que sua mãe deixou na secretária eletrônica. Colocava Jim Morrison para tocar noite após noite e bebia duas cervejas antes de desmoronar na cama.

No quinto dia, ele acordou cedo, fez a barba e se vestiu. Resolveu parar de se comportar como um imbecil. Decidiu dar uma volta de bicicleta até o rio. Depois da pedalada, esbarrou com alguns amigos e passou um tempo com eles. Estava satisfeito consigo mesmo quando finalmente retornou para casa por volta das quatro da tarde, orgulhoso por ter conquistado um dia sem lamentar a perda de Ellie. Tomou um banho, e ao adentrar a sala de estar, notou a luz da secretária eletrônica piscando.

— Escuta — disse a voz de Ellie —, só porque eu pedi pra você nunca mais me ligar não quer dizer que você devesse... sabe, *nunca* mais me ligar.

Ele estava discando o número dela antes mesmo de ouvir o restante da mensagem.

CAPÍTULO 15

O OUTONO INTEIRO FOI TOMADO por um cheiro de melancia e de lenha queimando. O ar estava leve e translúcido. Ellie e Frank caminharam em um estado de delírio naquele outono, sob céus que flutuavam como um caudaloso rio azul acima deles. Às vezes era como se estivessem parados na beira da Terra, mal mantendo o equilíbrio, prestes a caírem. As ruas, cobertas de folhas secas e mortas, reforçavam a sensação de obliquidade. As árvores irradiavam amarelo, vermelho e dourado com uma abundância tal que os fazia corar. Michigan nunca fora tão lindo ou solitário assim. Eles passaram horas naquele outono andando pelas ruas cobertas de folhas de Ann Arbor, percorrendo as margens do rio Huron e as trilhas do Arboreto. Nos fins de semana, evitavam os amigos e iam com o Ford amarelo de Ellie até aos acampamentos próximos, dormindo sob as estrelas, fitando a lua que ia de perfeitamente cheia e redonda a um simples tracejado prata no céu. E sempre faziam amor com tal voracidade e paixão que pareciam estar envolvidos em um tipo de discussão silenciosa e interminável. Isso os deixava exaustos, com olheiras, desgastados. Eles tentavam se desvencilhar um do outro e descobriram não conseguir. Descobriram-se incapazes de manter os olhos e as mãos longe do corpo do outro, descobriram-se fazendo coisas que os chocavam e envergonhavam.

Ellie culpava o tempo. Ela aguardava que ele virasse, que o frio no ar finalmente virasse neve e os libertasse dessa patética encenação de paixão à qual estavam presos. O outono não era uma estação razoável, fazia todos agirem de um modo um pouco impetuoso e desvairado. Ela ignorava o fato de seu delírio ter começado em junho, depois de ter se encontrado com Frank pela segunda vez no Ali Baba's e dito a ele que nunca mais queria vê-lo. Ela havia ido embora a passos rápidos naquela tarde, indignada e irada com razão, mas já à noite sentia uma dor tão aguda em seu corpo que pensou estar gripada. E, quatro meses mais tarde, essa dor não se havia dissipado. Não importava quantas horas passasse com Frank, quantas noites passassem em claro conversando, quantas vezes fizessem amor, selvagem ou suavemente, urgente ou languidamente, não era o bastante. Ela sentia-se sedenta por esse homem, ansiava pela presença dele em sua vida.

Ela estivera apaixonada antes, e era por isso que estava tão despreparada para o que tinha com Frank. Culpou o tempo. Esperava que o encanto se quebrasse, como alguém acordando de um sonho. Pensava ser apenas uma questão de tempo até que se cansasse desse homem, aguardava a manhã em que se levantaria da cama e ela não ergueria a cabeça do travesseiro para absorver sua beleza. Rezava pelo dia em que seu belo corpo esculpido — as longas pernas musculosas com uma cicatriz fininha no joelho esquerdo, as nádegas durinhas, a maravilhosa curvatura das suas costas, os ombros largos como asas de anjo, a força animalesca e retraída do seu longo pescoço, o rosto resgatado de uma graciosidade quase feminina pela bênção de um nariz quebrado — a deixaria indiferente. Mas esse dia ainda não havia chegado. Às vezes, quando olhava seu corpo nu, sentia uma violenta brusquidão, uma violência, uma excitação que sempre imaginara ser masculina. Esse grau de carnalidade, essa luxúria, esses sentimentos devassados a aterrorizavam porque desafiavam o que antes ela pensava ser feminilidade.

Estar com Frank a fazia sentir-se poderosa, e aumentava seu apetite por tudo. Ela brincava de caça-palavras com um instinto quase assassino, ria e falava mais alto, e até comia mais em sua presença. Sentava-se na sala de estar dele com as pernas descruzadas, deixando seu desejo traduzir-se em seus olhos até vê-lo flamejar nos dele. No entanto, não havia nada de timidez, nada de *femme fatale* em seu comportamento. Em vez disso, os dois estavam em pé de igualdade, jogando limpo sobre suas intimidades sexuais. Ela frequentemente saía do apartamento de Frank pela manhã usando uma de suas camisetas, sentindo seu cheiro no corpo enquanto voltava de carro para casa, saboreando a dor que ficara em seus seios e vagina, deleitando-se com cada arranhão ou marca que ele deixara em seu corpo. De vez em quando, suas reações e seus pensamentos a envergonhavam. Mas na maioria das vezes isso não acontecia, pois nada que ela fizesse com Frank lhe custava seu respeito próprio. Se ele alguma vez tivesse sugerido que ela se vestisse de algum jeito ou fizesse parte de alguma fantasia infantil idiota, ela teria perdido o interesse nele. Mas ele nunca o fez. Frank só estava lá, pronto para encontrá-la, de igual para igual, a simples intensidade de seu olhar sendo todo o estímulo sexual de que precisava.

Apesar de ela nunca ter estado tão loucamente apaixonada antes, convenceu-se a si mesma de que havia estado, esquadrinhou seu passado e apareceu com garotos dos quais mal lembrava, conferindo a eles um sentimento bem mais intenso do que o em vigor no tempo em que saía com eles. David. Sean. Richard. José. Disse a si mesma que fora louca por cada um deles, lembrando depois como perdera o interesse ab-ruptamente. David por ter dito a ela não ver necessidade alguma da Emenda de Direitos Iguais. Sean por ter soltado um pum durante a cena mais importante de *Persona*, filme de Bergman que eles haviam alugado. José por ter lhe confessado ter assistido *Titanic* 12 vezes e ter decorado o filme. Richard pelo sexo ter se tornado previsível, chato. Ela aguardava que algo assim acontecesse com Frank, contava os dias para o outono se transformar em inverno e o delírio terminar, a febre ceder.

Em vez disso, ele a convidou para ir a Nova York para conhecer seu irmão, Scott, no início de novembro. Sua mãe ainda morava em Grand Rapids na época, mas ele não parecia ansioso para apresentá-la a ela. Pressentiu que para Frank era importante que conhecesse Scott e, portanto, estava prestes a recusar. Mas o que saiu de sua boca, no entanto, foi uma proposta: de que se ela concordasse em ir até Nova York para conhecer seu irmão, eles parariam na viagem de volta para ver sua família em Shaker Heights. "Assim não vou me sentir muito culpada por não passar o Dia de Ação de Graças em casa", disse-lhe ela, mas a realidade era que ela queria apresentar esse homem encantador à sua irmã mais velha, Anne, sabendo que com algumas palavras adequadas e sarcásticas, Anne a ajudaria a ver Frank com outros olhos.

O que ela não esperava era ter adorado Scott. Nada do que sabia sobre ele — republicano, fã de Reagan, conservador, contra o aborto, banqueiro de Wall Street — poderia tê-la preparado para isso. Surpreendeu-se também com a semelhança entre Scott e Frank. Apesar de Scott ser alguns anos mais velho, um pouco mais gordo, com cabelo mais escuro e trejeitos mais firmes, se comparados à sensualidade felina de Frank, não havia dúvida de que eram irmãos. Mas o que a comoveu foi a atitude protetora, quase paternal, que Scott tinha perante Frank. Até ver quão protetor Scott era com Frank, ela não fizera ideia de que Frank precisava de proteção. Isso fez Ellie perceber que o jeito casual e seco com que Frank lhe contara sua vida familiar — o pai fora embora quando ele tinha 12 anos, a mãe o havia criado junto com o irmão mais velho enquanto administrava um antiquário em Grand Rapids — havia sido um modo de suavizar a dor à qual ainda era vulnerável. Pela primeira vez, Ellie fez a si mesma uma pergunta perigosa: sua luxúria selvagem poderia algum dia ser domada e transformada em algo estável e consistente como o amor?

As árvores no Central Park não tinham uma folha sequer àquela altura, e Ellie sentiu que a trajetória delas ecoava o caminho de sua relação com esse homem enigmático. Eles haviam se conhecido na abundância plena do alto verão, quando o ar estava quente e úmido, continuaram seu romance passional ao longo do outono inebriante, quando mesmo as árvores eram uma distração. Mas agora era quase inverno, e os ossos nus do universo já estavam expostos. Era hora de dar um jeito ou deixar isso quieto. Ela resolveu ficar quieta.

— Por que minha comunista preferida está tão quieta hoje? — brincou Scott enquanto os três caminhavam em torno do lago. — Será que ela não sabe mais o que dizer sobre o Livro Vermelho de Mao? Por que esse silêncio agora?

Ela bateu em seu ombro. Uma batida forte. Três dias com Scott e ele já parecia da família.

— Quem consegue dizer alguma coisa quando os irmãos Benton estão juntos? — disse ela. — Ou quando está tão frio que dá pra ver as palavras congelarem assim que saem da boca?

E então aconteceu. Assim que Ellie admitiu estar frio, os dois, um de cada lado seu, aproximaram-se instintivamente e colocaram um braço em torno dela. Todos riram. Frank e Scott de constrangimento, Ellie de felicidade. Sentiu-se de repente como uma menininha de novo, deitando-se na cama de Anne nas noites frias de Cleveland, aninhando-se debaixo de um edredom. Para certificar-se de que não se afastassem dela, jogou um braço em torno da cintura de cada homem, mantendo-os por perto. Frank virou-se e beijou-a na cabeça, dizendo "obrigado". Ela sorriu e ele sorriu de volta, e a cena congelou, tornou-se um daqueles momentos perfeitos e estimados que o cérebro fotografa e arquiva para uso posterior.

Era um novo sentimento, a ternura. Ele a assustou, a fez duplamente feliz por partirem para Cleveland, onde sua irmã mais velha repousaria seus olhos céticos em seu mais novo namorado e a devolveria ao seu juízo. "Esse relacionamento com Frank já se tornara longo demais", decidiu ela. Ela acabara de começar seu doutorado, o que exigiria toda a sua atenção. Não era aconselhável iniciar um novo relacionamento enquanto se dedica a um doutorado, todos sabiam disso. O futuro que ela imaginava para si não reservara espaço algum para um homem cuja real forma, a profundidade de sua mágoa de infância, estava apenas agora começando a emergir. No dia seguinte ao passeio no Central Park, ela acordou mais cedo, decidida a servir-se de uma tigela de cereal. Mas Scott já estava na cozinha, fazendo rabanada para todos, e não havia nada a fazer senão puxar um banco alto e oferecer-se para bater os ovos. E quando deu por si, ele estava falando com ela naquela sua voz suave e grave, agradecendo-lhe por fazer seu irmão tão feliz, falando-lhe de Tina, a última namorada de Frank, e quão inapropriada ele a considerara para seu irmãozinho. Tina Purpurina, ele a chamava. E então virou aqueles olhos azuis para ela e disse:

— Mas você é coisa séria, Ellie. Você é a primeira pessoa que Frank namora que considero merecedora dele. — Ela havia tentado provocá-lo, suavizar seu amor incondicional pelo irmão, mas Scott não queria saber daquilo. Ele continuou sério e disse: — Não estou brincando. Sei que esse garoto pode passar na ideia de que só se trata de diversão, mas não funciona assim.

E então ele contou-lhe dos meses que se seguiram à partida do pai, a espera de seu irmão na frente de casa, as promessas e pedidos a Deus que havia entreouvido ao passar pelo quarto de Frank. Ellie balançou a cabeça, ao mesmo tempo querendo e não querendo saber. Mas as palavras de Scott surtiram efeito. Não conseguiu tirar da cabeça a imagem de um menino de 12 anos sentado em frente de casa dia após dia.

Talvez tenha sido por isso que, assim que eles saíram da cidade, ela puxou uma briga com Frank. Ele pareceu boquiaberto de início, tentou perguntar-lhe o que a estava incomodando, mas ela não queria — não podia — lhe contar. Logo, os ânimos dele se exaltaram para equipararem-se aos dela, e eles viajaram até a Pensilvânia em silêncio quase total. Uma vez, ele ligou o rádio esforçando-se para encontrar uma estação com bom sinal. Assim que encontrou, ela esticou o braço e desligou o rádio. Ele pareceu irritado, mas não disse uma palavra.

Apesar de terem feito as pazes depois do almoço — Frank até fez uma tentativa desinteressada de colocar a mão dentro de sua saia —, o mal estava feito. Quando por fim chegaram a Cleveland, às cinco da tarde, só queriam sair de perto um do outro. Ellie decidiu que já não precisava mais da ajuda de Anne para terminar tudo com Frank. Saltou do carro e correu até a casa de tijolos vermelhos assim que pararam na entrada de Anne.

— Ele é lindo — cochichou Anne assim que as irmãs fugiram para a cozinha a fim de preparar um gim-tônica para Frank.

— É, ele é vaidoso e egocêntrico também.

— Sério? — disse Anne, seus olhos curiosos. — Eu o achei bem legal.

Ellie empertigou-se.

— Ele é. A maior parte do tempo. Nós acabamos de brigar feio no caminho pra cá.

Anne esticou-se e puxou uma garrafa de gim. Ela despejou uma dose generosa nos copos.

— Por que vocês dois brigaram?

— Eu nem sei, pra falar a verdade. Uma dessas besteiras... — e seu rosto subitamente enrugou-se. — Acho que estou tentando não me apaixonar por ele, Anne. Não posso me dar ao luxo de me envolver com alguém agora. Tenho tanta coisa a fazer.

Anne pôs gelo nos copos.

— Boa sorte em tentar resistir a ele — disse ela zombeteiramente.

Quando entraram novamente na sala de estar, Frank estava em pé diante da janela.

— Parece uma rua bonita — disse ele educadamente. — Muitas crianças, não é?

— É um bairro muito bom para crianças — concordou Anne, entregando-lhe um copo. — Você gosta de crianças, Frank?

Ellie arfou, chocada pela obviedade da irmã. Mas Frank não pareceu particularmente ofendido.

— Eu adoro — disse ele, olhando de novo pela janela. — Sua rua me lembra o lugar onde eu cresci. Brincávamos na rua dia e noite. — E então virou-se para Anne: — Você e seu marido querem filhos?

"O que eles estavam fazendo? Participando de uma competição para ver quem fazia a pergunta mais íntima?", perguntou-se Ellie. Ela olhou de um para o outro e percebeu que estavam sorrindo entre si, parecendo ignorar sua presença. Ela nem mesmo tentou esconder o sarcasmo em sua voz.

— Por falar no seu *marido* — disse ela —, que horas ele vai chegar em casa? E que horas papai e mamãe vêm pra cá?

Anne olhou para ela como se fosse uma mosca muito irritante perturbando um ótimo piquenique.

— O quê? — disse ela distraidamente. — Ah, não falei pra você? O Bob está fora da cidade. Viagem de negócios de última hora. — Ellie percebeu sombriamente que ela não parecia muito incomodada com isso. — E nossos pais vão chegar às sete. — E então virou-se para Frank: — O que nos dá tempo suficiente para mais um drinque.

— Claro — disse Frank para Anne, sorrindo. Ellie achou que ele estava belíssimo, mais lindo do que nunca. Frank estendeu o braço e tocou de leve a mão de Anne. — Mas permita que eu ajude você a preparar a próxima rodada. — E, com isso, seu namorado e sua irmã deixaram o aposento e andaram até a cozinha. Não pôde deixar de notar que nenhum dos dois havia lhe oferecido um segundo drinque.

Daí para a frente só piorou. Quando seus pais chegaram, Anne já estava dizendo: “Nossa, Frank, você está quase me convencendo da importância de um MBA.” Ellie balançou a cabeça, incrédula. Anne era praticamente uma marxista, pelo amor de Deus.

Sua mãe imediatamente cedeu aos encantos de Frank. E mesmo Ellie teve que admitir que seus modos eram impecáveis. Ele insistiu em ajudar Anne na cozinha. Também falou com desenvoltura sobre a última campanha presidencial com seu pai. E muito embora ainda estivesse flertando sem o menor pudor com Anne, o fazia de modo a somente sua irmã perceber. A conversa durante o jantar fluiu surpreendentemente bem, diferente de alguns dos jantares travados quando trouxera namorados anteriores para casa. Durante o jantar, Ellie finalmente entendeu tudo. “Ele está manipulando todos nós”, pensou ela com assombro. É como se estivesse regendo uma orquestra: um assentir cortês aqui, um sorriso ali, uma piada acolá. Não era de admirar que ela tivesse passado o verão e o outono enlouquecida por esse homem. Mas isso era ridículo... Frank flertava com todo o clã sem um pingo de vergonha.

Seus pais, que sempre foram para a cama às dez, partiram para casa às onze naquela noite. Ela notou o vigor com que seu pai apertou a mão de Frank na saída.

Anne preparou para eles um belo café da manhã. E depois embalou sanduíches para levarem na viagem. Ainda perto da entrada da garagem de sua casa, Anne esticou-se e beijou Frank na bochecha.

— Venha nos ver de novo, tá? — disse ela. Frank sorriu.

Eles conversaram sobre banalidades no restante do caminho para casa. Quando chegaram à rua de Ellie, ela começou a bocejar longamente.

— Bom, isso foi divertido — mentiu ela. — Mas, nossa, estou cansadíssima.

— Você não quer que eu suba? — disse ele imediatamente.

Ela voltou-se para Frank enquanto ele estacionava o carro cuidadosamente numa vaga apertada. — Se você não se importa, amor, tenho muita coisa pra fazer. Vejo você por aí?

— Vejo você por aí? — repetiu ele, não insistindo.

Ela teve uma sensação de afrouxamento logo assim que entrou em seu apartamento e fechou a porta atrás de si. Além disso, agora que

Frank tinha ido embora, não podia compreender bem o que ele fizera para justificar sua frieza. Ela andou pelo apartamento perplexa com o próprio comportamento, sem muita certeza do que acontecera para azedar seu humor desde que eles partiram de Nova York para Ohio. Ela ligou a televisão e, depois de alguns minutos, desligou. Tomou um iogurte. Trocou sua roupa por um conjunto de malha. Disse a si mesma que o mínimo que podia fazer era honrar sua palavra e adiantar trabalhos da faculdade.

Às sete da noite, ela ligou para o restaurante Amazing Wok e encomendou comida chinesa para entrega em domicílio. Quando a campainha tocou meia hora depois, foi à porta com seu cartão de crédito na mão. Mas em vez de Lee, o entregador de 17 anos, era Frank. Seu coração saltou quando o viu, e foi tudo o que pôde fazer para não cair em seus braços. Mas sua expressão austera a deteve. Seu coração saltou novamente, desta vez de medo.

— O que há de errado? — disse ela, perguntando-se se ele fora até lá para romper com ela.

— Nada — disse ele, entrando em sua sala sem pedir permissão. E então virou-se para ela: — Tudo.

— O que você quer dizer com isso?

— Quero dizer que desde que nos conhecemos, você tem procurado um motivo para me deixar. Pensei que conhecer meu irmão convenceria você de que eu não sou um... um lobisomem ou coisa parecida. Mas teve o efeito contrário. Não sei o que Scotty disse, mas a assustou muito. E o mínimo que você pode fazer é me dizer por que está me deixando.

Ela o fitou, muda. Havia feito a mesma pergunta a si mesma algumas horas antes.

— Estou com medo — ouviu a si mesma dizer. Depois, para encobrir isso: — Além disso, você estava flertando descaradamente com a minha irmã. Minha irmã casada.

— Não seja ridícula. Você sabe que eu mal consigo olhar pra outra mulher. Só estava sendo educado com ela para impressionar você.

As coisas estavam mais calmas agora.

— Isso é papo-furado — disse ela. — O que você estava sendo era um babaca, e ainda por cima...

— Ellie — disse ele enquanto dava um passo à frente e a agarrava pelos ombros. — Pare. Pare com isso. Isso é uma desculpa e você sabe disso. Só me diga a verdade... o que eu fiz para merecer isso?

— Não sei — exclamou ela. Ela tentou se desvencilhar de suas mãos, mas ele intensificou o aperto. — Não sei — repetiu ela.

— Escuta — disse ele, sacudindo-a levemente —, eu também não estava atrás disso, sabe? Não planejei me apaixonar por você. Mas aconteceu. E Ellie, tudo o que consigo pensar é que um dia sem você é um dia que eu não quero pra mim.

— O que você quer dizer com isso?

— Que eu quero me casar com você. Que eu quero passar o resto da minha vida com você.

— Como você pode ter certeza? Assim, nós somos jovens, Frank. E se... e se conhecermos alguém daqui a seis meses?

Ele a olhou tristemente.

— Se você precisa fazer essa pergunta, acho que já tenho minha resposta.

Ela desviou os olhos da tristeza que viu em seu rosto. "Nunca quero magoar esse homem", pensou. Inclinou-se para a frente e apoiou a cabeça em seu peito.

— Me desculpe — disse. — Nem sei o que estou dizendo. Não sei por que estou com tanto medo. Nunca me senti tão próxima de alguém antes, e isso está me assustando. Acho que estou com medo de levar isso adiante porque sinto que isso vai ser tirado de mim. Você entende?

Ele acariciou seu cabelo.

— El, escuta. Sei que o momento não é ideal. Caramba, nem sei quanto tempo vai levar até arrumar um emprego depois de me formar. Mas eu prometo isso a você. Vou sempre tentar fazer você feliz. E você sempre vai poder contar comigo. Nunca vou abandonar você.

E ele havia cumprido sua palavra. Eles se casaram um ano depois, e Ellie sempre pôde contar com ele. Sempre, até aquela fatídica noite em que Benny morreu, quando ela precisou dele como nunca, e ele a abandonou para cuidar do próprio coração partido.

LIVRO TRÊS

Verão de 2005

An Arbor, Michigan

CAPÍTULO 16

O MUNDO NUNCA PARECEU mais cruel em sua fartura e generosidade do que naquele dia em que Frank permaneceu inquieto em seu assento no avião. "Vamos lá, anda logo", pensou ele, com as mãos agarrando o apoio da cadeira enquanto se inclinava para a frente, como se sua impaciência pura e simplesmente pudesse forçar o avião a voar mais rápido. Ele lembrou agora de como Benny, quando era pequeno e ia no banco de trás do carro, cravava seus pés no assento dianteiro e empurrava, crendo que isso o faria ir mais rápido. Benny. Só o som do nome do filho já fazia seu coração tremer de amor e medo. Nada poderia dar errado com Benny. Nada. Ele nunca conseguiria sobreviver a isso. Caramba, quase desmaiara quando Ben quebrara o pulso no *play* havia alguns anos. A mera ideia de seu adorável menino passar por qualquer tipo de dor trazia à tona algo inominável em Frank. E também um sentimento que não reconhecia, uma sensação de fracasso. Afinal, o dever de defender e proteger o menino era seu. Era seu trabalho, sua responsabilidade, sua carga preciosa. Ele era mais que um pai — qualquer idiota podia ser um pai, e ele sabia muito bem disso. Ele era um pai. E pais faziam qualquer coisa para proteger suas famílias, pagavam qualquer preço. E ele estava disposto a fazê-lo. Pagar qualquer preço, dar sua vida se necessário. Mas por favor, meu Deus, Benny tinha de estar bem. Tinha de estar sorridente na cama, já tomando sorvete na hora em que ele chegasse em casa.

Não em casa, corrigiu-se. No hospital. Era lá que Benny estava. "Eles falam em transferi-lo para a UTI assim que estiver estável", havia sussurrado Ellie no primeiro telefonema da sala de emergência. "E, Frank, eles colocaram um tubo de oxigênio nele." Ele a odiara então, por dizer aquelas palavras. Sentiu uma raiva que era desconhecida e conhecida ao mesmo tempo. Desconhecida porque nunca sentira raiva de Ellie antes. Conhecida porque era como se sentira com relação à mãe nos meses seguintes à partida de seu pai. "Se você o tivesse amado mais, ele não teria ido embora", vociferava ele para ela certa vez, e ficara envergonhado e satisfeito de ver o rosto pálido de sua mãe. Agora sentia esse tipo de raiva de Ellie. Por lhe dar as notícias pelo telefone às seis horas de uma tranquila noite em Bancoc. Estivera sentado no bar do hotel com o senhor Shipla, que era o encarregado da HerbalSolutions na Tailândia. "Oi, querida", havia respondido com entusiasmo, agradavelmente surpreso por Ellie estar ligando para ele assim tão cedo, esquecendo-se por um instante de que ainda era madrugada em Michigan. E então, ouvindo sua voz baixa e preocupada, o gim que ele estivera bebericando subitamente queimou em seu estômago. Sentiu aquela raiva aguda e incontida de Ellie, como se quisesse tapar sua boca e enfiar as palavras de volta em sua garganta. "Os médicos dizem que ele está muito doente, Frank. Eles estão praticamente certos de que é meningite meningocócica. É melhor você voltar pra casa."

Shipla fora maravilhoso. Telefonou como um louco, tentando conseguir um voo saindo de Bancoc naquela mesma noite. "Eu preciso sair daqui", disse ele, enquanto andava freneticamente pelo quarto do hotel, jogando todas as roupas que encontrava dentro da grande sacola de lona. Finalmente o colocaram num voo para Paris, com Shipla prometendo conseguir uma conexão para Detroit antes que Frank aterrissasse no Charles de Gaulle. "Ligue para o Pete", dissera ele ao colega tailandês ao desembarcar no Aeroporto Internacional Don Muang, "ele saberá o que fazer". Ele fez uma parada de sete horas no aeroporto parisiense, e Frank nunca odiou tanto aquele lugar. Ofendeu-se com os bares, com as lojas *duty-free* pomposas e bem-iluminadas vendendo perfumes e chocolates, com todas aquelas pessoas correndo para lá e para cá, parecendo vivazes, alegres e ativas, enquanto seu filho estava deitado num leito de hospital preso a tubos de plástico. Ele dava uma olhadela no relógio digital na parede a cada poucos minutos e flagrou-se xingando em voz alta. "Segure a onda, Frank", censurou-se ele, mas não havia nada em que se segurar. Seu próprio núcleo parecia ter se dissolvido, e no seu lugar sentia um medo que era vaporoso, com um gás preenchendo o interior de seu corpo. Sua percepção do mundo mesmo parecia ter se afrouxado. Não conseguia acreditar. Enquanto estava sentado num aeroporto em Paris, cercado por todas as riquezas e coisas materiais que o mundo tinha a oferecer, seu filho estava numa luta existencial com a... Ele balançou a cabeça. Ele não permitiria que seu cérebro conjurasse a temível palavra.

Procurou por seu celular para telefonar para Ellie novamente. Ele já havia tentado falar com ela seis vezes desde que aterrissara em Paris, mas ela não estava atendendo, e depois de deixar-lhe uma mensagem irritada na primeira vez, ele se dera conta de que ela provavelmente não podia usar o aparelho dentro do hospital. Ele deixara uma segunda mensagem, mais suave dessa vez, repetindo as informações de chegada do seu voo, dizendo-lhe que aguentasse firme, que ele já estava chegando e que todos estariam juntos novamente. Dessa vez, teclou seu número com a esperança de que ela atendesse e sentiu um nó no estômago quando ela disse:

— Alô?

— Amor? Sou eu. Como você está? Como ele está?

— Eu saí rapidinho pra ligar pra você de volta — disse Ellie, e mesmo a essa distância ele podia ouvir como sua voz soava áspera e cansada.

— Então... como ele está?

— Nada bom. — E então ele ouviu um soluço em sua voz. — Nada bom. Estou com medo, Frank. Eu acho que ele não... ele pode não... aguentar.

Seus dentes estavam cerrados, mas sua voz estava suave quando falou:

— Não, amor, não diga isso. Essa não é a hora de desistir. Depende de nós salvá-lo. Esses médicos não sabem tudo.

— Ele perguntou por você logo antes de ser transferido para a UTI — disse ela, e ele sentiu o mundo ruir em torno dele. Olhou ao redor com olhos vidrados, e tudo parecia diferente: as lojas bem-iluminadas e impecáveis derreteram-se em riachos de ouro e vidro liquefeito; as pessoas apressadas e atarefadas pareciam absurdas e bobas com suas bochechas coradas. Seu filho havia perguntado por ele, e ele não estava lá. Seu filho estava doente... talvez mo-morrendo... e ele não estava a seu lado, segurando sua mão, falando com ele, puxando-o de volta à terra dos vivos.

— Frank? — perguntou Ellie. — Você está aí?

Ele piscou algumas vezes antes de confiar em si mesmo para poder falar de novo.

— Diga a ele que estou indo — sussurrou. — Diga a ele que... que aguente firme até eu chegar aí.

Houve um ruído qualquer na linha de Ellie, e então ele a ouviu dizer:

— Estão me chamando no *pager*. Preciso ir.

— Me ligue — berrou ele. — Se qualquer coisa... acontecer, deixe um recado no meu celular.

Quando finalmente decolaram, Paris parecia verde e tranquila pela sua janela de avião. Ele não confiava nisso. O mundo subitamente parecia sinistro, maligno, um lugar onde um menino com o sorriso mais doce do mundo pudesse estar lutando pela própria vida. Ele sentiu-se olhando para a verdadeira essência do universo, para dentro da horrenda cratera que contém toda a existência. A cratera que estava geralmente encoberta por grama, árvores, borboletas e girassóis. Ele sentiu-se tolo por ter acreditado que o mundo era um lugar bom, governado por um Deus misericordioso e benevolente. Ele agora via tudo com clareza... que a beleza do mundo era uma distração, um truque desonesto que teria a intenção de tornar suportável o urro da morte.

"Preciso de um drinque", pensou ele. Até agora recusara o álcool gratuito oferecido com insistência pelas sorridentes comissárias de bordo. Mas agora apertou o botão de chamada e pediu um *bloody mary* para aquietar os tremores que atacavam seu corpo em contínuas ondas gélidas e para entorpecer a agudez incisiva de seus pensamentos.

Depois do segundo drinque, sentiu-se mais leve. Ele pegou o telefone na parte de trás do assento à sua frente e discou o número do celular de Scott.

— Scotty? — disse ele assim que ouviu a voz do irmão. — Sou eu.

— Opa — disse Scott, parecendo ter perdido o fôlego, como se tivesse acabado de correr por quilômetros. — Estamos entrando no hospital neste exato instante.

— Você está em Ann Arbor?

— Sim, sim. Acabamos de chegar. Ellie não avisou você?

— Não. Eu mal consegui falar com ela. A gente se desencontrava. Como você... Mamãe está com você?

— Sim, sim, está, sim. Quer dar um oi pra ela? — E antes que pudesse reagir, Frank ouviu sua mãe dizer: — Meu querido, como você está?

Ele tentava não engasgar com as palavras, desconfortável por saber que um italiano no outro lado do corredor poderia ouvir cada palavra que dizia. — Estou bem, mãe — disse ele. — Indo pra casa o mais rápido possível. — Ele engoliu em seco. — Dê um beijo nele por mim, tá, mãe?

O tom de voz de sua mãe era calmo.

— Claro, querido. Quero que você pare de se preocupar. Benny vai ficar muito bem, agora que a vovó chegou. Você vai ver.

Seu coração afundou ao perceber que não acreditava nas palavras de sua mãe. Ainda assim, sorriu timidamente ao telefone. — Obrigado, mãe. Posso, posso falar com Scott um minuto?

Houve um farfalhar, e então ele ouviu o tom de voz grave de Scott novamente.

— A Ellie tem o horário de chegada do seu voo, Frank?

— Acho que sim. Deixei uma mensagem no celular dela. — E então ele hesitou. — Scotty, quero que você me faça um favor. Vá ver Benny, e diga a ele que o papai está a caminho e que ele tem que... ele tem que aguentar firme.

Ele ouviu a voz de Scott falhar. — Venha depressa, rapaz — disse ele rouco.

— Estou tentando. Se achasse que sequestrar o avião o faria ir mais rápido, eu sequestrava. — Era tarde demais quando percebeu que escolhera o lugar errado para dizer aquelas palavras inflamadas. Mas quando olhou de relance a mulher a seu lado, percebeu os tampões de ouvido encravados em suas orelhas. Ela não ouvira. Nem qualquer outra pessoa, graças a Deus.

— Cuide-se, Frankie — disse Scott. E então: — Ele está nas mãos de Deus, Frank. Reze.

E Frank o fez. Orou a Deus, brigou com Deus, discutiu com Deus, na longa viagem de Paris a Detroit. Reclinou o assento, seus olhos arregalados fitando a escura cabine de passageiros. "Escute", disse ele, "eu não peço nada para você há muito, muito tempo. Desde que o papai foi embora, para ser preciso. Então acho que você tem que me ajudar desta vez, não acha? Apesar de que, para ser justo, você não me deu muitos motivos para pedir coisas ao longo dos anos. De modo geral, você tem sido bem generoso. Tenho tudo o que quero, na verdade... uma ótima esposa, um bom emprego, um filho lindo. E isso é tudo que eu peço a você: manter o que tenho. Não quero mais nada. Porque se tirar o que nos foi concedido, bem, seria um truque sujo e baixo, não acha? Deus, você é melhor que isso, certo?"

Ele ouviu a raiva e a rebeldia em sua voz e refletiu sobre isso. Scott havia lhe pedido que rezasse, que implorasse, e o que estava fazendo era ralhar com Deus. E então ele tentou de novo. "Bom Jesus", começou ele, "não tire meu filho de mim. Não vou conseguir sobreviver a isto, por favor, meu Deus. Me puna do jeito que quiser, Deus meu, e eu vou aguentar. Mas isso, não. Não Benny". Ele fez mais algumas tentativas de continuar nesse tom, de fazer promessas, mas logo desistiu. Desistiu porque isso o lembrava demais daqueles terríveis meses subsequentes à partida de seu pai. Ele relembrou aquele menino andando para cima e para baixo na varanda de casa ou deitado na cama à noite na esperança de ouvir batidas de porta de carro, e seu estômago se revirou diante da indiferença de um Deus que havia assistido a tudo silenciosamente. Que tipo de pai tratava seus filhos de modo tão indigno? Como pode alguém todo-poderoso, capaz de realizar milagres sem o menor esforço, realizar tão poucos? Como pode um ser onipresente não saber das fragilidades lamuriantes do coração humano, e se ele sabia, como podia não se apiedar delas? Como podia tolerar assistir a todo esse sofrimento detendo meios para terminá-lo? Num ser humano, essas qualidades seriam desprezíveis, seriam vistas como a epítome da maldade, típicas de tiranos, criminosos de guerra e psicopatas.

Bom, se ele não podia apelar ou prometer coisas a Deus, então brigaria com ele pela vida de Benny, lutaria com ele pelo direito de ficar com o que era seu. Porque Benny pertencia a este lugar, assim como ele e Ellie. Ele entraria naquele hospital dali a algumas horas e manteria vigília ao lado do filho, não se afastaria de seu leito pelo tempo que fosse. Ele e Benny sairiam do hospital juntos.

Ligou para Scott novamente assim que o avião pousou em Detroit, torcendo para que seu irmão atendesse ao telefone.

— Como está ele? — perguntou assim que ouviu o alô de Scott.

— Ele está vivo — respondeu Scott, e o corpo de Frank amoleceu de alívio. Benny estava vivo. E agora ele estava na mesma cidade que o filho, e não pairando nos céus, fazendo companhia a uma deidade de quem não gostava muito no momento. — Onde você está? — perguntou ele.

— No aeroporto, já peguei minhas malas. Vejo você daqui a alguns minutos.

Pete Timberlake havia acompanhado Scott ao aeroporto. Frank viu os dois tomarem um susto ao depararem com sua aparência — as roupas amarrotadas, a barba por fazer, os olhos vermelhos — e sentiu-se envergonhado por um instante.

— Opa — disse ele ao irmão, que pegou sua bagagem e abriu o porta-malas, e acrescentou: — Obrigado por ter vindo, Pete.

Pete o abraçou apertado.

— E precisa agradecer? — disse ele. Deu então um passo para trás. — Aguentando firme, amigão?

Ele deu de ombros e entrou no carro ao mesmo tempo que Scott deu a volta e se dirigiu ao assento do motorista. Ele deu a partida antes que Frank pudesse sequer afivelar o cinto de segurança. Frank olhou para o irmão mais velho.

— Como está Ellie? — disse ele baixinho.

Scott olhou para ele de relance. — Ela está firme — disse ele. — Ansiosa para que você chegasse aqui.

Ele balançou a cabeça.

— Você deu... você deu meu recado ao Ben?

— Dei — disse Scott mordendo o lábio inferior. — Mas Frankie, eu tenho que dizer a você. Ele está inconsciente. Os médicos dizem que ele não está tecnicamente em coma. Mas não sei dizer se ele ouve o que estamos falando. E eu quero preparar você para isso... Ele... Eles o colocaram num respirador.

Frank olhou pela janela, com medo de perder o controle do seu corpo. Ele fez força para que seu cérebro esquecesse o que seu irmão havia acabado de dizer, espaireceu a mente para se livrar das imagens horripilantes que estavam se enraizando lá. Sentiu a mão de Scott em sua coxa, mas a ignorou. Sua tarefa era a de varrer de sua cabeça os despojos das palavras de Scott. Estava tão envolvido nesta tarefa imprescindível que ouviu os horríveis sons vindo da própria boca na mesma hora em que os outros dois ouviram e ficou, portanto, tão assustado quanto eles. Ele parecia um animal baleado na perna, era assim que se sentia. Ferido, aleijado, indefeso.

O carro deu uma guinada. Scott estava parcialmente virado em seu banco, com uma das mãos no volante e a outra no irmão.

— Frankie — disse ele. — Está tudo bem, rapaz. Está tudo bem. Ele vai ficar bem. Têm muitas pessoas rezando por ele.

Mas aqueles ruídos não cessaram. Frank inclinou o tronco para a frente, suas mãos apertando o estômago. Os sons que vinham dele eram tão antigos quanto o próprio mundo. Nunca soubera que a voz humana era capaz desse alcance. Sabia que estava preocupando Scott, sentiu que devia reconfortá-lo, mas falar simplesmente parecia algo além de sua capacidade no momento. Foi tomado por um medo tão grande que o estava engolindo vivo. Parecia algo quase pré-histórico, existencial. Não parecia mais que Benny havia vivido com ele por sete anos. Sentiu-se como se Benny sempre tivesse estado dentro dele, como se fosse parte de sua carne e tivesse gravado suas iniciais em cada célula de seu corpo por toda a eternidade. Era como se Benny tivesse começado a existir assim que Frank nasceu e eles tivessem crescido juntos, inseparáveis, e a perspectiva de perder o filho fosse a perspectiva de perder a própria pele. Não havia linguagem humana grandiosa o suficiente para abarcar tamanha perda. Havia apenas ruídos. Como o uivo de um cachorro demente, o relinchar de um cavalo com a perna quebrada, o guincho de um porco com a garganta cortada. Mais velho, menos específico até do que isso. Era o som de um universo feito órfão. Um lamento, um arengado, um gemido, um carpido, que parecia vir das entranhas da terra.

— Frank — disse Scott finalmente —, você quer que eu encoste?

— Não — disse arfando. — Vá o mais rápido que puder. Quero estar com meu filho.

Scott ultrapassou três sinais vermelhos seguidos ao se aproximarem do hospital. Ele encostou o carro na entrada e Pete saltou com Frank.

— Por aqui — disse Pete, enquanto percorriam o longo corredor que levava à UTI infantil.

A sala de espera do lado de fora da UTI estava abarrotada. Sua mãe estava lá, é claro, assim como Bob, Anne e os pais de Ellie. Metade de seus amigos e vizinhos também estava lá, e pareceu a Frank que nenhum deles ousava olhar em seus olhos quando entrou para um rápido abraço na mãe. Sentiu sua garganta se apertar com um ressentimento que sabia não dever sentir. Por que eles estavam todos aqui? Ele só queria que se reunissem assim para celebrar ocasiões felizes — os aniversários de Benny, sua formatura na escola, sua formatura na universidade, o dia de seu casamento. Ele não os havia convidado para esse evento. "Onde está Ellie?", perguntou ele à mãe, mas Pete já o estava conduzindo para fora da sala através de um conjunto de enormes portas de metal. Assim que entraram na UTI, Frank notou como o lugar era mal-iluminado e silencioso. Um temor frio recaiu sobre ele enquanto andava com Pete por um corredor curto até o quarto de Benny.

Ele quase chorou quando viu Ellie, que estava falando com uma enfermeira no corredor. Só havia partido para a Tailândia há cinco dias e estava voltando para uma mulher diferente. Ela havia encolhido. Envelhecido. Havia rugas em seu rosto que nunca estiveram lá antes. Seus ombros estavam encurvados numa posição de derrota. Sua boca estava curvada para baixo. Mas o que o matou foram seus olhos. Olhos de águia, era como sempre os chamara, travessos e brincalhões. Os olhos que o miravam agora eram amigáveis, mas mortos. Ela o olhou também, com gratidão e até com amor, mas por trás daquele olhar, existia outro. E era esse segundo olhar que o assustava. Esse dizia quão desesperadamente doente seu filho de fato estava.

Ele foi até ela e beijou-a na bochecha.

— Estou aqui — disse. Queria dizer mais, mas sua voz falhou. — Estou aqui, amor. Vamos tirá-lo dessa — concluiu, por fim.

Ela repousou sua face contra o ombro dele por um breve instante. Então o olhou, com os olhos esquadrinhando o rosto dele.

— Não quero que você se desespere quando o vir, tá? Você promete?

— Eu prometo — disse ele, e foi bom tê-lo feito, porque exigiu-lhe cada pedacinho de seu autocontrole não gritar quando viu Benny no leito, quando encontrou o corpo minúsculo do filho sob a cidade de tubos e canos que corriam através dele. Ouviu o assobio do respirador e pensou que nunca ouvira um som mais agourento. Mas o que o desfez por inteiro foram as erupções nas mãos, no pescoço e no rosto de Benny. Quando Ellie tinha relatado sobre as erupções na pele pelo telefone, ele havia imaginado algo delicado e sutil, como um lenço de renda roxa que tivesse sido colocado no rosto de Benny. Nada o tinha preparado para a brutalidade do que viu. Essas erupções, essas pústulas roxas, pareciam uma agressão, uma invasão de um exército genocida. Mordeu o lábio inferior enquanto olhou as mãos de Benny e viu seus dedos enegrecidos. Como ele amara aquelas mãos! Era a primeira parte do corpo de Benny que havia beijado, minutos depois de Benny ser colocado em seus braços pela primeira vez. Havia amado as mãozinhas fofas e gordinhas de Benny quando bebê e, mais tarde, a superfície macia da pele. Havia beijado aqueles dedos um por um e todos ao mesmo tempo. Agora, ergueu a mão flácida de Benny e levou-a aos lábios. E, antes de completar seu gesto, sabia que essa era uma das últimas vezes em que tocaria o corpo de seu filho ainda vivo.

A seu lado, Ellie fez um barulho semelhante ao lamento de um pequeno animal. Ele voltou seus olhos aflitos para ela, incapaz de evitar que seu último pensamento tenebroso se traduzisse em seu rosto. Todas as suas resoluções anteriores de marchar hospital adentro e consolar Ellie, de abaixar-se e sussurrar nos ouvidos de Benny para que ele lutasse, que *lutasse*, o abandonaram, agora que ficara face a face com a realidade. Sentiu-se paralisado, grato por suas pernas ainda o manterem erguido. Olhou para Ellie, que claramente precisava dele, com algo que se aproximava de ressentimento. Estava gasto, esvaziado, em choque. O fardo das esperanças dela pesava intensamente sobre ele, assim como a compreensão desalentadora de que ele não seria forte o bastante para consolá-la, de que a deixaria na mão. Ele postou-se silenciosamente ao lado do leito do filho, com os olhos movendo-se velozmente entre o monitor e o rosto ferido e marcado de Benny.

— Ben — sussurrou ele. — Benny. Estou aqui. Estou em casa, Ben. E eu não vou deixar você agora, nem por um minuto. — Cautelosamente, com o cuidado de não puxar um dos tubos, acariciou o cabelo do filho.

— Até há algumas horas nem podia tocar nele — disse Ellie numa voz morta, monocórdia. — Ainda era contagioso, eles disseram, então tivemos que usar uma máscara. E eles deram antibióticos a todos nós. Como se eu me importasse. Como se quisesse viver se algo acontecer ao Ben.

— Não diga isso — disparou ele furiosamente. — Nada vai acontecer com ele. — De canto de olho, viu que Scott havia entrado no quarto. Observou seu irmão colocar o braço em torno do ombro de Ellie. A simplicidade do gesto encheu Frank de vergonha e anseio. “Ellie está acordada há quase 36 horas”, lembrou-se. Olhando o sofá no extremo do quarto, disse:

— Ellie. Por que você não dorme um pouco? Eu assumo agora.

Ela o ignorou.

— Eu não sabia quanto dizer a você pelo telefone — falou ela. — Não queria assustar você. De todo modo, a erupção não estava tão ruim quando eu o trouxe. Ela ficou muito pi...

Ele sabia o que tinha de fazer.

— Quando o médico esteve aqui pela última vez? Quero falar com ele. Talvez possamos transferi-lo para um hospital maior. O fato de eles não conseguirem nem manter a febre sob controle é ridículo.

Scott virou-se para Frank.

— Nós já passamos por tudo isso, Frank — disse ele calmamente. — Na verdade, Ben está cercado de cuidados aqui. E, segundo, não acho que seja uma boa ideia transferi-lo para lugar algum nessas condições. Este é um ótimo hospital. Você sabe disso.

Ele abriu a boca para protestar, mas Scott continuou encarando-o e Frank foi o primeiro a desviar o olhar.

— Então o que fazemos? — murmurou ele, incapaz de olhar para Ellie.

— Esperamos — disse Scott. Seus olhos estavam brilhando ao repousarem em Frank, e, quando falou novamente, sua voz era mansa, porém firme. — Nós faremos o que for o melhor para Benny.

Às cinco da tarde, Ellie subitamente caiu no sono no meio de uma frase.

— Ela está exausta — sussurrou Scott para o irmão. — Vamos deixá-la dormir por algumas horas. Podemos esperar lá fora.

Com relutância, ele ergueu-se ciente de que Ellie precisava dormir, mas sentindo dificuldade em abrir mão de seu lugar no quarto de Benny nem que fosse apenas por alguns minutos. Quando chegaram à porta, virou-se para Scott e sussurrou:

— Vá indo você para a sala de espera. Vou ficar aqui quietinho ao lado da cama de Ben. Não vou acordar a Ellie, prometo.

Ele puxou um banquinho silenciosamente e sentou-se, repousando a mão no pulso do filho. Fitou o rosto espectral de Ben, procurando por um sinal, pelo menor dos gestos, pelo mais leve movimento que lhe desse um motivo para manter as esperanças. Mas os olhos de Benny permaneceram fechados, sua boca forçosamente aberta pelo tubo plástico transparente do respirador que o mantinha vivo. Ele continuou a fitar o amado rosto por trás da máscara roxa que o sufocava. Exceto pelo gorgolejo do respirador, o quarto estava em silêncio. Frank também estava acordado havia trinta horas, e o sono acumulado parecia arrastá-lo. Ele tentou desvencilhar-se, fazendo força para manter os olhos abertos, mexendo-os de um lado para o outro. Sentiu-se deslizando sono adentro e, pela primeira vez desde que recebera a terrível notícia, sentiu uma estranha paz. Estava em casa. Num quarto pouco iluminado e silencioso com seu filho e sua esposa. Mas Benny estava vivo. Estavam numa bolha juntos, à deriva numa ilha estranha e sinistra, cercados por estranhos monstros marinhos de plástico. Mas estavam juntos. E Benny estava vivo. Isso era o principal. Estavam todos vivos, mesmo que um frio ser mecânico estivesse respirando por seu filho. "Isso não é tão ruim assim", pensou ele, "passar meus dias aqui vigiando o leito de meu filho. Deus amado, mesmo isso, esses dias de tocar e falar com um filho que não podia tocar ou falar de volta, seria melhor do que não ter Benny no mundo. Eu me contentaria com isso se for o melhor que você tem a oferecer".

"Seu babaca egoísta", censurou-se. "Essa é uma vida que você desejaria a seu filho, essa penúria de ficar acorrentado a uma máquina?" Ele lembrou-se do que Scott havia dito — que eles tinham de fazer o que fosse melhor para Benny. "Por favor, Deus", rezou ele. "Não me coloque nesta posição. Não deixe essa hora chegar, nunca. Não me peça o que não deve ser pedido de homem algum. Só me deixe sair deste hospital com meu menino, e nunca mais vou pedir outra coisa a você."

Benny morreu pouco depois das seis da manhã seguinte. Todos estavam reunidos em torno de sua cama. Ellie e Frank sentaram-se um em cada lado, cada um deles segurando uma das mãos do filho. Numa voz baixa e trêmula, Ellie cantou "Kisses Sweeter than Wine", uma das músicas prediletas de Benny. Em seguida, ela beijou sua cabeça úmida e febril e disse:

— Tudo bem, amor. Você foi um menino muito corajoso, mas você não precisa lutar mais, tá? Vá em paz.

Frank quisera detê-la, porque mesmo depois de o médico da noite ter dito a eles às duas da madrugada que era hora de trazer os familiares para que pudessem se despedir, mesmo depois de o dr. Brentwood ter entrado e dito que o último exame indicou uma irreversível sepse, mesmo depois de ele, Frank, ter deixado o quarto para ligar para Scott e dizer-lhe que trouxesse todos de volta ao hospital, havia se agarrado a algum louco fio de esperança, havia aguardado um milagre. Queria dizer a Benny exatamente o oposto do que Ellie lhe dizia: em vez de dizer-lhe para ir em paz, queria incitar seu menino a lutar, a combater aquele demônio sombrio, a erguer-se de seu leito de morte e assumir a posição que lhe era de direito. "Você não pertence a esse maldito quarto de hospital, Ben", queria lhe dizer. "Seu lugar é no campo de beisebol da Liga Infantil, é nadando no lago Seaflower, é estudando na London Elementary. Seu lugar é na cama entre mim e a mamãe nas manhãs de domingo e ao meu lado no carro nas tardes de sábado quando levo você ao treino de beisebol. Seu lugar é na praia em Hilton Head durante os verões e no seu pequeno trenó na colina atrás de nossa casa no inverno.

Ele fechou os olhos, quase sorrindo para si mesmo perante a ideia de um Benny exuberante voando colina abaixo em seu trenó azul no inverno passado, com seus cabelos louros reluzindo na luz do pálido sol invernal. Enquanto seus olhos ainda estavam fechados, ouviu Ellie gemer: "Ah, Deus... Ben, não!" Quando abriu os olhos, seu filho havia partido.

O quarto balançou, depois se alinhou e balançou de novo. Nisso, viu Ellie lançar-se sobre Benny. "Cuidado", queria dizer ele, mas havia teias de aranha sobre sua boca e ele não podia falar. E agora as teias eram tecidas sobre seus olhos porque eles haviam se tornado fendas com as quais só conseguia ver metade do mundo. Scott estava dizendo algo, mas ele só conseguia ouvir uma a cada cinco palavras, como numa ligação com interferência. Piscou, tentou se concentrar no que Ellie lhe dizia, tentando ver seu rosto inteiro, mas ela parecia uma pintura cubista. Ele podia ver sua boca aberta, doída, compreender o terror em seu olho direito, seguir o caminho de uma única lágrima. Mas não conseguia juntar tudo.

O que finalmente quebrou o feitiço foi a mão de Ellie. Ela esticou a mão por cima do corpo reclinado de Benny, e então segurou a de Frank.

— Frank — gemeu ela. — Fale comigo, Frank.

Ele viu uma nuvenzinha de palavras sair de sua boca. Notou a reação no rosto de Ellie e sabia que estava dizendo todas as palavras certas. E ficou contente. Orgulhoso de si mesmo e da reconfortante nuvenzinha que estava produzindo. Porque por dentro, *por dentro*, ele havia partido. Vagando pelas veredas punitivas do seu coração seco e acre.

CAPÍTULO 17

Aquela decepção era um sentimento novo. Desde o dia em que conhecera Ellie, sempre tivera orgulho dela. Ellie era uma dessas pessoas bem-sucedidas em tudo o que faziam — era uma talentosa violoncelista, havia concluído com louvor o doutorado, era uma terapeuta respeitada. Sem contar que era uma parceira maravilhosa e carinhosa para ele e uma mãe dedicada e atenciosa. E era por isso que não conseguia entender o que a fizera cochilar depois de saber que Benny estava com febre. Ele acreditou nela quando disse que a febre havia baixado na hora em que adormeceu, mas será que ela não podia dormir no quarto de Benny por uma droga de noite? A pior parte era que ele não podia mencionar esse ressentimento a ninguém. Tentara expressar isso a Scott no dia anterior ao funeral, mas seu irmão mais velho o fitou antes de dizer: "Não é culpa da

Ellie, Frank. Não é culpa de ninguém. Você ouviu o que o médico disse. Algumas horas não teriam feito diferença alguma." Mas ele não conseguia aceitar isso. Algumas horas poderiam ter feito toda a diferença do mundo. Algumas horas a mais de antibióticos, fluidos, remédios para controlar a pressão arterial, quem sabe quanto isso teria ajudado? Se isso não ajudasse, ele pelo menos teria recebido a ligação de Ellie mais cedo, o que talvez significasse um voo mais cedo para casa e mais tempo precioso ao lado da cama do filho.

Ele revirou-se na cama, sabendo que devia descer para ficar com Ellie, que havia acordado há algumas horas. Mas não foi, pregado à cama por outra lembrança, uma que havia previamente varrido para um canto obscuro de sua mente. Mas a lembrança agora incitava o ressentimento que fervia dentro dele contra Ellie. Na noite anterior ao aborto espontâneo, lembrou-se ele, ela havia saído com alguns amigos da faculdade. Eles haviam ido a uma boate onde uma banda de salsa estava tocando. Ellie havia chegado em casa às duas da madrugada, feliz e cansada, gabando-se de ter dançado por três horas seguidas. Seis horas depois, o sangramento começou. Ela perderia o bebê alguns dias depois e, apesar de nenhum médico ter traçado uma conexão entre os fatos, ele havia pensado vagamente se a dança não teria contribuído para o aborto. Agora sentia uma nova onda de raiva diante da lembrança. "Descuidada, ela é tão descuidada", murmurou ele para si mesmo, mesmo enquanto a parte racional de seu cérebro lhe dizia que estava sendo injusto. Mas também sentiu a perda do bebê como se tivesse ocorrido há pouco. Na época, haviam ficado devastados, mas não inconsoláveis. Benny era a estrela brilhante em suas vidas, e eles disseram a si mesmos que tentariam de novo e, mesmo que não desse certo, já eram abençoados com um lindo menino. Mas, agora, Frank sentiu a ausência do bebê. Como seria mais suportável esse domingo se houvesse um motivo para sair da cama! Uma menininha de cabelos louros, talvez, que entraria no quarto e beijaria seu pai e insistiria com ele para que não perdesse a manhã dormindo.

Abriu os olhos e deu uma olhada no relógio. Onze horas. Gemeu e fechou os olhos de novo. Não conseguia se lembrar de um dia em que dormira até tão tarde assim, pois isso teria violado toda a doutrina da Igreja de Benny, a de impedir que qualquer um de seus pais enrolasse na cama até as onze. Mas esse era o primeiro domingo em sete anos em que ele estava em casa sem Benny. Ben pulando para cima e para baixo na cama dos pais até eles perceberem que pedir-lhe que se acalmasse era como pedir a um hidrante jorrando água que recolhesse a água de volta e, aos resmungos, submetiam-se às exigências dele; Benny correndo pela casa até as paredes tremerem com o som de sua agitação; Benny importunando Ellie para que fizesse *waffles* e panquecas para o café da manhã até que ela cedesse; Benny fazendo uma lista de todas as coisas que queria que fizessem com ele naquele dia antes que tivessem ao menos uma chance de dar bom-dia um ao outro. E o melhor de tudo, Benny indo para a cama deles às seis da manhã nos domingos e se aconchegando entre os dois. Se fosse inverno, ele entocaria seu corpo minúsculo no de Frank, como um gatinho que procura abrigo numa cozinha quentinha. E então Frank sentiria algo suave e líquido em seu peito, algo quase feminino, o que ele imaginava ser o que uma mulher sentia ao amamentar. Abraçar-se a Benny o fazia reavaliar tudo, remodelava seu corpo, o fazia perceber que tudo o que acreditara pertencer a ele, seus músculos, seu coração, suas mãos fortes, seu peito largo, na realidade pertencia a seu filho. Isso dava ao seu corpo um propósito diferente, como se suas mãos fossem projetadas com o único propósito de ninar Benny; como se seu estômago fosse uma toca onde Ben podia se achegar em busca de seu calor; como se seu peito fosse um travesseiro para a cabeça suave de Ben. Deitado, acariciava o cabelo do filho, sorrindo para Ellie do outro lado da cama, sabendo que ela estava tão emocionada quanto ele. Isto, esta noção, o ligava a ela de um jeito que nunca estivera ligado a outro ser humano. Quando faziam amor, expressavam uma linguagem repleta de palavras, pausas e retomadas de conversas em andamento. Mas mesmo essa comunhão empalidecia diante do que ele sentia por Ellie quando compartilhavam sua cama com o filho. Benny completava a conversa iniciada entre ele e Ellie anos atrás.

Ele ouviu um estrondo no andar de baixo e já estava de pé antes mesmo de ter aberto os olhos. “Droga”, pensou ele enquanto descia correndo a escada de madeira. “Ellie se machucou.” Seu estômago se embrulhou diante da ideia de encontrar Ellie ferida ou com dor.

— El? — chamou ele. — Cadê você?

Não houve resposta. Em vez disso, ouviu um novo som de coisas se quebrando e correu à cozinha. Na porta, ele se deteve. Ellie estava em pé diante da pia, cercada de cacos de vidro. Num intervalo de poucos segundos, ela estava pegando um prato ou um copo e derrubando-o na pia de aço inox, mal estremecendo quando o objeto se espatifava e o vidro voava na direção de seu rosto. Ao que parecia, já havia destruído um número considerável de pratos. Seu rosto estava vermelho e riscado de lágrimas, seu cabelo, despenteado. Frank deu um passo em direção a ela e então parou enquanto sua esposa arremessou outro prato na pia.

— El — berrou ele, e percebendo que ela não o havia ouvido: — Ellie, pare. Pare. — Ele caminhou até ela e agarrou seus pulsos, fazendo-a soltar uma taça de vinho. — Amor, pare. O que você está fazendo? — Ele puxou-a pelo punho, virando-a para diante dele e afastando-a da pia.

O som do vidro estilhaçado foi substituído pelo som dos soluços contínuos e angustiados de Ellie.

— Eu sinto a falta dele — disse ela. — Não consigo aguentar o silêncio nesta casa.

Ele a puxou para junto de si, e ela enterrou o rosto em seu peito, chorando ruidosamente. Ele estremeceu, cada soluço pousando nele como um golpe, lembrando-o de sua própria impotência e fragilidade. Sua esposa estava angustiada, e ele não tinha como ajudá-la. Ele, que com seu módico salário de pós-graduando comprara um carro novo para Ellie quando seu Ford amarelo finalmente morreu. Ele, que comprara este maravilhoso bangalô simplesmente porque Ellie se apaixonara pelo imóvel quando passaram em frente dele uma noite. Ele havia abordado os proprietários no dia seguinte, um casal de idosos que calhou de considerar uma mudança para uma casa de repouso. A essa altura, já conhecia o gosto de Ellie o suficiente para saber que amaria os pisos de madeira escura, os arabescos ao redor das paredes, os armários de cerejeira. E assim, apesar de ele saber que não sobraria muito dinheiro, foi em frente e comprou-a. Surpreendeu-a com a escritura da casa em seu primeiro aniversário de casamento. No início do casamento fizera uma promessa a si mesmo, que ele faria tudo o que estivesse ao seu alcance para assegurar-se de que Ellie nunca se arrependesse de ter se casado com ele.

Mas agora ela lhe pedia que ressuscitasse seu filho morto, e ele teve de olhar dentro daqueles olhos escuros, ensandecidos de dor e de angústia, e admitir o fracasso. Seu próprio luto e seu próprio sentimento de perda já eram insuportáveis. Ele sentiu seu corpo afundando sobre esse peso, e não fazia ideia de como se sustentar sob o peso do tormento de Ellie. Desviou os olhos. Sentiu o fardo que os olhos da esposa lhe transmitiam. "Desta vez, não", queria dizer ele. Ele estivera ao lado de Ellie quando Anne teve câncer de mama. Quando seu pai precisou de uma ponte de safena. Quando um de seus pacientes tentou o suicídio. Cada uma dessas vezes fora capaz de erguê-la, de fazer-se presente, de fazer as perguntas certas aos médicos, de dizer as palavras certas à esposa. Mas agora ela lhe pedia que preenchesse o silêncio de uma longa tarde de domingo que se desenrolava diante deles como uma cerca de arame farpado, e ele não fazia ideia como. Agora, ela lhe pedia que compensasse a ausência de Benny, mas ele não tinha ferramentas e suas mãos estavam enfraquecidas para tanto.

— Amor — gemeu ele. — Ah, meu Deus, Ellie.

Eles ficaram no meio da cozinha, abraçados. A luz do sol incidia ali, dançava nos cacos de vidro e zombava de sua tristeza. Instantes se passaram. Frank sentiu um arrepio começado na base de sua coluna viajar por todo seu corpo. Ele manteve-se rígido, mas era tarde demais. Seu corpo convulsionou-se e ele então soluçava bolhas altas e ruidosas de pesar. Ele tremia nos braços de Ellie, seus braços pareciam um barco feito de galhos, incapazes de carregar a majestade oceânica de seu desgosto.

— Desculpe, El — choramingou ele. — Não sei o que fazer ou dizer para ajudar você. Eu mal consigo...

Ela cobriu seu rosto de beijos.

— Eu sei — falou ela. — Tudo bem. Você não tem que ser forte por mim.

Mas ele tinha. E fracassar nisso o fazia sentir-se ineficaz, menos másculo. Ele passou a palma da mão pelo rosto dela, limpando suas lágrimas, e percebeu a inutilidade do gesto enquanto o fazia. "Sempre haverá mais lágrimas", pensou. Este é só o primeiro de uma infinidade de domingos por vir. Dias em aberto, sem planos, propósito, forma ou significado. Dias esticados diante deles como um banquete para o qual não tinham nenhum apetite.

— Vou ligar para Jerry e Susan — murmurou ele. — Talvez possamos ir pra lá por algumas horas.

Ela virou-se para ele com a expressão de um vira-lata ferido.

— Bertie está em casa — disse ela simplesmente, e ele soube imediatamente o que ela queria dizer. Bertie tinha 12 anos, mas sua presença barulhenta e ruidosa iria inevitavelmente lembrá-los de Benny. Ele vasculhou a mente, procurando uma atividade inofensiva de domingo que desviasse a atenção dos dois, que os fizesse esquecer por dez minutos o que acontecera. Não achou absolutamente nada. Ressentiu-se por ter de ser ele quem tinha que pensar num plano.

— Frank — disse ela imediatamente com uma expressão em seu rosto que ele nunca vira antes. — Eu tive um sonho esquisito ontem à noite. Sonhei que... isso vai soar esquisito, eu sei, mas sonhei que nós dois bebíamos um líquido rosa, parecia Pepto-Bismol, algo assim, e que podíamos ver Benny de novo.

Ele entendeu imediatamente o que ela estava dizendo, o que estava pedindo, o que estava propondo, e seu coração se acelerou. Ellie era orgulhosa demais para dizer a palavra "suicídio", mas ele a conhecia bem o suficiente para saber que ela estava verificando o terreno, pesquisando, medindo a profundidade de seu desespero. Ele sabia o que havia custado a ela compartilhar isso com ele, viu pela expressão ardilosa e lunática em seu rosto quão pouco estava no controle de suas próprias emoções, quão ardorosamente esperava que ele concordasse, ao mesmo tempo que rezava para que não concordasse. Ellie era terapeuta; por profissão e personalidade acreditava nas intermináveis e abundantes possibilidades da vida, na redenção, no otimismo, na esperança como uma obrigação moral. Para ela pensar em suicídio, quanto mais mencioná-lo, significava que olhara para dentro do coração do universo e vira apenas um buraco negro. Que, como ele, só conseguia imaginar a nulidade estarrecedora de uma fileira interminável de domingos sem propósito algum. Seguidos de mais seis dias a cada semana. Que, como ele, acordar sem Benny era como acordar sabendo que o sol não estaria no céu naquela manhã. Não fazia sentido.

Ele estendeu o braço e ergueu o queixo de Ellie para que ela olhasse bem nos seus olhos.

— Nada de Pepto-Bismol para nós — disse ele. — Não somos esse tipo de pessoa. — Algo reluziu em seus olhos, mas ele conseguiu desvendar o que era. — Somos? — E então acrescentou quando ela não respondeu. — El, somos?

— Não, acho que não.

Ele a fitou por um instante.

— Você é tudo o que tenho no mundo — disse calmamente. — Se você me ama, tem que fazer uma promessa agora mesmo.

Ela não disse nada.

— Ellie.

Ela balançou a cabeça.

— Esquece que eu disse qualquer coisa. Como disse a você, foi um sonho esquisito. — E depois: — Eu prometo.

Ele percebeu que estava prendendo a respiração nesse tempo todo.

— Ótimo.

— Posso perguntar uma coisa a você?

— Claro.

— Vamos dar um passeio de carro em algum lugar?

Ele suspirou de alívio, contente por ela ter pedido a ele algo que podia cumprir.

— Claro, amor. O que você quiser. Olhe só, tome um banho, está bem? E eu... eu varro essa bagunça aqui.

Ellie fez uma cara de arrependimento.

— Desculpa.

— Não se desculpe.

Eles saíram de casa uma hora depois para dar uma volta de carro. Esse se tornou seu novo ritual de fim de semana, dirigir para lugares afastados, onde ninguém sabia seus nomes, onde expressões de pena e de compaixão não os cumprimentavam nas ruas e nos mercados.

Atravessaram, assim, os primeiros quatro meses de suas novas vidas.

CAPÍTULO 18

ELA QUERIA QUE ELE RISSE. Mas isso parecia impossível. Então queria que chorasse. "Chorar seria saudável", pensou ela. "Chorar seria o primeiro passo para ter Frank de volta."

Benny estava morto havia quatro meses. E Frank havia deslizado para longe dela tão silenciosamente quanto uma nuvem no céu. Ellie sentira agudamente a perda dos dois homens na sua vida. A última vez que Frank se desesperara na sua frente, que a deixara ver a profundidade de sua angústia, foi na tarde em que ela espatifou a louça. Desde então, havia construído uma concha em torno de seu corpo, tão dura e quebradiça que se ela a tocasse com o dedo levantava uma poeira branca. Fazia-a sentir-se solitária, ainda mais do que se sentira naquela manhã no hospital antes que os primeiros parentes chegarem, mais solitária do que se sentira no funeral, quando ouviu as palavras bondosas dos amigos e parentes como se lhe falassem por detrás de uma porta de vidro. E porque ela sabia um pouco sobre essa sensação de morte do espírito, essa dormência que podia se espalhar como uma gota de iodo na água, estava preocupada com Frank. "O novo Frank", começara ela a chamá-lo. O novo Frank era resguardado, reservado, quase tímido perto dela. Ela esperava por um camarada, um companheiro de viagem que pudesse ajudá-la a navegar por esse novo continente de pesar. Em vez disso, estava lidando com um estranho, ou pior, um adversário, que plantara sua colheita de dor em seu próprio terreno, e parecia ressentido quando os limites da dor dela roçavam contra os dele. E, por causa disso, Ellie sentia que a permissão para chorar e se desesperar na presença dele também havia sido suspensa.

Na noite anterior, haviam feito amor pela primeira vez em quatro meses. E fora péssimo. Havia uma hesitação, uma formalidade no ato que era estranha e nova. Ela havia tentado dizer a si mesma que Frank estava sendo terno, carinhoso, mas sabia que ele estava sendo mesmo era distante.

Ela havia iniciado as coisas. Tinha se voltado e se apertado contra ele no meio da noite. Tinha tomado sua mão e a colocado sobre seus seios e depois entre suas coxas. Tinha beijado seus lábios com um desespero crescente que ela fingiu ser tesão. E ele havia correspondido a seu beijo passionalmente. Seus corpos encontraram o caminho do outro da maneira fácil de sempre. Mas Ellie sentiu alguma reserva por parte de Frank, uma hesitação, algo fora do ritmo. Queria que aquela relação fosse um ato purificador de esquecimento. Quis chorar, se desesperar, rasgar com as garras o véu do universo indiferente. Dissolver-se numa confusão de suor e lágrimas. Quis procurar e dar o perdão, substituir esse silêncio duro e frio entre eles por algo vivo e positivo. Quis se esfregar na pele dele para aquecer seu sangue congelado. Em vez disso, Frank virou-se para o lado depois de ela gozar, de volta ao seu canto da cama. Em vez disso, ficou deitada ali por um longo tempo, sentindo-se mais sozinha do que nunca. Em vez disso, fitou a escuridão, sentindo-se mais distante do marido do que tinha se sentido nos últimos quatro meses.

Ela acordou na manhã seguinte com um novo tipo de resolução. Em vez de preocupar-se com Frank, agora se preocuparia consigo mesma. Ela reconheceu que estivera no seu limite nos últimos meses e se conhecia bem o suficiente para saber que não conseguiria sustentar esse grau de desolação. Queria pertencer de novo ao mundo e queria ser engrandecida por sua dor, não diminuída por ela. Não queria usar a tragédia que havia se abatido sobre ela como uma muleta, ou pior, como um pedaço de pau com que bater nos outros. Em vez disso, queria ser amolecida por sua dor, tornar-se mais humana, mesmo que isso significasse abrir-se para novas feridas, novas vulnerabilidades. Sentiu-se capaz disso agora, desejosa de deixar de lado a gaze macia da dormência através da qual olhara o mundo nos últimos meses. Não se diminuiria, não se tornaria um caracol vivendo em sua concha como Frank. E, mais importante, não permitiria a si mesma acreditar que a dor era um tributo a seu filho morto, que estava honrando sua memória não vivendo uma vida plena. Havia frequentemente visto seus clientes caírem na isca desse doce mito: mulheres que não namoravam por décadas depois de um divórcio, pessoas que nunca mais tocaram num sorvete porque suas mães idosas haviam pedido sorvete em seu leito de morte, mulheres que foram deixadas pelo marido e faziam do celibato uma virtude. Como se tristeza fosse o antídoto da tristeza. Não, o melhor modo de honrar os mortos era viver. Eles haviam falhado com Benny nesses últimos meses. Se seu filho alegre e feliz estivesse de fato no céu olhando para eles, não os reconheceria mais.

Estava determinada a mudar isso. Só atendeu sua primeira cliente à uma daquela tarde, o que lhe dava tempo para ir até o florista e voltar para casa com um grande buquê de flores. Ela as arrumou num grande vaso vermelho que colocou na mesa da cozinha.

No caminho para o trabalho, permitiu-se abaixar a janela e deixar entrar a beleza do mundo. Pela primeira vez em meses, notou como era delicioso o sol batendo em seu antebraço, como era delicada a brisa da tarde entrando no carro, observou a graciosidade do balanço das minúsculas flores silvestres amarelas e azuis que ladeavam a rodovia. Quando chegou ao trabalho, seu rosto estava corado de calor e vida.

Por um acaso do destino, sua primeira cliente era Amy Florentine. Amy era uma professora primária aposentada, uma mulher alta e ríspida de sessenta e tantos anos. Ela e seu marido de muitos anos, Fred, haviam ido a Ellie pela primeira vez há cinco anos para tratar de alguns problemas conjugais. Muito depois de terminarem a terapia de casal, Amy havia se habituado a passar por lá três ou quatro vezes por ano para o que se referia como sessões de manutenção.

Mas essa era a primeira vez que Amy voltara desde a morte de Benny, e Ellie se perguntou se sua cliente soubera da notícia. Não teve de pensar nisso por muito tempo, porque assim que Amy entrou no consultório de Ellie, ela estendeu a mão e disse quanto sentia por ela.

— Obrigada — disse Ellie. Elas então se sentaram de frente uma para a outra, e Ellie resistiu à vontade de fechar as cortinas para que Amy não visse o turbilhão de emoções que atravessava seu rosto à menor menção de seu filho.

— Bem, como você tem passado? — começou ela, mas Amy interrompeu-a.

— Você se lembra que eu perdi meu filho, Jim, há 25 anos — disse ela. — E vou lhe dizer, querida, tem dias em que ainda é muito difícil. Então dê tempo ao tempo.

Ellie se lembrava, sim. Jim havia pulado numa lagoa e batido com a cabeça numa pedra. Fred e Amy haviam mencionado isso logo na primeira sessão, e Fred havia alcançado e segurado a mão da esposa durante todo o tempo em que falaram sobre isso. Ela havia gostado deles de cara, mas ficara assombrada ao ver que um casal que tinha passado por tanta coisa junto ainda pudesse ter problemas conjugais aos sessenta e tantos anos. Agora ela entendia isso melhor.

Também sabia não ser certo colocar sua cruz aos pés da cliente. Mas o rosto de Amy estava luminoso de compaixão e compreensão, tão diferente dos rostos daqueles cujas vidas eram intocadas por tragédias, que murmuravam mecanicamente suas condolências e então voltavam correndo para suas vidas luminosas e maravilhosas.

— Algum dia fica mais fácil? — viu-se perguntando.

Amy Florentine olhou-a por um longo tempo. Então balançou a cabeça e disse:

— Você está fazendo a pergunta errada. O que você está tentando fazer, Ellie, o que todos fazemos, é tentar recuperar algo de sua vida anterior. Mas não funciona assim. A morte de uma criança zera tudo. Leva tudo. Então o que você tem que fazer é construir uma nova vida. Do zero. E o ruim é que não sobra muito. Então você junta cada galho e folhinha que consegue encontrar e se vira com isso.

— Ainda me iludo o tempo todo — disse Ellie. — Todo dia de manhã eu acordo, e meu primeiro pensamento é "Benny vai se atrasar para a escola" ou "Droga, esqueci de preparar o lanche do Ben". E então me lembro, e é como morrer mais um pouquinho por dentro.

— Isso vai passar — disse Amy. — Mas eu vou dizer uma coisa a você agora mesmo, Ellie, que ninguém mais vai dizer: a dor nunca vai passar. Ela vai ficar sempre lá, mesmo anos e anos depois. E há tanta pressão para enterrá-la! É como nossa cultura vê as coisas: até o luto tem que acabar uma hora, sabe? Você tem que assentir e sorrir porque a emoção nua e crua envergonha as outras pessoas.

— Eu já percebo isso — sussurrou Ellie. — Esbarrei com uma professora de Benny numa loja uma noite dessas, e quando ela perguntou como eu estava, contei a verdade a ela. Eu disse que nada bem, e ela logo mudou de assunto.

— Eu sei. Meu Jim tinha 25 anos quando morreu. Todos os seus amigos que estavam com ele naquela noite na lagoa, garotos que praticamente cresceram na minha casa... nada. Eles todos viram a cabeça quando me aproximo. — E então ela fixou seu olhar em Ellie. — Estou lhe dizendo isso para que você não leve para o lado pessoal quando acontecer com você. É a natureza humana, querida. Eles não fazem por mal.

Ellie sorriu.

— Sinto que devia lhe pagar por essa sessão.

— Bobagem — disse Amy imediatamente. — Fred e eu procuramos você em primeiro lugar porque ouvimos dizer que você era uma pessoa de verdade. Não um desses robôs sabe-tudo que cospem conhecimento e se consideram terapeutas. — Ela revirou os olhos. — Ah, querida, não me faça dar nome aos bois.

Ellie sorriu.

— Entendo você. Estudei com alguns deles.

Ela só terminou o atendimento às seis da noite, e quando entrou em casa carregava um novo sentimento de determinação, Frank já havia chegado, estava sentado no sofá dando goles numa taça de vinho. Ela sentou-se a seu lado.

— Isso parece bom — disse ela suspirando e fitando sua taça. O velho Frank teria lhe oferecido de imediato um gole de sua taça. O novo Frank pulou de imediato do sofá e levantou-se para servir uma taça para ela. Ela se forçou a não perceber a diferença.

— Obrigada, querido — disse ela sorrindo. — Como foi seu dia?

Ele deu de ombros.

— Nada de especial. O mesmo de sempre. — Ele não perguntou a ela como foi o seu dia. Ela se forçou a não perceber.

Ellie terminou sua taça e depois levantou-se do sofá.

— Cindy Sheehan vai falar no *campus* hoje à noite. Estava pensando em ir depois do jantar. Será que você não quer ir?

Ele a fitou.

— Do que você está falando?

— Você sabe quem ela é, não sabe? É a ativista pela paz que perdeu o filho no Iraque.

— Eu sei quem ela é, Ellie. Obviamente. O que não entendo é por que você quer se submeter a mais histórias tristes quando a gente mal... — E então ele se interrompeu. — Deixa pra lá.

— Não, termine o que você estava dizendo.

Ele virou-se para ela com os olhos flamejantes de raiva.

— Já terminei.

— Você está com tanta raiva do quê? Por que você está me tratando assim?

— Não comece, Ellie. Você estava doida por uma briga desde o momento em que entrou em casa. Antes disso, até.

Ele estava lhe dando dor de cabeça.

— Frank, que diabos você está falando? Eu estava era de bom humor quando cheguei hoje.

— Estou vendo — berrou ele. — Eu notei. Como se alguém pudesse deixar de notar o vaso vermelho na cozinha. E as drogas das flores.

Ellie olhou para Frank, temendo pela sanidade deste.

— Foi isso que tirou você do sério? O fato de eu ter trazido flores? Estava só tentando me alegrar.

— Se alegrar fazendo a casa parecer uma droga de uma funerária? Faz quatro meses que enterramos nosso menino, e ainda o vejo no caixão toda noite. E você, você...

Ela correu de volta ao sofá e o abraçou.

— Ah, querido. Essa foi a última coisa que me passou pela cabeça. Ah, meu Deus, Frank. Não posso viver assim. Não posso viver num lar em que flores lembram morte ao invés de vida. Por favor, querido.

Ele recostou-se nela por um momento e depois retesou-se.

— Me deixe sozinho — murmurou ele. — Eu... eu tenho que lidar com isso do meu jeito. — Ele pegou sua taça de vinho, e saiu de seus braços.

— A gente não pode só conversar? — tentou ela, mas a expressão distante no rosto dele quando se virou foi a resposta de que precisava.

Ficaram sentados no sofá em silêncio por um minuto, e então Ellie decidiu-se por se levantar.

— Escuta — disse ela. — Não estou com vontade de preparar o jantar hoje à noite. Que tal nós dois nos virarmos? Há sobras na geladeira.

— Então você vai nessa coisa de comício pela paz? — perguntou ele.

Ela vacilou por um instante, imaginando se esse seria o jeito dele de pedir sua ajuda, de pedir a ela que passasse a noite com ele. Mas então lembrou-se da conversa que tinha tido consigo mesma mais cedo sobre querer ser engrandecida pela tragédia ao invés de diminuída, sobre usar sua perda para se aproximar dos outros. Além disso, se Frank precisava que ela ficasse, tinha de aprender a pedir.

— Vou — disse ela, e virou-se primeiro.

LIVRO QUATRO

Outono e inverno de 2007

Girbaug, Índia

CAPÍTULO 19

O SOM DOS TAMBORES ERA EMOCIONANTE, solto e selvagem e mesmo assim controlado por completo. Trazia à tona algo em Ellie que ela não sentia há muito tempo, uma excitação nervosa, assim como uma profunda felicidade, do tipo que ela normalmente sentia apenas quando apresentada à vastidão do oceano ou à região de Big Sky. “Isso é a Índia”, dizia ela a si mesma, “estou na Índia”. Como se tivesse acabado de chegar.

À sua frente, Asha, carregando um curto bastão vermelho na mão, dançava com um homem da vila. Todos os vestígios da menina recatada e tímida que servia de tradutora a Ellie tinham ido embora. Em seu lugar, estava uma mulher rodopiando, redemoinhando e girando, que batia seu bastão ou *dandiya* ritmicamente contra o que seu parceiro de dança segurava, que se mexia e balançava ao ritmo do batuque incessante dos *dhols*. Junto com talvez uns vinte outros aldeões, o casal dançava na clareira diante da clínica e da escola de Nandita.

Todos os moradores de Girbaug pareciam ter saído de casa com suas melhores roupas para a celebração do Diwali naquele novembro. Ellie lançou um olhar furtivo a Frank. Ele tinha relutado em vir, com medo da recepção dos aldeões. Nandita, no entanto, tinha marchado até a casa dos dois há algumas noites e dito a ele com rispidez que tinha de comparecer, que os aldeões tomariam sua ausência na mais importante celebração como um descaso. "Além disso, Frank, você pode até se divertir", acrescentara ela sarcasticamente. E Frank sorriu, dizendo a Nandita que ela falava exatamente como Ellie e que podia brigar com uma delas de cada vez, mas com as duas ao mesmo tempo só lhe restava aquiescer.

Ellie estava contente pelo fato de ele estar ali. E, a julgar pelo jeito como tamborilava os dedos involuntariamente contra a coxa em acompanhamento à batida da música, ele também estava. Frank estava lindo com aquela camisa branca aberta e a calça verde-escura, pensou ela. O sol, que se punha atrás deles, iluminava os cabelos dourados de Frank como um poste de luz.

Aparentemente, ela não foi a única a perceber. Um grito emergiu da multidão quando Mausi, a moradora mais velha da vila, com 92 anos, ficou de pé e coxeou seu caminho até a clareira onde os dançarinos estavam reunidos. Estava de mãos dadas com dois meninos; eram alunos de Ellie, que presumiu serem netos de Mausi. Mas, à medida que os três subiam para a fileira da frente, onde Frank e Ellie estavam sentados com Ramesh, Nandita, Shashi e alguns outros ocidentais hospedados no hotel de Shashi, Mausi parou. Soltando-se do menino que segurava seu braço direito, ela estendeu a mão ossuda e correu seus dedos retorcidos pelos cabelos de Frank. Frank retesou-se e seus olhos corriam para Ellie em busca de ajuda. Mas então Mausi retirou sua mão, uniu seus dedos, colou-os aos lábios e soprou um beijo para Frank, que ficou todo vermelho. De todos os lados, a multidão caiu no riso. Berros e urros emergiram no ar.

Mas Mausi não terminara. Ainda ao lado de Frank, fez uma mímica explicando que queria que ele a acompanhasse à pista de dança. Frank parecia ter sido aparafusado à sua cadeira. Não ajudou muito o fato de Ramesh, sentado entre Frank e Ellie, pular para cima e para baixo e berrar:

— Ela está querendo que você faz *dandiya* com ela, Frank.

— Não sei como — disse Frank por fim. — Diga a ela que eu não sei... não sei dançar.

Mas então dois percussionistas saíram da clareira e foram até onde estavam sentados.

— *Chalo ji*, *chalo* — entoou um deles, e o batuque ficou ainda mais alto e fervoroso.

Nandita inclinou-se para a frente.

— Acho que você não tem escolha, Frank — disse ela sorrindo por sobre o barulho dos tambores. — Mausi sempre escolhe o primeiro parceiro.

Sibilando um "merda" silencioso que apenas Ellie pôde ouvir, Frank deixou que um dos percussionistas o colocasse de pé. A multidão rugiu. Mausi sorriu, mostrando todos os seus três dentes. Os dançarinos abriram espaço para os dois. Um dos homens entregou a Frank um bastão e lhe mostrou alguns passos.

"Ele parece um homem branco desajeitado", pensou Ellie com estarrecimento ao assistir o marido sofrer para bater seu bastão no ritmo de Mausi. Não ajudava o fato de Mausi, encurvada pela osteoporose, bater em sua cintura. O que Ellie sempre amara em Frank era sua agilidade segura e felina no andar, algo que fazia dele um ótimo parceiro de dança. Mas aqui, dançando ao ar livre sob um céu que escurecia, cercado por homens e mulheres de pele marrom vestidos com tons deslumbrantes de vermelho, verde e amarelo, ele a fazia lembrar de um homem idoso com aquela calça xadrez verde numa reunião de golfe.

Nandita deve ter lido sua mente.

— Você precisa ajudá-lo — disse ela. — Ele parece deprimido lá. — E antes que Ellie pudesse responder, Nandita estava puxando Sashi e Ellie. — Vamos lá. Estou morrendo de vontade de dançar.

Ellie não precisou ser chamada uma segunda vez. Desde a hora em que chegaram para a festa e a celebração, desde o segundo em que ouvira a música de Bollywood pelas caixas de som e depois a batida dos *dhols*, desde o instante em que se deparara com a beleza deslumbrante das mulheres da vila e vira a agitação risonha das crianças enquanto disparavam fogos de artifício — foguetes que corriam em zigue-zague rumo ao céu, fontes que irrompiam numa cascata de faíscas vermelhas e azuis, espirais que giravam numa órbita de luz e cor antes de se apagarem —, ela havia sentido algo relaxante dentro de si, uma alegria expansiva, vertiginosa. E também uma sensação de pertença que a intrigou. No dia anterior, enquanto visitava os lares de algumas aldeãs que não podiam ir à clínica, havia notado que cada casebre de barro tinha um *diva* de argila na entrada. A simplicidade dessa pequena lamparina a óleo a comoveu. Ela os viu como objetos emblemáticos da dignidade simples e tranquila das pessoas que ali viviam.

Ela tentara descrever Diwali, ou o Festival das Luzes, para seus pais no ano anterior. "Imaginem o 4 de Julho durando uma semana", havia dito ela, mas sabia que isso não captava por inteiro a pura abundância, beleza e generosidade da festividade. Só a universalidade da oferta de comida — não havia como explicar a seus pais de classe média. Todo lar em Girbaug comprava ou fazia doces para o Diwali e os distribuía entre vizinhos, amigos e visitantes. Todas as mulheres que foram na véspera à clínica para se consultar com ela lhe trouxeram doces. Todas, não importa quanto fossem pobres. As mães das crianças que vinham à escola também enviaram alguma coisinha. Uma criança, por exemplo, havia simplesmente lhe dado um torrão de açúcar. Era como no Natal, sendo que você trocava presentes com a cidade inteira.

Agora ela estava tentando controlar o balanço de seus quadris, esforçando-se para resistir à fisgada dos tambores batidos que a faziam perder a inibição e querer dançar loucamente, do jeito que fazia nas boates quando era adolescente. Mas essa era a beleza da dança *dandiya*, ela celebrava a alegria paradoxal do movimento e do comedimento numa espécie de delírio reservado. Não se tratava de expressão individual, mas de comunidade.

Frank virou-se para ela parecendo aliviado. Ela viu as gotas de suor em seu rosto.

— Ei — gritou ela por cima da música, tocando seu bastão levemente com o dele. — Está se divertindo?

— Já tive parceiras de dança melhores — disse ele ironicamente, mas depois deu um meio sorriso, como se estivesse se divertindo, apesar de tudo.

Nandita e Shashi aproximaram-se deles, com Shashi balançando seus quadris de um modo tão estranhamente desinibido que fez Ellie rir. Havia algo de *nerd* e de estranho em Shashi, e ela adorava isso nele.

Nandita, por outro lado, não estava de brincadeira.

— Vamos lá, Frank, mexa-se — disse ela, golpeando seu bastão agilmente contra o dele. — Você está dançando como um agente funerário, droga.

Eles dançaram num círculo pequeno por alguns minutos e depois outros ocidentais se juntaram a eles. Expandiram o círculo para deixá-los entrar, mas Ellie quase que imediatamente perdeu o interesse, como se algo tivesse desinflado dentro dela. Também percebeu que haviam formado sem querer um tipo de casulo, seu próprio círculo privado que excluía os aldeões. Afastou-se o mais rápido que pôde e começou a dançar com alguns de seus alunos mais novos. Frank a seguiu alguns minutos depois. Ela viu que ele abandonara sua postura rígida e estava se divertindo de verdade, suando sem parar, desabotoando a camisa.

— Nossa, eles nunca param e fazem uma pausa entre os números? — disse ele sorrindo. — Isso é como dançar numa daquelas boates com música tecno.

— Feche os olhos — gritou ela em resposta. — Dance de olhos fechados. É uma sensação maravilhosa.

— E arriscar bater na cabeça daquela velhinha com o meu bastão? Não, obrigado.

— Não — disse ela olhando-o de perto. — Dance comigo. Você vai conseguir, você vai ver.

Então eles o fizeram. Por uns cinco minutos, dançaram um com o outro de olhos fechados. Para assombro deles, estavam completamente sintonizados, nunca esbarrando nos dedos um do outro com seus bastões, nunca saindo do ritmo. Ellie abriu os olhos primeiro. Ela deu um passo para perto dele, e, como se pressentisse o movimento, seus olhos se abriram.

— Viu? — disse ela, como se tivesse vencido uma partida importante ou transmitindo a ele alguma informação essencial.

— Vi — respondeu ele. — E eu amo você. Muito.

— Você é o meu homem. — Ela sentiu estar sendo piegas e sentimental, prestes a cruzar a linha tênue que separa a felicidade da melancolia. Mas não se importava. De repente, pareceu-lhe ser a coisa mais importante no mundo que Frank soubesse o que significava para ela.

— Eu sei — disse ele calmamente. E então: — Obrigado por me trazer aqui. É maravilhoso.

Ela abriu os braços, beijando o homem que dançava a seu lado.

— Essa é a minha Índia — disse dramaticamente. — Viu agora por que eu amo isso aqui?

Mesmo por cima da música ouviu a inveja na voz dele.

— Você tem sorte. A Índia com que eu lido diariamente é estressante.

— Não pense nisso hoje. Aproveite...

Um foguete zuniu acima de suas cabeças e aterrissou no chão, bem perto dos dançarinos. Irritado, Frank olhou para onde um grupo de meninos adolescentes lançava foguetes.

— Espero que esses meninos saibam o que estão fazendo — disse ele. — Aquele foi um pouquinho perto demais, na minha opinião.

Nesse momento, um dos meninos acendeu um foguete em formato de cone. Uma chuva de azul e vermelho irrompeu da parte de cima e veio cascateando em torrentes coloridas.

— Nossa — berrou Ellie. — Eu adoro esses fogos. São muito melhores do que os que a gente tem lá nos Estados Unidos! Ficam muito mais próximos do chão e... não sei... isso parece mais democrático, de algum modo.

Frank sorriu.

— Creio que você está apaixonada pela Índia.

Ela sorriu.

— Estou. — E então balançou os braços de novo. — Olhe ao seu redor. Como você pode não estar apaixonado por um país com tanta cor e energia?

Ramesh veio dançando até eles. O garoto estava vestindo uma *kurta*, camisa de algodão branca, e calças com um colete bordô. Ellie achou que nunca o tinha visto tão bonito. O garoto se portava com um constrangimento que ela sabia advir do fato de usar roupas novas, e estava feliz por Edna ter lhe comprado essa roupa para o Diwali. Ellie decidiu usar o Natal como pretexto para comprar várias roupas novas para Ramesh. Virou a cabeça à procura de Edna e Prakash, mas eles estavam perdidos no meio da multidão sentada atrás dela. Ela havia se oferecido para trazê-los no carro mais cedo naquela noite, mas Edna sussurrara num tom conspiratório: "Não, obrigada, senhora. Prakash está num humor ruim-ruim hoje. Melhor a senhora ir sozinha. Leve apenas Ramesh."

— Adorei esse colete — disse ela agora ao menino por cima da música, e ficou satisfeita em ver que ele sorria luminosamente.

— É veludo — respondeu ele seriamente, acariciando o tecido macio.

— É, você parece um principezinho — disse Frank. Seu tom era leve, até zombeteiro, mas Ellie detectou o prazer em sua voz enquanto inspecionava o menino que dançava a seu lado.

— Quando crescer, quero ser um príncipe — disse Ramesh. Ele lançou a Frank um olhar travesso. — Eu sei, eu sei. Para ser qualquer coisa que eu quero, preciso estudar.

Frank riu, jogando a cabeça para trás. Atrás dele, um foguete alçou voo rumo ao céu escuro como breu e então cascateou de volta à terra em centelhas de luz e cor. Ellie ficou extasiada. Sua mente fotografou o momento. Frank com a cabeça reclinada para trás e o cabelo úmido de suor contra a testa emoldurado por uma cascata de pequenas luzes, detido no tempo e no espaço pelo batuque alto e incessante dos tambores trovejantes.

— Fiz você rir — disse Ramesh. Era um novo jogo entre eles. Em algum lugar, Ellie supôs, um deles estava marcando os resultados desse jogo de fazer o outro rir mais.

Como alguém interrompendo uma conversa no meio de uma frase, os tambores pararam. O ímpeto fez o corpo de Ellie continuar a balançar por um segundo depois de a música cessar. Ela olhou ao redor e viu que alguns dos que dançavam pareciam tão aturdidos quanto ela. "*Danceus interruptus*", pensou consigo mesma, e depois riu com sua própria bobeira.

Um homem magro e alto que Ellie reconheceu como o *doodhwalla*, o leiteiro que vinha à porta deles todo dia de manhã, caminhou ao centro do pátio.

— Irmãos e irmãs — disse ele em híndi. — É hora de compartilharmos uma refeição juntos. — A multidão agitou-se, mas ele a silenciou. — Mas antes devemos honrar os convidados que estão entre nós. — Virando-se para onde Ellie e Frank estavam de pé, ofegantes, ele olhou-os e então buscou Nandita e Shashi. — Por favor — disse ele. — Vocês nos conduzirão à refeição.

Ellie olhou ao redor à procura de Nandita, que imediatamente veio para o seu lado.

— *Shukriya* — anunciou ela. — Estamos honrados por estar aqui. — Ela voltou-se para Ellie e Frank. — Eles querem que sejamos os primeiros à mesa. Vem, vamos lá. — Ellie então sorriu ao leiteiro, para tornar claro que tinham entendido.

A equipe da clínica havia tirado as carteiras das salas de aula e montado uma longa mesa de jantar para os ocidentais entre eles. Os aldeões sentavam-se de cócoras no chão e eram servidos nas tradicionais folhas de figueira. Ellie assistiu com assombro a Mausi dobrar os joelhos e acocorar-se no chão aos 92 anos. Ela pensou em Josetta, outra terapeuta em seu consultório, que havia feito duas cirurgias no joelho aos 52 anos. Por um segundo pensou em sugerir que o restante deles se juntasse aos aldeões no chão, mas Frank e o casal da Alemanha já estavam se sentando, e ela pensou melhor. Desde a briga que tivera com Frank no piquenique de 4 de Julho, vinha tentando suavizar suas críticas, não colocar Frank na defensiva por ser o que era: um americano branco de classe média. Além disso, não estava certa de que seus joelhos inexperientes pudessem sobreviver a um longo jantar de cócoras no chão.

Entretanto, apesar de suas melhores intenções, não podia suportar a ideia de sentar-se ao lado do casal alemão para jantar. Eles estavam indo para Dharamsala dali a alguns dias para passar duas semanas num *ashram* e falavam sem parar sobre encontrar espiritualidade e iluminação como se fossem itens que se podem comprar de um catálogo. Quando ela os conheceu mais cedo aquela noite, pensou que estavam brincando de ser caricaturas do turista ocidental idiota. Mas observando a expressão nula cuidadosamente modulada no rosto de Nandita, havia entendido que eles falavam sério sobre acreditar que deixariam a Índia em duas semanas tendo encontrado o que procuravam. Ela preferia o humor sarcástico de Richard Thomas, o jornalista britânico gay que estava viajando pela Índia. Naquele momento, olhou ao redor em busca de Richard e, tendo-o encontrado, foi direto em sua direção.

— Sentamos juntos? — perguntou ela, ignorando os olhares frenéticos que Frank lançava em sua direção, que apontava silenciosamente a cadeira a seu lado.

Richard arqueou uma sobrancelha.

— Ingrid e Franz estão irritando você?

Ela sorriu.

— Nãão — disse com voz arrastada. Em seguida, virou-se para Nandita: — Peça a Shashi que se sente ao lado do Frank — implorou ela. — Fico devendo essa pra você pra sempre.

Ela não ousou olhar Frank direto nos olhos enquanto se sentava ao lado de Richard. Mas alguns instantes depois, sua culpa em abandonar Frank à espiritualidade ingênua de Ingrid evaporou-se, carregada pelos aromas da comida quente que era servida. Ela mordeu uma cebola *pakora*, arrancou um pedaço de um leve e crocante pão *roti*; molhou o pão em um espesso e apimentado *curry*; refrescou a língua com um pouco de iogurte de pepino; pegou um pedaço macio de peixe com seu garfo. Ela própria sentiu-se um pouco espiritual, envolta num tipo de êxtase diante da intensidade dos sabores.

— Como pode um país ter tantas comidas maravilhosas? — disse ela arfando.

— Você está perguntando sobre boa comida pra *mim*? — disse Richard. — Eu sou inglês, lembra?

Ela riu.

— Londres tem uns restaurantes ótimos.

— É, e todos eles são indianos.

Um dos alunos mais velhos de Ellie veio à mesa deles, carregando uma grande bandeja de aço inox cheia de copos.

— Aceita um *lassi*, senhora? — perguntou ele.

Ela deu um gole demorado na bebida de iogurte.

— Acho que estou tendo uma experiência extracorpórea.

— Vá com calma — disse Richard. — Seu marido está me fuzilando com os olhos. Não quero que ele ache que eu sou o motivo desse olhar de êxtase no seu rosto.

— Eu gosto de você, Richard. Você me lembra o meu cunhado.

— Seu cunhado é gay? — perguntou Richard categoricamente.

Ellie explodiu num riso, expelindo *lassi* pelo nariz.

— Ah, para. Olha o que você me fez fazer. — Ela voltou-se para ele com um olhar suplicante no rosto. — Você não pode ficar conosco em Girbaug? Posso convencer Shashi a dar uma ótima diária no hotel a você.

Nandita, que estava sentada à esquerda de Richard e estivera conversando com Frank, virou-se para eles.

— Que fofoca é essa de vocês dois? — Ela inclinou-se para encarar Ellie: — Frank vai matar você no caminho pra casa, querida. Largá-lo sozinho foi golpe baixo.

Ellie pareceu arrependida.

— Eu sei. Mas não consigo lidar mais com estrangeiros idiotas. — Ela olhou Richard de relance. — Com exceção da presente companhia.

— Quem você está chamando de estrangeiro, sua ianque? Meu povo estava aqui na Índia quando o seu estava...

— Eu sei. Balançando de árvore em árvore.

— Por aí.

— Bom ouvir vocês dois imperialistas discutindo sobre seus direitos à Índia — disse Nandita. Todos riram de seu tom confuso e de suas sobrancelhas arqueadas.

Frank veio até ela assim que o jantar terminou.

— Você vai me pagar por isso — disse ele, mas seu tom era leve, seus olhos amigáveis.

— Desculpe. Sou uma esposa péssima. — E então ela disparou-lhe um olhar compassivo. — Foi tão ruim assim?

— Bem, é tudo uma questão de perspectiva. Tenho certeza de que um tumor cerebral ou hemorroidas seria bem pior.

Ela ainda ria quando Nandita aproximou-se deles.

— Não me odeie por convidá-los — disse ela a Frank. — Eles insistiram em ter "a experiência cultural completa". O coitado do Shashi não teve escolha.

— Eu perdoo você pelo preço de alguns convites para jantar — disse Frank prontamente. Ele parou, com o cenho franzido. — Falando em jantar, isso foi quase um banquete. Como esse pessoal paga por isso, Nan?

Nandita pareceu envergonhada.

— Bem, na verdade nós pagamos, Shashi e eu. Patrocinamos essa celebração. Assim, sempre foi tradicional para os aldeões terem uma festa comunal. Mas nos últimos anos o hotel tem dado tão certo, que nos propusemos a... contribuir.

Frank balançou a cabeça.

— Isso é bom — disse ele vagamente. E depois: — Olha só, se eu ainda estiver aqui ano que vem, faço a HerbalSolutions virar uma copatrocinadora da festa. Isto se você nos aceitar, claro.

As duas mulheres falaram ao mesmo tempo.

— O que você quer dizer com "se eu estiver aqui ano que vem"? Por que não estaria?

— Opa, opa — disse Frank rindo e afastando-se delas. Voltou-se para Ellie: — Caso você tenha se esquecido, amor, só assinei um contrato de dois anos. Tudo terá que ser renegociado em breve.

— Ah, que bobagem — disse Ellie. — Se você disser a Pete que é isso que quer, ele não vai negar.

Frank sorriu e colocou um braço ao redor da esposa.

— Eu teria que amarrar essa daqui quando fosse a hora de sair da Índia, e espero que isso não aconteça nos próximos anos — acrescentou ele.

Nandita aproximou-se de Frank e esfregou sua mão nas costas dele. — Fico feliz em saber — disse ela. — Não imagino Girbaug sem vocês.

— Idem — disse Frank. Ellie ouviu a sinceridade em sua voz e ficou feliz por isso.

Mas seu humor havia se azedado um pouco. Eles ficaram na festa por mais meia hora, assistindo a outra queima de fogos, assistindo aos jovens dançarem enquanto músicas de filmes indianos ribombavam das caixas de som. "Nada mudou", dizia Ellie a si mesma, "você está aqui, seja presente, viva o momento". Mas a conversa de voltar aos Estados Unidos estragou a noite, a havia feito compreender a provisória precariedade de suas vidas ali. A ideia de voltar para casa produziu apenas uma tristeza enfadonha nela. Há alguns dias, sua mãe lhe perguntara ao telefone se eles tinham comprado suas passagens para voltar para casa no Natal, e, ao dizer sim, ouvira a alegria e animação na voz da mãe e sentira-se no dever de fingir uma reação entusiasmada. A verdade era que ela temia essa viagem de dez dias. Já deixara claro para Frank que ela não visitaria Ann Arbor. O plano era voar até Cleveland e ficar lá com Anne e Bob. Ao contrário dos anos anteriores, Scott e sua mãe passariam o Natal em Cleveland. Frank iria a Ann Arbor por dois dias para dar uma checada nos inquilinos para os quais estavam alugando a casa e para reunir-se com o pessoal da HerbalSolutions. Ele levaria Ramesh com ele.

Sim, Ramesh. Fora ideia de Frank, é claro, levar Ramesh para os Estados Unidos com eles. Assim que sugeriu isso a Ellie no início de outubro, ela se opusera, mas não com veemência. Ela contava com várias coisas: o fato de que seria difícil obter visto para o menino, o fato de que Prakash teria um ataque diante da ideia de ficar longe do filho por dez dias, o fato de que Edna, sendo cristã, iria querer que o filho estivesse com ela nas festas de fim de ano, até mesmo o fato de que Frank perceberia como seria estranho visitar sua família nos Estados Unidos com Ramesh.

O que ela não esperara era o desespero. Para começar, havia o desespero de Edna em prover toda oportunidade que sabia que ela e o marido alcoólatra não poderiam dar ao filho, seu desejo reprimido de dar a Ramesh o que considerava seu direito inato: o amor com que seus avós deveriam ter lhe cercado e do qual fora privado. Agora, ela via Frank e Ellie como uma resposta inesperada às suas orações, verdadeiros guardiões de seu filho, com meios de oferecer a Ramesh oportunidades com as quais mesmo seus pais poderiam apenas sonhar. Edna tornou-se uma tigresa, unhando a resistência de seu marido, mastigando seus protestos. "Ele vai", declarou ela.

"Meu filho será o primeiro em Girbaug a ir aos Estados Unidos. Ninguém vai impedi-lo."

E ainda havia o desespero de Frank. Incapaz de encarar o longo voo aos Estados Unidos, com ecos do terrível voo da Tailândia; incapaz de imaginar sentar-se para a ceia de Natal sem seu menino; aterrorizado diante da ideia de ir à casa de Ann Arbor verificar os inquilinos, sabendo que ela ecoaria a voz e o riso de seu filho morto; amedrontado de estar sob o mesmo céu americano, respirando o mesmo ar frio, andando sobre o mesmo chão duro que seu filho. Então, ele primeiro conseguira um passaporte para Ramesh e depois ligara para Tom Andrews a fim de pedir ao pessoal do consulado que emitisse um visto de turista para o menino.

Por fim, havia o desespero de Prakash. Incapaz de pensar direito, sem saber o que era essa nova e estranha força que havia entrado em sua vida disfarçada de um homem branco e alto obcecado por seu filho, ele jurou parar de beber a cada manhã a fim de que pudesse estar sóbrio o bastante para resolver esse enigma. No entanto, pegava a garrafa quase como um reflexo, já que o dia, com suas incontáveis humilhações, tarefas e exigências, o puxava para baixo. Ferido e magoado pelo veneno das palavras de sua esposa, acreditando em suas ameaças de deixá-lo caso não cedesse às suas exigências, Prakash oscilava entre a bravata e a capitulação. A possibilidade de perder Edna o aterrorizava. Então, relutante, havia concordado em oferecer seu filho aos americanos por dez dias, em troca de manter sua mulher para sempre.

— Que houve? — disse Frank a Ellie na volta para casa. — Seu humor mudou completamente.

— Desculpe. — Então ela pensou por um momento e decidiu abrir o jogo: — Estou ansiosa com essa viagem aos Estados Unidos.

Frank suspirou.

— Imaginei que sim. Você ficou mais calada depois daquela conversa sobre ir embora da Índia. — Ele mudou de posição no banco do carro para poder encará-la. — Você ama este lugar tanto assim?

— Amo. Apesar de que, agora, a questão é mais o medo de voltar para casa. De encarar todo mundo. Não sei o que esperar. Por um lado, estou com medo de qualquer referência a Benny, qualquer expressão de piedade. Por outro lado, se meus pais tentarem varrer a coisa pra debaixo do tapete, se não falarem o nome dele, isso vai me dar mais raiva ainda. Isso não é justo com eles, sabe?

— Faz quase dois anos que estamos longe de casa, Ellie — disse ele tranquilamente. — Temos, afinal, que encarar o que aconteceu... os Estados Unidos são nosso lar.

"Fácil falar", quis dizer. "Sei como você vem se saindo quanto a encarar a realidade, rendendo-se à companhia de um menino de nove anos que estamos praticamente roubando dos pais, incapaz de suportar a ideia de voltar para casa sem tê-lo a seu lado." Mas ela não podia, nem iria, dizer isso em voz alta. Queria que Frank retivesse quaisquer ilusões que o reconfortassem, queria permitir a ele decorar sua vida com quaisquer flâmulas de esperança que quisesse.

— Você está certo — disse ela. Sentiu-se cansada, incapaz de recuperar a agitação exultante que sentira mais cedo naquela noite.

Frank pôs o braço em torno dela e puxou-a para perto de si.

— Não se preocupe, Ellie — murmurou ele. — É só uma visita rápida. E será bom estar com a família de novo.

Ela repousou a cabeça em seu ombro, permitindo a si mesma ser tranquilizada pela promessa de sua doce mentira.

CAPÍTULO 20

ELLIE OUVIU PRIMEIRO. Uma falação, um som que parecia orgânico, parte do mundo natural, como grilos na escuridão ou pássaros no crepúsculo. Só que agora era a aurora. Ela e Frank ainda estavam na cama, mas ela acordou com a sensação de que algo ocorria do lado de fora da janela de seu quarto, uma perturbação, uma inquietação, uma mudança brusca nos ventos. Sentou-se na cama, esfregou os olhos e olhou pela janela aberta. E nada viu a não ser a extensão verde do gramado da entrada e, além dele, o mar.

Mas então veio um barulho diferente e, como que em resposta a isso, os pelos no braço de Ellie se eriçaram. Era um som sobrenatural, alto e contínuo, um lamento que pairava no ar. E sob a lamúria aguda havia um acompanhamento, um ruído surdo que a ela provia ritmo. Os pés de Ellie alcançaram o chão. Apertando o roupão, atravessou a sala de estar até a varanda da entrada. Seu estômago se embrulhou, e ela perdeu o fôlego. Por um segundo, pensou que talvez ainda estivesse dormindo e que a cena diante dela pertencesse a um pesadelo. Só então sentiu o cheiro do mar salgado, sentiu o suor se formar em sua testa, olhou a mulher que pranteava, e viu que era o pior tipo de pesadelo: um que era real.

Um grupo de cerca de trinta pessoas havia se reunido no gramado da frente de seu bangalô. Ela reconheceu muitos dos homens da celebração do Diwali há alguns dias. Naquele dia, seus rostos estavam descontraídos de prazer e hospitalidade. Hoje, olhavam a casa como se debatessem se deviam queimá-la, com os rostos abatidos e rígidos de raiva e ressentimento. Todos estavam assim exceto a mulher caída ao chão, serpenteando como uma cobra, por vezes erguendo a cabeça aos céus e soltando outro grito. Apesar de chocada, algo em Ellie absorveu o aspecto de pintura da cena diante de si — o do pálido cinza da luz da manhã e do mar trêmulo à distância, uma natureza-morta de homens retesados, congelados e, em primeiro plano, uma mulher se contorcendo e pranteando, entoando com dificuldade seu pesar aos céus desinteressados.

Um dos homens a localizou na varanda e a pintura partiu-se em pedaços, reagrupando-se depois. O homem gritou e apontou para ela e, dentro de um segundo, pelo menos um terço dos homens havia também apontado para ela. Apesar de estar dentro de casa, separada deles por uns bons dez metros, Ellie subitamente sentiu-se exposta, nua, como se a casa fosse feita de papel e trapos e um sopro irado do bando a derrubasse. Assistiu com horror a um dos aldeões se abaixar e pegar uma pequena pedra e depois arremessá-la contra sua casa. Contra ela. Abaixou-se, apesar de a pedra ter errado o alvo por alguns metros. Mas o ataque a devolveu ao juízo, e ela fugiu para dentro, gritando para Frank que acordasse. A multidão vaiou enquanto ela se retirava para dentro de casa e depois o coro começou:

— HerbalSolutions, *murdabad*. Fora HerbalSolutions — berraram eles.

— Vergonha! Vergonha! América, vá para casa.

— Abaixo a HerbalSolutions!

— Vida longa a Mukesh *bhai*.

E, sob tais palavras de ordem, o pranto, como se este desse a mais verdadeira expressão à sua raiva e dor.

— Frank — gritou Ellie, correndo pela casa. Ela entrou no quarto e viu que ele ainda dormia. — Frank — disse ela balançando-o violentamente. — Acorda. Acorda. Temos uma manifestação do lado de fora.

Seus olhos se abriram e ele sentou-se na cama.

— Ahn? Quê? O que está acontecendo?

— Não sei, mas é melhor você vir ver — disse Ellie, podendo ouvir a histeria na própria voz e fazendo força para controlá-la. — Venha ver —repetiu ela.

Frank tropeçou numa mesinha no caminho da varanda, vociferou, e seguiu a esposa. Perdeu o fôlego ao deparar com a cena. O grupo contava com mais de dez homens. Mas o que chamou a atenção dele era o corpo estendido no gramado, à direita da mulher que panteava, encolhida e chorando sobre o cadáver, batendo no próprio peito com sua mão aberta. Quando a multidão notou Frank, um grito subiu.

— Frank *sahib murdabad* — berraram alguns deles.

— Frank — gaguejou uma Ellie perplexa. — O que está acontecendo? Acho que o homem está... morto.

O rosto de Frank estava branco. Ele parecia mais assustado do que Ellie jamais o vira.

— Não faço a menor ideia — respondeu ele roucamente.

Um jovem desvencilhou-se da aglomeração com o rosto contorcido de raiva. Circulou em volta do corpo deitado de bruços e aproximou-se da varanda. Instintivamente, Ellie recuou. No entanto, ela percebeu que, mesmo estando aterrorizado, Frank marcava seu território. Enquanto o rapaz se aproximava, Ellie reconheceu-o como sendo um de seus alunos. Contudo, não conseguia ficar calma o suficiente para lembrar-se do nome dele.

O estudante apontava para o corpo do homem.

— Olhe — disse rispidamente. — Mukesh morto. Enforcou-se. Girbais são da gente. Mas seu guarda não deixar ele colher folhas. Ele e sua família passar fome. Ele se mata.

E subitamente, num momento terrível, tudo se encaixou para Ellie ao reconhecer a mulher que pranteava. Era Radha, sua cliente, a vítima de abuso doméstico cuja casa havia visitado. Lembrou-se do encontro com o marido há alguns meses. O que Asha lhe contara sobre o que ele falou? Que ele sustentava sua família colhendo e vendendo folhas de girbal, cujo acesso agora era proibido aos locais.

Mas não havia tempo agora para pensar porque surpreendente e inacreditavelmente Frank se distanciava dela e se aproximava da aglomeração.

— Frank — berrou ela. — Que diabos você está fazendo?

— Ligue para Deepak — falou ele quase sussurrando. — Entre agora e ligue pra ele. Diga pra ele mandar a polícia pra cá *agora*.

Mas Ellie não conseguia se mexer. Ficou aterrorizada ao ver Frank se aproximar da beira da varanda e olhar para a multidão.

— Ouçam — berrou ele. — Sinto muito pelo... pelo que aconteceu. Mas a HerbalSolutions não teve nada a ver com isso. Vocês precisam ir para casa. Não queremos problemas.

Ellie foi para dentro rumo ao telefone.

— Entre, Frank — chamou ela. — Saia daí.

Suas mãos tremeram como pássaros numa tempestade enquanto discava o número de Deepak. Desligou assim que pediu a ele que mandasse a polícia para lá. Frank seguira-a para dentro de casa, e os dois ficaram em pé na sala, fitando um ao outro, sem fingir esconder o medo em seus rostos.

— O que vamos fazer se eles entrarem? — começou a perguntar ela, e então parou ao ouvir a voz de Radha chamar seu nome. "Ellie *bai*", disse a voz, seguida por uma sucessão de palavras hostis em híndi. Outras vozes masculinas começaram a entoar: "Ellie *bai*, Ellie *bai*." Depois, bem alto: "Senhora Ellie. Radha querendo falar com você."

Frank previu o que ela faria.

— Nem pense nisso — disse ele. — Você não vai pisar lá fora.

O coro começou de novo:

— HerbalSolutions, vergonha, vergonha.

— Frank *sahib murdabad*.

— Vida longa a Mukhesh *bhai*.

— Eu a conheço — disse Ellie arfando. — A mulher que está... a viúva. Talvez eu deva falar com ela.

— Nem pense nisso — começou Frank. — Você está ouvindo as pedras sendo atiradas na varanda? Não há como saber...

Eles ficaram encolhidos no sofá, olhando um para o outro sem nada compreender. Na hora em que o barulho se tornou insuportável, seus ouvidos receberam um novo som. Por um momento, pareceu o ruído de chicotes estalando no ar, e então houve gritos e alguém berrou: "Polícia! *Bhago*, *bhago*, corre."

Ellie sentiu seu corpo todo tremer.

— Faça algo — disse ela desesperada. — Faça-os parar.

Mas Frank permaneceu sentado no sofá, segurando a cabeça entre as mãos. Parecia pequeno, diminuído, como se algo tivesse ruído dentro dele.

— Não acredito nisso — murmurou ele. — Estamos tendo uma droga de uma manifestação no nosso jardim.

Os gritos ficaram mais altos e aflitos. Eles ouviram uma série de apitos agudos e ordens sendo vociferadas. E então, ab-ruptamente, como num passe de mágica, fez-se silêncio. Por um segundo Ellie ficou aliviada, mas à medida que o silêncio prosseguia, começava a soar assustador, agourento. "O que está acontecendo?", disse ela. Forçou suas próprias pernas a pararem de tremer e avançou pé ante pé até a varanda novamente. Conseguiu ver um enxame de policiais vestidos de cáqui arrebanhando com brutalidade os aldeões que se encontravam nos degraus de pedra. Procurou por Radha, mas não a viu. Devem tê-la prendido primeiro. Ela encolheu-se ao ver o modo indiferente e brutal com que os dois policiais embrulharam o corpo num lençol branco e o levaram embora. Seus olhos recaíram sobre um homem alto e robusto usando roupas civis que parecia estar orquestrando a cena toda. Ela assistiu enquanto ele falou secamente com os homens que removiam o corpo, notando a curva em seu dedo indicador, que apontava para alguma direção. Como se sentisse que ela o fitava, o homem à paisana olhou em sua direção e sorriu. Ellie estremeceu, sentindo-se uma *voyeuse*, imoral e cúmplice. Ainda assim, manteve-se em seu território, lutando contra a vontade de disparar casa adentro, voltar para a cama e se enfiar debaixo das cobertas, fingindo que a última meia hora não tinha acontecido. A Índia da celebração do Diwali — a Índia delicada e generosa, o país das saias vermelhas rodadas e dos dançarinos que rodopiavam, das lamparinas de barro e dos fogos de artifício que emitiam luz e beleza — parecia tão morta quanto o corpo em seu jardim. Ela finalmente viu a Índia como Frank havia chegado a vê-la: violenta, imprevisível, volátil e até mesmo sinistra. Exatamente como o homem que caminhava em direção à varanda, sorridente e com olhos frios como uma manhã de janeiro em Ann Arbor.

— *Memsahib* — disse ele, assentindo para ela enquanto subia a escada.

— Pare — disse ela. Ela não tinha intenção alguma de deixar esse homem entrar em sua casa. — Quem é o senhor?

Seus olhos de lagartixa se tornaram ainda mais frios enquanto seu sorriso ficava mais largo.

— Não precisa ter medo, Ellie *memsahib* — disse ele. — Sou Gulab Singh. Chefe da segurança da HerbalSolutions.

Gulab Singh. O nome soava familiar e Ellie revirou sua mente para lembrar o porquê. E então lembrou-se de Nandita falando-lhe da reputação de Gulab entre os aldeões. "Queria que Frank não tivesse contratado esse camarada para chefe da segurança, Ellie", dissera ela uma vez. "Ele é repugnante. Cresceu na vila e depois foi embora por alguns anos... Diz ele que foi um figurão no Exército ou coisa parecida, mas não sei. Em todo caso, o pessoal da vila morre de medo dele."

Agora, fitando Gulab, Ellie sentiu sua boca retorcer-se em desagrado.

— O que vai acontecer a essas pessoas? — disse ela, perguntando-se por que Frank havia sumido. — Para onde eles foram levados?

Gulab fez um som de descaso, como um cacarejo. — Não se preocupe com eles, *memsahib* — disse ele. — Lidaremos com eles adequadamente.

Algo sobre seus trejeitos, sua recusa em olhar direto nos olhos dela disse a Ellie que ele havia sentido sua antipatia por ele. Mas antes que pudesse responder ao seu descaso desdenhoso pelo destino dos aldeões, ela o viu empertigar-se e sorrir abertamente.

— Bom dia, Frank *sahib* — disse ele, e Ellie sentiu Frank atrás dela.

— Um dia nada bom, Gulab — disse Frank secamente. — Nada bom, mesmo. O que está havendo aqui?

Gulab estava na varanda agora, e Ellie sentiu um aroma vago, mas enjoativo. "Perfume feminino", pensou ela com assombro. "Esse babaca está usando perfume feminino."

— Mil desculpas, senhor — estava dizendo Gulab, e suas boas maneiras eram tão enjoativas quanto seu perfume. — Estava na fábrica quando ouvi a notícia. Não fazia ideia de que esses patifes estavam planejando isso. Teria esmurrado suas cabeças, se soubesse. Mas parece que eles o acharam... o corpo... hoje mais cedo. O que estou precisando descobrir agora é quem incitou a manifestação, quem decidiu vir ao seu bom lar incomodar seu sono.

— Ouça — disse Frank. — Não quero mais violência, ouviu? A última coisa de que preciso é mais confusão. — Ele fez uma pausa por um momento e passou a mão pelo rosto cansado. — Quem é esse cara, aliás? Por que ele se matou? E por que diabos eles estão com raiva de mim? O que eu tive a ver com isso?

— Frank *sahib* — disse Gulab. — Descanse um pouco. E, por favor, não vá à fábrica hoje. Eu tomo conta de tudo.

— Besteira. — A voz de Ellie foi mais alta e ríspida do que pretendera. — Meu marido não é uma criança. Ele precisa entender o que está acontecendo. — Ela olhou para Frank, suplicando-lhe silenciosamente que ficasse a seu lado, que exigisse uma explicação desse homem de quem ela desgostava e desconfiava mais a cada instante.

Frank olhou de Ellie para Gulab, como se acabasse de perceber a hostilidade que corria como um fio preto de um ao outro.

— O que está acontecendo? — disse ele. — Quem era aquele homem?

— Um comunista notório, senhor — respondeu Gulab. — Odeia americanos. O melhor amigo de Anand. Enforcou-se porque sabia que o estávamos vigiando.

Ellie estava incrédula. Quem era esse homem que tratava Frank como um fantoche? Será que ele próprio acreditava numa palavra do que dizia? Frank compreendia que Gulab estava mentindo para ele? Ele aquiesceria ou protestaria?

— Isso é pura balela — disse ela. — Eu conheço esse homem. — Ela voltou-se para Frank: — Eu não contei a você. Conheci esse homem que.. que morreu... quando estava na clínica há alguns meses. Sua esposa é minha cliente. Ele começou a discursar quando me viu entrar em sua casa. — Ela viu os olhos de Frank se arregalarem, mas forçou-se a continuar. — Não queria preocupá-lo na época, amor — disse ela. — Enfim, ele falou muito sobre como ganhava a vida vendendo as folhas de girbal. E algo sobre os guardas não lhe darem acesso às árvores. Ele estava muito frustrado.

Frank suspirou.

— Entendo. — Ele olhou para Gulab, sem esconder seu desgosto. — Bem, é melhor você entrar. Temos que pensar numa estratégia para lidar com essa confusão. — E então ele virou-se para Ellie: — Obrigado por me informar. Só queria que você tivesse me dito isso antes.

Ellie viu algo reluzir nos olhos de Gulab e viu que ele havia percebido a leve reprimenda de Frank. Sentiu seus dentes se cerrarem. Esse homem era uma cobra. Ela só podia rezar para que seu marido visse isso.

— Bem, acho que devo deixar vocês sozinhos — disse por fim.

Ela andou até a cozinha, e os dois a seguiram até a sala de estar. "Sente-se", ela ouviu Frank dizer, e depois pôde ouvir apenas murmúrios.

— Ellie — berrou Frank depois de alguns minutos. — Será que você pode fazer uma xícara de chá para nós?

Seu estômago se embrulhou diante da ideia de servir chá a Gulab. Mas ela disse:

— Claro que sim.

Frank estava anotando algo num bloco de anotações quando ela entrou na sala com a bandeja.

— O senhor pode me dizer o que vai acontecer às pessoas que eles prenderam? — perguntou ela a Gulab.

Em vez de responder, Gulab virou-se para Frank, que fitou o chão.

— Frank — disse ela rispidamente. — Tem uma mulher na cadeia que acaba de perder o marido. O que você pretende fazer a respeito disso?

Ele olhou para ela e suspirou.

— O que você sugere que eu faça? — disse ele. — Apesar de sua raiva crescente, ela ouviu a fadiga, e algo além disso, um resquício de confusão em sua voz.

— Sugiro que você faça este homem aqui — disse ela apontando Gulab com o queixo — tirá-los da prisão imediatamente. Esta manhã — e então ela deu deliberada e calculadamente o golpe de misericórdia —, antes que alguém mais se machuque sob a custódia da polícia, como já aconteceu este ano.

Frank lançou-lhe um olhar triste.

— Você não precisava ter dito isso.

Precisava sim. Precisava para tirar Frank do estado comatoso em que ele se encontrava, para estalar os dedos e quebrar o feitiço diabólico que aquele homem lançava sobre seu marido. Sabia que Gulab olhava de um para outro, sabia que estava percebendo a tensão entre marido e mulher, sabia que era exatamente o tipo de homem que arquivaria esse conhecimento para usá-lo em outra ocasião. Mas não podia se preocupar com isso agora. A tarefa do momento era fazer Frank dizer as palavras que tirariam Radha e os outros da prisão. Estava pasma por Frank não conseguir enxergar que, além de ser o certo a fazer, era também absolutamente o melhor para a HerbalSolutions, a única coisa prudente e política a se fazer. "Um homem está morto", queria berrar ela a Frank para tirá-lo de seu estado catatônico. "Um homem morreu, enforcou-se numa árvore que era parte de sua herança de infância e que agora é propriedade de uma empresa cuja sede fica a treze mil quilômetros. Um homem se enforcou para provar que pertencia a uma parte do mundo natural que tiramos dele."

— Você sabe que estou certa — disse ela agora, com sua voz entrecortada pela premência. — Eu... eu conheço os aldeões melhor do que você, Frank. Essas detenções só vão pôr mais lenha na fogueira, Frank.

Algo em suas palavras, em seu tom de voz, tinha surtido efeito. Ele virou-se para Gulab e disse:

— Ligue para o chefe de polícia. Faça com que solte todos eles.

— Mas Frank *seth*... — começou Gulab.

— Não perca mais tempo — disse Frank cortando-o. — Faça logo a ligação. Ellie está certa. Vai nos poupar de mais sofrimento no final.

Gulab levantou-se e fez uma leve reverência.

— Como quiser, senhor — disse com seu jeito calmo e inabalável. — Mas é melhor eu mesmo ir ao *chowki* policial. — Ele então assentiu para Ellie. — Prazer em conhecê-la, madame.

Ela forçou-se a assentir em resposta.

Na porta, Gulab virou-se.

— É melhor que o senhor não vá hoje — disse ele. — Pode haver um pouco de... confusão... na fábrica.

Frank fechou os olhos por um momento.

— Certo — disse ele. — Mas me ligue se houver qualquer problema. Quero que você mantenha contato comigo durante o dia, entendeu? E diga a Deepak para me ligar assim que puder.

— Sim, senhor. Descanse um pouco, senhor.

Depois de Gulab ter ido embora, sentaram-se em sofás opostos fitando um ao outro. Nenhum dos dois falou por um breve instante. Então, Frank disse:

— Você ainda acha que vir para a Índia foi uma boa ideia?

Ela olhou para ele, sem saber como responder.

— Eu nunca poderia esperar por nada... disso — disse ela por fim.

Ele balançou a cabeça.

— É melhor eu ligar para Pete e contar a ele — falou Frank. — Parece que estou sempre dando a ele mais notícias ruins cada vez que ligo. — E então ele subitamente socou a mão esquerda com seu punho direito. — Droga. Entramos num acordo com os trabalhadores em maio para um pouco de paz. Cedo à maior parte de suas exigências. Mas como é que vou prever que um caipira da vila vai se matar e depois nos culpar?

A expressão indignada de Frank lembrou-lhe a expressão no rosto de Benny quando achava que alguém tinha sido injusto com ele. Apesar de sua raiva, seu coração sentiu pelo marido.

— Como eles souberam dos motivos dele para cometer suicídio? —perguntou ela. — Gulab disse a você?

— É, pelo jeito ele disse a alguns jovens da vila que sua esposa teve que implorar aos pais por dinheiro para o gás de cozinha. O homem não trabalhava há meses. — Seu rosto então despedaçou-se. — Minha nossa, Ellie. Que diabos devo fazer? Como eles podem responsabilizar a HerbalSolutions por algo assim? Sei que essas pessoas são miseráveis. Mas nós não criamos sua miséria. E somos um negócio, caramba, e não uma instituição de caridade.

Ela desviou os olhos, sabendo que Frank precisava agora de apoio incondicional e não de um sermão moralista. Ela conhecia Frank e Pete bem o suficiente para saber que destruir a economia local ou arruinar a vida de um homem era a última coisa que teriam previsto quando estavam negociando um arvoredo de girbal. Ela lembrou-se de como Pete havia acorrido ao hospital quando Ben estava morrendo, como seus olhos pareceram tão fundos e fatigados quanto os deles ao fim daquela noite em claro. Pete era um pai carinhoso, um amigo generoso, um bom cidadão. Assim como Frank, era um bom homem, apesar de seu crescente desencantamento e endurecimento. "Você não devia julgá-lo", repreendeu-se ela. Ela não tinha que lidar com a assombrosa burocracia indiana, com as exigências rabugentas e imprevisíveis dos trabalhadores, com o descaso costumeiro dos fornecedores em relação a prazos. Na prática, Frank vivia numa Índia diferente da dela.

Ela levantou-se do sofá e foi sentar-se ao seu lado. Sentados, apoiaram-se um no outro.

— Desculpe, amor — murmurou ela. — Mas vai dar tudo certo. Não se preocupe. Vai dar tudo certo.

Ela não sabia se algum dos dois acreditava em suas palavras de consolo.

CAPÍTULO 21

A JOVEM SENTADA DIANTE de Frank o fazia lembrar de Ellie. Isto é, a Ellie de 12 anos antes, a mulher ardente e impulsiva disposta a resolver todos os problemas do mundo. Havia um pouco disso em Sunita Bhasin, a jornalista que entrara em seu escritório há meia hora. Frank não conseguia deixar de gostar dela, apesar de estar dolorosamente consciente do fato de que a jornalista o via como um dos problemas que ela estava tentando resolver.

Ele a dispensara da primeira vez que ela havia ligado tentando uma entrevista. Ficara pasmo ao saber que a morte de Mukesh — e a atual greve dos trabalhadores da HerbalSolutions — havia virado notícia nos jornais de Bombaim. Também estavam trazendo à tona o incidente envolvendo a morte de Anand em maio. Ficara chocado com a cobertura parcial e injusta, e também havia resmungado a Ellie: "Diabos, nunca mais vou reclamar da Fox News." Então quando Sunita, que trabalhava para um jornal inglês em Bombaim, ligou pela primeira vez, ele desligou na sua cara. Dias de cobertura negativa se seguiram, e as histórias nunca deixavam de incluir a frase: "Executivos da HerbalSolutions se recusam a se pronunciar." Era enlouquecedor. E graças às glórias da internet, Pete estava acompanhando cada maldita notícia. Como se isso não bastasse, o jornal alternativo de Ann Arbor também ouvira falar das notícias. Todo dia havia ligações de Pete ou de um dos executivos de Ann Arbor, exigindo que ele detivesse a surra que estavam tomando da imprensa. Exigindo que fizesse algo para acabar com a greve.

— Que diabos você quer que eu faça, Peter? — finalmente perguntou ele. — Você quer devolver aquelas drogas de árvores a eles? É isso que eles querem.

Houve um curto silêncio. Então Peter disse:

— Não posso fazer isso. As pílulas antidiabetes são nosso carro-chefe de vendas ultimamente. Mas você tem que fazer algo, Frank. Estava no treino de beisebol do Joe ontem à noite, e um outro pai me parou para perguntar sobre a situação na Índia. Isso é péssimo.

— Então o que você quer que eu faça? — perguntou ele de novo.

— Não sei, Frank — disse Pete, não se dando ao trabalho de esconder a irritação em sua voz. — Resolva você. É pra isso que você é pago.

Frank estava tremendo quando desligou. Peter era seu amigo. Em todos os anos de convivência, Pete nunca havia mostrado seu poder, nunca havia lembrado a Frank do fato de ele ser o presidente da empresa. Além disso, ficou ressentido com a referência informal ao jogo de beisebol de Joe, com a indiferença de Pete às memórias de Benny, que isso inevitavelmente evocaria em Frank. Pensou por alguns minutos e depois discou o número de Sunita Bhasin. "Se você ainda quiser me entrevistar, estou disposto", disse ele.

Esperara uma jornalista profissional de meia-idade, e, assim sendo, ficou agradavelmente surpreso ao receber uma mulher jovem e atraente de cerca de 25 anos em seu escritório dois dias depois. Ela estava vestida da maneira com que muitas jovens instruídas de Bombaim se vestiam: usava uma *kurta* e uma blusa branca sobre jeans azuis, além de carregar uma longa bolsa de algodão. Cabelos pretos lisos emolduravam um rosto que parecia inteligente. Seu coração se iluminou. Ela parecia alguém com quem ele poderia conversar, alguém com uma educação mais ocidentalizada.

Meia hora depois, no entanto, ele estava consciente do leve filete de suor escorrendo por seu rosto. Lutou contra o ímpeto de limpá-lo, não querendo que a jornalista visse o efeito que seus questionamentos firmes e categóricos estavam tendo sobre ele. Eles já haviam se envolvido num debate acalorado, mas genérico, sobre os prós e contras da globalização, e, enquanto a conversa permanecia num nível abstrato e teórico, ele sentiu-se confiante, em terreno seguro. Mas agora ela lhe perguntava sobre as circunstâncias da morte de Mukesh.

— Você acha ético uma companhia estrangeira ser dona de recursos naturais de outro país? — perguntou Sunita.

Frank fez um som exasperado.

— Ah, pelo amor de Deus. A terra foi arrendada a nós pelo seu próprio governo, tudo nos conformes. Se soubéssemos que haveria todos esses problemas, não teríamos dado nem um lance nela.

— O governo é corrupto — disse Sunita sem rodeios. — Todo mundo sabe. Aliás, estamos revendo os contratos. — Ela desviou o olhar por um momento e depois fitou Frank fixamente. — Quanto de suborno você teve que pagar aos representantes do governo?

Frank ergueu-se parcialmente da cadeira.

— Não vou ficar sentado aqui e ser insultado, senhorita Bhasin — disse ele. — Eu lhe concedi a entrevista de boa-fé...

— Tudo bem — disse ela apressadamente. — Retiro minha pergunta. Desculpe-me.

— Além do mais, o negócio foi feito muito antes do meu envolvimento com a fábrica indiana — continuou Frank. — Não fiz parte disso.

— Certo — disse ela de novo, olhando seu *notebook*. — Outra pergunta: o senhor pretende oferecer à viúva de Mukesh alguma compensação pela perda do marido?

Havia algo de tão convencido e pretensioso em sua expressão que ele quis dar-lhe um tapa na cara.

— Deixe-me lembrá-la que Mukesh não era nosso funcionário. Aliás, antes de ele fazer essa... ligação infeliz e superficial entre nós e ele, nunca ouvíramos falar dele.

— Não perguntei sobre sua responsabilidade legal — disse Sunita suavemente. — Perguntei sobre sua responsabilidade moral.

— *Touché* — respondeu Frank. — Na verdade, não creio que temos uma responsabilidade moral para com esse homem e sua família. Agora, isso não quer dizer que não iremos...

Uma chama de cor atingiu o rosto da mulher.

— É exatamente esse tipo de insensibilidade que os aldeões estão combatendo — disse ela. Ela engoliu em seco e perguntou: — Sr. Bennet, o senhor tem família?

— Tenho uma esposa — respondeu ele cautelosamente. Não fazia ideia aonde essa linha de raciocínio levaria.

— Mas não tem filhos?

Ele pensou por um momento.

— Não.

— É o que pensei — disse Sunita. — Sabe, se tivesse filhos, pensaria de outra maneira sobre tudo isso, sobre sua responsabilidade com o mundo natural, com essas árvores que o senhor está desfolhando, com essa pobre mulher que agora terá que criar seu filho sozinha. Acho que é isso que os filhos fazem, não? Eles nos tornam sensíveis às desgraças do mundo.

Ele lutou contra o ímpeto de puxar essa mulher convencida, moralista e ignorante de sua cadeira e expulsá-la de sua sala. Era uma típica característica indiana — vasculhar sua vida sem dó nem piedade e depois mostrar-se insuportável e prepotentemente superior. Como se eles soubessem mais da vida do que você.

— Ouça — disse ele, com os olhos flamejando. — Não se atreva a ficar sentada aí me julgando. Você não sabe porra nenhuma sobre mim. Eu perdi meu filho único há pouco mais de dois anos. Minha esposa e eu ainda estamos nos recuperando dessa perda, ouviu? Então não se atreva a me passar sermão sobre sofrimento e desgraça. Se você acha que eu não estou arrasado por causa desse pobre-diabo que se enforcou, então você não sabe nada sobre mim. Mas tenho outras responsabilidades. Tenho uma empresa para dirigir. O que é bem mais difícil do que se proteger por trás de um *notebook* e inventar histórias pra colocar no jornal do dia seguinte.

Para seu horror, os olhos de Sunita encheram-se de lágrimas.

— Ah, meu Deus — disse ela arfando. — Sinto muito.

Ele balançou a cabeça com brusquidão.

— Deixa pra lá.

— Não, sinto muito mesmo. Minha mãezinha sempre me critica por isso, pela facilidade com que julgo os outros.

Ele ouviu incrédulo Sunita entregar-se a um festival de autorrecriminações. Toda essa entrevista era surreal. Ele teve até saudades de Dave Kruger, seu repórter de negócios do *Detroit Free Press* que o entrevistara em inúmeras ocasiões e sempre mantivera seu tom vigoroso e profissional. Por todo o ceticismo dele e de Ellie sobre a objetividade no jornalismo, ele ficou subitamente grato àqueles jornalistas que pelo menos tentaram. Ele não tinha ideia se Sunita era talhada para a profissão ou não. Mas uma coisa ele sabia: mesmo depois de um almoço com dois martínis, Dave Kruger não estaria se entregando a esse tipo de autorrecriminação a que Sunita estava no momento.

Ele também sabia que havia perdido o controle, que havia permitido que essa mulher o irritasse a ponto de perder o controle sobre suas emoções. Ele havia exposto uma completa estranha ao nervo que repousava logo abaixo de uma fina camada de pele. Isso o assustou, a compreensão de quão perto do precipício ele vivia, de como custara o menor dos empurrões para fazê-lo cair. Pela primeira vez, admitiu para si mesmo como tinha sido perturbador o suicídio de Mukesh, como isso havia trazido à tona aqueles dias horríveis depois do espancamento de Anand nas mãos da polícia. E como cada incidente desses havia reaberto o trauma da morte de Benny.

— Senhorita Bhasin — disse ele por fim. — Tudo bem. Mesmo. Mas eu tenho outro compromisso marcado para agora. Então, se não tiver mais perguntas...

Para seu alívio ela saltou da cadeira.

— Claro, claro. Sou tão insensível! Desculpe. Obrigada pelo seu tempo. E mais uma vez, por favor, aceite minhas desculpas.

Eles se despediram com um aperto de mão, e ele a acompanhou até a porta. Mas logo antes de sair ela virou-se para ele novamente.

— Quantos... quantos anos tinha seu filho?

Os olhos de Frank se encheram de lágrimas antes que pudesse controlá-las. — Ele tinha sete anos. Chamava-se Benny.

Ela assentiu.

— É um bom nome — disse ela. Havia algo velho e maduro em seu rosto, como se compreendesse melhor as coisas.

— Obrigado por perguntar.

A greve durou mais duas semanas. Pete ligou mais cedo naquele dia, gerenciando com uma minúcia nunca antes vista. Frank proibiu Ellie de ser voluntária na clínica da aldeia durante esse período, sabendo que não era seguro. Ela acatou sem protestar muito, e ele suspeitou que Nandita houvesse lhe dado o mesmo conselho. Entretanto, Ellie compareceu ao funeral de Mukesh sem lhe contar. Ela o informou disso apenas depois do fato, e antes que ele pudesse protestar, acrescentou: "Foi bom eu ter ido. Radha ficou muito feliz em me ver. Eu consegui um pouco de boa vontade para você, Frank. Todos eles me trataram com muito respeito.

Nandita e Shashi jantaram lá durante aquelas duas semanas.

— Então, o que você sabe sobre a situação na vila, Nan? — perguntou Frank. — As coisas estão se acalmando?

Nandita olhou seu prato onde a *tikka masala* de frango permanecia intocada.

— Está bem ruim — disse ela. — Essas pessoas não têm alternativa alguma, nenhuma economia. Então a greve está matando a todos.

— Então eles deviam voltar a trabalhar.

Ela sorriu tristemente.

— Tenho certeza de que vão. Um dia.

— Eles preferem passar fome a voltar a trabalhar?

— Eles querem acesso às árvores deles, Frank.

— Nossas árvores, você quer dizer.

Nandita olhou-o nos olhos.

— Não. Me refiro às árvores deles.

A sala ficou silenciosa, exceto pelo rugido que Frank ouviu em seus ouvidos. Ele sentiu-se irritado, envergonhado, humilhado.

Shashi pigarreou.

— Isso é bobagem — começou ele.

— *Chup re* — disse Nandita, calando-o. Ela olhou para Frank do outro lado da mesa. — Você sabe que me importo com você — disse ela calmamente. — Sei quanto você é inteligente, sei que você tem um bom coração. Então nunca vou desrespeitá-lo enchendo você de mentiras. Vou falar a verdade para você, mesmo quando ela for dolorosa.

Ele forçou-se a olhá-la, esperando que ela não percebesse suas bochechas coradas de leve.

— Então, qual é a verdade?

— A verdade é que eles deviam ter acesso às árvores que seus antepassados plantaram. A verdade é que essa comunidade nunca teve um caso de diabetes, graças às folhas. A verdade é que é absolutamente imoral tratar de diabetes no Ocidente à custa das pessoas que fornecem a vocês o tratamento.

— Mas suas verdades são todas subjetivas — disse Frank. — O fato é que essas pessoas não assumiram nenhum projeto de reflorestamento. Eles teriam desfolhado essas árvores em algumas gerações. Nós vamos, na verdade, protegê-los plantando novas árvores.

— E de que isso servirá a eles se não puderem tirar proveito? — perguntou Ellie.

Frank ficava magoado com o fato de Ellie também estar do lado deles. Apesar de Shashi não ter dito nada, Frank suspeitava de que ele concordava com a esposa. Ele pensou que nunca havia se sentido tão sozinho na Índia quanto agora.

— Bem, não podemos simplesmente entregar o arvoredo de volta aos aldeões — disse ele.

— Ninguém está pedindo isso a você. Só compartilhe um pouco a colheita com os locais. Acredite em mim, não fará a menor diferença.

— Deixe-me pensar nisso — murmurou ele.

Ele foi ao trabalho no dia seguinte, armado de uma proposta para Pete. Não demorou muito para convencer seu chefe a concordar com suas recomendações. Por intermédio do *panchayat* da aldeia, o conselho de anciões, Frank anunciou que dali para a frente os aldeões receberiam uma porcentagem da colheita do girbal. Um pequeno grupo de trabalhadores entrou aos poucos na fábrica no mesmo dia. Com a bênção de Pete Timberlake, a HerbalSolutions também deu um cheque de quinze mil rupias à viúva de Mukesh. Por fim, foi criado um fundo para ajudar a construir uma nova ala para a clínica de Nandita. Iria chamar-se Clínica Mukesh Bhatra. Os últimos operários voltaram ao trabalho, e a greve foi oficialmente encerrada.

Sunita Bhasin escreveu uma matéria elogiosa sobre como a HerbalSolutions estava na vanguarda de uma nova consciência por parte de empresas estrangeiras operando na Índia. Frank leu o texto durante o voo a Chennai, onde iria negociar a compra de uma máquina que substituiria um terço da mão de obra.

CAPÍTULO 22

Frank olhou seu relógio novamente. Eram dez horas. Gulab já estava 15 minutos atrasado. Era domingo de manhã, e Gulab entregaria uma pilha de cartas para ele assinar. Havia voltado de Chennai no sábado, e Deepak precisava urgentemente que ele começasse a trabalhar na pilha de papéis que aguardava sua assinatura. Ellie havia saído há uma hora para tomar café da manhã com Nandita, o que foi o único motivo que possibilitou a Gulab vir entregar os papéis. Desde o dia do motim, Ellie deixara bem claro que não queria Gulab em sua casa.

Prakash estava na cozinha fazendo o almoço quando a campainha finalmente tocou. O cozinheiro olhou para cima pensativo.

— Eu atendo — disse Frank secamente. — Estou esperando uma pessoa.

O que ele não esperava foi a expressão de Prakash quando Gulab Singh entrou na cozinha. O homem empalideceu. Gulab, por sua vez, não pareceu perceber ao olhar o cozinheiro sem se abalar. — *Kaise ho*, Prakash? — disse ele.

— *Theek hu* — murmurou o homem, mantendo os olhos voltados para a bancada.

— Bom — respondeu Gulab em inglês. Voltando-se para Frank, ele sorriu. — É bom vê-lo, senhor. — Ele olhou para a maleta que carregava. — Deepak *sahib* mandou muitos-muitos papéis para o senhor assinar.

Tudo bem — disse Frank.

Ele o conduziu à sala e estava prestes a sentar-se no sofá quando Gulab disse:

— Devemos nos sentar na varanda, senhor?

— Se você quiser.

— Eu vinha muito a essa casa, senhor — disse Gulab, puxando conversa, enquanto Frank o levava à varanda. — Conhecia bem o dono anterior. Fiz uns servicinhos pra ele.

— Que tipo de serviços? — perguntou Frank, apesar de não querer realmente saber.

— Ele era alemão, senhor. Solteiro. Eu arranjava mulheres pra ele.

Frank sentiu seu estômago embrulhar. "Um típico hábito indiano", pensou. "Sempre falando mais do que devem. Isso quando não são inescrutáveis, claro."

— Entendo — disse ele educadamente. — Hmm, então. Vamos começar...

Gulab sentou-se numa cadeira de vime próxima ao balanço da varanda.

— Esse camarada aí dentro — continuou ele —, sua esposa ficava com muita raiva. Me culpava por corromper seu tiozinho Olaf. Então disse a Prakash que a levasse para ver um filme ou coisa parecida quando as mulheres viessem.

— É assim que você o conhece? Prakash, quero dizer.

Gulab bufou.

— Prakash? Eu o conheço desde que ele corria de bunda de fora pelos cantos. Um menino pequenininho que era, sempre aparecendo em nossa casa querendo as sobras de comida que minha mãe jogava para ele. — Ele endireitou-se na cadeira e olhou para Frank. — Ele era órfão, sabe. A mãe morreu no parto, e o pai alguns anos depois. Então ele andava de uma casa para outra na vila. Minha mãe gostava dele por algum motivo. Sempre dava a ele velhas camisas e calças e o alimentava. Era cada surra que eu dava nele, tentando enxotá-lo. Mas ele sempre aparecia na hora do jantar como um vira-lata. — Gulab jogou a cabeça para trás e riu.

Frank sentiu uma intensa aversão pelo homem sentado a seu lado. Se Gulab estivesse falando desse modo de qualquer outra pessoa, ele o teria posto para fora de sua casa. Mas sua própria antipatia por Prakash suavizou a crueldade pura e simples de Gulab.

— Bom, imagino que o fato de ele ser órfão seja o motivo pelo qual é um pai tão ruim — disse ele. Apesar do que sentia, sua voz amaciou-se ao pensar em Ramesh. — Pena que ele tem um filho tão maravilhoso! Mais inteligente do que qualquer um. Podia administrar uma empresa como a nossa algum dia, se tivesse a orientação adequada, em vez desse... desse tolo invejoso e egoísta como o pai.

Os olhos de Gulab se estreitaram e Frank percebeu que o homem ouvira a amargura em sua voz. "Cuidado", disse ele a si mesmo. "Esse homem é seu empregado. Não se pode ficar contando coisas demais a ele."

— É, conheço o menino. Já o vi lá pelo mercado com a mãe. Ele é bem alegre. — E então Gulab fez uma pausa. — O que está deixando esse velho tolo com inveja, senhor? — perguntou ele. Falava como se estivesse despreocupado, quase desinteressado.

Mas a simples pergunta trouxe à tona a frustração acumulada de Frank.

— Eu mesmo. Dá pra imaginar? O idiota está com inveja da minha amizade por Ramesh. Acha que vou roubá-lo ou coisa do tipo.

— O senhor deveria — disse Gulab com uma voz tranquila, quase sedutora.

— Como?

— O senhor *deveria* roubá-lo. Levá-lo para os Estados Unidos.

Dar a ele uma boa vida. Aqui, senhor, ele só vai apodrecer. — Gulab então abaixou a voz. — Além disso, senhor, pais são casamento misto. E há muitos anos eles estão morando nesta casa, longe do povo da aldeia. O garoto vai enfrentar muitas dificuldades quando for se casar. Ninguém vai querer que a filha se case com um vira-lata.

Frank estremeceu e sentiu o sangue lhe subir à cabeça. Como se tivesse lido a mente de Frank, Gulab estendeu a mão diante de si como que para dissipar a culpa.

— Essa não é minha opinião, senhor. Eu só calho de saber qual é a mentalidade desses aldeões.

Ele assentiu para informar a Gulab que entendia. Mas sua cabeça estava em outro lugar. Com um sobressalto, Frank se deu conta de que nos últimos meses, sempre que imaginava Ramesh dali a cinco ou dez anos, ele o imaginava nos Estados Unidos e o via como um menino típico americano. Ele havia falado com Ellie diversas vezes sobre como esse garoto era perfeito para o Instituto de Tecnologia de Massachusetts se fosse apoiado adequadamente. Enchia Frank de desepero a ideia de Ramesh permanecer nesse buraco de aldeia, abandonando a escola por um servicinho miserável, ficando solteiro porque nenhum aldeão analfabeto e ignorante achava que ele era digno de casar com sua filha vazia e analfabeta, tomando conta de sua mãe cansada e de seu pai ingrato à medida que envelheciam. Durante meses, havia acreditado na história que tecera para si mesmo, uma história em que ele salvava o menino do próprio destino, colhendo-o como uma flor e replantando-o num solo fértil, onde pudesse florescer. Mas as palavras sucintas de Gulab o haviam roubado essa ilusão, e agora ele tinha de ver Ramesh como os aldeões o viam — um garoto de questionável pureza, o produto de uma transgressão para a qual a maioria deles fazia cara feia. Se havia algo de especial no garoto que chamasse a atenção deles, não era o fato de ele ser esperto, talentoso e ter um bom coração. Era o fato de que seu pai hindu — um menino órfão criado por eles com as migalhas de sua caridade — havia se casado com uma menina cristã criada longe dali e cuja própria família havia deserdado por essa desonra.

— Essas pessoas são idiotas — disse Frank, com o veneno em sua voz surpreendendo até mesmo a ele. — Pensei que Ramesh tinha apenas aquele idiota na cozinha com quem lutar. Não sabia que havia uma aldeia cheia deles.

— O senhor devia levá-lo. Para os Estados Unidos, digo. Dar a ele uma boa vida lá.

Frank amarrou a cara.

— E o que eu faço com relação aos pais dele? Eles me enchem o saco se eu peço para levá-lo à praia por um dia. Ele está para ir conosco aos Estados Unidos por uns dez dias no Natal. Pelo que minha esposa me diz, convencer Prakash a concordar só com isso foi uma luta. Posso imaginar qual seria sua reação se...

Ele interrompeu-se, detido pelo som de descaso que Gulab fez, uma mistura de pio e silvo.

— Esqueça eles, senhor. — E num gesto típico indiano, Gulab juntou todos os dedos de uma das mãos e depois os separarou rapidamente, como se estivesse descartando algo. — Eles não são nada. Posso fazê-los desaparecer.

— O que você quer dizer com "desaparecer"?

Os olhos escuros de Gulab se fixaram em Frank por um bom tempo. Nesse instante, Frank lembrou-se do que Gulab havia lhe dito uma vez: "Eu já matei homens com minhas próprias mãos." Sentiu um arrepio. Mas antes que pudesse dizer qualquer coisa, Gulab sorriu lentamente, como se escondesse algo.

— Quando o senhor estiver pronto para levar o menino, fale comigo. Aí então eu explico o que quero dizer. — Sua voz era baixa e hipnotizante e Frank sentiu-se subitamente sonolento e dormente, como se estivesse sendo drogado pela voz sedutora de Gulab. Sua testa latejava e Frank viu Gulab encará-lo. Frank estremeceu e desviou os olhos, perturbado pelo que viu nos olhos de Gulab.

Ele bocejou e balançou a cabeça, sentindo ter quebrado o feitiço lançado por Gulab ao fazer isso.

— Certo. Chega dessa conversa maluca — disse ele, infundindo em sua voz uma leveza que ele não sentia. — É melhor voltarmos ao trabalho.

Gulab tornou-se imediatamente formal.

— É claro, senhor. Muitos papéis para o senhor assinar.

Eles trabalharam por cerca de vinte minutos, e então Frank ouviu a voz anasalada de Prakash no corredor.

— A sopa está pronta. Devo trazer?

Erguendo os olhos, Frank viu que, apesar de Prakash estar se dirigindo a ele, olhava Gulab como que hipnotizado, com os olhos cautelosos e temerosos. "Ele morre de medo de Gulab", Frank pensou. "Esse desgraçado deve tê-lo aterrorizado quando eram crianças." Mesmo não querendo, seu coração encheu-se de pena.

— Pode deixar na panela — disse ele. — Eu esquento quando terminarmos. — Ele estava prestes a perguntar a Gulab se queria algo gelado para beber, mas deteve-se. De alguma maneira sabia que pedir a Prakash que servisse uma coca ou uma Limca a seu antigo rival seria mais do que o cozinheiro podia suportar. Além disso, algum instinto lhe dizia que mantivesse o chefe da segurança a uma certa distância, que não deixasse o homem esquecer muito qual era o seu lugar. Mesmo um gesto tão pequeno como oferecer um drinque sinalizaria uma familiaridade, uma paridade que ele não estava disposto a conferir a Gulab.

— Você pode ir para casa — disse ele a Prakash, com a voz menos dura do que de costume. — Vá descansar um pouco. — De soslaio, viu que a cabeça de Gulab havia se levantado, mas quando olhou para o lado, o homem estava olhando para os papéis diante de si novamente.

— Como quiser — disse Prakash, e virou-se.

— Ele é um bom cozinheiro — disse Frank após Prakash ter saído. Mesmo a seus próprios ouvidos, essas palavras soavam defensivas, como se tentasse justificar o ato de gentileza para com Prakash.

Os olhos de Gulab estavam inexpressivos.

— Há um ditado em híndi que diz que mesmo a merda das galinhas alimenta as moscas. Até os *bevakoofs* têm suas virtudes, senhor.

Frank riu.

— Nunca ouvi esse antes. — Ele então voltou-se para a pilha de papéis. — Certo. Deixe-me dar uma olhada nisso para ver o que mais precisa da minha assinatura.

Ele mal havia lido duas cartas quando viu Ramesh andando no muro de pedra entre o gramado do jardim da frente e a praia. Gulab notou a presença do menino ao mesmo tempo e tencionou levantar-se da cadeira.

— Algum desordeiro na sua propriedade, senhor — disse ele. — Vou atrás dele.

— Deixe-o em paz — disse Frank. — É o Ramesh. Ele mora aqui.

— Sim, claro, falha minha — começou Gulab, mas Frank não estava prestando nenhuma atenção, pois Ramesh os havia visto e estava agora correndo descalço pelo gramado na direção deles.

— Oi, Frank — disse ele, arfante, enquanto se aproximava. — Você pode jogar basquete hoje?

Havia algo de errado em Gulab testemunhar suas interações com o menino. Ele queria cobrir o rosto inocente e receptivo de Ramesh dos olhos investigadores e oniscientes do outro homem.

— Hoje, não — disse ele secamente. — Tenho que trabalhar agora, Ramesh. Podemos conversar mais tarde, tudo bem?

— Tudo bem — disse Ramesh, mas Frank podia perceber que ele estava sentido. Não importava. O mais importante era afastar o menino de Gulab Singh e de seu olhar observador. — Tchau — acrescentou ele. — Vá indo, agora.

Ramesh saiu correndo, olhando para trás uma vez, mas nunca diminuindo o ritmo. Os dois o assistiram saltar de volta o muro e então pular na areia do outro lado.

— Menino carinhoso — disse Gulab. Seu tom era neutro. — Ele chama o senhor de Frank? Não de *sahib* ou de senhor?

— Minha esposa não gosta de formalidade. — Ele quase havia dito servidão, mas sabia que Gulab acharia isso uma fraqueza por parte de Ellie.

O homem sorriu.

— Americanos. Povo informal. Quando estava na Virgínia, mesma coisa. Muito informal no jeito de vestir e falar.

— Você esteve nos Estados Unidos? Quando?

— Quando estava a serviço, senhor. Missão especial de treinamento com o governo americano.

Frank pensou por um segundo.

— Você esteve na Virgínia? Trabalhando para a CIA?

Gulab virou a cabeça de modo a olhar o mar.

— Trabalho secreto, senhor. Mesmo mãe e pai não sabiam onde eu estava por três meses. — Ele continuou contando a Frank o que o havia levado à Virgínia, mas a história era tão complexa, tão repleta de siglas com as quais Frank não estava familiarizado, que ele logo se cansou de tentar acompanhar. Frank não fazia ideia se o homem estava dizendo a verdade. Tudo o que dizia era inacreditável, mas Frank sabia o suficiente sobre política para saber que o governo saía impune das coisas que fazia porque contava com cidadãos que rejeitavam fatos por serem muito inacreditáveis ou implausíveis. Ele olhou sugestivamente para os papéis diante dele, e Gulab, sintonizado em cada gesto seu, interrompeu-se na hora. — Enfim, senhor. Isso é tudo passado. História velha.

Pegando sua caneta, Frank começou a folhear os papéis. Gulab deu-lhe mais para ler e assinar. Em dado momento, ele entrou na cozinha e voltou com um copo d'água.

— Beba, senhor — disse ele. — Água importante nesse calor. — Enquanto Frank trabalhava, Gulab recostou-se na grade da varanda e fitou o mar.

A pilha estava consideravelmente menor na hora em que Ellie chegou em casa. Eles ouviram o barulho da maçaneta e Ellie dizer "Querido?".

"Merda", pensou ele, "ela chegou bem mais cedo do que eu imaginei."

— Aqui — berrou ele. — Na varanda.

Ellie entrou, seu rosto corado com o calor. Ela retirou o chapéu de palha ao entrar. O sorriso em seu rosto congelou quando viu Gulab, que havia se erguido.

— Ah — disse ela com aspereza —, não estava esperando...

— Olá, *memsahib* — disse Gulab.

Ela ignorou o cumprimento de Gulab. Frank sentiu seu rosto corar, envergonhado com a grosseria da esposa. Ellie então virou-se para Frank.

— Por que você está trabalhando domingo?

— Só estava assinando alguns papéis — disse ele, desejando que ela não fizesse uma cena, que não passasse a imagem de esposa reclamona para Gulab. Para seu alívio, ela virou-se para ir embora.

— Bom ver a senhora de novo, *memsahib* — disse Gulab, mas ela não respondeu.

— Ela está irritada por eu estar trabalhando — disse ele, tentando maquiar a grosseria inexplicável de Ellie.

O rosto de Gulab estava impassível.

— Claro, senhor.

Gulab foi embora meia hora depois. Frank o acompanhou até a porta e então entrou no quarto onde Ellie estava deitada na cama, lendo.

— Oi — disse ele. — Como foi o café da manhã?

— Foi bom — disse ela, tirando os olhos do livro que lia. — Por que você deixou esse homem terrível voltar à nossa casa?

— Eu disse a você. Queria adiantar as coisas.

Ela foi para seu lado da cama e sentou-se de pernas cruzadas atrás de Frank, que estava recostado. Esticando-se, ela começou a massagear seus ombros.

— Paramos no mercado, e comprei alguns presentes para Ramesh distribuir ao pessoal de Ohio no Natal.

— Sério?

— É, imaginei que seria chato para ele não participar da troca de presentes.

Ele voltou-se e beijou-a.

— Você é maravilhosa. — Ele então ergueu-se da cama. — Acho que Prakash fez uma sopa de milho com galinha para nós. Quer?

— Claro. Me dá só cinco minutinhos para eu terminar esse capítulo. Aliás, Nandita queria que fôssemos a Shalimar para tomar chá hoje à tarde. Quer ir?

— Claro.

Ele foi à cozinha esquentar a sopa, com o coração mais leve do que estivera há dias. Sabia que Ellie não estava empolgada em ir para casa para as festas de fim de ano, mas agora ousava esperar que ter Ramesh com eles também seria bom para ela. Ele viu-se assobiando ao colocar a panela no fogo.

Parte de seu cérebro persistia em vagar para a estranha conversa que tivera com Gulab, querendo decodificar as palavras evasivas mas vagamente sinistras do homem. Frank, no entanto, forçou-se a se concentrar na serena e tranquila chama de alegria que os presentes comprados por Ellie acenderam em seu coração, não muito diferente da chama azul do fogão a gás que ele acabara de acender.

CAPÍTULO 23

PRAKASH TENTOU TIRAR A PANELA do fogo, mas não conseguiu. Suas mãos tremiam muito. Apesar do *badmaash* Gulab ter ido embora há horas e Frank e Ellie terem saído à tarde, ele ainda sentia a presença vil do homem perdurando sobre a casa como fumaça negra.

Demais. Era coisa demais para ele tolerar. Primeiro havia o americano tentando tomar conta da vida de seu filho. E agora ele deixava entrar em sua casa o homem que havia assombrado sua infância, um valentão cujas mãos nunca falharam em fechar-se em punho quando Prakash estava por perto. Todas as crianças na vila haviam temido Gulab, que era alguns anos mais velho que a maioria delas. Mas grande parte delas tinha um pai ou uma mãe que lhes protegesse, que puxasse Gulab pelas orelhas e o arrastasse à casa da mãe dele para reclamar. A mulher dava um tapa na cabeça do filho e, por um dia ou dois, ele pararia de infernizá-los. Prakash não tinha ninguém que o defendesse, e Gulab tirava o máximo proveito disso. Socos, beliscões, chutes, tapas e cabeçadas. E o pior de tudo, as piadas cruéis e o deboche. "*Ae*, cara triste", chamava o Gulab adolescente, "O que há de errado, *yaar*? Você está com cara de que seu mãe-pai morreu." Prakash tentava escapulir, rezava para ficar invisível, mas seu silêncio só enfurecia Gulab. "Vem cá, seu desgraçado", continuava ele, "me diga, quem morreu hoje?"

Não havia resposta correta. Responder convidava à violência. O silêncio também. A dor física mesmo era tolerável. O que era intolerável era a humilhação. O modo como os outros meninos desviavam o olhar enquanto era torturado, o desprezo e a piedade que via em seus rostos. Sem testemunhas, a violência não teria importado. Para seu tormento, no entanto, Gulab sempre se certificava de que houvesse espectadores. E ninguém defendia Prakash, nenhuma mulher, homem ou criança. Não havia sequer um animal de estimação, um cão que mostrasse seus dentes a Gulab.

Prakash ficara tão aliviado quando Gulab sumiu da aldeia por vários anos. Falavam por aí que ele havia se juntado ao Exército e que estava lutando na Caxemira. "Espero que a ralé muçulmana o mate e coma seus ossos", disse ele ao amigo Amir quando ficou sabendo da notícia. Amir pareceu chocado por um instante, mas depois sorriu, mostrando os dentes vermelhos, manchados de *pan*. "Talvez eles se engasguem com os ossos dele", concordou ele.

"Mas os demônios eram difíceis de matar", pensou Prakash, "enquanto lavava a frigideira com água escaldante." Gulab tinha voltado à vila alguns anos depois de Edna e ele irem morar com Olaf. Durante esses anos, Gulab passava por lá pelo menos uma vez por semana, trazendo uma nova mulher para Olaf a cada vez. Sua própria existência ainda atormentando Prakash.

A porta rangeu, e Edna entrou.

— *Baap re baap* — disse ela. — Tanto-tanto barulho você está fazendo. Você está lavando ou matando a panela?

Ele a olhou de cara feia.

— Não fale — disse ele. — Se você quiser ficar aqui, fique *chupchap*.

— Que *bhoot* deu em você hoje?

Prakash pousou a panela com um estrondo.

— Gulab esteve aqui hoje — disse ele. Ele sabia que Edna tampouco gostava do homem. — Viu quem seu americano deixa entrar em casa? Gente de baixo nível.

Ficou contente por um momento, quando pensou que Edna fosse concordar com ele. Então os olhos de Edna se estreitaram e ela disse:

— Gulab faz a segurança para a empresa. É claro que o senhor Frank traz ele aqui a negócios. Por que isso incomoda você?

— Por que ele deu o emprego a ele? As pessoas na vila dizem que Gulab ordenou que o pobre Anand fosse espancado no *chowki* policial.

— As pessoas na vila dizem que a lua aparece à tarde. Você acredita nelas?

Ele odiava isso nela, quão cegamente ela tomava o partido dos americanos em detrimento de sua própria família.

— Você não tem vergonha. Não fica do lado da sua gente.

— Minha gente? Esses idiotas me ignoram desde o dia em que vim para essa aldeia miserável. Agora viraram "minha gente"?

Ele a fitou exasperado. Por anos a deixara acreditar que sua aversão a Gulab se originara do fato de o homem arrumar mulheres para Olaf, pois era incapaz de deixar sua esposa ver o terror e a vergonha sufocante que ele sentia cada vez que ele estava perto de Gulab.

— Você é que é idiota — disse ele sem forças. — Cega por sua lealdade a esses estrangeiros.

— Senhorita Ellie me trata melhor do que qualquer um em Girbaug já tratou. Senhor Frank ensina meu filho. Só você ingrato aos que alimentam você.

Ele tirou a panela de *curry* do fogão e pousou-a na bancada com tanta força que derramou um pouco do líquido.

— Eu alimento *eles* — berrou. — Eles não me alimentam. — E antes que pudesse pensar, juntou saliva dentro da boca e cuspiu no *curry*.

Edna olhou Prakash sem conseguir falar, de tão chocada. — O que... o que você fez? — disse ela finalmente. — Você ficou louco?

Cuspindo na comida deles? *Arre baap*. Deus tenha piedade de você, homem.

Ele subitamente sentiu-se sujo e teve vontade de chorar. Nunca fizera algo tão horrível antes. Ela o levara a esse ponto de fúria.

— Eu... viu o que você me fez fazer, mulher? — disse ele, desejando que ela saísse da cozinha para que ele pudesse pensar. Ele olhou o relógio. Não havia tempo para cozinhar mais *curry* antes de eles voltarem para casa.

Os lábios de Edna se curvaram para baixo.

— Homem inútil, sem-vergonha — começou ela. — Seu *namakharaam*. Minha mãe sempre disse...

— Que se dane sua mãe e a mãe dela — berrou ele. — Malditas sejam seis gerações da sua família. Agora vá embora. Saia da minha cozinha antes que eu... — E então ele pegou uma espátula e ergueu o braço ameaçadoramente. — Estou dizendo isso pro seu próprio bem, Edna. Vá embora.

— Estou indo. — Ela então abriu a porta e olhou para trás. — Mas se você servir esse *curry*, juro que vou dizer a verdade a eles.

Ele apoiou-se na bancada, lágrimas escorrendo em suas bochechas. Odiava eles todos: Gulab, Edna, Frank. Como gostaria de poder subir num ônibus e simplesmente ir para longe daquela aldeia, com suas memórias tristes e fantasmas que voltavam para assombrar seu presente. Fixou os olhos na panela de líquido vermelho, ergueu-a e despejou seu conteúdo pelo ralo.

Ele teria de mentir e dizer que queimara o *curry*.

CAPÍTULO 24

FRANK ESTAVA NUMA REUNIÃO quando Ellie lhe telefonou no dia seguinte.

— O que há? — disse ele com impaciência, e antes que ela pudesse responder: — Ligo para você daqui a uma hora, tá bom?

Ellie pareceu ter esgotado suas armas quando ele finalmente contatou-a.

— Sinto muito, querido — disse ela. — Mas achei que fosse melhor dizer a você logo, caso ainda consiga nosso dinheiro de volta.

— Me contar o quê? Do que você está falando?

— É Prakash. Parece que ele mudou de ideia sobre Ramesh ir para Cleveland conosco. Está convencido de que... não sei... vamos sequestrar seu filho ou coisa parecida.

— Você não tentou dissuadi-lo?

— Na verdade, não. Eu... eu estou cansada dos chiliques dele, para ser sincera. Não quero me aborrecer com isso.

Frank xingou baixinho.

— Tá. Eu falo com ele quando chegar em casa. Que idiota. Pior que eu realmente pensei que ele pudesse aprontar uma dessas de última hora.

— Edna está meio esquisita também. Tem se esgueirado pela cozinha como um ratinho a manhã toda.

Ele desligou, e apesar de ser apenas meio-dia, flagrou-se querendo um drinque. "Um gim-tônica seria muito bom agora", pensou ele, e então sorriu ao lembrar-se de quando preparava para sua avó Benton seu coquetel predileto às onze da manhã quando a visitava em Deerborn. "Você sabe o que é o inferno, querido?", dissera ela uma vez quando ele era criança. "O inferno é um gim-tônica morno... com um fio de cabelo dentro." Ele havia memorizado essa pérola para que pudesse contá-la a Scott quando retornasse a Ann Arbor. Ficara de pé na cama de roupão e imitara sua avó com seu melhor sotaque de Bette Davis.

Mas agora parou de pensar sobre sua avó havia muito tempo falecida e voltou a espumar de raiva de Prakash. Imaginou se o cozinheiro dera a notícia a Ramesh e como o garoto estaria se sentindo. Pensou nos contatos que tinha feito para obter um visto para Ramesh, lembrou-se da conversa difícil e constrangedora que tivera com sua mãe quando lhe contou que levaria um menino indiano para casa com eles, uma conversa que havia terminado com sua mãe dizendo: "Tá bom, querido. Se você acha isso prudente." "Vou chamar Prakash essa noite", pensou ele sombriamente. "Pedir-lhe uma explicação por sua atitude ridícula."

Mas então, tão subitamente quanto veio, sua raiva se foi. Em seu lugar, sentiu um cansaço, uma exaustão que afundou tão profundamente em seus ossos que parecia dor. Sentiu seus ombros caírem, imaginou seu corpo fazendo um som semelhante a um assobio ao perder seu espírito combativo, sua revolta, seu desejo de submeter Prakash à sua vontade. Estava cansado. Cansado de lutar com todos eles. Parecia a ele que toda a Índia estava pronta para julgá-lo, censurá-lo, frustrá-lo. Ultimamente, vinha se sentindo como se seu controle sobre si mesmo estivesse lhe escapando, como se estivesse se tornando alguém que não queria ser, ficava chocado quando pensamentos racistas por vezes emergiam em sua mente como ondas escuras, ficava pasmo com a facilidade com que uma invectiva ou um xingamento podiam exprimir-se em seus lábios. A mais leve provocação — alguém fechando Satish na estrada, a expressão distante e enigmática de Deepak durante as reuniões, o fato de Ellie parecer sempre observar atentamente suas interações com Ramesh — o perturbava. Ah, Ramesh. Aquela criança era a única fonte pura e irrestrita de alegria para ele. Ele desejaria poder colocar o menino debaixo do braço, acenar um adeus para o restante deles e desaparecer. Todos os outros pareciam tão complicados, e era esperado que ele sentisse pena de todos — de Deepak, que ganhava um salário bem inferior ao seu; dos trabalhadores, que haviam sofrido por gerações nas mãos dos usurários, da polícia e do governo; de Prakash, que era um velho alcoólatra. Quem, queria perguntar ele, sentia pena dele? Sua própria infância não havia sido essa maravilha toda — um pai que lhe batia quando criança e que o abandou aos 12 anos; uma mãe que desde então se arrastava pela casa como uma maldita freira; um negócio familiar que se arrastava ao longo dos anos, malbastando para mantê-los. Sim, sua sorte mudara após conhecer Ellie, mas aqueles anos eram difíceis de lembrar agora. Ou melhor, não confiava em sua memória sobre eles, pois agora os via como eram — a armação, o truque, a tentação antes da queda. Se no Éden havia uma cobra, será que ele fora mesmo algum dia o Éden? Se o paraíso podia ser perdido, foi mesmo algum dia paraíso?

Ele continuou nessa corrente de autopiedade por mais alguns minutos e depois percebeu o que estava fazendo. Estava tendo uma conversa unilateral com Ellie, explanando seu caso a ela, tentando convencê-la de que o fato de ser um homem branco americano — *privilegiado*, como ela diria — não queria dizer que devesse sentir-se culpado por sua vida toda, não queria dizer que tivesse de criar desculpas para todas as Ednas, Prakashs e Deepaks. "Vá se ferrar, Ellie", murmurou ele e depois se deteve, rindo.

Na hora em que foi para casa aquela noite, estava decidido: não iriam para os Estados Unidos naquele Natal. Durante semanas, vinha tentando ignorar a angústia que via no rosto de sua esposa, pois seu próprio entusiasmo em levar Ramesh aos Estados Unidos era mais forte do que o medo dela de voltar. Mas o Natal sem Benny já era difícil demais. Comemorá-lo num lugar habitual com a família seria muito doloroso. Como Ellie, ele não se sentia preparado para encarar isso, não sem Ramesh como muleta. Pete ficaria chateado, mas de todo modo Pete parecia chateado com ele o tempo todo esses dias. Ele superaria. Sua mãe e Scottie ficariam magoados, mas talvez eles pudessem tentar ir em junho próximo, quando o clima estaria melhor e não haveria feriado para comemorar. Os pais de Ellie... bem, ela teria que lidar com a decepção deles. Ele subitamente se sentiu mais leve do que se sentia há semanas. Ao menos uma vez, estava prestes a sugerir algo que o colocaria ao lado da esposa, ao invés de se opor a ela. Ele supunha que era o melhor presente de Natal que ele poderia lhe dar.

Como ele suspeitara, Ellie não parecia muito arrasada pela mudança de planos.

— Acho que vou mandar os presentes por correio — disse ela. — Espero que eles cheguem lá na hora certa.

— Ou que simplesmente cheguem — disse ele. — Contanto que nenhum carteiro espertinho os roube. É um problema comum aqui.

Outro mês se passou e então era hora de planejar as comemorações de fim de ano deles. Convidaram Nandita e Shashi para cear na noite de Natal, e Ramesh ficou de se juntar a eles. Ellie insistiu em preparar a refeição ela mesma, e Frank ficou satisfeito em ajudá-la. Naquela manhã, Edna havia aparecido por lá para varrer e limpar como de costume, mas Ellie a dispensou. “É véspera de Natal. Vá curtir sua família”, dissera ela.

Ramesh entrava e saía da casa o dia inteiro. A certa altura, Ellie lhe pediu que descascasse algumas nozes. O garoto fitou o quebra-nozes prateado que ela lhe entregou.

— Para quê isso, Ellie? — perguntou.

— Para quebrar as nozes.

Ramesh riu. Ele saiu correndo para a porta e colocou a noz no umbral da porta. Depois a fechou parcialmente, despedaçando a casca.

— É assim que nós fazemos — disse.

— Um jeito certeiro de quebrar os dedos — disse Frank. — Acho que vamos fazer do nosso jeito, amigão.

Às três da tarde, Ellie voltou-se para Frank. "Comprei uma árvore de Natal de plástico pequenininha", disse ela. "Que tal você e Ramesh a decorarem?"

E sem mais, seus olhos se encheram de lágrimas. Ficaram em pé na cozinha inundada pela luz do sol, de mãos dadas, lembrando dos anos em que iam de carro a Forest Farms, bem perto de Ann Arbor, para cortar sua própria árvore. Benny com sua *parka* amarela, sentindo-se muito importante porque Frank o deixara crer que havia de fato ajudado o pai a derrubar a árvore. Ellie esquentando a sidra quando todos eles chegavam em casa, enquanto pai e filho posicionavam a árvore em seu apoio. Frank de pé em uma escada para colocar a estrela prateada no topo. Os dois ficando acordados até tarde toda véspera de Natal, embrulhando os presentes de Ben.

— Nossa — disse Frank com a voz rouca. — Nossa, meu Deus.

— Eu não ia comprar árvore — disse Ellie. — Mas quando a vi no mercado não pude resistir. — Sua voz falhou. — Eu... eu senti que ele gostaria que nós o fizéssemos.

Frank assentiu. — Tudo bem. — Ele fez um esforço visível para controlar suas emoções. — Mas você vai ter que nos ajudar a decorá-la.

A tarefa não lhes tomou mais do que dez minutos. Primeiro eles penduraram um pouco de enfeites prateados sobre a árvore de um metro. Ellie comprou uma pequena estrela azul, e Frank a posicionou no topo da árvore. Eles olharam insatisfeitos para a pequena e patética árvore. Frank lembrou-se da brilhante árvore de dois metros que eles geralmente armavam na sala de estar de sua casa em Ann Arbor. "Que decadência", pensou ele.

Ramesh fechou um olho e olhou para a decoração que eles tinham feito. — Precisa neve — disse ele. E virando-se para Ellie: — Você tem bolas de algodão em casa? É o que colocamos na escola.

Então eles achataram fios de algodão e os colocaram nos esqueléticos galhos de plástico. Frank sentiu um leve arrependimento: Ramesh havia perdido a chance de ver neve de verdade este dezembro graças à estupidez de Prakash.

— A neve é branca como algodão? — perguntou Ramesh.

— Mais branca.

— Parece com sorvete de baunilha?

— Acho que sim — disse Frank sorrindo. — Só que é em flocos. Você põe um floco na língua e ele dissolve. E você sabia que não existem dois flocos de neve iguais?

Ramesh pensou por um momento.

— No mundo inteiro não há dois iguais?

— Isso mesmo. Igual ao que acontece com as impressões digitais.

O garoto reclinou a cabeça.

— Impossível.

— Mas verdadeiro.

Eles deixaram Ramesh assistindo à televisão na sala enquanto voltaram à cozinha. Ajudando Ellie a cortar tomates, Frank pensou consigo mesmo que as crianças eram como flocos de neve — nenhuma era igual à outra. Benny e Ramesh eram tão diferentes um do outro, porém cada menino era lindo à sua própria maneira. Ele subitamente sentiu um forte desejo de vê-los juntos na mesma sala, rindo e brincando. Ele voltou-se para Ellie.

— Você acha que Ramesh e Benny teriam se dado bem?

O sorriso de Ellie foi evasivo.

— Benny gostava de todo mundo.

— Eu sei. Mas você acha que eles teriam sido amigos? — insistiu ele.

Ela puxou para trás um fio de cabelo com o dorso da mão, que estava coberta de farinha. — Acho que sim. Mas talvez Ramesh pudesse implicar com ele um pouco, sendo mais velho e tudo o mais.

Ele assentiu e virou-se, insatisfeito com a resposta dela. Apesar de que, para ser justo, o que Ellie poderia ter dito que fosse melhor do que aquilo?

— Acabei com os tomates. O que mais precisa ser cortado? — disse ele.

Em resposta, Ellie olhou o relógio da cozinha. — Faltam quinze para as cinco — disse ela. — É melhor mandar Ramesh para casa por algumas horas. Prometi a Edna que ele estaria em casa até as cinco.

Ele foi até a sala para falar com Ramesh. E talvez fosse o ângulo do sol na sala, a luz, as cebolas cortadas na bancada da cozinha que fizeram seus olhos arder, mas por uma fração de segundo era Benny sentado no sofá com as pernas balançando. Era Benny mexendo no controle. Era Benny com seus cabelos parcialmente iluminados pelo sol da tarde.

Frank piscou. Benny desapareceu e Ramesh tomou o lugar dele. Frank sentiu seu coração disparar. O mundo ficou completamente silencioso. Ele ficou parado por um momento, engolindo em seco, incapaz de ouvir o que o menino lhe dizia. Então, seus ouvidos estouraram, como se ele tivesse descido dez mil metros, e ele pôde ouvir Ramesh tagarelando sobre o combate de luta livre a que estava assistindo. Vendo o olhar estranho no rosto de Frank, o garoto parou.

— O que houve, Frank?

— Nada. Só... nada. — Ele permaneceu fitando o garoto, relutante em dizer-lhe que ele voltasse para os seus pais, quando era tão aparente que seu lugar de verdade era esse, no sofá de sua casa, com eles. Ele sabia que Ramesh voltaria às oito para o jantar, mas mesmo três horas afastado desse menino na véspera de Natal parecia demais. Ele estava prestes a falar sobre isso com Ellie quando ela veio da cozinha, limpando as mãos no avental.

— Ei, querido — disse ela a Ramesh. — Vá ficar com a sua mãe por algumas horas, tá? Mas esteja de volta às oito.

Para surpresa e decepção de Frank, Ramesh não protestou.

— Tá bom, Ellie — disse ele, levantando-se do sofá. — Tchau.

Frank sentou-se pesadamente no sofá e fechou os olhos. Estava cansado. Meu Deus, ele estava cansado. Quando abriu os olhos, Ellie estava em pé na sua frente, segurando um embrulho de presente.

— O que é isso? Vamos trocar presentes agora? Achei que fôssemos esperar até os outros...

— Só esse — disse ela, sentando-se a seu lado. — É do Benny. O resto nós vamos abrir depois do jantar.

Ele abriu a caixa e imediatamente reconheceu uma de suas antigas gravatas. Nos últimos dois Natais de sua vida, Benny havia invadido o armário do pai, escolhido uma gravata, embrulhado-a e presenteado seu pai com ela. Ellie estava continuando a tradição.

— Obrigado — sussurrou ele.

Eles ficaram sentados no sofá, sorrindo sem jeito um para o outro. Frank beijou a cabeça de Ellie.

— Ele era como você — disse. — Carinhoso e sensível.

Ela balançou a cabeça.

— Não. Ele tinha o melhor do pai. Todos diziam isso. — Ela então se pôs de pé. — Preciso pôr a torta no forno.

Nandita e Shashi chegaram às oito, minutos depois de Ramesh aparecer vestido com uma roupa nova que Ellie havia comprado para ele.

— Uau — disse Nandita para Ramesh. — Você está tão bonito que acho que vou deixar meu marido e me casar com você.

Os olhos de Ramesh se arregalaram, e ele olhou intrigado para Frank, que puxou o garoto para junto de si.

— Diga que ela terá de pagar um dote enorme antes que você considere a ideia — instruiu ele a Ramesh.

Ramesh deu a Nandita um sorriso com todos os seus dentes.

— Eu estou tendo uma namorada — confessou ele.

Nandita jogou-se dramaticamente em uma cadeira.

— *Arre*, minha *naseeb* é tão ruim.

Todos os adultos riram. Eles beberam seus drinques na sala de estar, e Frank percebeu com apreço que Shashi fazia esforço para incluir Ramesh na conversa, fazendo-lhe perguntas sobre a escola e seus professores prediletos. Ele sorriu diante da inteligência com que Ramesh as respondia.

Ellie tentou fazer uma refeição de Natal semitradicional — purê de batata, recheio de maçã e passas, vagem e torta de maçã de sobremesa. Para dar um toque indiano, Shashi havia trazido frango *tandoori* e *biryani* de carneiro do restaurante do Shalimar.

— Cacilda! — exclamou Frank. — Será que temos comida suficiente aqui?

— O que você diz? — disse Ramesh. — Cacil o quê?

Frank remexeu seu cabelo.

— Vamos lá, menino. Isso não é hora de aprender. É hora de comer.

Eles voltaram para a sala de estar depois do jantar. Ramesh mostrou a pequena árvore de Natal aos hóspedes.

— Eu e Frank enfeitamos — disse ele orgulhosamente. — Ellie ajudou.

— Querido, que tal um pouco de música? — perguntou Ellie.

Frank ligou o iPod na tomada e assobiou "White Christmas" fora de ritmo. Quando se virou, Ellie havia desaparecido quarto adentro. Ela logo voltou com os braços repletos de presentes.

— Uma lembrancinha para todos.

A empolgação de Ramesh lembrou tanto a de Benny para Frank.

— Eu primeiro, eu primeiro — berrou o menino, rasgando o papel de presente com que Ellie havia tão cuidadosamente embrulhado sua caixa. E então, enquanto erguia nas mãos um novo par de tênis, disse: — Éééééééé. Valeu, Ellie, valeu!

— Fico contente que você tenha gostado, querido — disse Ellie. — Experimente-os para ter certeza de que servem.

Enquanto Ramesh andava pela sala eles abriram seus presentes. Frank e Ellie receberam um lindo enfeite de parede de madeira esculpida.

— É sândalo — disse Nandita. — Cheire.

— É lindo, Nan — disse Ellie.

Ellie havia comprado para Nandita uma *kurta* de seda verde e uma pulseira de prata. Já Shashi, que eles sabiam ser um grande fã de Harry Potter, ganhou uma camiseta com uma caricatura de um oleiro, chamado de "potter" na Índia, fazendo um jarro. Debaixo do retrato estava escrito "Hari Potter".

— Adorei — disse Shashi, rindo.

De soslaio, Frank viu que Ramesh ainda estava dançando pelos cantos com seus calçados novos.

— Com licença — disse ele, e entrou no quarto. Foi até o armário do quarto de hóspedes, onde escondera uma grande caixa de papelão e a retirou de lá. Colocou-a no chão.

— Ah, Ramesh — disse ele como quem não quer nada. — Venha ver. Papai Noel trouxe mais um presente para você.

Ele ignorou o olhar confuso que Ellie lhe lançava, focando somente o menino. Ramesh atirou-se na caixa com mãos ansiosas, jogando pedaços do papel do embrulho por todo o assoalho. Quando retirou o *laptop* prateado da caixa, Ellie arfou. Ramesh, contudo, não reagiu, olhando para Frank com uma expressão perplexa.

— É um computador — disse Frank finalmente. — Para você. Para ajudar com seu dever de casa.

O menino gritou de alegria.

— Pra mim? — disse. — Pra mim?

Apesar de sentir os olhares curiosos que os outros lhe lançavam, apesar de perceber como a sala ficara silenciosa, Frank não podia controlar o orgulho e o prazer em sua própria voz.

— Isso mesmo. Seu próprio computador.

— *Ae bhagwan* — disse Ramesh sussurrando. — Estou tão feliz.

Frank jogou a cabeça para trás para rir e percebeu os olhares que Ellie e Nandita trocavam. Ele notou que nenhum dos três dissera uma palavra até o momento, e ainda assim o clima na sala parecia pesar com sua desaprovação. Ele sentiu um estilhaço de ressentimento rasgando sua felicidade. "Que se danem", pensou.

Seu tom, contudo, era inocente quando finalmente falou com a esposa.

— Então, o que você acha, El? Você não acha que isso vai ajudar Ramesh nos deveres de casa?

Ellie mordeu o lábio e lançou a Nandita um breve olhar.

— Deve ajudar — murmurou ela.

— Consegui por um preço ótimo — continuou ele. — Estava encomendando alguns computadores para o trabalho e pensei... Bem, foi um ótimo negócio.

— Onde ele vai colocá-lo? — perguntou Ellie. Ela deu uma risada curta e amarga. — Não há muito espaço no casebre de um quarto deles.

— Ah, a gente dá um jeito — disse ele despreocupado, decidido a não deixá-la arruinar seu prazer.

— E quanto a Prakash?

— Que tem ele?

— Não devíamos ter pedido a ele primeiro?

Ramesh olhava de um para o outro, tendo por fim notado alguma tensão. Frank sentiu um lampejo de raiva. "Por que Ellie estava agindo assim?" Pôs propositadamente seu braço em torno do menino.

— Então, o que você acha, amigão? — disse ele. — Acha que seus pais vão deixar você ficar com esse presente?

O garoto sorriu de orelha a orelha.

— Sim, é claro — berrou ele. — Vou dizer a eles que Papai Noel trouxe.

As palavras de Ramesh mudaram o tom na sala.

— Computadores são quase imprescindíveis nas escolas hoje — murmurou Nandita.

— Com que *software* ele veio? — perguntou Shashi a Frank.

Apenas Ellie, ele percebeu, ainda não estava participando. Ele levantou-se, veio por trás dela e massageou seus ombros. Abaixando-se para que apenas ela pudesse ouvir, disse:

— Ele não devia se atrasar na escola por não ter um computador qualquer, querida.

Ela respirou fundo.

— É, também acho que não — sussurrou ela em resposta. — Só estou preocupada com a reação do Prakash. É um presente tão caro.

Ele sentiu que a resistência dela cedia e deu-lhe um rápido apertão nos ombros.

— Não se preocupe tanto — disse ele. E voltando-se aos convidados: — O que vocês gostariam para finalizar? Temos Bailey's. Nandita, um xerez? Ou um Kahlua?

— Eu quero jogar no meu computador — disse Ramesh.

— Eu também — disse Shashi, levantando-se do sofá. — Vamos montá-lo, que tal?

Nandita e Ellie permaneceram na sala de estar, bebendo seus drinques, enquanto os três homens se juntaram em torno da mesa da cozinha, conferindo o novo aparelho.

— Isso é uma beleza, Ramesh — sussurrou Shashi. — Você vai me deixar usar?

Ramesh engasgou. Olhou Shashi por um longo instante enquanto considerava o pedido.

— Você pode brincar com ele de novo no próximo Natal — disse ele finalmente.

Shashi irrompeu em risos.

— Esse garoto é um homem de negócios *pucca* — disse ele a Frank. — Deveria contratá-lo para trabalhar para mim.

Frank sorriu de volta, apesar de ter sido golpeado com duas emoções contraditórias: orgulho de Ramesh e afronta diante da ideia de Ramesh trabalhar para Shashi em seu hotel.

"Esse menino está destinado a coisas maiores", pensou ele sonhando acordado. "Esse menino está destinado aos Estados Unidos."

LIVRO CINCO

Primavera de 2008

Girbaug, Índia

CAPÍTULO 25

O SOL ERA DEUS.

Frank perguntou-se por que nunca soubera disso antes. Passara sua infância ansiando por ver o rosto de Deus, sempre pensara nele como um homem velho com uma comprida barba branca, como Charlton Heston, e aqui estava ele, escondendo-se diante de seus próprios olhos. Todos esses anos seguindo uma teologia falsa, crendo num Deus pessoal, rezando ao Pai e ao Filho — quando esse tempo toda fora o sol em vez do Filho. Havia acreditado nos mitos sobre Adão, Eva e a Serpente, sobre Deus como um salvador pessoal, como se ele fosse uma droga de um contador empoleirado no céu com um gigantesco livro-caixa. "Todo-poderoso", chamavam-no eles, mas na verdade, a visão que tinham dele era a de um tirano mesquinho e vingativo.

Mas tudo estava claro agora. É evidente. É evidente. O sol era Deus — doador de vida porém guerreiro, às vezes suave e benevolente, às vezes colérico e distante. Essa era a deidade todo-poderosa de que falavam. Não era tudo controlado pelo sol — as estações, o clima, a vegetação, o reino animal? E, ainda assim, que grande mistério. A linda estrela que afetava cada forma de vida na Terra escolheu permanecer escondida de nós. E por que não o faria? Por que se incomodaria com um exército de moscas? Não é de surpreender que Ícaro tenha queimado suas asas por voar perto demais dele. Voar ao rosto de Deus.

Sombra e luz. Tudo o que as pessoas tomavam pelo lado pessoal — os altos e baixos de sua sorte, o passeio de montanha-russa pelas veredas da vida — eram apenas uma droga de pirotecnia. Quando o sol se punha, o mundo escurecia. Qualquer bebê sabia disso. Mas será que esse ciclo de aurora e crepúsculo, a mais rígida lei governando o universo, também governava as vidas de cada um? O que nós, seres humanos, chamamos de destino era simples física, uma questão de graus e posicionamento: às vezes o sol voltava um olho benevolente a um mortal de sorte e banhava-o com sua luz, de modo que ele era abençoado, dourado, intocável. Então, o sol movia-se alguns centímetros, agraciando um outro com sua atenção, dando a esta pessoa seu lugar ao sol, deixando a primeira sentindo a frieza da sombra do sol. Como aceitamos facilmente a rotação da Terra em torno do Sol, a dissolução do dia em noite, a repartição do globo entre escuridão e luz... E, no entanto, como resistimos ao fato de que esse jogo entre escuridão e luz também regra a vida de cada pessoa.

"Talvez", pensou Frank, "tenhamos confundido a consistência do sol, sua confiabilidade, sua infalível ascensão no leste, com um tipo de amor". Mas a verdade é que a marca registrada do sol é sua indiferença por nós. Nossas orações e nossa piedade não o perturbam nem um pouco. Ele não se importa de destruir nossos piqueniques, casamentos ou mesmo nossas vidas. Revirando-se em sua cama, Frank sentiu-se libertado por esse pensamento. Era tolice, prepotência, essa crença num deus pessoal, uma indicação de nossa fraqueza e insignificância.

É isso que acontecera a eles, ele e Ellie. Haviam se banhado na benevolência do sol por um tempo despropositadamente longo.

"Como somos abençoados", haviam sussurrado eles um para o outro milhões de vezes deitados juntos na cama. Toda noite eles se encontravam no quarto de Benny e se revezavam dizendo três coisas pelas quais eram gratos naquele dia. E depois que seu filho caía no sono, ele e Ellie saíam do quarto de mãos dadas. Lembrando-se agora daquele jovem casal, Frank viu como eles eram bobos e iludidos. O casal dourado, esperando que sua era durasse para sempre. Nascidos num planeta marcado pela guerra, pela fome, por doença e ódios milenares, haviam de algum modo pensado que podiam se elevar acima de tudo isso, confiando apenas neles mesmos e no amor de um pelo outro. Pensando que podiam usar seus diplomas universitários, seus empregos, seu lindo lar, seus corpos saudáveis, sua cidadania norte-americana, sua pele branca como abrigo do mundo selvagem que espreitava do lado de fora. Mas finalmente desabou, não é mesmo? O sol inclinou-se para longe deles e os sufocou com um cobertor de escuridão que levou Benny embora. Um golpe baixo, parte do repertório de qualquer sequestrador barato. E eles pagariam o preço do resgate pelo resto da vida.

Era maravilhoso, na verdade. Não levar para o lado pessoal. Desistir de uma vez por todas das noções ultrapassadas de bem contra o mal, sina e destino, de perguntar-se o que poderiam ou não ter feito. Compreender que não havia ninguém contabilizando seus pontos no céu a quem pudessem ter desagradado. Saber que a marca registrada do universo era a indiferença. Chega de rezar ao Pai e ao Filho. O único filho que realmente contava tinha sido levado. Era bom não carregar mais o fardo do terrível peso do céu. Se pensasse em Benny numa vida após a morte agora, iria imaginá-lo como cacos de vidro brilhando no vórtice do sol. Acrescentando seu minúsculo e santo corpo à majestade e ao poder do sol, tornando-o ainda mais poderoso, alimentando-o com sua própria energia bruta. Talvez fosse nisso que consistisse o aquecimento global, a energia destruída de milhões de crianças como Benny alimentando a boca aberta de uma besta colérica.

Ele queria pensar mais, não queria acordar ou abrir os olhos até ter entendido tudo, mas sua cabeça estava latejando de dor. Além disso, queria compartilhar sua nova compreensão com Ellie, explicar a ela que não era culpa deles, que o que acontecera não foi punição e sim uma simples questão de mecânica, como uma roda que gira. Queria dizer a ela que podiam parar de sentir a falta de Benny, que ele estava brincando de pique esconde com eles o dia todo, assim como fazia quando tinha dois anos, levado que era. Olhando-os, seguindo cada movimento deles, como quando era bebê e aprendeu a virar a cabeça, lembra? Por pelo menos dois anos desde sua morte eles pensaram que estavam sozinhos, enquanto todo esse tempo Benny vinha entrando pelas janelas, dançando no oceano do lado de fora de sua varanda em Girbaug. E não apenas isso: Benny estava de olho em seus avós, assim como em Scott, Anne e Bob. Ele não era mais o Benny só deles. Tinham de compartilhá-lo com o universo agora. Ora, ele sentia Ben em sua pele nesse mesmo instante, quente como carvão.

Ele precisava dizer tudo isso a Ellie. Agora mesmo. Tentou sair da cama, mas sentiu como se estivesse costurado ao colchão por fios invisíveis que só o espetavam quando se movia. E a dor em sua testa estava mais forte do que nunca. Além disso, não conseguia se lembrar de como fazer sua boca tomar a forma do nome de Ellie.

— El... Benny — gritou ele. — Benny. Me ajude.

— Ele está delirando — disse o dr. Gupta. — É normal. Resultado da febre. Ele vai melhorar assim que tomar mais remédios.

— Quero transferi-lo numa ambulância para um hospital em Bombaim — disse Ellie. — Não quero correr risco nenhum.

Gupta pareceu curioso. Ele olhou rapidamente para Nandita, que estava em pé ao lado de uma Ellie de aparência muito preocupada.

— Senhora, por favor — disse ele. — É um caso simples de pneumonia. Muito comum aqui. Mais alguns dias tomando meus comprimidos, e ele vai voltar ao normal. Estamos tratando dele com antibióticos fortes. O hospital em Bombaim vai fazer a mesma coisa.

Ellie abriu a boca, mas antes que pudesse dizer qualquer coisa, Nandita interveio.

— Dr. Gupta, deixe-me falar com o senhor por um minuto.

Nandita puxou-o para um canto, enquanto Ellie sentou-se ao lado de Frank, tentando acalmá-lo.

— Tudo bem, querido — disse ela. — Você só estava tendo um pesadelo, não é? Você vai melhorar, prometo.

Os olhos de Gupta mostravam uma seriedade até então inexistente quando ele voltou para perto da cama, e Ellie suspeitou de que Nandita tivesse lhe contado sobre Benny.

— Eis o que proponho, senhora — disse ele. — Vamos dar aos antibióticos uma chance para que funcionem hoje. Se a febre não tiver baixado até a noite, podemos considerar transferi-lo ao hospital. — Ellie olhou para ele, e seu rosto suavizou-se. — Só estou tentando poupá-lo da viagem até Bombaim — acrescentou ele. — Nossas ambulâncias não são tão bem-equipadas quanto as de vocês nos Estados Unidos.

— Agradeço a sua ajuda, doutor — disse Ellie. Ela olhou ao redor procurando por Nandita. — O que você acha, Nan? Isso parece razoável pra você, esperar?

— Parece — disse ela sorrindo para Gupta. — Shashi e eu colocamos a mão no fogo pelo dr. Gupta. Ele é excelente no diagnóstico. Confiaria em seu parecer acima de qualquer coisa. Se qualquer hóspede fica doente no hotel, é para ele que ligamos. E, como você sabe, ele também é nosso médico particular.

Gupta fez uma reverência.

— Obrigado pelo voto de confiança — disse ele. E então pôs uma das mãos no ombro de Ellie. — Não se preocupe, senhora. Já tratei mais casos de pneumonia do que mesmo o maior especialista em doenças infecciosas dos Estados Unidos. Seu marido estará ótimo em alguns dias.

— Tá bom — disse Ellie. — Vamos ver.

Ela acompanhou Gupta até a porta, e, quando voltou, Nandita estava sentada no sofá da sala de estar, afofando o lugar a seu lado.

— Venha descansar um pouco — disse ela.

— Vou daqui a pouquinho. Deixa só eu dar uma olhada nele.

Frank havia caído num sono profundo novamente. Ela acariciou seus cabelos por alguns minutos, e, já que ele não esboçou reação alguma, saiu silenciosamente do quarto.

— Ele está dormindo — disse ela.

— Que bom. Isso vai ajudá-lo mais do que qualquer outra coisa — disse Nandita, assentindo.

Ellie suspirou.

— Ele tem se desgastado muito. O problema trabalhista tem sido muito duro com ele. Ele também trabalhou o Natal inteiro.

Nandita olhou fixamente para a frente, sem dizer nada.

— O quê?

Ela balançou a cabeça.

— Nada.

— Nem vem. Eu sei quando você está tentando ser diplomática. Vá falando...

Nandita deu de ombros.

— Acabamos de ver o primeiro caso de diabetes entre os aldeões. Estou muito chateada com isso. Essas pessoas nunca ouviram falar dessa doença, graças ao consumo de folhas de girbal. Só Deus sabe como esse pessoal sabia de suas propriedades curativas... Acho que é esse tipo de sabedoria antiga e primitiva que as pessoas que vivem da terra desenvolvem ao longo dos séculos.

Ellie normalmente gostava de ouvir Nandita filosofar sobre a genialidade inata dos locais. Mas estivera de pé desde cedo cuidando de Frank e estava bastante preocupada com sua saúde.

— O que você quer dizer com isso? — disse ela.

Nandita olhou-a fixamente.

— O que quero dizer, Ellie, é que é simplesmente injusto a HerbalSolutions ser dona dessas árvores. Isso fica entalado na minha garganta.

Ellie suspirou. Tudo em Nandita a estava irritando hoje. “Ela é tão moralista”, pensou Ellie.

— Bom, você sabe que Frank concordou em deixar os locais tirarem uma pequena porção da colheita. E, de qualquer maneira, foi o governo indiano que arrendou a terra à HerbalSolutions. É função deles proteger seus próprios cidadãos. Então você não pode culpar...

Nandita pareceu estarrecida.

— Vê se acorda, Ellie. Você sabe disso muito bem. Os desgraçados no governo são tão corruptos que venderiam até as próprias irmãs se o preço fosse bom. E o que importa a eles uma floresta no meio do nada? Ou o destino de alguns aldeões pobres e carentes? Com alguns subornos no lugar certo, eles fazem...

— Nandita, por favor. Ninguém na HerbalSolutions ofereceu nenhum suborno. Frank nunca apoiaria isso.

— Não leve para o lado pessoal, *na*, El — disse Nandita suavemente. — Isso não é sobre seu marido ou mesmo sobre uma empresa e uma vila. Estou falando de como economias inteiras estão sendo moldadas e devastadas pelas forças da globalização.

— Mas você está tentando nos culpar pela corrupção de seus próprios líderes — disse Ellie, dolorosamente ciente de que havia, de alguma maneira, assumido o papel de Frank para a Ellie de Nandita.

— "Nos culpar?" "Nós" quem, minha querida El? — disse Nandita com uma voz triste e fatigada. — Nunca pensei em você como um "deles". Então por que você está fazendo essas falsas distinções baseadas em nacionalidade? — Ela levantou a mão para impedir que Ellie a interrompesse. — Espere. Deixe-me terminar. Isso não é sobre os brancos contra os pardos ou os Estados Unidos contra a Índia, querida. Isso é simplesmente sobre os poderosos contra os indefesos. E todos nós podemos escolher onde colocarmos nossas fichas, quais interesses queremos apoiar. Quanto à corrupção do governo indiano, você está absolutamente certa. Mas responsabilizar uma instituição não tira a responsabilidade da outra, não é? Você pode culpar os dois lados, não?

Ellie balançou a cabeça. Ela estava cansada e preocupada com Frank. Sua gratidão anterior pela boa vontade com que Nandita cancelara seus planos para o dia e trouxera o dr. Gupta azedou. Ela queria simplesmente que Nandita fosse embora, para que ela pudesse rastejar de volta à cama com Frank e esquecer-se do mundo por algumas horas.

Como se tivesse lido sua mente, Nandita levantou-se.

— Enfim. Isso não é hora de falar sobre essas coisas. Vá cuidar do Frank. E me ligue se precisar de qualquer coisa, tá? Promete?

Agora que Nandita estava de pé, pronta para ir, Ellie não queria que ela se fosse. Ainda assim, ela não disse nada, assentindo calada. Elas caminharam até a porta, e Ellie virou-se para abraçar Nandita. Como sempre, ela sentiu-se reconfortada pelo abraço caloroso e apertado da amiga.

— Estou com medo — ouviu-se dizer. — Não quero que nada dê errado com o Frank. — Então sua garganta apertou-se de medo.

— Eu sei. — O abraço de Nandita então ficou mais forte. — Eu sei, querida. Mas não se preocupe. Ele só está com febre, só isso. Você não está... você está fazendo tudo direitinho.

— Me desculpe por ter sido uma cretina com você...

— Ei, com quem você pensa que está falando? Eu amo você tanto quanto minha própria irmã, lembra? — Nandita trilhou o caminho que levava à porta e depois se voltou. — Além do mais, amar é nunca ter que pedir perdão. — Ela fez uma cara de dor e arrependimento que sempre fazia Ellie rir. — Outra expressão americana de gosto duvidoso.

Ellie sentiu-se um pouco mais leve ao fechar a porta e voltar ao quarto para dar uma olhada em Frank.

Ele sentiu-se como um bebê, aprendendo a andar de novo. Ficou impressionado com o quanto se sentia fraco ao sair da cama pela primeira vez em dias. Ellie estava a seu lado, segurando-o, e ele tentou zombar da terrível fraqueza em suas pernas, mas mesmo isso exigiu esforço demais. Lentamente, com a ajuda de Ellie, conseguiu chegar à cozinha e sentar-se à mesa. Edna havia colocado uma tigela fumegante de sopa para ele e estava zanzando tão freneticamente que fez Frank sentir-se irrequieto também. Ela pairava por trás dele, impelindo-o a cada colherada que dava, desfiando uma ladainha sem sentido, até que Frank finalmente ergueu os olhos e disparou um olhar suplicante a Ellie.

— Edna — disse ela imediatamente. — Deixe-o comer em silêncio por alguns minutos. O doutor disse que não fizéssemos muito barulho perto dele.

Edna recolheu as mãos num gesto rápido.

— Sim, sim, senhora, é claro — disse ela, apressando-se de volta ao fogão. — Temos um belo frango assado para o jantar.

Ele abaixou o talher depois de mais algumas colheradas.

— Estou satisfeito — anunciou ele, e Ellie pareceu preocupada.

— Tá bom — disse ela. — Daqui a meia hora talvez você possa comer mais.

Ele ficou sentado à mesa de olhos fechados.

— Olha só, querido — disse Ellie. — Você gostaria de se sentar na varanda por um tempinho antes de voltar para a cama?

Então ele sentou-se na cadeira de balanço, fixando os olhos no sol reluzindo na água. Ele lembrou-se de seu sonho de alguns dias antes, mas chamar aquilo de sonho era errado, era como se ele estivesse menosprezando seu poder. Não fora um sonho, fora uma visão, uma revelação. Uma mensagem de Benny para ele. Apesar da fraqueza de seu corpo, seu espírito estava leve e forte. Ele sentia-se livre... livre não apenas da terrível crença de que a morte de Benny fora um castigo por algum pecado passado, mas livre de sua crença num universo moral. O mundo curvava-se não à moral, mas à indiferença. Ele não via esse novo modo de pensar como uma crise de fé. Em vez disso, havia encontrado um novo lar para sua fé. Não que ele tivesse parado de acreditar em Deus; ele havia simplesmente substituído o velho Deus que contabiliza pontos por um cuja característica mais marcante era a apatia.

Sentou-se na cadeira dia após dia, olhando o sol na água enquanto seu corpo se fortalecia. A febre já havia deixado seu corpo, mas sua mente lhe parecia febril ao tentar entender o que sua visão significara. Agora estava convencido de que fora Benny quem ele vira no sofá na véspera de Natal, era Benny que havia retornado para mostrar-lhe o caminho. Não fora de maneira alguma uma ilusão de ótica, como então pensara. Seu filho viera para guiá-lo ao sol. Sentiu-se triste ao compreender que não podia explicar nada disso a Ellie. Sem a agitação suada do leito de doente, onde a visão nascera, ele podia falar-lhe sobre aquilo em palavras, mas elas seriam vazias. Ela nunca veria o corpo incandescente de Benny dançando nas ondas ou iluminando o céu, como ele vira.

Uma tarde, ele estava falando e acenando para Benny, quando Ellie entrou na varanda. Ele sabia que ela o flagrara gesticulando e dizendo qualquer coisa. "Eu provavelmente pareci um maluco", pensou consigo mesmo, ao captar a expressão preocupada que atravessou o rosto dela. Mas a verdade era que ele não se importava tanto assim. Queria mesmo era ser deixado em paz, para que pudesse resolver as coisas, e ela só queria perguntar se ele queria ovos fritos ou cozidos.

— Um ovo frito parece um sol no céu — deixou escapar ele. —Já pensou nisso?

Em resposta, ela caminhou até ele e colocou a palma da mão em sua testa.

— Não estou com febre — disse.

Ellie o olhava intrigada.

— Você devia dormir um pouco — aconselhou ela. — Ainda está bem fraco.

No fim das contas, ela estava certa. Custaram a Frank mais dez dias para que se restabelecesse.

Ele retornou ao trabalho no décimo segundo dia. Pela primeira vez desde a morte de Mukesh e a greve que se seguiu, não temera entrar na fábrica. Benny estava com ele. E a visão o fez sentir-se menos culpado sobre os fatos ocorridos nos últimos meses. Mukesh havia morrido porque era sua hora de ir para a escuridão, só isso. Não foi culpa de ninguém. Não foi culpa de ninguém, de verdade.

CAPÍTULO 26

Havia dois meses que ele vinha perdendo seu filho para uma máquina. Já era ruim o suficiente ele estar eternamente travando uma batalha silenciosa com o americano pelo tempo e atenção do menino. Mas agora Frank havia preparado uma armadilha para ele de modo que mesmo quando ele e Edna tinham Ramesh consigo fisicamente, a máquina estava controlando o menino, atraindo-o para longe de seu pai, seduzindo-o com suas imagens coloridas ou com sua tela em branco que Ramesh enchia de palavras que Prakash não conseguia ler.

O menino havia chegado em casa com o computador na véspera de Natal. Prakash lembrava-se bem do dia. Ele e Edna passaram a noite assistindo à televisão, olhando para cima ansiosamente cada vez que o vento fazia a porta abrir, pensando que era Ramesh que havia chegado. Vez ou outra, o som de risos e vozes tinindo flutuava pelo pátio vindo da casa principal, fazendo-os sentir-se ainda mais tristes e isolados em seu único cômodo, como criaturas do submundo, ratos ou baratas vivendo no escuro enquanto a luz e os risos vazavam da casa onde os americanos celebravam. Com o menino deles como um de seus convidados.

Às nove horas perguntara a Edna se ela gostaria de ir ao cinema com ele, mas ela balançou a cabeça. Estava pensando nas vésperas de Natal de sua juventude em Goa, ele sabia, e isso contribuiu ainda mais para a atmosfera fechada, opressiva daquele único cômodo.

— Vamos pegar Ramesh e ir ao cinema — propôs ele novamente.

— Você está louco? — disse ela enervando-se. — Sem educação? Ele está numa festa.

O que ele sabia de educação e festas? Nunca fora convidado para uma festa em sua vida. Celebrações de Diwali, procissões de Holi, tudo isso eram eventos da comunidade, e quando ele era criança entrava nas casas das pessoas sem ser convidado, como um pedaço de papel soprado pelo vento. Na maior parte das vezes, ninguém se importava, e quando se importavam, expulsavam-no abertamente com palavras ou uma mão erguida. A infância de Edna, ele sabia, fora diferente, com festas em família, bailes e encontros. Quanto ela havia afundado desde seu casamento com ele, como ele tornara sua vida isolada... Casando-se com Edna, ele também fizera dela uma órfã.

Ele pensou sobre isso por muito tempo depois de Edna ir para a cama às onze. Ele, no entanto, estava acordado, sentindo-se encurralado na pequena casa. Desejava sentar-se no pátio, sentir um pouco da brisa fresca de dezembro em seu rosto, mas tinha medo de esbarrar com os americanos ou seus convidados, medo de que pensassem que ele os estava espiando, ou pior, olhando para dentro da casa principal com inveja. Sentou-se em seu catre no escuro enumerando as maneiras com que deixara Edna infeliz.

Ele já estava de péssimo humor quando Ramesh entrou correndo na casa às onze e meia e acendeu a luz.

— Apague a luz — disse com rispidez. — Sua mãe está dormindo. — Mas Edna já estava se virando e levantando da cama.

Edna notou o tênis novo imediatamente.

— Deixe-me ver, Ramu.

Mas Ramesh balançou a cabeça com impaciência.

— Olhe isso, mãe. Meu computador novo. Frank me deu.

Prakash sentiu uma chama de inveja disparar dentro de si. Mas antes que pudesse reagir, Edna berrou:

— O quê? Um computador? Pra você?

Ramesh assentiu com orgulho.

— Novinho em folha. Pra mim. Para a escola.

"Do jeito que mãe e filho continuaram naquela noite, era de se acreditar que Ramesh havia recebido um carro novo", pensou agora Prakash. E com um carro ele saberia o que fazer. Saberia como consertá-lo, dirigi-lo, pintá-lo, lavá-lo. Mas esse computador era como um deus desconhecido que repousava esnobe, pesada e incompreensivelmente em sua casa. Um deus que controlava seu filho, um cuja luz brilhava noite adentro enquanto Ramesh o reverenciava.

Prakash agora fitava o objeto odiado. Ele estava sozinho em casa — o garoto estava na escola e Edna havia ido às compras com a senhora Ellie. Lembrou-se das noites em que quisera levar seu filho para caminhar na praia ou ir ao cinema. Ramesh assumira uma expressão arrependida em seu rosto. "Não posso, *dada*", dizia ele, "tenho tanto, tanto dever de casa pra fazer." E lá ia ele trabalhar no computador.

Que o menino leia livros em vez disso! Prithviji, o homem mais velho da aldeia, que sabia recitar parte do *Mahabharata* de cabeça, havia lhe dito recentemente que os computadores eram ferramentas do demônio, corrompendo a juventude da aldeia, enchendo suas cabeças com ideias perigosas. E Prithviji não estava certo? Prakash via imagens de americanos na televisão todos os dias: mulheres andando quase nuas pelas ruas, padres fazendo coisas terríveis-terríveis com crianças, soldados colocando sacos pretos sobre iraquianos nus e forçando-os a fazer coisas estranhas. Se as coisas fossem do seu jeito, ele nem mesmo permitiria ao americano que ensinasse seu filho. Só Deus sabe o que o homem dizia a Ramesh quando corria com ele pela manhã ou quando o ajudava com o dever de casa.

Nada que ele pudesse fazer quanto ao dever de casa, pois Edna o deixaria antes que permitisse a Prakash quebrar aquele laço. Além disso, ele trabalhava para os americanos, e havia visto como Frank olhava Ramesh com arregalados olhos carentes. Não fazia sentido levantar a pedra sob a qual a cobra estava enrolada. Não havia por que fazer com que a ira de Frank recaísse sobre ele.

A máquina era outra história. O computador era um convidado em seu lar. Um convidado a quem ele podia pedir que saísse. Ele foi ao canto em que guardava sua caixa de ferramentas e pegou uma chave de fenda e um estilete. Ele tirou o *laptop* da tomada, virou-o, e com destreza desparafusou o painel de metal na parte de trás. Fitou a paisagem em miniatura de *chips* e fios brilhantes diante de si, de modo que por um segundo a fascinação foi mais forte que sua fúria. O remorso pelo que estava prestes a fazer o incomodou momentaneamente, mas ele livrou-se desse sentimento. Começou a trabalhar, cortando sistematicamente quaisquer fios que pudesse. Parou depois de alguns minutos, satisfeito com seu trabalho. Lenta e cuidadosamente, aparafusou o painel de metal. Ninguém jamais adivinharia o que acontecera, o que ele fizera. Ligou o computador de volta na tomada e notou, feliz, que não havia luz no cabo.

Entrou na cozinha, pegou uma garrafa de licor barato e deu um longo trago. Depois saiu de sua casa minúscula. Havia uma leveza em seus passos ausente havia meses.

CAPÍTULO 27

ARTHUR D'MELLO, O PROFISSIONAL de informática da HerbalSolutions, colocou o *laptop* na escrivaninha de Frank com uma expressão estranha no rosto.

— Alguém cortou os fios, senhor — disse ele com sua voz refletindo seu estarrecimento. — E fez de propósito.

Frank deu uma olhada no computador e comprovou a veracidade do que Arthur lhe dizia. Mas sua mente não conseguia compreender o que seus olhos viam. Essa máquina era quase nova. Por que alguém iria...? E quem iria...?

Antes mesmo de completar o pensamento, sabia da resposta: Prakash. Tinha que ser. O camarada havia destruído o computador. Ninguém mais seria tão maldoso e impulsivo. Mas por que o idiota faria isso? Ele não se importava nem um pouco com o filho?

Não havia ficado muito preocupado quando Ramesh apareceu na noite passada reclamando que o computador não estava funcionando. "Você pode consertar, Frank?", havia perguntado o menino. "Não sei como consertar essas coisas, amigão. Mas eu levo para o trabalho amanhã. Tenho certeza de que o Arthur vai dar um jeito", respondera ele. O tempo todo pensando que era um simples problema de *software*, e não sabotagem.

Arthur o fitava intrigado.

— O senhor está bem? — perguntou ele, e Frank percebeu que um pouco da fúria que sentia devia ter tomado seu rosto.

— Sim, tudo bem — respondeu ele, forçando seu rosto a uma nulidade neutra.

— Quem faria uma coisa dessas, senhor? — continuou Arthur. — Por quê?

Ainda que sua cabeça lhe dissesse para não se abrir com um subordinado, Frank ouviu a si mesmo dizer:

— Um total desgraçado, é quem foi. Um idiota invejoso e inseguro que tem medo do sucesso do próprio filho. Eu vou matá-lo quando chegar em casa hoje à noite.

Arthur deu um passo para trás.

— Não, não, não diga isso, senhor — disse o jovem em tom apaziguador. — O senhor só está chateado, eu entendo. Fazer o quê, senhor? Tantas pessoas idiotas-idiotas neste país.

"Ah, nem me fale deste país", pensou Frank. Ele olhou para o homem em pé a seu lado. Ele gostava de Arthur, era um homem inteligente e competente, uma das melhores contratações que Frank realizara. Além disso, ele era de Bombaim e tinha uma sofisticação, um ritmo mesmo que faltava às pessoas de cidade pequena, que constituíam a maior parte dos funcionários menos graduados do escritório da HerbalSolutions. Ainda assim, ele viu como Arthur ficou assustado quando ele falou de Prakash. Melhor ser cuidadoso. Como podemos esperar que um completo estranho entenda a vilania e a perfídia de Prakash?

Ele fez um esforço visível para controlar suas emoções.

— Bom, tem conserto? — disse ele, apontando o *laptop*.

Arthur fez uma careta.

— Posso tentar, senhor — começou ele. E então balançou a cabeça. — Mas, para ser sincero, o estrago foi grande. Não sei ao certo se...

— Esquece — disse Frank, interrompendo-o. — Vamos jogar fora logo.

— Podemos salvar o disco rígido e outras partes, senhor — disse Arthur. — Afinal, é novo em folha.

Ele deveria ter previsto que isso ia acontecer. Lembrou-se da alegria no rosto de Ramesh na véspera de Natal e sentiu-se letalmente irado com tudo isso. Ele forçou-se a se concentrar em Arthur.

— Você é quem sabe — disse ele. — Obrigado por vir.

— Não há de quê, senhor — disse Arthur. Ele pegou o *laptop* destruído e deixou o escritório de Frank.

Passou o restante da tarde arquitetando o que faria a Prakash. Na hora em que Satish o buscou para ir para casa, havia chegado a uma resolução: era hora de lembrar a Prakash quem era o chefe. O que ele queria do homem era uma confissão e uma promessa de nunca fazer algo assim de novo. Se isso significasse ameaçar Prakash com um boletim de ocorrência, ele o faria.

Ramesh estava no pátio, arrancando as ervas daninhas entre as pedras, quando Frank chegou. Sua antipatia cresceu quando viu a forma magra e encurvada de Prakash. Ainda assim, ele o ignorou e entrou em casa.

— Oi, amor — disse Ellie, e ele deu-lhe um beijo antes de entrar no quarto para se trocar. Ele saiu de camiseta e bermuda. Ellie olhou para Frank. — Teve um bom dia? — perguntou ela.

— Ótimo — disse ele, mentindo. Ele não queria que a raiva que sentia fosse desperdiçada ao contar-lhe a história. — Vou lá no carro um instante — disse ele, e saiu de casa.

Ramesh estava no pátio, ajudando seu pai com as ervas daninhas. Frank se deteve ao ver o menino, incerto sobre confrontar Prakash na frente do filho. Mas logo então Prakash ergueu os olhos e sorriu ironicamente para Frank. Frank observou seus olhos ardilosos, seu sorriso fino, e quando deu por si estava quase em cima dele, que ainda estava agachado no chão para puxar as ervas.

— Levante-se — disse Frank. — Levante-se.

Prakash ergueu-se lentamente.

— Sim? — disse ele.

Frank podia ouvir o escárnio na voz do homem.

— Por que você fez isso? — perguntou ele mantendo sua voz baixa. — Quando você fez isso?

Os olhos de Prakash se arregalaram.

— Fiz o quê, *seth*?

Frank estava vagamente ciente de que Ramesh se levantara também. Mas já não se importava mais. Ele tiraria uma confissão de Prakash, nem que para isso tivesse que bater nele. Prakash havia começado essa provocação, mas ele, Frank, a terminaria.

— Você sabe do que eu estou falando. Você destruiu o computador. Cortou os fios. Por que você fez isso?

Prakash abriu a boca, mas Frank falou primeiro.

— Não minta pra mim, seu miserável. Não minta. Porque se você mentir, eu ponho a polícia pra falar com você. — E então ele se deteve, lembrando de algo. — Melhor ainda, eu entrego você a Gulab Singh.

Ele havia escolhido instintivamente a arma certa com que ameaçar Prakash. À menção do nome de Gulab, Prakash começou a recriminar-se.

— *Maaf karo*, Frank *sahib* — disse ele, unindo as mãos num gesto de súplica. — Foi erro meu. Bebi demais, senhor. Por favor, perdoe.

As lamúrias de Prakash atraíram Edna para fora de casa.

— O que... — disse ela. — Frank, *sahib*, o que aconteceu?

— *Dada* quebrou meu computador — berrou Ramesh para a mãe. — De propósito. Cortou os fios, mãe. — O garoto estava à beira das lágrimas, seus olhos lampejando de raiva. Em vez de sentir pena de Ramesh ou de querer protegê-lo de tudo isso, Frank sentiu uma satisfação brutal. “Deixe o garoto saber quem é o pai dele”, pensou. “É hora de conhecer seu caráter.”

— *Besharam* — vociferou Edna para seu marido. — Comedor de vermes. *Kutta*. Amaldiçoo o dia em que conheci você.

Como que para salvar o restante de seu orgulho, Prakash voltou-se para Edna com um rosnado.

— Cale a boca, sua vagabunda — berrou ele, e levantou a mão para Edna. — Vá para casa.

Frank se mexeu. Seu punho direito socou o peito de Prakash no exato momento em que Ellie saiu da sala para ver o que era aquela comoção. Prakash cambaleou cinco passos para trás e então caiu sozinho. Ele ficou no chão, gemendo consigo mesmo, esfregando o peito com as duas mãos. O golpe havia sido mais forte do que Frank pretendera. Ele soube pela dor em suas juntas.

— Frank — gritou Ellie enquanto corria em direção a ele, que estava de pé ao lado de Prakash. Por um minuto, ela foi a única a se mexer. Os outros quatro permaneceram congelados, com graus variados de choque expressos em seus rostos.

— Que merda — disse Frank, fitando Ellie e depois Ramesh. — Eu não queria... eu pensei que ele fosse machucá-la — acrescentou ele, apontando para Edna.

Ramesh o fitava com uma expressão inescrutável em seu rosto. E então, ainda com os olhos em Frank, Ramesh foi até seu pai e sentou-se ao lado dele, acariciando-lhe o braço.

— *Chalo, dada* — disse ele. — Levante-se. Vá para casa.

Frank sentiu suas bochechas arderem. Ele desejou que Ellie não estivesse lá para testemunhar aquele constrangimento, o óbvio fato de que Ramesh tomara o partido do pai e não o dele. Ele notou o modo protetor com que Ramesh embalou o pai, o jeito cuidadoso com que o ajudou a levantar-se.

Logo antes de sair coxeando, Prakash olhou para Frank. O desprezo no rosto do homem tirou o fôlego de Frank. Era um olhar que deixava claro que Prakash sabia o que Frank vira... que mesmo na derrota, ele triunfou. Porque Ramesh pertencia a ele. Porque os laços de sangue não podiam ser cortados tão facilmente quanto os fios de um computador.

Edna, sempre ansiosa pela aprovação de seus patrões, devia estar vagamente ciente do que acabara de acontecer.

— Obrigado por me salvar, senhor — disse ela. — Não há como saber o que o bêbado teria feito. — Não obtendo reação de Frank, ela voltou-se para Ellie: — Ele me salva, senhora — disse ela. — Aquele rato estava prestes a...

— Eu sei, Edna — disse Ellie secamente, e Frank soube que ela não estava convencida.

Ellie voltou-se para Frank.

— Isso é drama suficiente para um dia, não acha? Vamos entrar.

Ele a seguiu. Como previra, ela virou-se para ele assim que ele fechou a porta.

— Você *bateu* nele? Você ficou maluco? Você é muito mais forte do que ele...

— Vá se danar — disse ele baixinho. — Você não estava lá. Você não viu o que ele fez. Ele é um merda. E eu sabia que você ficaria do lado desse babaca em vez do meu. — Mas o que ele estava pensando mesmo era: "Ramesh foi ajudar seu pai, não a mim." Mesmo depois de descobrir o que seu pai fizera.

— Frank — começou Ellie, mas ele a interrompeu.

— Não. Hoje, não. Banque a assistente social para outra pessoa. Você não entende nem gosta dessas pessoas. Você... você só tem pena delas, só isso. — Ele se virou e saiu da sala. Sentou-se na varanda por alguns minutos e observou à distância o mar agitado. Mas estava inquieto demais para ficar parado. Levantou-se, atravessou o gramado da frente e desceu correndo os degraus até a praia. Amarrou um cadarço que estava desamarrado e começou a correr junto à água, o sol do entardecer submergindo à sua esquerda.

Mas por mais rápido que corresse, não conseguia correr da imagem de Ramesh sentando-se ao lado do pai caído, acariciando seu braço. "Burro, burro", repreendeu-se ele. "Bater no desgraçado na frente do filho. Deixar a pobre criança sem escolha." Frank cerrou seu punho e o bateu repetidamente contra a mão esquerda, castigando a si mesmo por sua violência, sua falta de controle sobre si. Alguns pescadores secando suas redes na areia olharam-no intrigados enquanto ele corria, socando e falando consigo mesmo. Ele mal os notou.

O sol já havia se posto na hora em que chegou a casa, correndo os últimos quatrocentos metros no escuro. Ellie havia deixado a luz da varanda acesa para Frank. Ela estava lendo na sala de estar e ergueu os olhos quando ele entrou. Ele queria perguntar se Ramesh havia vindo perguntar sobre ele, mas não teve coragem. O garoto devia estar em casa com o pai, que iria absorver compaixão como pão numa tigela de leite quente.

Tirando sua camiseta ensopada de suor, dirigiu-se ao banheiro e bateu a porta atrás de si.

CAPÍTULO 28

RAMESH TINHA IDO EMBORA. Sumido. Desaparecido. Junto com seu pai.

Dois dias depois da briga de Frank com Prakash, este havia saído de casa para ir buscar Ramesh na escola como sempre fazia. Havia murmurado algo para Edna sobre levar o filho para um passeio e chegar tarde. Edna ficara contente, o que sempre ocorria quando Prakash prestava atenção no filho. Mas às oito daquela noite, Mulad, um dos bêbados da aldeia, veio cambaleando até a entrada da garagem, bateu na porta de Edna e lhe entregou um bilhete. Tinha a letra de Ramesh, mas foi ditado por Prakash.

Querida Edna,

estou levando meu filho embora por um tempo. O menino precisa entender qual é o seu lugar. E estou precisando conhecer meu filho. Você, por favor, cozinhe na casa principal enquanto estivermos fora. Não se preocupe. Vamos voltar em breve.

Seu marido,

Prakash

Edna leu o bilhete e depois o levou a Frank e Ellie para ser decifrado.

O que fisgou imediatamente a atenção de Frank foram as duas menções de Prakash a Ramesh como "meu filho". Ele olhou para Ellie para ver se ela havia percebido a hostilidade que atravessava a carta. Mas a expressão em seu rosto indicou a ele que ela não via o que ele viu — que aquilo era a vingança de Prakash por Frank tê-lo humilhado na frente de sua família.

— Aonde ele pode ter levado o menino? — perguntou ele a Edna.

— Só me pergunto isso, senhor. Estou pensando, pensando e não sabendo. Mas a mala azul não está lá. Só Deus sabe quando Prakash a levou para fora de casa.

Frank rangeu os dentes.

— Ele faz ideia de como isso vai atrasar Ramesh na escola, essa... aventurazinha?

Edna pareceu estar prestes a chorar. Ellie lançou a Frank um olhar de censura.

— Tenho certeza de que Prakash está pensando nisso, querido — disse ela suavemente. — Tenho certeza de que eles só vão ficar fora por um ou dois dias.

Ele mal a ouviu. Havia acabado de pensar em outra coisa: e se o bilhete tiver sido uma armadilha para dar mais tempo a Prakash? E se o bêbado tivesse fugido para sempre com Ramesh? Num país com um bilhão de pessoas, como ele encontraria Ramesh de novo?

De súbito ele soube, *soube* que isso era exatamente o que Prakash havia planejado. Sentiu-se mal, incapaz de ficar em pé, tão fraco quanto se sentira se recuperando da pneumonia.

— Frank, o que foi? — ouviu Ellie dizer, e viu que as duas mulheres haviam percebido.

— Ele foi embora — soltou Frank, com os olhos se enchendo de lágrimas. — Ele levou o menino e fugiu. Para sempre.

Ele não ouviu Edna gritar ou percebeu a mão dela voando em direção à sua boca aberta. Não viu o olhar incrédulo no rosto de Ellie.

— Calma, calma — disse Ellie. — Não vamos exagerar. Só porque Prakash decidiu levar o filho para viajar...

Ele sentiu como se estivesse olhando para Ellie a uma grande distância, sentiu que a estava realmente *vendo* pela primeira vez. O que ele sempre considerara bondade e compaixão, agora via como era de fato: imbecilidade. Uma ingenuidade perigosa.

— Ele alguma vez já levou o menino para uma... viagem? — perguntou ele a Edna, sem se dar ao trabalho de tirar o sarcasmo da voz.

— Não, senhor. Nunca. Prakash mal deixou Girbaug exceto uma, duas vezes.

— E como ele ficou desde... desde o dia, você sabe, em que nós nos batemos de frente?

— Ele tem agido de maneira muito estranha, senhor. Um minuto ele todo quieto e sério e depois ele sorri para mim. Como se soubesse algo que eu não sei.

Frank virou-se triunfal para Ellie.

— Aí está. Você ouviu.

— Mas e daí? Prakash sempre age de modo meio esquisito.

Ele ficou subitamente cansado das duas mulheres e de sua estupidez perigosa. De sua incapacidade de olhar de olhos bem abertos o imutável núcleo do universo. De seu fracasso em reconhecer a maldade mesmo quando ela morava ao lado. Ellie era uma psicóloga, fora treinada para olhar dentro da mente das pessoas. E aqui estava ela, enganada por um cozinheiro analfabeto.

Ele leu a carta de novo, e subitamente percebeu que ela se dirigia a ele. Prakash sabia que Edna levaria o bilhete a ele. Ele foi projetado para colocar Frank no caminho errado enquanto Prakash desaparecia com o menino. Ele sentiu uma necessidade urgente de achar Ramesh, de reconfortá-lo, de resgatá-lo de qualquer destino que Prakash tivesse reservado para ele.

— Bem, não podemos fazer nada hoje à noite — disse ele mentindo. — De todo modo, tenho alguns telefonemas para dar.

Edna não pareceu convencida.

— Senhor, ele vai voltar. Ele ama aquele menino. E Ramesh vai querer voltar, não?

Ele a olhou distraidamente.

— Com certeza — disse ele vagamente. Virou os calcanhares e andou rumo ao quarto de hóspedes. — Preciso dar uns telefonemas de trabalho — disse a Ellie. — Gostaria de ficar sozinho, tá?

Ellie pareceu desconfiada. Abriu a boca para dizer algo, mas acabou dando de ombros.

— Que seja.

Ele fechou a porta atrás de si e sentou-se na beira do sofá-cama, embalando a cabeça nas mãos. Pensou no fato de Ramesh não estar do outro lado do pátio nessa noite, a imagem do menino dormindo em alguma cama desconhecida — ou pior, num campo ou sob uma árvore — encheu-o de desespero. Aquele desgraçado de merda. Covarde de merda. Prakash não conseguia enfrentá-lo diretamente, e então estava usando o menino para se vingar dele. E se ele o levasse a uma cidade grande como Bombaim ou Calcutá e desaparecesse? Eles nunca veriam Ramesh de novo. O menino desapareceria como uma pedrinha jogada num oceano.

Ele levantou do sofá num pulo. Já havia perdido horas preciosas. Se queria encontrar Ramesh, a hora de agir era aquela. Prakash já tinha uma vantagem de várias horas. Ele andou pelo quarto por um minuto, tentando pensar claramente, manter seu pânico sob controle. Havia apenas um homem que poderia ajudá-lo. Apenas um homem cuja antipatia por Prakash se equiparava à dele. Apenas um homem com a autoconfiança e os recursos para saber o que fazer. Ele sentou-se à escrivaninha antiga e discou o número de Gulab.

— Pode falar — respondeu Gulab.

— É Frank Benton — disse ele. — Tenho... tenho um problema e preciso de ajuda.

— Sim, senhor? — disse Gulab, e Frank ouviu a vigilância animal na voz de Gulab.

— É aquele idiota do Prakash — disse ele. — Ele sumiu com o filho. Preciso da sua ajuda para encontrá-lo.

— Desapareceu para onde, senhor?

Frank rangeu os dentes.

— Não sei. Ele só deixou um bilhete dizendo que estava levando o filho para viajar por alguns dias.

— Então devemos esperar. Eles vão voltar em dois, três dias. O idiota provavelmente não tem dinheiro para mais do que isso.

Por que Gulab estava sendo tão obtuso quanto os outros?

— Olha — disse Frank. — O bilhete é uma artimanha. O homem sequestrou o próprio filho, você não entende? Nós nunca os veremos de novo se não agirmos.

Houve um silêncio de um segundo, e quando Gulab falou, havia algo diferente em seu tom.

— Entendo. Bom, nesse caso, Frank *sahib*, eu deveria entrar em contato com o chefe de polícia. Tentar descobrir para onde esse *goonda*, esse marginal, levou seu filho.

— Tá. Mas Gulab, não deve haver violência. Eu... eu só quero encontrar o menino, só isso.

— Entendido. Entro em contato com o senhor pela manhã.

— Mas se houver alguma notícia hoje, quero que você ligue seja que hora for — disse Frank, lembrando a si mesmo de dormir no quarto de hóspedes aquela noite.

— Sim, chefe.

Aquela noite, porém, dormir não fazia parte dos seus planos. Frank ficou deitado na cama, tentando lutar contra as imagens que o atormentavam... Ramesh dormindo em algum lugar repugnante, inseguro, Prakash ficando bêbado e batendo no menino, Ramesh assustado e inconsolável numa cidade grande e estranha. "Talvez fosse melhor se Prakash tivesse levado o menino a Bombaim", pensou Frank. Ao menos Ramesh conheceria a cidade. Mas quando imaginou o tipo de hotel infestado de pulgas que Prakash poderia pagar, quase gritou de raiva. Imaginou se Ramesh ao menos estaria calçando seu tênis, repugnado com a ideia de o menino vagar pela cidade suja com seus chinelos de plástico.

Acordou tarde na manhã seguinte, tendo decidido que iria tirar o dia de folga no trabalho antes de finalmente cair no sono. Durante um momento de êxtase, sua mente ficou vazia, mas então ele se lembrou e a desolação caiu sobre ele, como se tivesse puxado uma coberta sobre si. Saiu da cama e, ignorando sua bexiga cheia, discou o número de Gulab.

— Sem notícias por enquanto, senhor — disse Gulab, e Frank pôde ouvir o pedido de desculpas na voz dele. — Mas não se preocupe. A polícia vai começar suas investigações a todo o vapor hoje.

— Tudo bem — disse ele. — Mas lembre-se, sem violência. Só me encontre o menino. Ah, e outra coisa. Estou trabalhando em casa hoje. Então ligue para o meu celular se houver alguma notícia.

— Muito bem, senhor.

Ele fez xixi e depois abriu a porta do quarto, entrando na sala. Podia ouvir Ellie na cozinha.

— Oi — disse ela. — Não sabia se acordava você. Por que você não está no trabalho?

— Matando aula — murmurou ele.

Ellie entrou na sala com uma grande xícara de café. Quando seus olhos recaíram sobre ele, ficaram arregalados e sua boca se escancarou de choque. Um pouco do café derramou no chão inclinado. Ela mal notou.

— Que houve? — disse ele, olhando involuntariamente para trás.

Ela mexeu a boca, mas nenhuma palavra saiu dela.

— Ellie, o que aconteceu?

— Nossa, Frank. O que houve com você?

Ele a olhou intrigado.

— Do que você está falando?

— Seu cabelo. Nossa — disse ela repousando a xícara e indo até ele. Tomando sua mão, guiou-o ao espelho no quarto.

Ele soltou um grito quando viu seu avô o olhando de volta. Mas não, não era isso, exatamente. O que ele viu mesmo no espelho foi seu próprio corpo e rosto, o corpo e o rosto de um homem de 34 anos. Mas os cabelos louros haviam se tornado grisalhos. Da noite para o dia. Foi como ver suas versões presente e futura ao mesmo tempo, como se o espelho fosse uma bola de cristal. Ele sentiu-se como uma personagem de contos de fadas, uma aparição, sentiu que se não enterrasse os pés no chão sairia flutuando.

Frank correu a mão pelos cabelos e voltou-se para Ellie com olhos incrédulos.

— O quê? Como isso é possível?

— Acontece. Quando as pessoas estão sob grande estresse. Já vi no meu consultório — disse Ellie, com os olhos lacrimejando. — Frank, o que está acontecendo com você? Como você pode estar sofrendo tanto e eu não ser parte disso?

Ele balançou a cabeça, sem saber o que dizer. Teve a estranha sensação de saber que estava envelhecendo, como se subitamente pudesse sentir cada célula de seu corpo ficando mais lenta, tornando-se tão grisalha quanto seu cabelo.

Ele deixou Ellie guiá-lo ao sofá, e ela ficou segurando sua mão.

— Amor, às vezes isso é revertido. Mas você tem que soltar esse estresse. Fale comigo. Me diga o que está acontecendo com você. Deixe-me ajudá-lo a atravessar isso.

Ele olhou o rosto dela, tão ávido, inocente, lindo e *jovem*. O que ele podia dizer a esse rosto? Esse rosto havia visto a realidade feia do mundo, mas não se tornara feio. Havia conhecido a mesma perda e o mesmo luto cortante que ele, mas não se tornara desconfiado e amedrontado. Ellie havia de algum modo se elevado acima da tragédia que havia recaído sobre eles, havia recuperado seu espaço no mundo. Já ele havia entregado as chaves de sua salvação para um menino de nove anos. Um menino que estava agora desaparecido.

Ele balançou a cabeça.

— Não sei. Eu... eu só estou preocupado com Ramesh.

— Não fique, querido. Ele está com o pai. E apesar de Prakash ser o que é, ele ama o filho. Eles só tiraram umas férias, querido. Como a gente fazia com Benny.

Ele não se deu ao trabalho de esconder a expressão indignada de seu rosto. Como ela se atrevia a profanar a memória de suas viagens com Benny ao compará-las com o rapto sorrateiro de Prakash?

— O que foi? O que foi que eu disse?

— Eu alguma vez levei Benny para viajar sozinho? — disse Frank, sua voz tremendo de raiva. — Sem falar com você? Informando você com apenas um bilhete?

Ellie suspirou.

— Frank, só estou tentando ajudar...

— Então me deixe em paz. Isso não está ajudando.

Ele ignorou a expressão nos olhos de Ellie enquanto se levantava e saía da casa. Bateu na porta de Edna.

— Alguma notícia deles? — perguntou ele assim que ela apareceu.

— Nada, senhor — disse ela. — Mas talvez...

Ele assentiu, virou-se e entrou novamente em casa.

Passou os quatro dias seguintes em casa. Seus dias assumiram um padrão marcado por evitar Ellie, falar com Gulab várias vezes, pressionar Edna por pistas que ela pudesse ter sobre o paradeiro de Prakash, cair na cama à noite e dormir mal. O rosto de Ramesh o assombrava. Ele imaginava o menino nas situações mais terríveis, um olhar suplicante no rosto, clamando a Frank por ajuda. Ele acordava no meio da noite encharcado de suor, o coração ribombando.

Seu celular tocou. Era Gulab ligando.

— Sim? — disse ele avidamente.

— Acabei de receber um telefonema da polícia, senhor. Parece que Prakash comprou uma passagem de trem para Aderbad. O camarada que vendeu a passagem para ele estava de folga. Só voltou ao trabalho hoje.

— Que diabos é Aderbad?

— Uma cidade pequena, senhor. Nada de importante lá.

— Por que raios ele iria para lá?

— Só Deus sabe, senhor.

— Bem, diga ao chefe de polícia que mande alguns de seus homens para lá.

Houve uma breve pausa.

— Fora da jurisdição deles, senhor.

Frank rosnou um palavrão.

— Eles estão investigando um caso de sequestro. Nada pode estar fora de sua jurisdição.

Novamente, aquela pausa.

— Eles estão dizendo que um pai levar seu filho não é sequestro, senhor.

Gulab estava zombando dele? Frank mordeu com força o lábio inferior.

— Escute, Gulab. Diga ao chefe para mandar dois de seus homens. Eu pago todas as despesas... mais *baksheesh*.

— Isso vai dar certo, senhor. Vou ligar para ele agora mesmo.

"Por que diabos Gulab simplesmente não lhe disse que subornasse aqueles desgraçados?", perguntou-se Frank ao desligar o telefone. "Por que raios ele estava tão tranquilo quanto a isso?" Como se ele, Frank, não soubesse que a droga do país inteiro era uma fossa de corrupção.

Seu telefone de casa tocou, mas ele o ignorou. Ellie podia atender. Era provável que fosse para ela mesma. Ele foi até onde Edna estava varrendo o pátio.

— O que tem em Aderbad? — perguntou ele.

A mulher o fitou sem qualquer expressão no rosto.

— Senhor?

— A cidade de Aderbad. Quem Prakash conhece lá?

— Nem nunca ouvi falar dela, senhor. Por que o senhor pergunta?

— Porque ele comprou uma passagem de trem para lá.

— Talvez um de seus amigos da loja de bebidas seja de lá — palpitou ela. Mas ele já estava se virando com desprezo. "Mulher burra, ignorante", pensou. "Não sabe nada do marido."

Ellie acenou para Frank enquanto ele andava de volta para casa.

— É bom falar com você, Pete — dizia ela. — E mande um beijo para Janet e as crianças, viu? Bem, aqui está o Frank.

A última coisa que ele queria fazer era falar com Pete. Mas não tinha escolha.

— Vou atender no quarto de hóspedes — disse ele. Entrou lá e esperou que Ellie desligasse antes de dizer: — Ei, Peter.

— Minha nossa, Frank. — A voz de Peter soava próxima e quente em seu ouvido. — Que diabos está acontecendo? Estou tentando falar com você há dias, e Deepak só ficava me enrolando. O que você está fazendo em casa, cara? Temos uma encomenda enorme, e o pessoal já está atrasado.

Merda. A consignação estivera marcada para sair de Girbaug há dois dias. Ele havia encarregado Deepak de cuidar das coisas por um tempo. Obviamente, seu subordinado não havia dado conta. Por que ele não ligara para Frank para informá-lo? Mas depois ele se lembrou: dissera a Deepak que não queria ser perturbado por alguns dias.

— Eu... eu não sabia que não havia saído — disse ele.

— Você não sabia? Que porra é essa, Frank? Eu tenho um monte de distribuidores atrás de mim, e você não sabia?

— Eu havia delegado o projeto a Deepak.

— Por quê? O que há de errado com você? Deepak disse que você não aparece por lá há quatro dias. Por que você está em casa, afinal?

Ele decidiu abrir o jogo com Pete.

— Há problema aqui. Ramesh... você se lembra dele? O garoto que ia aos Estados Unidos com a gente para o Natal... Bem, parece que seu pai fugiu com ele. Eles desapareceram. Eu... eu estou tentando ajudar a polícia a achá-lo. Preciso estar em casa para coordenar as coisas.

Houve um longo e doloroso silêncio.

— Alô? — disse Frank.

— Não acredito — murmurou Pete. — Você está sentado em casa porque um menino foi para algum lugar com o próprio pai? E nesse meio-tempo minhas encomendas...

— Não me subestime, Pete — disse Frank mais severamente do que deveria.

— Subestimar você? Cara, eu estou pronto para estrangular você. Você está me custando milhares de dólares por dia e tudo isso porque...

— Esse garoto é importante pra mim, Pete.

— Dá um tempo, Frank. Você apareceu no trabalho uma semana depois de Benny morrer. E aqui está você...

Frank sentiu algo estourar. Lembrou-se da menção casual que Pete fez de comparecer ao jogo de seu filho na Liga Infantil há alguns meses.

— Não diga o nome do meu filho — ouviu-se dizer. — Não quero que você diga o nome de Benny.

Ele ouviu a inspiração de Peter.

— Que diabos deu em você? Eu amava Benny como um filho meu. E agora não tenho permissão pra dizer o nome dele?

— Quer saber, Peter? — disse ele, sua voz baixa, trêmula de raiva. — Você não sabe de porra nenhuma. Somos amigos há quantos anos, e você não pode me dar um desconto por perder alguns dias de trabalho? Você está mais preocupado com seu saldo bancário do que com um menino cuja vida pode estar em perigo. Vá cuidar da sua vida segura e feliz de cerquinha branca, cara.

— Isso me ofende muito — disse Peter com a voz dura, raivosa. — Você não tem o direito de me culpar por estar obcecado por um garoto pobre na Índia. Sou um homem de negócios, Frank. E você também era, antes de enlouquecer. Se quer brincar de detetive, então não me culpe por isso.

Ele estava louco para sair do telefone para que pudesse abrir um mapa e ver onde ficava Aderbad. E aqui estava esse imbecil que pensara ser seu amigo atrasando-o, falando tediosamente da ética e responsabilidade dos negócios. Frank sentiu uma dor aguda disparar em sua mandíbula e percebeu que a estivera cerrando.

— Escute — disse ele. — Eu... eu vou à fábrica, tá? Vou me certificar de que as encomendas saiam até o fim da semana. Certo?

— Isso não basta, Frank.

— Vou fazer o melhor que posso. — E então seu celular começou a vibrar do outro lado do quarto, o que fez os olhos de Frank se acenderem. Certamente era Gulab, com boas notícias. — Escute, tenho outra chamada. Preciso ir. Falamos em breve.

— Não, espere. Eu quero... — dizia Pete, quando Frank desligou na sua cara. Correu pelo quarto e ficou desapontado de ver que quem ligava era Deepak. "Dane-se ele", pensou. "Ligo de volta daqui a algumas horas."

CAPÍTULO 29

PERMANECERAM SILENCIOSOS na frente da modesta casa de estuque, o menino e o homem. Prakash fitou os muros cor-de-rosa, a porta da frente azul, os pés de jasmim à direita. A seu lado, Ramesh apoiava-se ora num ora noutro pé.

Haviam chegado a Goa naquela manhã. Há duas noites, haviam dormido num banco na estação ferroviária de Aderbad. Ramesh havia relutado, dizendo que queria voltar a Girbaug, mas Prakash havia lhe dito que havia algo que queria que visse em Aderbad na manhã seguinte. Depois disso, tomariam outro ônibus e iriam para Goa.

Quando acordaram no dia seguinte, Prakash contou a Ramesh a história sobre como, quando ele pilotou uma motocicleta de Girbaug até Goa anos atrás, esbarrara num templo no caminho.

— Nunca nem tinha ouvido falar nessa Aderbad — disse ele. — *Bas*, só parei lá pra almoçar. Mas então vi esse templo. E só Bhagwan sabe por quê, Ramu, mas precisei entrar lá. Era tão tranquilo e sossegado. Havia uma grande estátua de Krishna, sorrindo e tudo. Então pedi a Ele que por favor me desse uma linda esposa. Dois, três dias depois conheci sua mãe.

— Então por que vamos lá de novo? — perguntou Ramesh irritado. Ainda que seu pai estivesse carregando sua pequena mala, ele estava rabugento. Sua coluna ainda estava dolorida por ter dormido no banco, e a caminhada da estação de trem ao templo era longa.

Prakash pareceu desapontado.

— Você não percebe, Ramu? Para agradecer. Quero agradecer a Deus por ter me dado minha família.

Um olhar maroto surgiu no rosto de Ramesh.

— Posso pedir a Deus que me dê o que eu quero?

— Claro, *beta*. Quer pedir o quê?

— Quero que meu time ganhe a partida de futebol.

Prakash riu.

— *Bas*, só isso? Bhagwan com certeza vai conceder esse desejo a você. — Ele então acariciou as costas do menino. — Vou rezar desejo maior-maior para o meu filho.

Ramesh insistiu para que eles pegassem um riquixá de volta à estação de trem quando terminassem.

— *Dada*, minhas costas estão doendo — disse ele.

Prakash remexeu no bolo de notas que tinha em seu bolso. Imaginou se Edna já havia notado que ele pegara a maior parte do dinheiro que vinham economizando dentro de uma lata que ela guardava na cozinha.

— *Theek hai* — disse ele. — Vamos pegar um riquixá.

De volta à estação, ele comprou duas passagens para Goa no trem noturno. Uma vez embarcados, Ramesh falou sem parar, exaltado por estar visitando o lugar sobre o qual sua mãe falara tanto. Subitamente, porém, ficou pensativo.

— *Dada* — disse ele, mastigando o *batatawadas* que Prakash comprara na última parada —, por que a *ma* não está vindo com a gente?

Prakash olhou pela janela do trem.

— É uma surpresa — disse ele finalmente. E então voltou o rosto para seu filho. — Você sabe quem mora em Goa?

Ramesh balançou a cabeça.

— Sua avó e seu avô. O mãe-pai da sua mãe. Nós vamos ver eles.

Ramesh parecia desapontado.

— Mas a *ma* disse que eles não estão querendo ver a gente.

— Eles vão querer. Quando virem você. — Prakash esticou o braço e correu seus dedos delicadamente pelo rosto de Ramesh. — Quando virem esse rosto *khubsurat*.

E agora eles estavam de pé no primeiro degrau, olhando a casa onde os pais de Edna moravam. Prakash sentiu a base de sua garganta estremecer. Ansiou por uma bebida para acalmar seus nervos, mas havia jurado não encostar na garrafa enquanto estivesse viajando com Ramesh. Até agora, tinha cumprido sua promessa.

Tomou a mão de Ramesh, subiu os dois degraus e bateu na porta. Não houve resposta. Bateu de novo, um pouco mais alto. Desta vez, eles ouviram o arrastar de pés, e então a porta se abriu e uma idosa de vestido amarelo os espiou.

— Sim?

Prakash pigarreou.

— A senhora é Agnes D'Silva?

— Sim. E você é...

— Eu é Prakash. — Até mesmo para seus ouvidos, seu inglês soou péssimo. Para se recuperar, disse: — E esse é seu neto, Ramesh.

Nada aconteceu. A mulher fechou um pouco os olhos enquanto olhava Ramesh, mas seu rosto era impassível. O momento prolongou-se eternamente.

— Espere — disse Agnes finalmente e desapareceu.

Pai e filho ficaram de pé no sol da tarde, não se atrevendo a olhar um para o outro. Pela primeira vez ocorreu a Prakash que o que ele vinha imaginando — a reconciliação emocionante, os avós arrependidos, o retorno triunfante a Girbaug — talvez não acontecesse. Mas então ele ouviu novas passadas e seu otimismo retornou.

Um homem idoso estava à porta. Ele era alto, tinha ombros largos e um rosto anguloso. Tinha também os olhos mais frios que Prakash já vira. Esses olhos o miravam agora e então se desviavam, como que insatisfeitos pelo que viam.

— Então você é o caipira com quem ela casou — disse o homem. Os olhos tremularam na direção de Ramesh. — E esse é o bastardo.

Prakash soltou um grito de protesto.

— Esse é o seu neto — disse ele, como se o velho não tivesse entendido. — Viemos aqui...

— Você deve estar enganado — falou o velho cuidadosa e deliberadamente. — Eu não tenho neto porque não tenho filha. — Ele recuou e fechou a porta.

Eles ficaram em estado de choque, fitando a porta azul fechada. Prakash queria socá-la, destroçá-la, irromper e espremer aquela garganta velha e podre até que o homem retirasse suas palavras. Mas ele suspeitou que perderia numa briga com o pai de Edna. Não tinha recursos para combater uma crueldade tão deliberada. Além disso, Ramesh havia ouvido palavras desagradáveis o suficiente. Ele precisava ser protegido de qualquer outra crueldade.

— Venha, Ramu — disse ele, tomando sua mão. — Vamos lá. Esse *boodha* é louco.

Almoçaram numa barraca à beira-mar — curry de pitu para o menino, *vindaloo* de frango para ele. Mas a comida estava amarga para Prakash. Para mascarar seu gosto, pediu uma taça de *feny*, o vinho goanês feito de castanhas de caju. Depois pediu outra taça.

— *Dada* — disse Ramesh, lançando-lhe um olhar preocupado. — Não beba tanto, *na*?

Ele olhou seu filho como se o visse pela primeira vez. Sentiu como se entendesse o próprio filho por completo — a circunferência apertada de seu presente, as limitações estreitas de seu futuro. Sentiu uma piedade insuportável ao observar aquele rosto jovem e ávido devorando o arroz com curry. Para pôr um fim a essa sensação de piedade, virou uma terceira taça de *feny*.

Cambaleou para fora da barraca com Ramesh o seguindo junto de seus calcanhares.

— Você querendo voltar ao hotel? — perguntou ele ao menino e ficou aliviado quando Ramesh fez que não. A ideia de voltar ao quarto deplorável com a tinta descascada e manchas de *pan* na parede do banheiro era deprimente demais. — Vamos deitar aqui — disse ele jogando-se na areia. Adormecera em instantes.

Mas não por muito tempo. Acordou vinte minutos depois com o gosto amargo ainda na boca. A ideia dessa viagem viera a ele quando estava sentado em seu catre cuidando do ferimento provocado pelo americano. Ele acreditara que os pais de Edna se derreteriam na presença de seu lindo neto. Que se arrependeriam dos anos de ausência e insistiriam para que os três se mudassem para Goa. Teria ficado feliz em fazê-lo. O interesse do americano em seu filho estava começando a assustá-lo. Queria que outras pessoas declarassem Ramesh como membro de sua família, queria que Ramesh pertencesse a uma família maior — pessoas com quem ele compartilhava laços de sangue.

Acima de Prakash, o céu estava rodando e ele maldisse a si mesmo por ter bebido tanto *feny* tão rápido. Ele olhou para sua esquerda, onde Ramesh estava deitado na areia.

— Ramu — disse ele. — Está dormindo?

— Não, *dada*.

Prakash pensou por um instante.

— Ramu, jamais seja pobre como seu *dada*. Esse mundo não gosta de gente pobre. Promete?

— Prometo, *dada*.

— Ótimo. E, Ramu, outra coisa. Nunca beba tanto quanto seu *dada*. Promete?

— Prometo, *dada*.

Ele ficou em silêncio por um longo momento, olhando fixamente o céu que girava e rodopiava.

— E Ramu, nunca seja órfão como seu pai. Promete?

— Prometo, *dada* — disse Ramesh dando uma pequena risada.

Prakash virou a cabeça para olhar o filho.

— Você está zombando de seu *dada*.

Ramesh franzia o nariz de modo a tentar não rir.

— Desculpe, *dada*. Mas como eu posso prometer não ser órfão? Isso é com você.

Quando viram, já estavam rindo, rindo tanto que Prakash sentiu um jato quente de urina vazar em suas calças. Ele contraiu imediatamente seus músculos.

— *Saala* — disse Prakash, rolando até o filho, lutando de brincadeira com ele. — Zombando do seu velho.

— Não estava, *dada* — gritou Ramesh. — Mas o que você disse foi tão engraçado.

O riso e a luta de brincadeira fez bem aos dois, quebrando o feitiço lançado pelas palavras cruéis do pai de Edna. Prakash sentiu algo se libertar em seu coração. "Que aquele velho fosse para o inferno", pensou ele. "Se ele não consegue localizar um diamante Koh-i-noor na sujeira, azar o dele. Eu sei o valor do meu filho."

Ele ficou sentado de cócoras e puxou Ramesh para junto de si. Pai e filho ficaram nessa posição por alguns minutos, fitando a água. Ele beijou a cabeça do menino.

— Você é minha vida — sussurrou ele. — Sempre se lembre disso.

— Eu sei, *dada*. — E dessa vez não havia travessura na voz do menino.

— *Chalo* — disse Prakash finalmente. — Vamos até o mercado comprar algumas coisas para sua mãe. Alguns doces goaneses que eu precisando comprar para ela. Amanhã de manhã, a gente volta para Girbaug.

— Quero ficar, *dada*. Eu gosto de Goa.

Ele beijou o menino novamente.

— Eu sei, *beta*. Mas tantas aulas que você está perdendo. E sua mãe vai estar nos esperando.

Eles chegaram a Girbaug às nove da noite seguinte, repletos de presentes: *bebinca* e outros doces para Edna e Ramesh, duas garrafas de *feny* para Prakash e dois pacotes de castanhas goanesas para a senhora Ellie. Enquanto subiam pela entrada da garagem, com Ramesh saltitando à sua frente, Prakash sentiu seu peito apertar. Apesar do fracasso de sua missão, ele adorara cada minuto que passara com o filho. Agora, teria novamente que dividir Ramesh com outras pessoas. Ele se forçou a lembrar do maravilhoso tempo que passaram juntos.

"Ele pertence a mim", disse a si mesmo. "Esse menino é meu e de Edna. De mais ninguém."

CAPÍTULO 30

Cinco dias se passaram desde que Prakash trouxera o menino de volta, e Frank ainda estava sofrendo com a insolência do homem. Prakash havia voltado para casa como se tivesse todo o direito de partir com o filho. E agora, agia como se não fizesse ideia alguma do estrago que ocasionara — a angústia que causara a Edna, o gasto da busca policial, os dias de trabalho perdidos que o episódio custara a Frank. Prakash havia, aliás, ficado indignado quando soube que a polícia estivera à sua procura por toda Girbaug e Aderbad. "O quê? Eu não tenho o direito de ir a algum lugar com meu próprio filho?", Frank o ouvira gritar com Edna. "Diga ao seu chefe americano que dispense seus cachorros de estimação. Polícia me acusar de quê? De levar meu filho para viajar?"

Ele quisera sair marchando de casa naquele momento e esmagar o rosto do desgraçado. Pulverizá-lo para então recuar e assistir com satisfação. Mas muitas coisas o detiveram. A lembrança da aversão no rosto de Ellie à medida que ele ficou mais e mais envolvido na busca da polícia por Prakash. Sua hostilidade para com Gulab, que havia frequentemente passado em sua casa para dar as últimas informações. Também a lembrança de Ramesh reconfortando o pai depois que Frank o empurrara no pátio. E, finalmente, um Ramesh sorridente entrando em sua casa, trazendo presentes de Goa para eles. Exatamente como se tivesse acabado de voltar de uma verdadeira viagem de família.

Ellie ficara comovida com os presentes. Bem, deixe-a se iludir. Ele não se enganava facilmente. Prakash tivera toda a intenção de fugir com o menino. A passagem de trem para Aderbad fora uma armadilha para despistá-los. O camarada era mais esperto do que parecia, ele tinha que admitir. O porquê de ele ter voltado depois de cinco dias ainda era um mistério. Provavelmente o dinheiro acabara mais rápido do que previra. Ou talvez tivesse outra carta na manga. Talvez estivesse seduzindo todos à complacência, para que da próxima vez que fugisse com Ramesh, ninguém se preocupasse. Bem, ele só precisava vigiar o menino como um falcão. Talvez mandar Satish levá-lo à escola e buscá-lo.

Frank olhou a pilha de papéis à sua frente. Não conseguia acreditar na quantidade de trabalho que se acumulara durante o tempo em que ficara em casa. No entanto, a ideia de atacar a pilha fazia seus olhos doerem. Ele também tinha mais de oitenta e-mails em sua caixa de entrada. Metade deles parecia ser da droga do Pete, sobre a consignação que ainda não saíra de Girbaug.

Ele esfregou a testa e olhou pela janela, tentando descobrir um jeito de impedir quaisquer planos que Prakash pudesse ter para Ramesh. Seu telefone tocou e ele o focou com desgosto antes de atender.

— Alô? — disse ele.

Quem ligava soltou um suspiro que pareceu uma rajada de vento em seu ouvido.

— Frank? Aqui é o Pete.

— Olá, Peter.

— Escuta, é uma ligação rápida. O que está havendo com a consignação?

"Então é assim que as coisas estão agora", pensou Frank. "Sem conversa fiada, sem perguntar por Ellie. E isso vindo de um homem que foi ao seu casamento e carregou o caixão no enterro de Benny."

— Acho que vamos enviá-la amanhã.

— Você acha? Eu preciso de mais do que achar, Frank. Já se passaram...

— Eu sei quanto está atrasado, Pete. Estou resolvendo.

— Você está resolvendo? Eu não acredito nisso. Escuta, Frank, você parece ter esquecido que tem uma droga de um emprego. Que nós não estamos pagando você para ficar sentado em casa e...

— E você parece ter se esquecido do fato de que eu rendi mais dinheiro pra você do que qualquer outra pessoa em sua empresa, Pete.

— Então é isso que você está fazendo? Vivendo seus dias de glória?

— Não. Eu já disse a você que a encomenda está quase pronta para ser enviada.

Houve um longo e doloroso silêncio. E então Peter Timberlake disse:

— Sabe de uma coisa, Frank? Andei pensando nisso. Quero que você volte para casa. Estou tirando você da Índia.

— Do que você está falando?

— Exatamente o que eu disse. Seu contrato acabou. De todo modo, precisamos de um rosto indiano para encabeçar a fábrica. Está na hora de você voltar para casa.

— Pete, você perdeu a cabeça? Você sabe que eu estou no meio da negociação da nova maquinaria para a fábrica que vai cortar um terço dos nossos custos com mão de obra...

Peter riu.

— *Eu* perdi a cabeça? Maravilha, Frank. Você perde um prazo e fica em casa se arrastando pelos cantos porque um pobre filho da mãe sai de férias com o próprio filho, e você me pergunta se *eu* perdi a cabeça?

Suas mãos estavam tremendo tanto que ele precisava das duas para segurar o telefone.

— Escute, Peter. Vou enviar a consignação até amanhã, prometo. Diabos, mesmo que eu tenha que ficar aqui a noite toda eu vou garantir que seja feito.

Peter suspirou.

— Frank, é mais que a consignação. Olha, com toda a confusão trabalhista que você teve aí, só acho melhor você voltar para os Estados Unidos.

— Melhor para quem, Pete? — disse Frank.

Não havia como não perceber a frieza na voz de Pete.

— Ora, melhor para a HerbalSolutions, Frank. Pelo amor de Deus, não leve isso para o lado pessoal.

"Pete, seu babaca, nós somos amigos", quis gritar Frank a ele. "Eu troquei fraldas dos seus filhos. Com quem você acha que está falando desse jeito todo rígido e formal?" Em vez disso, ele disse:

— Olhe, Pete. Não me faça implorar. Minha nossa, Ellie vai ter um ataque quando souber.

— Frank — disse Pete com uma voz calma —, o que você vai fazer? Viver em exílio o resto da sua vida? Você e Ellie? A Índia não é seu lar, amigo. Você precisa encarar o que aconteceu e seguir em frente, sabe? Não acho saudável, o fato de você até ter nos dispensado no Natal.

Frank ficou subitamente feliz por Pete estar do outro lado do planeta, porque ele o teria surrado se estivessem na mesma sala. "Seu imbecil maldito", pensou ele, "sentado em seu escritório com sua vida perfeita, me dando sermão sobre o que é saudável".

— Frank, você ainda está aí?

— Sim. Eu só... — tentou dizer mais, mas sua voz falhou. Seu olho esquerdo começou uma contração involuntária.

— Ah, merda — disse Peter arfando. — Não estou tentando magoar você, Frank. Mas já estou decidido. Preciso de você aqui. Você pode levar... não sei... dois a três meses para encerrar as coisas aí. Posso enviar o Stan para ajudar você, se quiser.

— Tudo bem — disse ele, lutando contra suas emoções. Ele não se desintegraria de forma alguma na frente de Peter Timberlake. —

Escuta, preciso que você prometa... você não pode mencionar isso a Ellie. Eu... eu preciso dizer a ela na hora certa.

— Sim, tudo bem. Isso é assunto seu.

— Então você promete?

— Sim. Mas é melhor contar a ela logo, rapaz. Dois meses passam rápido.

— Tem certeza de que eu não posso fazer você mudar de ideia, Peter? — perguntou ele, odiando a si mesmo pelo tom de súplica que sua voz assumiu.

— Creio que não, Frank.

— Tudo bem. Nos falamos depois — disse Frank.

Ele desligou o telefone, e seu primeiro pensamento foi sobre Ramesh. Deixar a Índia significava deixar Ramesh para trás. Ele tentou se levantar da cadeira, mas não conseguiu. Suas pernas pareciam ser feitas de palha, sua cabeça parecia cheia de fios de algodão. "Merda", pensou ele, "talvez estivesse ficando doente de novo". Mas mesmo enquanto pensava isso, sabia que a verdade era que ele sofria não de uma doença do corpo, mas de uma da alma. Isso se amor pudesse ser chamado de doença, é claro.

A intensidade de suas emoções o estarreceu. Quando foi que Ramesh se tornara tão importante em sua vida? Como podia ser que a ideia de sair da Índia e se reunir com Scott, sua mãe, todas as pessoas que iluminavam sua galáxia não lhe desse consolo ou alegria? Ele admitiu a resposta para si mesmo: Ramesh se tornara a estrela mais brilhante de sua galáxia, seu sol, e sem ele seu futuro parecia árido e escuro. Sem o sol — sem o filho — havia apenas o Pai, perdido e solitário, sem nada para guiar seu caminho.

Ele pensou em seus rituais com Ramesh — suas corridas matinais na praia quase deserta; os cortes de cabelo mensais no salão no Hotel Shalimar; os jantares de domingo em casa, em que Frank ensinava Ramesh a usar os talheres adequados, mesmo enquanto Edna os servia, sorrindo orgulhosamente à visão de seu filho cortando o frango com garfo e faca.

E aqui estava Pete querendo tirar tudo isso dele. Querendo que ele abandonasse Ramesh como se fosse um lixo que havia pegado na praia. Lutou contra o ímpeto de pegar o telefone de novo e suplicar com Peter ou mesmo ameaçar se demitir. Mas não podia correr o risco de Pete comprar a história da demissão. Que Pete fosse para o inferno! Talvez conseguisse um emprego em outra multinacional na Índia. Não havia outra empresa estrangeira em Girbaug. Se ele tivesse muita, muita sorte poderia conseguir algo em Bombaim. Mas isso era muito improvável, e mesmo que conseguisse, talvez só pudesse ver Ramesh uma vez por mês. Quanto tempo demoraria até o menino se atrasar em seus estudos, quanto tempo até ele se esquecer de seus modos à mesa, até seu inglês ficar ainda pior? Perder Ramesh lentamente, ao longo do tempo, à medida que ele sucumbisse à fisgada de sua cultura e família desestruturadas, seria mais doloroso do que perdê-lo de uma só vez.

Perder Ramesh não era uma opção. Não. Ramesh tinha que ir com eles para os Estados Unidos. Ele tinha que pensar num jeito de fazer isso acontecer. Não havia nada para o garoto aqui em Girbaug.

Ele precisava pensar, pensar. Precisava ganhar um pouco de tempo. Uma coisa era certa: Ellie não podia saber da decisão de Pete. Ele teria que agir como se tudo estivesse normal. Olhou ao redor no seu escritório, ainda pregado à cadeira. "Isso é a minha vida", pensou, "e ela está sendo destruída pelo desgraçado que se diz meu amigo. Fazendo com que eu renuncie a ela. E vou... vou renunciar aos carros com chofer, à moradia gratuita e às bugigangas que Pete jogara em meu caminho quando quis que dirigisse a fábrica. Mas nunca vou desistir do verdadeiro tesouro, da verdadeira pedra preciosa: Ramesh".

CAPÍTULO 31

— ENTÃO, O QUE ELE ESTÁ FAZENDO que está deixando você tão nervosa? — perguntou Nandita a Ellie enquanto as duas vagavam pelas ruelas estreitas do Agni Bazaar.

Ignorando os gritos exaltados dos vendedores, Ellie relembrou as inúmeras vezes em que entrara num aposento e encontrara Frank falando sozinho, como se estivesse perdendo uma discussão furiosa. Também havia a maneira com que ele ficava sentado por horas na varanda, fitando o mar, ora num estado quase comatoso, ora animadíssimo. E o mais estranho de tudo era o tique em seu olho esquerdo.

— Ele se contorce — disse ela.

— O que você quer dizer com isso? — perguntou Nandita.

— Ele se contorce. Quer dizer, está nervoso e angustiado, seus olhos correm de um lado para o outro e ele se contorce. Ainda por cima tem uma coisa esquisita que o olho esquerdo dele está fazendo.

Um jovem magricela tentou roçar-se em Nandita, e ela o olhou de modo funesto enquanto o evitava habilmente.

— Você acha que Frank está deprimido?

— Não sei. Adoraria receitar para ele antidepressivos, fazer com que ele experimente o Xanax por algumas semanas. Mas ele não quer nem ouvir falar disso.

— Ele ainda está sob muita pressão, né? Pelo menos Ramesh agora está de volta, as coisas vão melhorar.

— Sim, talvez — disse Ellie fazendo uma pausa de um segundo. — Engraçado... pensei que quando ele descobrisse por que Prakash levou Ramesh para Goa, ficaria aliviado. Achei que foi um gesto tão bonito. Mas parece que ele ficou ainda mais irritado.

— Bom, ele ainda deve se sentir um pouco idiota, você não acha, El? A busca policial, tudo aquilo foi um pouco excessivo.

— Nem me fale. Implorei para que ele não fizesse aquilo, mas ele estava obcecado. Incontrolável. — Ellie então estremeceu. — Foi uma semana muito, muito ruim, Nan. Naquela primeira manhã em que seu cabelo ficou grisalho da noite para o dia, tive tanto medo. — Ela fez uma cara de arrependimento. — Havia esperado mesmo que a cor de seu cabelo voltasse a ser como antes.

Nandita apertou seu braço.

— Tudo bem. Ele ainda está bonitão, mesmo com o cabelo grisalho.

Ellie sorriu.

— Sua sem-vergonha. Fico tão feliz por você ter vindo comigo hoje. Acho que comprar é a terapia de que eu tanto preciso. — Ela espiou dentro de uma loja. — Podemos entrar aqui um pouquinho?

Elas entraram juntas, tentando ignorar a barulhenta e agressiva estratégia de vendas dos lojistas rivais. O proprietário correu até elas, fazendo reverências e balançando a cabeça.

— Entrem, entrem, senhoras — disse ele. Estalou os dedos e um jovem apareceu. — *Arre*, não vê que temos duas convidadas? — berrou ele. — Traga duas coca-colas geladas, rápido.

Ellie abriu a boca para recusar e depois pensou melhor. A experiência havia lhe mostrado que ela não podia competir com a afamada hospitalidade indiana, ou ainda com a agressiva estratégia de vendas indiana.

— Posso ver esse anel turquesa? — perguntou ela.

— Claro, senhora, claro. — O lojista voltou-se para Nandita. — E para a senhora, madame? Bela-bela joia de ouro, prata estamos tendo.

Elas passaram do balcão de joias para a seção de tecidos. Dois homens desenrolavam habilmente rolos após rolos de sedas vivamente coloridas para elas inspecionarem.

— Já está bom — protestou Ellie, cercada por um mar multicolorido de tecidos. — Por favor, não se dê ao trabalho.

— Não é trabalho, senhora — disse um dos homens sorrindo. — Se a senhora não olhar, como vai comprar?

— Olha, não compre nada por culpa — sussurrou Nandita para ela enquanto bebiam suas cocas. — Esses homens são bons, são negociantes *pucca*.

Ela acabou comprando o anel turquesa para si mesma, insistiu em comprar uma corrente de prata para Nandita, e foi persuadida a levar uma *kurta* masculina de seda para Frank, apesar de saber que ele nunca a usaria.

Os outros vendedores se lançaram num frenesi quando as duas emergiram com suas sacolas de compras.

— Senhora, bons produtos americanos estamos tendo — gritaram eles atrás delas, não entendendo que esses produtos seriam a última coisa que as duas queriam.

— Ignore-os — instruiu-lhe Nandita. — Não olhe para eles. Caso contrário você estará carregando dez sacolas de chocolates Hershey's em pouco tempo. — Ellie estremeceu visivelmente.

— Ah, como você é esnobe.

— Sou mesmo. — Como a maioria dos indianos de classe média alta, Nandita achava que os chocolates americanos eram horrorosos.

— Como se os da Cadbury's fossem melhores. Ou ainda os da Lindt.

— Cuidado. Você está pisando em ovos aqui — disse Nandita fingindo estar ofendida. — Daqui a pouco vai começar a ofender a rainha — disse ela soluçando.

Ellie agarrou a mão de Nandita.

— Você é louca. Vamos lá. Temos que achar um riquixá. Preciso ir pra casa agora.

— Ei, antes que eu me esqueça — disse Nandita depois de elas estarem no riquixá —, você conhece minha prima Divya? A que mora na Austrália? Ela vai estar em Nova Déli no dia 21. Você iria comigo até lá por alguns dias? Shashi não pode largar o hotel. Então pensei que podia ser uma saída só de meninas.

— Vou ter que olhar minha agenda.

— *Ae*, dane-se sua agenda. Por que você não diz logo sim? Há séculos estou querendo que vocês se conheçam.

Ellie riu.

— Quero conhecê-la também. Quanto tempo vai demorar pra chegarmos lá?

— Podemos tomar o trem noturno. Você vai estar de volta em seis dias, prometo.

— Bom, parece ótimo — disse Ellie suspirando. — E eu bem que gostaria de viajar por alguns dias, Nan. O clima lá em casa... não sei, fica muito pesado às vezes.

— Que bom. Então está combinado. Eu compro as passagens de trem.

CAPÍTULO 32

De algum modo, ele conseguiu colocar Ramesh de lado. Disse ao menino que não poderia correr com ele naquela manhã. Forçou-se a ignorar a incompreensão magoada que viu nos olhos do menino. "É para o próprio bem dele", disse Frank a si mesmo.

E agora ele estava sentado numa das grandes pedras submersas na água, com as ondas beliscando seus pés descalços. Fitando o sol erguer-se do horizonte. Mesmo tentando se livrar do plano que vinha arquitetando, sabia que havia ido àquele local solitário para repassar os toques finais. Para pensar em tudo, para que o plano se desenrolasse como uma peça, como um poema, quando a hora chegasse.

Haveria violência. Haveria sangue. Isso ele teria que aceitar. Havia ido até lá para testar a si mesmo, para testar seu amor pelo menino. Para perguntar a si mesmo se estava disposto a pagar qualquer preço para ter o menino. Para pesar a alegria de ter Ramesh e a maculação de sua alma.

Não havia outro jeito. Ele precisava ficar se lembrando disso. Senhor, se houvesse qualquer outro jeito, ele o aceitaria. Se pudesse adotar legalmente Ramesh, por exemplo. Mas todos eles — Prakash, Edna, Peter e Ellie — haviam bloqueado seu caminho. Agora não havia caminho senão esse. E ele tinha que planejar *esse* caminho. Planejar cada detalhe, como um plano de negócios.

Mas não foi por isso que ele fora ali. Os detalhes do plano podiam ser planejados em qualquer lugar — enquanto Satish o conduzia ao trabalho, enquanto tomava o café da manhã, enquanto estava desperto na cama com Ellie respirando baixinho a seu lado. Não, ele havia vindo a esse local tranquilo para o reconhecimento. Para segurar seu coração ganancioso numa das mãos e sua alma imortal noutra. Para ver qual dos dois preferiria, para que lado a balança iria pender. Para marcar esse momento naquele local preciso onde ele se firmava entre o Frank que havia sido e o Frank que seria. Para ver o que ele valorizaria: a delicada religião, de dar a outra face, na qual fora criado ou a teologia libertadora e amoral que havia surgido diante dele quando estivera com pneumonia. Para perguntar qual era o seu combustível: o ódio corpulento e viscoso que o sufocava ao pensar em Prakash ou o amor leve e efervescente que o preenchia ao pensar em Ramesh. Para resolver o paradoxo que era tanto o seu ódio quanto o seu amor o levarem ao mesmo lugar escuro e sangrento.

Acima de tudo, fora ali para forçar sua imaginação a ver se havia possibilidade de uma vida nos Estados Unidos sem Ramesh.

Ele tentou. Ficou sentado naquela pedra de olhos fechados com o suor escorrendo pelo rosto. E não conseguiu ver nada. Escuridão. Ellie e ele envelhecendo em Michigan, sem mais nada para dizer um ao outro, palavras ocasionais escorrendo deles como gotas d'água de uma bica. Ellie e ele deixando a luz da varanda apagada no Halloween, com medo da enxurrada de crianças felizes e alvoroçadas saltitando pela rua deles para pedir doces. Ellie e ele olhando, famintos, as crianças de outras pessoas no shopping, em festas, no playground, até que seus pais, percebendo a fome deles, afastavam-nas.

Ele abriu os olhos. O mundo pareceu embaçado por um momento e depois voltou a ficar em foco, com uma nitidez tão aguda que Frank perdeu o fôlego. Ele levantou-se de onde estava e apressou-se para fora da água, livrando-se das algas marinhas presas em torno de seus pés. Ele já havia perdido muito tempo. E sabia exatamente a próxima coisa que tinha que fazer.

CAPÍTULO 33

— Obrigado por vir tão de última hora — disse Frank ao homem sentado diante de si. — Eu agradeço.

Por um momento, o homem, corpulento como um prédio — alto, impenetrável, um vazio em seu rosto —, não se alterou. Então, Gulab assentiu levemente.

— Claro, senhor. É um prazer.

Frank desviou o olhar para escapar dos olhos escuros e sub-reptícios de Gulab. Seu olhar alcançou o deste e seguiu a descida lenta de uma folha verde de uma árvore do lado de fora de sua janela.

— Senhor? — disse Gulab. — O senhor estava dizendo?

— Ah, sim — disse Frank com a voz um pouco trêmula. — Ouça, Gulab. Isso é confidencial. Posso esperar que você...

— Senhor. Qualquer coisa que o senhor algum dia disser para mim será absolutamente confidencial. Sou um homem treinado pelo Exército, senhor. Fui ensinado a manter minha boca fechada.

Frank assentiu. Ele olhou as mãos grossas e largas de Gulab, lembrou-se do que ele dissera uma vez: "*Eu já matei homens com minhas próprias mãos.*" Há muito tempo, havia ficado enojado pela força bruta que elas representavam. Mas desde que Gulab havia lhe ajudado em sua busca por Prakash, tinha passado a vê-lo como um aliado confiável e competente. Hoje, ele via essas mãos o ajudando a levar Ramesh aos Estados Unidos em segurança.

— Não sei se você se lembra disso — disse Frank. — Quando esteve na minha casa, há muitos meses, disse algo sobre procurar você se algum dia precisasse levar Ramesh conosco para os Estados Unidos. O que você quis dizer com isso?

O rosto de Gulab era indecifrável.

— Disse que apenas me pedisse quando o senhor estivesse realmente preparado, senhor. — Ele olhou fundo nos olhos de Frank. — O senhor está preparado?

— Estou — disse ele, com a voz firme. Mas suas mãos estavam tremendo incontrolavelmente, e ficou contente por sua escrivaninha esconder isso de Gulab.

— Então será um prazer ajudá-lo.

— Quero que Prakash suma — disse Frank, as palavras saindo corridas. — Quero que você... cuide dele. Pra mim.

O rosto de Gulab estava impassível.

— Está bem, senhor.

Ele teve de se certificar.

— Você entende o que estou falando? O que... o que estou pedindo a você?

— Claro, senhor. Sem problema — respondeu Gulab na mesma hora.

O olho esquerdo de Frank começou a se contrair, e ele torceu para que Gulab não visse isso. Sentiu o suor se acumular em sua testa e lutou contra a vontade de limpá-lo. Isso não era hora de agir como um garotinho. Esforçou-se para recapturar um pouco da segurança que sentira depois de chegar a uma decisão na orla na manhã de dois dias antes.

— E quanto a Edna? — perguntou ele.

Gulab deu de ombros.

— Vou cuidar dela também.

Frank permitiu a si mesmo uma sensação de remorso. Lembrou-se do rosto ávido e sorridente de Edna e de seu sincero orgulho do interesse que Frank tinha por seu filho. Mas não tinha como ser diferente. Edna iria se ater ainda mais fortemente a Ramesh se seu marido estivesse morto. Havia que se... lidar com ela... também.

— Há algum outro parente que pode reivindicar o menino?

— Quem, senhor? Você ouviu o que os pais de Edna disseram quando o *chootia* arrastou o menino para Goa. E Prakash não tem parentes — disse Gulab sorrindo. — Mesmo se alguém aparecer, eu vou... convencê-los.

Sem ninguém para reivindicar Ramesh, ele e Ellie poderiam dar início aos procedimentos de adoção. Ele sabia que Ellie era sentimental demais para abandonar Ramesh. E naquelas circunstâncias, estava certo de que Tom Andrews os ajudaria a pular os obstáculos da Imigração. Caramba, ele poderia até ter Ramesh com ele nos Estados Unidos antes do fim de maio.

Frank percebeu que estivera prendendo a respiração.

— Se eu aceitar isso, quando... como... você realizaria isso?

Gulab pensou por um momento.

— Melhor se for feito tarde da noite, senhor. Quando estiverem dormindo. Fácil chegar ao casebre diretamente da rua. Mesmo assim, melhor se o senhor e sua esposa estiverem fora de casa quando acontecer.

Frank assentiu.

— Estive pensando o seguinte: Ellie vai fazer uma viagem para Nova Déli com uma amiga no dia 21. E se eu levasse Ramesh para fora da cidade nesse mesmo fim de semana? Você pode fazer, então.

— Isso será perfeito, senhor. Vai me dar tempo suficiente para fazer preparações. O senhor vai sair sábado de manhã, sim?

Ele assentiu, sua mente acelerada. Já havia decidido que diria a Prakash que queria levar Ramesh a Bombaim para ver o campeonato de futebol da Índia. O queixo de Frank retesou-se frente à ideia de bajular Prakash. “Mas é só por algumas semanas”, lembrou a si mesmo.

Gulab pigarreou.

— Senhor, outra coisa. O senhor não precisa se preocupar com chegar em casa e encontrar os... corpos. Depois que o serviço estiver feito, eu vou fazer uma ligação anônima para a polícia, dizendo que ouvi disparos. Eles vão dar uma olhada na casa e depois vão ligar para o senhor. Então suas férias serão interrompidas. Infelizmente.

“É como se estivéssemos planejando um piquenique em vez de um assassinato”, pensou Frank. Ele imaginou o olhar arrasado no rosto de sua mãe se ela entreouvisse essa conversa, imaginou sua consternação diante de quanto seu filho, o coroinha que havia cantado na igreja de St. Anne todo domingo, havia decaído. “Mas não há outro jeito”, lembrou a si mesmo. Entre a obstinação de Prakash e a decisão de Pete, ele fora deixado sem opções. Além disso, tinha de pensar no futuro de Ramesh. Deus é testemunha de que ninguém mais estava pensando nele.

— Mais uma coisa, Gulab — disse ele. — Você tem que fazer isso você mesmo. Não quero mais ninguém envolvido, ninguém. E eu... eu não posso ser implicado, você entendeu? Eu... acredite em mim, se eu pudesse pensar em outro jeito de resolver isso, eu faria. Mas em circunstância alguma...

— Frank *sahib*... — interrompeu Gulab. — Não se preocupe tanto. — Seu tom mudou e estava mais relaxado, jocoso. — Isso não é nada. — Ele deu então um piparote. — Como matar um mosquito.

Frank não gostou dessa leviandade, desse descaso. Queria que Gulab entendesse a gravidade da situação, que desse a ela a importância que merecia.

— Ouça, Gulab — disse ele. — Isso... o que estou fazendo... vai contra tudo que eu conheço e acredito. Você entende? Eu... nós, americanos, acreditamos na santidade da vida. Fui criado com “não matarás”.

Algo brilhante lampejava nos olhos de Gulab. Mas quando ele falou, seu tom era monocórdio, seu rosto, inexpressivo.

— Sim, senhor. No mundo inteiro, americanos são conhecidos por respeitar a vida.

O homem estava zombando dele? Frank o olhou fixamente, mas a expressão de Gulab era tão vazia quanto uma parede.

— Em todo o caso, quero que me garanta que você vai... fazer o serviço você mesmo.

— Sem problema, senhor.

— E... mais uma coisa. Quanto... isso é, o que você cobra por esse serviço?

O sorriso de Gulab era fino e alongado.

— Sem preço fixo, senhor. Isso não é exatamente minha profissão, dar cabo das pessoas. Só um favor para o senhor. O que o senhor quiser pagar está bom.

Frank sentiu o suor se formar na sua testa novamente. Sentiu-se fraco, nauseado, e suas mãos agitavam-se em seu colo.

— Gulab, não faço ideia do que seria justo.

— Poderia ser um *lakh*, senhor? Um desconto especial para você — acrescentou ele.

Um *lakh*. Frank fez um cálculo rápido. Isso era cerca de 2.500 dólares. Sentiu algo torcer em seu coração. Ele agora sabia o valor de uma vida humana. De duas vidas.

Gulab aguardava a resposta.

— Tudo bem — disse Frank. — Mas esse dinheiro tem que sair da minha conta pessoal, é claro. E eu tenho que sacá-lo sem deixar minha mulher desconfiada. Então preciso pensar em como...

— Compre um tapete.

— Como é?

— Meu amigo tem uma loja, senhor. Vende tapetes feitos a mão. Boa qualidade. O senhor compre um bem barato. Ele vai dar um recibo de um *lakh* pra você. O senhor então vai me dar um cheque ao portador na semana que vem. E eu vou dar a fatura para você. Tapete entregue alguns dias depois... depois do serviço.

Então Gulab sabia como lavar dinheiro. Não deveria surpreendê-lo, de fato, que alguém tão experiente como ele tivesse tudo planejado. Esse, afinal de contas, era um país em que o suborno era tão comum que homens de negócios da classe média se gabavam abertamente de nunca terem pagado uma multa de trânsito sequer. Ele mesmo havia se acostumado a pagar *baksheesh* para cada maldita licença e autorização de que precisava na HerbalSolutions.

— Outra coisa, senhor — estava dizendo Gulab. Agora só falta decidir a data em que o senhor vai me pagar. Melhor eu vir aqui buscar. Afinal, não deve haver contato conosco até... depois. Mais seguro para o senhor, assim.

— Tá certo — sussurrou ele. — Mas... e se algo sair errado, Gulab?

Gulab endireitou-se em sua cadeira e jogou os ombros para trás.

— Não sei se o senhor se lembra. Mas há muito tempo... quando o problema com Anand estava acontecendo... o senhor me responsabilizou pelo que aconteceu com aquele rapaz. Naquela época o senhor me disse que eu lhe devia. — Para a consternação de Frank, Gulab engoliu em seco, e Frank percebeu que suas palavras impensadas haviam afetado profundamente esse homem. — Bem, Gulab Singh não gosta de dever a homem nenhum, senhor. Então eu dou minha palavra, se algo sair errado, não vou traí-lo. Vou ser pendurado na forca antes de fazer isso. Direi que tinha um acerto de contas de muito tempo com Prakash. Tá bom?

E Frank teve a sensação irreal de que no espaço de tempo que custou para Gulab fazer essa promessa, o mundo havia se partido em milhões de peças de quebra-cabeça e se reorganizado novamente. Esse homem, que ele havia pensado ser um assassino frio, havia demonstrado subitamente a sensibilidade de uma borboleta. Havia tomado essa expressão coloquial tipicamente americana — "você me deve essa" — como um desafio à sua honra. Pensou na revelação que tivera quando doente. Um bondoso e velho Deus com uma barba longa e espessa jamais poderia ter criado um ser tão intricado quanto Gulab; o nascimento de um homem tão imoral e honrado exigia a aleatoriedade de um outro universo.

— Certo — disse ele.

Ficou sentado em sua cadeira por um bom tempo depois de Gulab ter ido embora. Diversas vozes competiam por sua atenção... a voz de sua mãe, lendo a Bíblia para ele quando menino, Scott discutindo Hegel e a metafísica com ele quando os dois eram rapazes, Ellie lendo em voz alta passagens do último sermão do padre Oscar Romero, Benny recitando a oração que dizia toda noite antes de ir para a cama:

Obrigado pelo mundo tão maravilhoso
Obrigado pela comida que comemos
Obrigado pelos pássaros que cantam
Obrigado, Deus, por tudo

Ele olhou as próprias mãos. Pareciam sujas, manchadas, como se a ação que ele contemplava já tivesse ocorrido. E então, subitamente, estava com ânsias de vômito. Puxou a lata de lixo para junto de si, com medo de estar prestes a vomitar em sua camiseta. Sua boca se encheu do pungente gosto de vômito, mas ele não conseguia vomitar nada. A podridão permaneceu alojada no fundo da sua garganta.

Prakash estava andando pela rua perto de casa quando Frank chegou naquela noite. "Ele provavelmente está indo ao bar da vila", pensou Frank.

— Encoste — disse ele a Satish. — Vou descer aqui. Você pode ir pra casa. Vou logo atrás de você.

Ele saltou do carro.

— Espere, Prakash — chamou ele, e atravessou a rua.

Prakash parou. Um olhar cansado sobreveio a seu rosto.

Frank colocou-se na frente dele, seus olhos azuis mirando os olhos escuros de Prakash.

— Ei, escuta. Desculpe. Eu não devia ter empurrado você. Eu... eu queria me desculpar.

O olhar cauteloso nunca deixou o rosto de Prakash enquanto ele ficou parado em silêncio.

Frank tirou uma nota de cinquenta rupias do bolso e a colocou na palma da mão suada de Prakash. Ele reprimiu o arrepio que o percorreu quando seus dedos encostaram na mão úmida de Prakash.

— Isso é para você — disse ele. — Como um pedido de desculpas. — Ele virou a cabeça como se conspirasse. — Não conte a Edna — acrescentou.

Ele foi recompensado com o mais fino dos sorrisos.

— *Achcha* — disse Prakash, levando a mão à testa. — Obrigado, *seth*.

Frank esperou enquanto Prakash assentiu, virou as costas e andou alguns metros. Então ele chamou.

— Ah, Prakash, outra coisa.

Prakash parou, a expressão cautelosa novamente em seu rosto. Frank andou até ele, mantendo o sorriso.

— Haverá uma grande partida de futebol daqui a duas semanas. Queria levar Ramesh. Ele vai gostar muito, tenho certeza. — Ele então observou Prakash fitá-lo detidamente. Fez uma expressão entristecida. — O problema é que é em Bombaim.

Ele ficou parado tranquilamente, esperando que Prakash dissesse algo. Houve um longo silêncio. Então, Prakash disse:

— O senhor querendo levar ele?

Frank deu de ombros.

— Eu quero. Mas não quero mais tensão com você. Se você disser não, não vou discutir. Eu vou... você pode dizer ao menino que não quer que ele vá.

Prakash olhou para o chão, e então ergueu os olhos. A expressão vigilante havia deixado seu rosto.

— Pode levar ele — disse simplesmente. — Sem problema.

— Tem certeza? — disse Frank, querendo prolongar o momento. — Você não vai dar pra trás na última hora?

Os olhos de Prakash estavam inexpressivos.

— Eu certo. Ramu ama futebol.

E simples assim, o último tijolo entrou no lugar.

CAPÍTULO 34

Só às oito da noite de sábado Frank começou a sentir a falta de Ellie. Ele e Ramesh estavam andando pela orla na frente do Taj quando o menino tropeçou num buraco na calçada e cortou o joelho. Para consternação de Frank, Ramesh irrompeu em lágrimas. Ele segurou a criança soluçante nos braços chocado com quão abertamente Ramesh estava chorando em público. Examinou o corte no joelho do menino, secou as gotículas de sangue com seu lenço. Ele já havia visto Ramesh tomar tombos muito mais sérios quando os dois se envolviam numa partida agressiva de basquete. Nessas ocasiões, o menino simplesmente se levantava, sacudia a poeira e continuava a jogar. Desse modo, Frank ficou um pouco assustado com essa exibição pública. Ele olhou ao redor, desamparado, desejando que Ellie estivesse ali. Transeuntes observavam a cena — um homem branco abraçando e segurando uma criança de pele escura — e lhe lançavam olhares curiosos. Uma senhora bem velhinha parou e disse a Ramesh:

— *Su che, deekra?* Você está bem?

Ramesh assentiu e apontou para seu joelho.

— Eu caí — disse ele soluçando, e a mulher fez *tsc-tsc* algumas vezes antes de prosseguir sua caminhada.

— Você devia levá-lo para casa e lavar a ferida — disse por cima do ombro.

— Vamos lá, garotão — disse ele a Ramesh. — Vamos voltar ao hotel, eu vou lavar isso pra você. — Eles pararam na farmácia do Taj no caminho para lá, e ele comprou um pouco de gaze e uma caixa de band-aid. Mas à medida que Ramesh continuou a chorar no quarto, Frank começou a entender que as lágrimas do menino não tinham nada a ver com o tombo. E como que para confirmar suas suspeitas, Ramesh disse:

— Sinto falta da Ellie. — E então: — Sinto falta do meu *dada*.

Frank ficou arrasado. Desde que haviam se despedido de Ellie e dos pais de Ramesh naquela manhã, havia se empenhado para que Ramesh se divertisse como nunca, deixando o garoto botar a cabeça para fora da janela enquanto Satish os conduzia ao longo da costa de Bombaim, tocando aquela música chata de filme híndi que Ramesh insistia em ouvir no rádio do carro. Na partida de futebol daquela tarde, deixara o menino comer quatro *samosas* e beber duas cocas, até ficar com medo de Ramesh vomitar. Nada disso pelo jeito havia sido suficiente para distraí-lo de sua saudade de casa. Pela primeira vez, desde que arquitetara aquele plano com Gulab, Frank se preocupou em como o garoto lidaria com a morte dos pais. Estivera tão ocupado com suas emoções conflituosas que não havia parado para considerar como Ramesh lidaria com o acontecimento que estava prestes a vir. Agora, mortificado por esse esquecimento, perguntou-se como pôde simplesmente ter deixado de computar o pesar de Ramesh. Dentro de algumas horas, Ramesh seria órfão. Ele encolheu-se por dentro enquanto sua mente se concentrava nessa última palavra.

— Frank — dizia Ramesh. — Podemos ligar para a Ellie?

— Não podemos — respondeu ele gentilmente. — Ela está no trem para Nova Déli, lembra? Lá não tem sinal de celular. — Vendo

Ramesh cabisbaixo, acrescentou: — Ela vai estar de volta na quinta. Você a verá então. Agora, você quer ver um pouco de tevê antes de ir dormir?

— Tá — disse Ramesh. — Mas eu escolho o programa.

Frank bufou de brincadeira enquanto passava o controle remoto para o menino.

— Você virou um mandão de primeira — disse.

Às dez horas eles ainda estavam assistindo a um filme do Jackie Chan. Frank, por fim, apanhou o controle e desligou a televisão.

— Vamos lá. Você tem que ir para cama. Vá escovar os dentes.

Ramesh pareceu surpreso.

— Eu escovei meus dentes de manhã.

— Você não escova de novo à noite? — perguntou Frank. Ramesh balançou a cabeça em sinal negativo. Mais uma vez, Frank desejou que Ellie estivesse ali. Ela estivera encarregada dos rituais noturnos do menino na última vez que viajaram com ele.

— Bem, você tem que escovar duas vezes por dia enquanto estiver aqui comigo.

Ramesh lançou-lhe um olhar mal-humorado, mas rolou para fora da cama e foi andando até o banheiro.

— Acabei — disse ele alguns minutos depois.

— Ótimo, agora pra cama — disse Frank.

Ele se perguntou se haveria algum ritual na hora de dormir que seus pais executassem toda noite. "Provavelmente, não", pensou ele. Desse modo, ficou surpreso quando o menino foi até ele e lhe deu um beijo rápido na bochecha.

— Minha mãe sempre me dá beijo de boa-noite — disse o menino, sorrindo astutamente.

Frank correu a mão pelo cabelo curto do menino.

— Boa noite, chuchu — disse ele, e então arrependeu-se da palavra escolhida quando Ramesh começou a rir sem parar. — Chuchu — repetiu o menino, abraçando a si mesmo. — Você disse chuchu.

— Você é um bobo — disse Frank sorrindo. — Agora vamos lá, já pra cama. — Ele então apagou as luzes.

Ramesh havia adormecido em cinco minutos. Mas Frank estava bem desperto. Seu coração havia começado a ribombar ruidosamente assim que o quarto escurecera. Ele olhou o radio-relógio digital ao lado de sua cama diversas vezes. O tempo se arrastava lentamente. Ligou a televisão novamente, apertando o botão *mute*, de modo a não perturbar Ramesh. Ele nem precisava ter se preocupado. A respiração constante do menino disse a Frank que ele estava afundado no sono. Estava passando *Love Story* num dos canais. Ele assistiu a um trecho. Perguntou-se onde Gulab estaria naquele momento, se o seu coração estaria acelerado como o dele. Por algum motivo, ele duvidava disso. Fez um cálculo rápido. Gulab deveria se esgueirar para dentro da cabana de Prakash por volta das duas da manhã. O plano era cuidar do casal antes de invadir a casa principal e saqueá-la um pouco. Talvez levar uma ou duas coisas e depois deixá-las cair na entrada da garagem, como se o ladrão tivesse fugido de medo. Então, considerando que Gulab tinha de dar o telefonema anônimo para a polícia e eles teriam de investigar, ele só saberia de alguma coisa às cinco ou seis da manhã. Ele teria que fingir estar sonolento, desorientado, quando ligassem. Como se o tivessem acordado de um sono tranquilo. Ele olhou o relógio novamente. Era apenas meia-noite. Ele não dormiria aquela noite. Ficaria deitado e desperto, mantendo uma espécie de vigília ao leito de morte enquanto Ryan O'Neal e Ali MacGraw brincavam na neve. O frio em sua barriga cresceu. "Pai Nosso que estais no céu", flagrou-se rezando. Virou-se de lado para ficar de frente para Ramesh. "Amanhã de manhã o sol nascerá", pensou, "e haverá duas pessoas a menos no mundo". Um sentimento agudo e avassalador que ele não sabia nomear rasgou seu coração. Ele olhou o menino dormindo calmamente a seu lado. "Vou tomar conta de você", prometeu. "Vou dar a você uma ótima vida."

Seus lábios se mexiam quando adormeceu. "Venha a nós o vosso reino, seja feita a vossa vontade", entoou para si mesmo.

O TELEFONE DO HOTEL TOCOU ÀS QUATRO E MEIA. Frank virou-se na cama, apertou o botão soneca do despertador, resmungando enquanto dormia. Nada aconteceu. O toque ficou mais alto. Ele subitamente sentou-se na cama. Um espasmo de dor disparou por todo o seu corpo. Sua mandíbula doeu, ele devia estar rangendo os dentes. Atrapalhou-se à procura do telefone.

— Alô? — disse ele.

— Sr. Frank? — disse uma voz masculina.

— Sim — disse ele. Seu coração batia tão forte que ele pensou que iria desmaiar.

— Quem fala é o inspetor Sharma. De Girbaug, senhor. Sinto dizer que houve um acidente.

— Acidente?

— Ahn, sim. Digo... dois assassinatos ocorreram em sua propriedade, senhor — disse Sharma, pigarreando.

Ele fechou os olhos. Estava tremendo de alívio, e de remorso. Estava triunfante, e aterrorizado.

Houve um som ao fundo, como se um tumulto estivesse ocorrendo. Ouviu Sharma dizer algo em híndi, e então houve um som de alguém arfando.

— Alô? — disse cautelosamente.

A voz anasalada soou imediatamente familiar.

— Frank *sahib* — soluçou a voz. — Nós irmãos agora. *Arre bhagawan*. Nós dois entramos na Era das Trevas, *seth*.

Agora um bramido chegava aos ouvidos de Frank. Prakash. Prakash não estava morto?

— Fale claramente — ordenou ele. — Devolva o telefone ao...

Prakash gemeu em seu ouvido.

— Nós dois viúvos agora, *seth*. Nós dois...

Talvez Prakash tivesse levado um tiro na cabeça.

— Prakash — disse ele. — Pare de falar besteira. Dê o telefone ao inspetor.

Houve uma pausa — e Frank morreu e renasceu mil vezes nessa pausa —, e então Sharma estava de volta ao telefone.

— Sinto muito, senhor. Ele pegou o telefone...

Ao fundo, pôde ouvir os soluços de Prakash.

— Inspetor — disse Frank, seus olhos se enchendo de lágrimas. — O que aconteceu? Quem — quem morreu?

Houve um estalido na linha.

— A criada, senhor. E — e sua senhora, senhor. Sinto muitíssimo, senhor. Um desses casos de roubo, parece ser.

Ele riu em voz alta aliviado.

— Isso é impossível. Minha esposa não está na cidade, foi para Nova Déli esta noite. — "Ela está segura", pensou ele, "Ellie está segura".

— Me desculpe, senhor. Esse camarada aqui diz que ela não foi. É... é seguramente a sua esposa que está morta, senhor. Nós a identificamos.

Ele bateu o telefone na cara de Sharma. Ignorou o toque incessante do telefone do hotel enquanto seus dedos corriam pelos números de telefone em seu celular. Shashi. Ele tinha que ligar para Shashi. Ele saberia o que estava acontecendo. Ele olhou para Ramesh. O menino roncava de boca aberta. "Como diabos ele consegue dormir com toda essa movimentação?", pensou com desgosto. Desviou os olhos.

— Alô? — Era Nandita. Uma Nandita sonolenta, mas Nandita em todo o caso. Seu estômago se embrulhou.

— Nan? Por que você está em casa? Por que você não...

— Quem fala? — disse Nandita ainda parecendo sonolenta.

— É o Frank — berrou ele. — Por que você está em casa? Onde está Ellie?

— Ah, desculpe. Eu não reconheci sua voz. El está em casa. Não fomos hoje. Shashi vai conosco. Decisão de última hora. Vamos amanhã.

Ele ouviu horrorizado, incapaz de absorver o que ela estava dizendo.

— Frank? — disse Nandita. — O que está acontecendo? Por que você está ligando pra mim?

Os olhos dele se encheram de lágrimas. — Você não foi para Nova Déli? — repetiu ele. — Ellie estava em casa hoje à noite?

— Sim. Você está tentando falar com ela? — disse Nandita parecendo perplexa. — Ela deve estar lá. Você pode ligar pra ela.

Por que ela não ligou para ele ontem para contar-lhe de sua mudança de planos? Mas mesmo enquanto se perguntava, já sabia a resposta: Ellie não quisera se intrometer na viagem dele com Ramesh.

O telefone do hotel estava tocando. Ele ignorou.

— Frank — disse Nandita de novo. — Você pode encontrar a Ellie em casa.

— Não posso. Não posso ligar pra ela. Acabei de receber um telefonema da polícia. Invadiram minha casa. Nandita, Ellie está morta. Minha esposa está morta.

Ele acordou Satish, disse-lhe que fosse o mais rápido que pudesse de volta ao Taj para buscá-los. Eles partiriam para Girbaug aquela noite. Em seguida, entrou no chuveiro e ligou a água. Esqueceu-se de tirar as roupas. O vapor tomou conta do banheiro, o calor escaldando sua pele. Encostou o rosto no azulejo úmido e bramiu. Bateu nas paredes com os punhos. Caiu no chão; bateu a cabeça contra o azulejo. Levou o pulso à boca e o mordeu. Queria infligir dor a seu corpo penitente; queria experimentar tamanha dor física que esqueceria por um bendito segundo a agonia de sua alma.

Ele a havia matado. Assassinado a coisa mais preciosa de sua vida. O velho Deus cristão, o que prestava atenção, marcava os pontos, o que punia os malévolos, ganhara. Era um universo moral, afinal. Ele fizera sua aposta, o vencedor levando tudo. E em vez disso fora deixado com nada. Nada. Só com esse universo vazio, sem a única pessoa que o amara, que ficara ao seu lado tão firmemente quanto uma chama de vela na noite.

Saiu encharcado do banho, tirou as roupas, que se grudaram na sua pele, e vestiu o roupão. Entrou no quarto, olhou Ramesh adormecido com tanto interesse quanto olharia uma pilha de contas. Tentou reunir piedade pelo que acontecera a esse menino inocente, remorso pelo que roubara dele. Mas não sentiu nada. Na verdade, sentiu um tipo de raiva contra Ramesh. Perdera sua Ellie na tentativa de ter o menino. Ele enlouquecera? Esse menino adormecido e roncando não parecia de modo algum digno da troca. O sacrifício fora grande demais.

Ele foi acordar Ramesh, mas a ideia de contar ao menino o que havia ocorrido em Girbaug congelava as palavras em sua boca. Deixou-o dormir. Ramesh logo acordaria em um mundo irrevogavelmente alterado.

CAPÍTULO 35

A SENHORA ELLIE DEVERIA TER PARTIDO para a estação de trem às seis da tarde, mas às três e meia o telefone tocou.

— Oi, Nandita — Prakash ouviu Ellie dizer. — Estou tão empolgada... o quê? Ah, é mesmo? Bem, acho que não tem problema.

Ela falou por mais alguns minutos e então entrou na cozinha onde Prakash estava preparando as costeletas de carneiro que ela levaria no trem para o jantar.

— Desculpe por todo esse trabalho — disse ela. — Mas houve uma mudança de planos. Vamos amanhã em vez de hoje.

Ele teve o cuidado de manter a decepção longe de seu rosto. Aquela manhã, Edna lhe dissera que estivera esperando aqueles dias de descanso enquanto Frank e Ellie estavam viajando. "Um feriadinho para nós também, não?", dissera Edna, "sem ter que cozinhar-limpar para eles".

Ele ansiava por passar a noite com sua esposa. Agora, teria que tomar conta da senhora Ellie.

— Devo guardar o *kheema* na geladeira, senhora? — perguntou ele. — Ou fritar as costeletas para hoje à noite?

Ellie suspirou.

— Nós as levaremos na viagem amanhã. Mas talvez você tenha que fazer mais algumas, Prakash. Shashi também irá conosco. E não se preocupe com o jantar hoje à noite. Já tem muita sobra.

— Sim, senhora — disse ele.

— Ela não vai pra Nova Déli hoje — anunciou ele ao entrar em seu casebre meia hora depois.

Edna estava agachada no canto da casa, acendendo o fogão a querosene.

— Não fale besteira — ela disse irritada. — É claro que ela vai. Toda empacotada ela está.

— Ela mudou de ideia. Vai amanhã.

— Pra quê?

Ele deu de ombros.

— Porque ela americana.

Edna mordeu o lábio.

— Não comece hoje, seu burro — disse ela. — Não estou me sentindo bem. Sem tempo para suas besteiras.

Ele sorriu.

— Você só com saudade do nosso Ramu. — Frank e Ramesh haviam partido para Bombaim de manhã cedo.

Edna desviou os olhos.

— Talvez. — Ela então pausou, atingida por um pensamento. — Então isso quer dizer eu tenho que trabalhar como sempre.

Ele observou o rosto cansado de Edna.

— Você descansa — disse ele. — Eu vou lá fazer tudo hoje.

Seu rosto se suavizou.

— Muito obrigada, querido — disse ela bem baixinho.

"Querido." Ela não o chamava assim há muito tempo. Seu coração se encheu de alegria enquanto ele atravessou o pátio e voltou à casa dos patrões. Ellie, lendo no sofá, ergueu a cabeça quando ele entrou.

— Sim?

— Eu limparei-lavarei hoje em vez de Edna, senhora. Ela descansando.

— Não se preocupe com isso, Prakash. Não tenho roupas que precisem ser lavadas hoje.

Ele se deteve diante dela, incerto.

— Então sem lavar? — perguntou ele.

— Não. Nem outras tarefas de casa. Já falei pra vocês desses seus dias de folga. Aproveitem eles.

— Vou limpar antes de Frank *seth* voltar na segunda à noite — disse ele, sua crença hindu na limpeza indignada com a ideia de uma casa suja.

— Pode ser.

— Devo preparar o chá agora, senhora?

— Prakash — disse ela. — Não preciso de nada. Mesmo. Na verdade, só queria um pouco de priv... Eu quero não ser perturbada o resto do dia.

Ele suspirou e deixou a casa. Sentia contra a sua vontade uma afeição por Ellie. "Ela era gentil", pensou ele. Mantinha suas promessas. Tratava a ele e Edna como se os *visse*.

Em vez de voltar ao casebre, decidiu dar uma volta pela praia, querendo usufruir e apreciar essa folga, esse presente inesperado, como se fossem moedas de prata em seu bolso.

Mas o mar só o fez sentir saudade de Ramesh. Ele se lembrou de trazer Ramesh à praia pela primeira vez quando ele tinha apenas seis dias. Apesar dos protestos de Edna sobre a possibilidade de o bebê pegar um resfriado, havia trazido Ramu nos braços ao mesmo local em que agora estava. "Olhe isso", dissera ele ao seu filho. "Isso é tudo seu. Terras eu nunca terei. A terra da sua mãe é em Goa, e você não a herdará. Mas isso — a areia, o céu, o mar —, isso pertence a você. Ninguém pode tirar isso de você. Lembre-se disso."

Durante os anos de Olaf, eles três frequentemente iam à praia e jantavam na areia, voltando para casa depois do entardecer. Ele e Ramesh às vezes também pegavam carona num barco de pesca aos domingos de manhã. Voltavam pra casa fedendo a peixe, e Edna, brincando, apertava o nariz com a mão enquanto esquentava água para o banho deles. Essa era a coisa boa sobre Olaf *babu*: ele ficava na sua. Bastava dar ao homem uma casa limpa e refeições quentes na hora certa, servi-lo de seu uísque exatamente às sete da noite, pedir àquele Gulab que lhe trouxesse uma mulher por semana, e *bas*, ele estava feliz. Não fazia outras exigências a eles. Não tentava se intrometer na vida familiar de Prakash.

Enquanto andava Prakash chutava a areia, buraquinhos de ressentimento invadindo o contentamento que sentira ao sair da casa. Decidiu mudar de rumo. Entraria no mercado e compraria para sua Edna uma caixa de *ladoos*. Aquilo era uma espécie de feriado, afinal. Deviam comemorar.

Edna pareceu comovida, mas desinteressada, quando ele a agraciou com o presente. Pondo a caixa de lado, disse:

— Vou comer mais tarde. Minha barriga está doendo agora.

— Você quer chá? — perguntou ele.

— Eu quero dormir — disse ela, balançando a cabeça.

Sentado, Prakash observou a esposa por meia hora enquanto dormia. Parecia estranho ter tempo sobrando e ninguém com quem passá-lo. Teve um pensamento súbito: ele podia ir ver um filme. Pôs-se de pé, perguntando-se se devia acordar Edna. Mas ela dormia tão profundamente que decidiu ir sem ela. Sua bicicleta encontrava-se encostada no casebre, e, subindo nela, pedalou rumo ao único cinema da cidade. Passou as três horas seguintes no escuro, enchendo-se de alegria durante as cenas românticas com música, e também de indignação, diante da astúcia do vilão. O homem sentado atrás dele cantou junto todas as músicas, o que não incomodou Prakash, e recitou todas as falas do vilão, o que o incomodou. "*Chup re*", silvou ele algumas vezes, mas não fez diferença.

Estava escuro quando ele saiu do cinema. Começou a pedalar para casa, mas ao passar pela loja de produtos contrabandeados da aldeia decidiu tomar uma dose de *daru* antes de prosseguir. Lá, ele esbarrou com Moti, o filho do sapateiro da aldeia, que lhe pagou uma segunda dose. A etiqueta exigia que ele correspondesse. Alguns outros homens se juntaram a eles. "Isso é bom", pensou Prakash, "é tão mais divertido do que beber em casa sozinho, sob a sombra dos olhares reprovadores de Edna". Os homens estavam simpáticos com ele hoje, incluindo-o na roda, e a solidão que ele geralmente sentia perto dos aldeões desapareceu. Ele era um deles hoje à noite, não o órfão que normalmente ficava na periferia de suas vidas. Era um sentimento poderoso, essa sensação de pertença, de camaradagem, e quis beber para celebrá-la. Quando finalmente cambaleou para fora do estabelecimento, ficou estarrecido por descobrir que eram dez horas. Pedalou para casa o mais rápido que suas pernas bambas permitiram.

Ele se preparara para a ira de Edna assim que entrou pela porta de estanho. O que ele não esperava foi ver sua esposa encolhida numa posição fetal na rede. Seu rosto estava vermelho e havia suor em sua testa.

— Prakash — disse ela arfando ao vê-lo. — Onde você esteve?

— Eu fui ver um filme. Que aconteceu?

— Não sei. Horríveis cólicas na barriga estou tendo. Talvez algo que comi. Embora verdade seja dita, não estou comendo muito hoje. — Ela falava tão baixo que ele teve de ficar de joelhos para ouvi-la.

Prakash ficou apavorado. Queria que sua cabeça não estivesse rodando tanto, para que pudesse pensar no que fazer.

— Devo ligar para o doutor *sahib*? — disse ele, mesmo enquanto se lembrava de que deviam ao médico duzentas rupias.

Edna ergueu a cabeça.

— Não — disse ela arfando. — Sem doutor, eu imploro. — Ela tinha um profundo medo de médicos, ele sabia.

— Espere — disse ele. — Eu volto logo.

— Prakash, fique aqui, *na*.

— Eu volto logo. Dois minutinhos. — Ele então puxou suas mãos das dela.

As luzes estavam apagadas na casa principal, e por um minuto temeu que Ellie não estivesse em casa, tivesse saído para se encontrar com Nandita *memsahib* para jantar, ou que ela tivesse ido para a cama, talvez. Ele bateu forte na porta da cozinha, e, como não houve resposta, bateu de novo. Para seu alívio, uma luz se acendeu. Um segundo depois, Ellie abriu a porta e o encarou.

— Mas o quê...? — E depois, franzindo o nariz: — Você andou bebendo, não andou?

— Ellie senhora, venha rápido-rápido. Minha Edna está muito doente. — As palavras saíram embaralhadas, apesar do esforço de Prakash para que isso não ocorresse.

Ele observou o cenho de Ellie se franzir de preocupação.

— Que houve? — perguntou ela, mas antes que ele pudesse responder Ellie havia desaparecido. Quando retornou, estava vestindo um roupão sobre o pijama.

— Vamos lá — disse ela, e eles se apressaram pelo pátio.

Edna estava segurando a barriga e gemendo baixinho. — Acenda as luzes — ordenou Ellie, e ele o fez. Ellie sentou-se à beira da cama de Edna.

— Diga-me o que está acontecendo — disse ela suavemente.

Edna lambeu o lábio superior.

— Não sei, senhora — disse ela arfando. — Barriga doendo muito.

— Você está com febre? — E antes que Edna pudesse responder, ela voltou-se para Prakash. — Você tem um termômetro?

Ele a fitou, seu cérebro entorpecido lutando para formar a imagem de um termômetro. Ellie emitiu um som exasperado.

— Esqueça — disse ela, levantando-se e saindo do casebre. Ela voltou um momento depois. — Vamos lá — disse ela sorrindo para Edna. — Vamos colocar isso debaixo da sua língua, tá?

Não tinha febre.

— Que bom — disse Ellie. — E aqui estão alguns comprimidos para cólica. Você consegue se sentar para tomar? — Ela então olhou para Prakash. — Pegue um copo d'água pra mim.

Ela ajudou Edna a voltar à cama

— Ferva uma panela d'água — instruiu ela a Prakash.

— Vou voltar com uma garrafa d'água quente — disse Prakash.

Quinze para a meia-noite os espasmos haviam diminuído, mas Edna ainda parecia péssima. Prakash ficou escorado num canto, tentando ao máximo ficar acordado. "*Ae bhagwan*", orou ele. "Permita que minha Edna melhore, eu não tocarei nesse horrível *daru* por uma semana inteira."

Ellie sentou-se na cama ao lado de Edna.

— Está dormindo? — sussurrou ela.

— Não, senhora — respondeu Edna imediatamente. — A dor está melhor, mas ainda não passou.

Ellie olhou ao redor desamparada.

— Acho que devemos pedir ao dr. Gupta que venha.

Edna olhou para o teto.

— Não, senhora. Eu imploro. Sem médico.

— Mas por quê...?

Edna uniu as mãos.

— Eu imploro. Sem médico.

— Escuta — disse Ellie. — Deixe-me ao menos telefonar pra ele, tá? — Ela se dirigiu à porta antes que Edna pudesse responder.

Prakash levantou-se do chão e se sentou ao lado da esposa, segurando sua mão. Ele não sabia quanto tempo havia se passado até Ellie voltar.

— Então — disse ela alto —, falei com o dr. Gupta. Ele disse que contanto que você não tenha febre, tudo bem. Mas ele quer que você tome mais desses. — Ela então estendeu os grandes comprimidos rosa.

— Obrigada, senhora — disse Edna. — Vá pra casa, senhora. É tarde.

Em resposta, Ellie voltou-se para Prakash.

— Ouça — disse ela. — Vou passar a noite aqui com Edna. Eu... eu vou dormir no catre e ficar de olho nela. Você vá para a minha casa. Pegue alguns lençóis e durma na cozinha, entendeu?

Ele levantou-se cambaleando, sem protestar. Ao se erguer, o efeito do álcool passou por um segundo, e ele viu sua casa claramente, viu quão vazia e pobre ela parecia comparada à opulenta casa principal. Levou consigo o lençol imundo com que se cobria à noite e seu "projeto" de travesseiro no catre. "Licença, por favor", murmurou ele e tropeçou para fora da casa. Do lado de fora, foi para trás da casa, afastou-se um pouco e fez xixi numa árvore da rua. Ele teve vergonha de usar o banheiro minúsculo de sua própria casa com Ellie presente, sabendo que ficava à parte do restante do casebre por uma portinha que não encobria muitos sons ou cheiros. Em seguida, entrou na casa principal e abriu o roupeiro. Escolheu dois lençóis, um para estender sobre a cama, que ele sabia que Ellie acharia desconfortável para dormir, e o outro para ela se cobrir. Ele se perguntou se devia pegar seu travesseiro, mas tinha medo de tocar sua cama sem permissão dela. Ele se apressou de volta ao casebre. Ellie estava de novo agachada ao lado de Edna, acariciando seu cabelo. Enquanto isso ele fez a cama.

— Devo ficar também? — sussurrou ele para Ellie. — Posso dormir no canto — acrescentou ele depressa.

Ela o fitou.

— É muito apertado e quente aqui — ela disse. Um olhar de irritação perpassou seu rosto. — Além do quê, você está bêbado demais para ser útil. Melhor que você durma e acorde melhor amanhã. Tenho certeza de que ela vai precisar da sua ajuda amanhã.

— Como desejar — murmurou. Aproximou-se e beijou a testa de Edna e dela recebeu o mais leve sorriso.

— Vá descansar — ela lhe disse. — Tão tarde que é.

Enquanto atravessava o pátio, o ressentimento por ter sido banido de sua própria casa lutava com a gratidão pela boa vontade de Ellie de passar a noite com Edna. “Não muitas senhoras fazem isso”, lembrou a si mesmo. E quando colocara um lençol limpo, com aroma de lavanda, no chão fresco da cozinha e adormecido no impecável e arejado aposento, apenas gratidão permanecia.

A pressão em sua bexiga o acordou algumas horas depois. Estava levantando-se do chão para fazer xixi quando ouviu: *pop*. Seguido pelo grito de uma mulher. Depois, numa sucessão rápida: *pop*. *Pop-pop*. Uma pausa e então outro *pop*. Algo se quebrou. Seguido por um silêncio ab-rupto, mais intenso do que o anterior. Ele não fazia ideia do que eram aqueles sons, mas seu coração estava acelerado enquanto ele se punha de pé e apressava-se na direção da janela da cozinha. E então viu: um homem alto como uma árvore emergiu do casebre e desapareceu na escuridão da noite. Prakash piscou algumas vezes, tentando decifrar se era um *daku* ou um *bhoot*, um bandido ou um fantasma. Mas então, para seu terror, viu um vulto se movendo lentamente rumo à casa principal. As mãos trêmulas de Prakash instintivamente se direcionaram para o interruptor. Ele acendeu a luz, enchendo o quarto de luminosidade. O vulto se deteve e depois foi embora, indo rapidamente na direção da entrada da garagem.

"Um fantasma com certeza", disse o cérebro encharcado de álcool e repleto de superstições de Prakash. "Um fantasma enxotado pela pureza da luz." Ele pensou ter visto o vulto pular o muro baixo de tijolos em direção à entrada da garagem, mas era tarde demais para ter certeza. Ficou parado à janela por mais alguns minutos. Então lembrou-se do grito. Enquanto apressava-se pelo pátio, ouviu à distância o motor de um carro dar partida. Não deu atenção.

A porta do casebre estava aberta. Ele entrou.

— Edna? — sussurrou ele. Sem resposta. Então ele ouviu um gemido tão baixo e horrível que fez os pelos de seu corpo se eriçarem. Ele acendeu a luz. E viu a cena que ainda o atormentaria quando fosse um homem de setenta anos acordando de seus pesadelos cada noite.

Edna estava numa posição fetal, embalando sua barriga. Mas agora havia um rio de sangue emergindo dela. No lugar do *bindi* vermelho que ela sempre usava na testa, havia um buraco de bala do tamanho de uma moeda de uma rupia. Seus olhos estavam fechados.

Ele olhou para a sua direita. Ellie estava sentada no catre de Prakash, recostada contra as paredes de reboco. Sua cabeça pendia sobre sua clavícula. Sua boca estava aberta, um fino fio de sangue escorrendo dela. Suas pernas esparramavam-se à sua frente. A parede atrás dela estava salpicada de sangue e de alguma coisa... *Ae bhagawan*, o que era essa coisa que parecia pus, amarela, de aparência viva, que transbordava de sua cabeça?

E uma delas havia gemido. Quem seria? Uma delas havia estado viva quando ele entrou no quarto. "Ednaaaaaaaaaaaaaaaa", berrou ele. "Senhoraaaaaaaaaaaaaa." Não houve resposta.

Ele se jogou ao chão de joelhos diante de sua esposa. Pegou sua mão, e quando a baixou ela caiu sem vida. Estava morta. Em estado de choque, a compreensão registrou-se em sua mente como fato, não como pesar. Ainda não. Ainda de cócoras, dirigiu-se com dificuldades até Ellie. O chão estava quente e empoçado, escorregadio de sangue. "Senhora Ellie", gritou ele. "Senhora." Ele ia levantar seu braço, mas algo em seu ângulo, no jeito incomum em que estava dobrado, deu-lhe a resposta de que precisava.

Polícia. Precisava ligar para a polícia. Arrastou-se pelo chão em direção à porta. Sentiu-se como se estivesse sendo marinado no sangue fervente, fumegante delas. Pela primeira vez, deu-se conta do odor de matadouro que preenchia aquele quarto minúsculo. Imediatamente começou a ter ânsias de vômito e engasgar. Sair de lá. Precisava sair de lá. Ligar para a polícia. Respirar ar puro. Pôs-se de pé. E escorregou no chão empoçado. Equilibrou-se. Estava quase na porta quando sentiu uma forte vontade de urinar. Acompanhado dessa sensação, veio uma outra: ele emergiu da casca protetora de dormência que construíra a seu redor para o continente sombrio do pesar.

E então Prakash postou-se na porta, lágrimas correndo por seu rosto ensanguentado, xixi quente correndo por suas pernas trêmulas, olhando os corpos femininos mutilados que o assombrariam pelo resto de seus dias.

CAPÍTULO 36

ELE CORREU. PELOS DEGRAUS NA VARANDA que levavam ao gramado da frente e pela grama, e então para o lance mais íngreme de degraus de pedra que levavam à praia. Correu para a areia marrom, diretamente rumo aos raios de sol de meados da manhã que olhavam ameaçadoramente para as ondas rebeldes. E então virou à direita, distanciando-se da casa, agora correndo na retidão lamacenta da praia em que as ondas iam e vinham, tímidas como ratos.

Ele correu. Sua camiseta estava pendurada numa cadeira de balanço na varanda da casa, agitando-se como uma bandeira branca na brisa. O sol torrava a pele em suas costas, tornando-a vemelho-salmão. No dia seguinte ele estaria queimado de sol e as queimaduras seriam deliciosas, mais uma das inúmeras formas com que tentava se punir desde a morte de Ellie. Ele se concentrava agora em como os tênis estavam apertados em seu pé, como beliscavam seu dedo mindinho, enviando eventuais pontadas de dor que seu cérebro adorava registrar. Mais tarde, encontraria uma bolha vermelha e iria apreciá-la, cutucar seu coração vermelho para sentir a deliciosa, torturante sensação. Como era limpa, como era descomplicada, como era despida de ironia a dor física. E que grande distração ela era da angústia mental que lutava todo segundo de sua vida para manter longe.

Ele correu. Esperou por aquele momento em que seus pulmões estariam estourando, quando riachos de suor cairiam dele, quando a exaustão faria o músculo de suas panturrilhas estremecer e sua mente ficaria em branco, impiedosamente em branco, uma impecável folha branca. Aquele momento mágico em que ele deixava de ser um homem pensante, torturado, e simplesmente se tornava um animal, um ser mecânico, uma soma de partes do corpo em movimento: peito arfante, costas queimadas, um músculo tenso da perna, olhos marejando com a luminosidade do sol.

Havia cremado Ellie há dois dias. Ignorara os pedidos de Anne e Delores de que enviasse o corpo de volta aos Estados Unidos para um enterro decente. De início, havia tentado usar o bom senso com elas, explicar como seria difícil logisticamente, como não estava disposto a lidar com a burocracia indiana numa hora dessas. Mas Anne havia imediatamente se oferecido para tomar um avião a Girbaug para ajudar. E ele havia ficado reticente diante disso. E sacado a última arma de seu arsenal. "Ellie amava a Índia", havia dito. "Ela me disse recentemente que nunca queria ir embora. Isso... isso parece o certo a fazer, deixá-la aqui. Só estou honrando seus desejos." E ele não sabia quanto disso era verdade e quanto era conveniência. Se acreditava em suas palavras ou não. Se sua lembrança de Ellie dizendo essas palavras era precisa ou algo que ele tirara de sua imaginação. E o surpreendente era que não importava. Era tudo evasivo, efêmero, meramente palavras e pensamentos que passavam flutuando distraídos como nuvens. A única verdade que importava era que Ellie estava morta. Eles podiam brigar por seu corpo, podiam enterrá-la ou cremá-la, podiam levar seu corpo para os Estados Unidos ou mantê-lo na Índia, e nada disso não diminuiria o horror. Não mudaria o fato de que a Ellie que ele amava, a Ellie cujo espírito repousava em cada um dos poros de sua pele, essa Ellie não estava mais ali.

E foi por isso que quando o inspetor Sharma o conduziu ao necrotério, a 50km de Girbaug, para identificar o corpo, ele não a reconheceu. Sua Ellie tinha um longo, extenso pescoço; o pescoço dessa mulher estava quebrado. Sua Ellie tinha olhos que brilhavam como joias; os olhos dessa mulher eram de vidro manchado. Sua Ellie tinha um peito que era macio e uniforme; essa mulher tinha dois buracos de bala do tamanho de um botão ao longo de seu peitoral. Mais importante de tudo, sua Ellie tinha uma expressão de paz e contentamento quando dormia; o rosto dessa mulher estava retorcido de ultraje e de raiva, como se estivesse indignada com a feiura do que recaíra sobre ela. No caminho para o necrotério passara mal, com medo do que teria que testemunhar, havia esperado olhar o corpo apenas o suficiente para identificar sua esposa. Mas, em vez disso, encontrou-se fitando e fitando esse corpo, esperando que Ellie emergisse, como um escultor espera que a forma esculpida surja do bloco de mármore. Com os olhos, ele tirou pedaços desse corpo destroçado, procurando Ellie. Mas nada aconteceu. Logo depois, o guarda do necrotério puxou o lençol branco para cima do corpo de Ellie de novo, e Sharma puxava o cotovelo de Frank e o conduzia para fora do pequeno aposento. Foi somente então que ele prestou atenção ao próprio corpo trêmulo e percebeu que estava vomitando em si mesmo.

— Vamos pegar o *badmaash* que fez isso, senhor — dizia Sharma. — Não se preocupe, prometo que o pegaremos.

E Frank entendeu o verdadeiro horror dessa situação. Ele não poderia nem mesmo se contentar com as distrações que acompanhavam a maior parte dos casos de assassinato: a busca pelo assassino, a junção das pistas, a raiva que sufocava e a fúria direcionada ao assassino desconhecido. Nesse caso, o assassino vivia em si, e toda a sua ira tinha que ser dirigida a ele mesmo. O crime e o castigo eram um só.

Deepak ficou a seu lado num campo aberto enquanto ele assistiu ao corpo de Ellie queimar alguns dias depois. O fogo silvava e estalava ao atingir sua carne; o som dos ossos de Ellie estourando lembravam-no o pipocar de sua arma de chumbo quando, na infância, ele e Scott brincavam de atingir um ao outro com suas pelotas de chumbo. Os sons que o fogo fazia o repugnavam, de modo que ele passou boa parte do tempo combatendo o ímpeto de vomitar. Mas também havia algo de limpo e belo no fato de o corpo de Ellie ser devorado pelo fogo, em vez de confiar seu corpo aos caprichos e apetites de vermes famintos. Em vez de abaixar o corpo de Ellie na terra, ele o elevara aos céus, para onde escapava em grandes rolos de fumaça. Era exatamente o tipo de gesto exuberante e grandioso de que ela gostaria.

Atrás dele, ouviu uma mulher soluçar, e então virou a cabeça levemente. Nandita estava soluçando de pesar, agachada e recostada contra o corpo de Shashi. Frank ficou grato. Ele mesmo era incapaz de chorar. Nandita e Shashi eram a família indiana deles, e os soluços de Nandita apaziguavam um pouco sua culpa por ter mantido a família de Ellie afastada. Todos eles teriam ido correndo para Girbaug, é claro. Mas ele simplesmente não podia lidar com isso. "Frank, você não está pensando em mais ninguém", repreendera-o Scott gentilmente, e ele estava certo. "Pode ter certeza", respondera ele. "Eu... eu não posso. Não posso pensar em mais ninguém. Eu preciso... Isso é entre mim e Ellie. Mais ninguém. Ninguém pode entender."

O vento mudou de direção levemente e um estranho odor preencheu o ar. O vento irrompeu e depois parou. A brisa afetou a trajetória das chamas, de modo que em vez de dispararem direto para cima, elas se inclinaram um pouco. No espaço criado por sua nova direção, Frank viu a silhueta alta de um homem em pé do outro lado da pira, olhando diretamente para ele. Seu estômago se embrulhou. Era Gulab. E através da fumaça e das chamas Frank viu que Gulab estava ereto como uma espingarda e em posição de sentido, como se inspecionasse uma parada militar.

Era a primeira vez que ele via Gulab desde os assassinatos. Havia fantasiado sobre deparar com o homem e ir direto ao seu pescoço. Mas agora, enquanto assistia a Gulab olhá-lo, um nó se formou na garganta de Frank. Gulab estava ali para se desculpar. E para honrar a memória de Ellie. Algo em seu modo militar, em sua postura, transmitia isso a Frank. Ainda assim, Frank não conseguia suportar olhar para Gulab. Não ali. Não naquele momento. Ele baixou a cabeça lentamente em direção ao chão. Quando olhou para cima de novo, havia apenas ar. Gulab havia sumido. Frank olhou ao redor, mesmo sabendo que não veria seu chefe de segurança de novo.

Houve um estalo final do fogo, e então estava terminado. Frank recitou a Oração do Senhor para a alma de Ellie. Notou que o homem que estivera alimentando a pira funerária andava até eles. O homem foi até onde Shashi estava e sussurrou algo para ele. Shashi, com os olhos injetados, foi até Frank.

— Ele quer saber se você quer coletar as cinzas agora. Ou se ele pode mandá-las depois.

Em resposta, Frank andou até a pira e pegou um punhado das cinzas de Ellie. Esfregou a cinza em seu cabelo grisalho, e então passou sua mão direita na esquerda. Ela estava em sua pele, era parte dele agora. Inseparável. Para sempre.

Ele voltou-se para Shashi.

— Eu não quero suas cinzas. Eu... eu não saberia o que fazer com elas. — Ele então parou, um pensamento lhe ocorrendo. — Aliás, se vocês não se importarem, talvez vocês possam espalhá-las pelo campo, depois que eu tiver... ido embora... Ela gostaria disso.

Ele viu os dois se entreolharem. Nandita falou primeiro:

— Vamos fazer isso.

Os três se afastaram da pira ardente e rumaram para onde o carro de Shashi estava. Então Frank os viu, aglomerados à esquerda, sob a sombra de uma grande árvore. Um grupo de homens de sua fábrica e outros aldeões que ele não reconheceu, incluindo algumas crianças e adolescentes. Eles estavam em pé, com as cabeças baixadas e as mãos unidas. Então eles haviam vindo prestar suas últimas homenagens a Ellie. Ele se surpreendeu por ter ficado tão comovido. Olhando Nandita e Shashi, andou até o grupo.

— Obrigado — disse ele simplesmente. Seus olhos se encheram de lágrimas, e havia um nó em sua garganta do tamanho de uma bola de beisebol. — Eu... eu sinceramente lhes agradeço.

Eles o olharam com um semblante vazio. Ele uniu as mãos e fez uma reverência ao se curvar, e, pelos seus sorrisos súbitos, soube que estabelecera uma ligação com eles.

— Ellie, senhorita, grande senhora — disse um jovem menino. — Ela me ensinando.

Uma jovem estendeu sua mão e mostrou a Frank uma pulseira de ouro barata.

— Ela deu pra mim. De sua mão.

Todos eles falaram ao mesmo tempo, e ele se sentiu assolado tanto pela óbvia gratidão e lealdade deles a Ellie quanto pela sua compreensão de que vinha sendo cego ao que Ellie significara para eles. O que vira como uma indulgência extravagante de sua parte, a dona de casa fazendo um trabalho voluntário, havia mudado algo na vida dessas pessoas. Ele sentiu uma profunda solidão pelo que havia perdido, pelo lado de sua esposa que essas pessoas haviam conhecido e ele não. Ficou cercado pelos aldeões tagarelantes, enquanto cada um dos homens adultos colocava a mão de Frank em suas duas mãos e a erguia a suas testas, num gesto que ele supôs ser de condolências.

Shashi e Nandita o conduziram então para casa. Eles estacionaram em frente a casa, e ele sabia que os bons modos exigiam que ele os convidasse a entrar, mas ele não o fez. Não pôde. Simplesmente virou-se e disse que passaria na casa deles para dar um último adeus antes de partir para os Estados Unidos alguns dias depois.

— Não vá embora sem ver a gente, tá? — disse Nandita gentilmente, e ele sorriu, garantindo-lhe que não o faria.

Ele virou a chave e viu assim que entrou na cozinha. Um envelope azul no chão. Sabia o que era mesmo antes de pegar. Com o coração acelerado, abriu o envelope com o dedo mindinho. E lá estava o cheque ao portador que ele havia entregado a Gulab há quase duas semanas. De acordo com suas instruções, Frank havia deixado a data em branco e havia feito o cheque ao portador, o que significava que seu recebedor poderia sacá-lo. "Mais difícil de rastrear desse jeito", explicara-lhe Gulab. Então Gulab saíra do funeral e fora até ali para passar o cheque por debaixo da porta. Foi seu jeito de se desculpar pelo quão terrivelmente errado tudo saíra. E talvez para encobrir seus rastros. Recusar-se a aceitar dinheiro sujo de sangue, já que o sangue errado fora derramado. Frank já ouvira falar de honra entre ladrões. Agora ele percebeu que também havia honra entre assassinos. Ele ergueu o cheque, olhando sua assinatura com desgosto. Lembrou-se de quanto sua mão tremera quando assinara esse cheque, não, esse mandado de morte. E ainda assim ele o fizera, não fizera? Não acordara de sua obsessão com Ramesh, do longo sonho de substituir um filho por outro, não havia levado em consideração os chamados de sua consciência porque eles foram encobertos pelo falatório incessante de sua necessidade desesperada.

Agora, correndo à beira-mar sob o olho observador do sol, lembrou-se do cheque. Resistira à tentação de rasgá-lo em cem pedacinhos, deixando-o em cima do aparador em seu quarto, onde podia atormentá-lo cada vez que passava. Mais um jeito de se açoitar, de sentir o aperto da culpa perfurante. Nos dias seguintes à morte de Ellie havia flertado com a ideia de se entregar às autoridades. Mas a verdade era que a ideia da vida numa prisão indiana o aterrorizava. Então disse consigo mesmo que poderia maquinar torturas muito mais excepcionais para si. Além disso, o crime era apenas seu, e ele não queria que outros pagassem por ele. Tanto sua família quanto a de Ellie já estavam devastadas o suficiente. Até Gulab... o pecado de Gulab não era nada comparado ao dele. Gulab não merecia ser enforcado pelos pecados dele, de Frank. Não, as torturas que o mundo lhe reservava bastavam. Como entrar num quarto e chamar por Ellie. E a decepção que se seguia vinha em ondas enquanto a compreensão se infiltrava nele como veneno negro. Ou se virar na cama no meio da noite com sua mão apalpando o lugar onde Ellie deveria estar. E não estava. Um milhão, um trilhão de alfinetadas de lembrança e esquecimento, tão mais dolorosas do que o golpe rápido de uma faca.

Ele olhou o relógio. Era uma da tarde. Satish chegaria logo. O plano era parar no Hotel Shalimar para dar adeus a Nan e a Shashi e depois seguir para um hotel de aeroporto em Bombaim e descansar por algumas horas antes de pegar o voo noturno para os Estados Unidos. Olhando o relógio, o suor escorrendo da testa, lembrou-se do grande relógio masculino de Ellie. Ela o usara na noite dos assassinatos. O visor de vidro estava estilhaçado quando a polícia o entregou para ele. Ela deve tê-lo batido contra algo, ou algo batera nele. O disco quebrado havia transmitido a brutalidade da violência contra sua esposa mais do que até mesmo seu corpo ferido. Então ele o guardara também. Colocou-o em cima do aparador, ao lado do cheque. Sentiu sua face estilhaçada observando-o, acusando-o, como uma mulher de olho roxo.

A lembrança dos dois objetos no aparador fizeram com que virasse e começasse a correr para casa. À medida que corria mais próximo da água, as ondas faziam cócegas em seus tornozelos. Algumas das mais fortes molhavam suas canelas. Ele tirou seus tênis molhados do lado de fora da casa e os deixou lá. Ele não precisaria mais deles. Entrou imediatamente no banheiro e tomou um banho. Seu último banho em Girbaug. Então vestiu uma *kurta* de seda que encontrara embrulhada para presente no armário depois da morte de Ellie. Tirou seu jeans azul e se inspecionou na frente do espelho do armário. O que o chocou foi quanto não estava mudado. Observou seus olhos azuis, tão límpidos como o céu da Califórnia; o modo com que seus lábios carnudos se fechavam numa linha que indicava força e integridade; a larga testa sem rugas que transmitia clareza e inocência. Ele ainda tinha pés, não cascos. Sim, seu cabelo estava grisalho, mas ele ainda tinha uma espessa cabeleira e dela não brotaram chifres. Suas mãos estavam queimadas de sol e não havia sangue escorrendo por elas. Esse era o insulto final, essa aparência de normalidade.

Seu desprezo por si mesmo tornou difícil continuar se olhando no espelho. Ele se virou e pegou o relógio de Ellie, enfiando-o no bolso de seu jeans. Dobrou o cheque ao meio e o empurrou para dentro do outro bolso. Em seguida, abriu sua mala e colocou o porta-retratos com a foto de Benny entre algumas de suas camisetas. Deu uma última olhada no quarto. Se ele olhasse a cama de perto, ainda poderia ver o entalhe de Ellie. Então não se permitiu um olhar próximo. Todos os dias do restante de sua vida seriam atos de equilíbrio, pesando o grau de dor e de prazer que ele podia suportar. Esse seria seu verdadeiro castigo: cautela. Nunca mais se permitiria fazer algo espontaneamente ou por impulso. Ele mediria sua vida em colheres de café.

Satish estava no gramado quando ele saiu de casa.

— Senhor — disse ele, apressando-se até Frank, para ajudá-lo com a mala. O motorista abriu a boca para dizer mais, mas engoliu suas palavras. Por fim, disse: — Sinto muito, senhor.

Frank pôs seu braço no ombro do jovem.

— Obrigado — disse ele. Os dois ficaram no gramado por um momento. Frank fitou o pequeno casebre que se tornara o túmulo de Ellie. O casebre estava vazio agora. Prakash se recusara a pisar nele desde a noite dos assassinatos. Satish ofereceu a Prakash um emprego no hotel, e pai e filho estavam vivendo lá no momento. Virando-se, Frank olhou para a doce casinha de campo onde ele e Ellie haviam passado dois anos juntos. "Espero que você tenha sido feliz aqui comigo ao menos parte do tempo", disse a si mesmo. "Espero ter feito você feliz às vezes."

Eles foram até o Hotel Shalimar, e Nandita irrompeu em lágrimas ao lhe dar um abraço de despedida.

— Não aguento isso — disse ela soluçando. — Já é difícil sem Ellie. Mas agora você está deixando a gente também, Frank.

— Vocês dois foram amigos maravilhosos para nós — respondeu ele. — Nunca me esquecerei disso. — Ele voltou-se para Shashi: — Mais um favor que eu queria pedir a você. Há algum quarto em que eu possa falar com Prakash e Ramesh por uns minutos? Depois vou embora.

Ele esperou sozinho num quarto de hotel vago, e alguns minutos depois houve uma leve batida na porta que ele imediatamente reconheceu.

— Entre — disse ele, e eles entraram.

Ele mal havia falado com Ramesh desde a viagem de volta de Bombaim. Lá no hotel, havia simplesmente dito ao menino que sua mãe e Ellie estavam doentes, e mesmo aquela mentira fora insuportável. A desolação que viu no rosto de Ramesh diante da ideia de Edna estar doente fora um alarme. O insano egocentrismo, o delírio debilitante que o fizera tramar os assassinatos, a névoa de insanidade que o fizera ignorar o fato de que estaria infligindo a Ramesh o sofrimento mais penoso que pode recair sobre uma criança desfizeram-se durante aquela longa viagem de Bombaim a Girbaug. Ele estava mortificado, repleto de culpa. Então evitara Ramesh. Além disso, seu pesar por perder Ellie o cegava tanto que ele não podia suportar reconhecer que Ramesh estava sofrendo tanto quanto ele. Ele podia lidar ou com a culpa ou com o pesar. Juntos, eram uma carga pesada demais para

Frank carregar. Ele sentiu sua obsessão com o menino declinando, como uma febre finalmente cedendo. Viu o menino como era de fato: uma criança extraordinariamente inteligente, mas talvez não apta para uma faculdade; um menino doce, esperto, mas certamente não alguém que detivesse a chave da sua felicidade.

Agora, como que ciente do desencanto de Frank, Ramesh o olhava silenciosamente. Frank forçou-se a reconhecer sua presença.

— Como você está, Ramesh? — disse ele suavemente.

O garoto deu de ombros.

— Entendo. Sim... bem...

— Estou com saudades da minha mamãe. E da Ellie também — soltou Ramesh.

Frank desviou o olhar. Seus olhos focaram no local onde Prakash estava de pé. O cozinheiro parecia ter envelhecido dez anos. Uma imagem do rosto macilento de Ellie no hospital quando Benny estava doente lampejou sem ser convidada na mente de Frank. As pessoas não envelhecem com o tempo, ele se deu conta. Elas se curvam de pesar.

Ele andou até Prakash.

— Sinto muito pela sua perda — disse ele. Ele puxou o cheque de seu bolso. — Isso... é para você e Ramesh. Para a educação dele. Talvez vocês possam até comprar uma pequena casa em algum lugar. Em todo o caso, espero que ajude.

Prakash fitou o pedaço de papel, e Frank se deu conta de que o cozinheiro era analfabeto. Mas Ramesh estava ao lado do pai, e Frank viu seus olhos se arregalarem.

— *Baap re* — sussurrou o menino. — *Dada*, isso é um *lakh* de rupias.

Prakash pareceu atordoado.

— Eu não entendo...

— É pra você — disse Frank com urgência. — Um presente meu... e da Ellie.

— Estou milionário? Um *lakhpati*? — disse Prakash.

Frank sorriu.

— Parece que sim. — Ele esperou suas palavras serem computadas e então disse: — Ouça, Prakash. Coloque esse dinheiro num banco. Não o gaste todo em bebida, entendeu? Essa é sua chance de...

Prakash colocou sua mão na cabeça de Ramesh.

— Estou jurando pelo meu filho — disse ele. — Frank *seth*, não bebi uma gota desde que... desde aquele dia. Que vermes comam minha carne se algum dia encostar naquele *daru* de novo. É a poção do diabo.

— Que bom. Olha, esse dinheiro é seu. Mas vou dar um conselho a você... peça ajuda a Nandita e a Shashi. Eles vão dizer a você como investi-lo.

Prakash ainda parecia confuso.

— Vou estar pra sempre em dívida com eles se ajudarem, senhor — disse ele. — Não sei nada de bancos e essas coisas.

— Tá certo — respondeu Frank. — Vou avisar a eles. — Ele fitou Prakash por um instante, perguntando-se por que desgostara tanto do homem algum dia.

Ramesh entrelaçou sua mão na de Frank e disse:

— Vou sentir sua falta, Frank.

Por um instante, sentiu a velha familiaridade de novo, e comoveu-se com a simplicidade e a inocência de Ramesh. Quão feliz esse menino o fizera por um tempo.

— Eu vejo você um dia desses — disse ele mentindo.

— Você vai pra casa? — disse Ramesh.

— Sim — disse ele mentindo. Não fazia ideia de onde era sua casa ou para onde estava indo. Sua passagem dizia que estava indo de Bombaim para Nova York, mas tudo lhe parecia um sonho agora. Ele poderia desembarcar em Londres. Ou poderia acabar por perder o voo por dormir demais em seu quarto de hotel em Bombaim e decidir-se por se misturar entre os dezoito milhões de pessoas que chamavam aquela faixa de ilha de lar. Ou talvez de fato chegasse ao aeroporto JFK e fosse recebido por Scott e sua mãe. De certa forma, não importava, para onde fosse estaria sozinho e sem lar. Ele havia tido dois lares em sua vida, Benny e Ellie. E eles não estavam mais ali.

Há um mês, a ideia de dar as costas a Ramesh e ir embora havia sido inimaginável. Agora, era o que ele estava fazendo. Sem olhar para trás.

Ele abraçou Nandita mais uma vez.

— Você vai manter contato? — disse ela chorando.

— Claro. Eu vou mandar meu endereço pra você assim que estiver estabelecido — disse ele. Mas o que veio à sua mente não foi sua casa em Ann Arbor ou o apartamento de Scott em Nova York. O que lhe veio à mente foi vagar. Isso era tudo o que ele queria fazer, vagar, andar e andar até suas pernas cederem, o movimento mecânico de seus pés em compasso com o ritmo caótico de sua mente, até haver apenas vazio, até que seus pensamentos parassem de incomodá-lo como insetos minúsculos. A ideia de um emprego num escritório onde ele comparecesse a reuniões e mexesse com papelada; de viver em sua casa, onde era controlado pela tirania da cafeteira, da máquina de lavar louças e da televisão; de estar perto de pessoas cujas peles não tinham rugas, cujas mentes não tinham fardos, cujos corações não tinham farpas assustava-o. Ele fora ejetado desse mundo para um mundo mais raro, ocupado por ascéticos, *sadhus* e andarilhos. Ele precisava se mexer, mexer para escapar da coleção de animais ferozes em sua mente.

Lá nos Estados Unidos havia pessoas que o amavam, amavam-no por ser quem era e porque era a última ligação deles com Ellie. Pessoas que queriam cuidar dele e consolá-lo, trazê-lo de volta ao rebanho dos homens. Ele era indigno do amor delas. Não saberiam que estariam trazendo um assassino a seu meio. As consolações típicas do luto não lhe estavam franqueadas. Ele não as merecia. Mesmo entre ele e Scott agora haveria um segredo. Ele não iria, não poderia dar-se ao luxo da confissão. Talvez a única pessoa que o entenderia — não, a única pessoa que ele, Frank, entenderia — seria seu pai. Que também sabia uma coisa ou outra sobre trair aqueles a quem se ama.

"Talvez eu o procure", disse a si mesmo enquanto entrava de novo no carro. "Talvez eu..." Mas não terminou o pensamento. Como tantos de seus pensamentos esses dias, este estremeceu e morreu, como um peixe levado à areia.

— O senhor está pronto? — disse Satish.

— Estou — respondeu ele. Olhou para onde Nandita, Satish, Prakash e Ramesh estavam parados na entrada do hotel. Acenou e então subiu a janela. Num minuto o carro se aproximou dos portões do hotel. Ele olhou para trás, e todos eles ainda estavam parados lá, tão distantes quanto estrelas. Então Satish fez uma curva à direita, e eles desapareceram.

Do nada, ele se lembrou de algo que sua avó Benton lhe havia dito certa vez num de seus momentos de embriaguez. A velhinha, com hálito de gim, havia se abaixado até o assustado menino de onze anos e dito: "Sabe qual a força mais perigosa na Terra, queridinho? Não é a bomba atômica. É um homem que é verdadeiramente livre. É com ele que você deve tomar cuidado."

Frank se recostou no assento enquanto Girbaug irrompeu em estouros de poeira vermelha e ocasionalmente verde a seu redor. Sentiu-se livre e perigoso.

CAPÍTULO 37

Escorria ouro do céu aquela noite. E vermelhos e roxos, vivos como sangue. À medida que o crepúsculo caía, as cores recaíam sobre suas peles, bafejavam fogo nos cabelos loiros dele e de Benny. A areia agora estava cor de cobre, e eles correram dedos gananciosos por ela. O oceano agitava-se como árvores no outono, suspirando de contentamento. Eles estavam na ilha Captiva, na Flórida, e haviam dormido profundamente cada uma das noites, suas respirações em uníssono com a respiração do oceano.

Era o aniversário de casamento dos dois. Benny tinha três anos. No momento, estava brincando sozinho, cavando a areia molhada com sua pá amarela e enchendo seu baldinho verde. Ele postou-se a alguns metros deles, falando sozinho. O sol poente havia banhado sua pele com um tom vivo de bronze.

Ellie estava sentada à frente de Frank numa manta, a brisa de verão correndo por seu cabelo. Ele observou a curva delicada de seu pescoço, o nariz que fungava o ar salgado, a veia escura correndo por seu braço delgado. Sentiu um nó crescer na garganta, sentiu algo dentro de si arder de desejo. Não parecia possível que ele a amasse ainda mais do que no dia em que se casara com ela. Mas amava.

— Pensando em quê? — sussurrou ele.

Ela sorriu e desviou seu olhar do oceano para ele. O sol tremulava em seus olhos.

— Numa frase de Bernard Shaw que eu descobri recentemente. Diz que "uma família feliz nada mais é do que um paraíso adiantado".

Sem perceber, eles se voltaram para o filho. Ele estava agora pegando a areia molhada com as mãos, achatando-a como uma panqueca, e lançando-a para longe.

— Você é quem vai dar banho nele hoje — disse Ellie secamente. — Eu não vou encostar um dedo nele.

Frank deitou-se na manta e olhou para o céu. O sol expelia cores que qualquer pintor de respeito teria vergonha de usar numa tela. Ele observou os raios luminosos tremeluzentes que pareciam feitos de lápis de cera, e então disse:

— Aqui vai um ditado pra você: "O céu é um oceano de cabeça para baixo."

— Quem disse isso?

— Eu. Frank Benton Shaw.

Eles riram. Benny olhou para eles, e Frank se sentou de imediato.

— Ei, querido — disse ele. — Vem se sentar com a gente um pouquinho.

Com Benny junto deles, Frank e Ellie se aproximaram de tal maneira que seus joelhos se tocaram. O menino sentou-se na frente deles, e cada um de seus pais lhe lançou um braço em volta do peito.

— Está com frio, querido? — perguntou Ellie. Ben balançou a cabeça negando.

Eles continuaram nessa mesma posição, bebendo as últimas gotas de doçura do dia. O sol se aproximou ainda mais da linha do horizonte, mas se recusava a descer por completo, como Benny quando se recusava a ir para a cama.

À volta deles, a terra suspirava. Os três se uniram à sua respiração miraculosa.

AGRADECIMENTOS

As pessoas a seguir ajudaram este romance a acontecer (em ordem alfabética):

Dr. Blaise Congeni, diretor de doenças infecciosas pediátricas do Akron Children's Hospital, por compartilhar seus conhecimentos comigo.

O Centro Baker Nord de Humanas na Universidade de Case Western Reserve, por uma bolsa de estudos fundamental.

Kim Emmons, por longas conversas em longas caminhadas.

Sarah Gridley, que conspira comigo em travessuras e criatividade.

Mary Grimm, que sugeriu transformar um conto neste romance.

Eustathea Kavouras, que nunca para de acreditar em mim.

Kulfi e *Baklava*, gatos super-heróis.

Annerieke Owen, esposa do cônsul-geral dos Estados Unidos em Bombaim, por uma solução rápida para uma questão específica.

Marly Rusoff, a agente mais esforçada do planeta.

Noshir e *Homai Umrigar*, para sempre minha gente.

Claire Wachtel, minha editora irrepreensível.

Sarah Willis, crítica atenciosa, amiga generosa.

Algumas pessoas procuram padres; outras, poesia; eu, os meus amigos.

— VIRGINIA WOOLF

Eu também.

— T.U.

EDITORA RESPONSÁVEL
Izabel Aleixo

PRODUÇÃO EDITORIAL
Daniele Cajueiro
Janaína Senna

REVISÃO DE TRADUÇÃO
Guilherme Semionato

REVISÃO
Claudia Ajuz
Eduardo Carneiro
Sandra Mager
Sofia de Sousa Silva

DIAGRAMAÇÃO
Leandro B. Liporage

Este livro foi impresso em São Paulo, em maio de 2009,
pela Lis Gráfica e Editora, para a Editora Nova Fronteira.
A fonte usada no miolo é Sabon, corpo 11,5/15.
O papel do miolo é Pólen Soft 70/m², e o da capa é cartão 250g/m².

Visite nosso site: www.novafronteira.com.br